OLIVER DIERSSEN

FLEDERMAUSLAND

Roman

HEYNE <

FSC
Mix
Produktgruppe aus vorbildlich
bewirtschafteten Wäldern und
anderen kontrollierten Herkünften

Zert.-Nr. SGS-COC-1940
www.fsc.org
© 1996 Forest Stewardship Council

Verlagsgruppe Random House FSC-DEU-0100
Das für dieses Buch verwendete
FSC-zertifizierte Papier *Super Snowbright*
liefert Hellefoss AS, Hokksund, Norwegen.

Originalausgabe 12/2009
Redaktion: Claudia Alt

Printed in Germany 2009
Umschlaggestaltung: Nele Schütz Design, München
Satz: EDV-Fotosatz Huber/Verlagsservice G. Pfeifer, Germering
Druck und Bindung: GGP Media GmbH, Pößneck

ISBN: 978-3-453-26663-6

www.heyne-magische-bestseller.de

»Hier können wir nicht anhalten.
Das ist Fledermausland.«

Raoul Duke in
Fear and Loathing in Las Vegas

1

Die Fledermaus

Ich weiß nicht, ob Sie schon mal nackt einer Fledermaus begegnet sind. Und damit meine ich nicht die niedlichen mit den süßen Ohren, die Sie vielleicht von den Postern aus der Apotheke kennen. Glauben Sie mir, eine *echte* Fledermaus vergessen Sie nicht so schnell. Sie ist hektischer. Gefährlicher. Sie stinkt.

Besonders unangenehm ist es, wenn das Geräusch ledriger Flügelschläge über Ihrem Bett Sie nachts aus dem Schlaf reißt.

In der Nähe menschlicher Siedlungen sind Fledermäuse keine Seltenheit. Auch nicht in Deutschland. Fledermäuse lieben das Licht. Seltsam für Tiere, die ihre Augen kaum benutzen, wenn Sie mich fragen. Aber dazu komme ich später.

Im Herbst schlafe ich gern mit angelehntem Fenster.

Die Fledermaus kam ohne Vorwarnung mitten in der Nacht. Ihr wildes Flattern erfüllte plötzlich die

Dunkelheit über meinem Bett. Das Tier roch nach Urin und modrigem Laub und verströmte seinen bestialischen Gestank in meinem Schlafzimmer. Im Sturzflug schoss es dicht über mir vorbei, etwas klimperte neben meinem Bett auf dem Fußboden.

In Panik tastete ich nach der Nachttischlampe. Ich stieß mit der Hand gegen ein Wasserglas, und es zerbrach klirrend auf dem Boden.

Endlich fand ich den Schalter und machte das Licht an. Mein Herz raste. Wo war die verfluchte Fledermaus? Ein schneller Blick durchs Zimmer: Der Schreibtisch voller Papiere, der Fußboden mit Klamotten übersät, die Original-Laserschwert-Replika auf dem angestammten Platz über der Kommode.

Die Fledermaus hing über dem Kleiderschrank und blickte aus ihren trüben Augen zu mir herunter. Ihr Kopf schaukelte hin und her wie das Pendel einer pelzigen Standuhr. Sie war gar nicht richtig schwarz, dachte ich, sondern schmutzig grau. Das Tier spreizte seine Flügel, schüttelte sie mit einem ekelhaft trockenen Geräusch und legte sie wieder an den Körper.

Das ist eine wilde Fledermaus, schoss es mir durch den Kopf, und ich bin nackt. Jetzt bloß keine unbedachte Bewegung machen, nicht schreien, nicht zucken, das Tier nur nicht aufregen. Es übertrug sicher Tollwut und hatte wahrscheinlich einen bösartigen Erregercocktail im Maul. Von Flöhen und Milben und Borreliosezecken ganz zu schweigen.

Ich glitt aus dem Bett, wich zwei alten Pizzatellern aus und bewegte mich behutsam rückwärts auf die Zimmertür zu. Plötzlich verfing sich mein Fuß im Kabel der Nachttischlampe, ich stolperte und schlug der Länge nach hin.

Die Fledermaus richtete ihre übergroßen Ohren auf mich und zeigte mir ihr Gebiss. Ich riss am Kabel, das meinen Fuß umschlungen hielt. Die Nachttischlampe summte, flackerte und erlosch. Es wurde stockdunkel.

Mit einem beherzten Sprung durch die offene Schlafzimmertür brachte ich mich in Sicherheit. Ich knallte die Tür zu und stemmte mich von unten gegen die Klinke.

Seit meine Wohnungstür letzten Sommer versehentlich von der Polizei aufgebrochen worden war, schloss sie an der Fußleiste nicht mehr richtig. In meinem Flur wehte ein frostiger Luftzug auf Knöchelhöhe. Die Fliesen unter meinem nackten Hintern waren eiskalt.

Durch die Tür hörte ich, wie die Fledermaus im Schlafzimmer wieder ihre flatternden Kreise zu drehen begann. Ich war todmüde, verkatert, verängstigt und wie gesagt unbekleidet. Mein Wohnungsschlüssel steckte vermutlich in meiner Jeans am Fußende des Bettes.

Sollte ich nackt auf die Straße fliehen und um Hilfe rufen? Mich aus der Wohnung aussperren? Nein. Seien wir ehrlich: Es gab heute Nacht keinen Ort, wohin ich hätte flüchten können.

Mein Blick fiel auf das Telefon auf dem Flurschränkchen.

Ich brauchte Hilfe.

»Wegen einer Fledermaus rücken wir bestimmt nicht an.« Der Mann von der Feuerwehrleitstelle klang müde und vorwurfsvoll. »Oder brauchen Sie medizinische Hilfe? Wurden Sie gebissen?«

»Ich konnte mich retten«, keuchte ich. »War ziemlich knapp. Aber sie hat mich nicht erwischt.«

»Gehen Sie morgen halt mal zum Arzt. Fledermäuse übertragen Tollwut. Aber wenn Sie nicht gebissen wurden, würde ich da keine Panik verbreiten.«

»Ich verbreite keine Panik!«, rief ich mit schriller Stimme. »Die Fledermaus hat mich in meiner Wohnung angegriffen! Da hätte sich wohl jeder erschrocken.«

»Hm«, sagte der Feuerwehrmann. »Aber Ihnen geht's gut, ja?«

»Geht so.« Ich hockte mit einem Küchentuch bekleidet vor meiner Schlafzimmertür und bewachte sie, während die nächtliche Novemberluft meinen Hintern kühlte. Wie gut konnte es einem in so einer Situation gehen?

»Na dann, angenehme Nacht noch«, sagte der Feuerwehrmann und gähnte unüberhörbar am anderen Ende der Leitung.

»Warten Sie!«, rief ich.

Es war Zeit für einen Strategiewechsel. Vielleicht konnte ich ihn ja zu einer Hilfeleistung überreden, wenn er Mitleid mit der Fledermaus hatte. »Mir kam es mehr auf das arme Tier an. Die stehen ja unter Naturschutz, wissen Sie? Nicht dass die sich noch verletzt in meiner Wohnung. Könnten Sie da nicht eine Ausnahme machen und sie vielleicht doch …«

»Rufen Sie den Kammerjäger an. Wir sind da wirklich nicht zuständig. Auch wenn ich Ihrer Fledermaus natürlich alles Gute wünsche.«

Er legte auf. Einfach so.

4:06 Uhr morgens laut Küchenuhr. In sechs Stunden musste ich bei Mister Xu auf der Arbeit sein.

Das Vieh konnte nicht aus dem Schlafzimmer, ein Stuhl klemmte unter der Klinke. Ich hatte die Wahl. Entweder ich überließ meiner Fledermaus – *der* Fledermaus, korrigierte ich mich – das Feld und zog mich auf meinen gemütlichen Cordzweisitzer im Wohnzimmer zurück. Oder ich ergriff ernsthafte Maßnahmen.

Schließlich entschied ich mich für einen starken Kaffee und die Maßnahmen. Ich würde mich nicht vertreiben lassen. Nicht heute Nacht. Nicht nach den Strapazen der letzten Wochen. Nicht nachdem sich meine amourösen Chancen schlagartig verbessert hatten, nicht nachdem Kim mit ihrem Freund Schluss gemacht hatte, weil sie sich in mich verliebt hatte.

Nicht jetzt, wo das gute Leben in Reichweite vor mir lag und nur darauf wartete, dass ich zupackte.

Ein Mann braucht einen Rückzugsort, eine Höhle. Und darum würde ich kämpfen. Der uralte Konflikt: ein Mann gegen ein Raubtier, der Mensch gegen die unbezähmte Natur.

In den Gelben Seiten fand ich nur einen Kammerjäger mit einer 24-Stunden-Hotline. »Ich brauche einen Kammerjäger«, teilte ich ihm mit. »Wegen einer Fledermaus in meinem Schlafzimmer.«

»Da sindse doppelt falsch.« Die leise Stimme des Kammerjägers ging im mechanischen Flüstern und Summen technischer Geräte unter. »Erstens mach ich nur Insekten. Und zweitens, Fledermäuse haben Naturschutz, wusstense wohl nicht?«

»Doch«, sagte ich. »Wusste ich. Sie müssen sie ja nicht töten. Einfach nur fangen und an einen sicheren Ort bringen. Impfen«, schlug ich vor. »Vielleicht braucht sie ja Hilfe. Sie schien mir recht verängstigt zu sein.«

Das war schon wieder gelogen. Der Fledermaus schien es prächtig zu gehen. Das Flattern hinter der Schlafzimmertür hatte aufgehört. Bis auf ein gelegentliches Flügelrascheln war es still. Vielleicht wiegte sich das Untier in den Schlaf. Oder es baute ein Nest. Wenn hier jemand verängstigt war, dann eindeutig ich.

Der Kammerjäger lachte. »Versuchenses mal bei der Tierrettung.«

Ich dankte ihm und legte auf.

»Wir machen keine Fledermäuse«, sagte die ältere Dame in der Hotline der Tierrettung. Sie klang sympathisch und hochmotiviert. Bestimmt arbeitete sie ehrenamtlich. »Tut mir wirklich leid. Aber keine Sorge, die fliegt schon wieder. Die braucht ja Nahrung, ne?« Sie kicherte.

»Das befürchte ich.«

»Da mach dir mal keine Sorgen. Fledermäuse greifen nur ganz selten Menschen an. Nur wenn sie Tollwut haben. Mach einfach das Fenster weit auf und warte ab.«

Klar, die Fledermaus hatte sich mühevoll an meinen halbgeschlossenen Rollläden vorbeigequetscht, weil sie in Wirklichkeit in der Nacht rumfliegen wollte. Was für ein Quatsch. Das Biest wollte Blut sehen, so viel war klar.

»Klasse Tipp«, bedankte ich mich. »Probiere ich gleich mal aus. Klappt bestimmt sofort.« Wenn die Ökotante schon nichts als vollkommen nutzlose Ratschläge für mich hatte, ergab sich vielleicht wenigstens ein angenehmes Gespräch. Der Kaffee hatte mich wach gemacht. Bis die Sonne aufging, würde es noch mindestens zwei Stunden dauern. »Kriegt ihr eigentlich viele Anrufe pro Nacht?«

»Wie meinst du das?«, fragte sie. »Nur Anrufe wegen Fledermäusen oder so insgesamt?«

»Ich dachte nur, wenn mir morgen Nacht um vier langweilig werden sollte, rufe ich nochmal durch«, witzelte ich. Zum Aufwärmen zog ich abwechselnd das linke und das rechte Knie an die Brust und versuchte ein paar Rumpfbeugen, die Schlafzimmertür immer im Blick.

»Du hast doch echt eine Fledermaus in der Wohnung, oder? Wenn du mich hier nur veräppeln willst …« Ich hörte die Dame durch den abgedeckten Telefonhörer mit jemandem sprechen. »Wir zeichnen jedes Telefonat auf«, fuhr sie fort. Ich glaubte, leichte Panik in ihrer Stimme zu erkennen.

»Belästigen Sie meine Kollegin?«, fragte eine heisere Männerstimme. Der Kerl flüsterte, aber das ließ ihn noch gefährlicher erscheinen. »Wir haben Ihre Nummer auf dem Display. Rufen Sie bloß nie wieder an, sonst kriegen Sie eine Anzeige wegen Belästigung.«

Die Verbindung wurde unterbrochen.

Die ganze Sache entwickelte sich zu einer einzigen Katastrophe. Mein Kaffee war inzwischen kalt und bitter geworden. Es zog, und ich fror erbärmlich.

Einen Moment lang fühlte ich mich von den nachtschwarzen Fenstern der gegenüberliegenden Häuserfront beobachtet. Als würde dort drüben jemand wach sein und in fremde Wohnungen starren. So wie ich. Aber was hätten die Nachbarn schon zu sehen bekommen? Einen blassen jungen Mann, der mitten in der Nacht in Fötushaltung in seiner Zweizimmerwohnung hockte – Altbau möbliert, Hannover-Kleefeld, zweihundertzehn Kaltmiete – und sich ein Küchentuch um die Hüfte geschlungen hatte. Hey, so ist die Großstadt, solche Sachen passieren überall, vor unser aller Augen.

Man hatte mich vertrieben, abgewiesen, gedemütigt und schließlich auch noch als Telefonbelästiger verscheucht: Die Fledermaus setzte mir ganz schön zu. Jetzt reichte es mir endgültig. Es war Zeit für eine erbarmungslose Offensive.

Im Morgengrauen ging ich zum Angriff über. Ich schnappte mir einen Schal von der Garderobe, wickelte ihn zum Schutz um mein Gesicht und schlüpfte in dicke Winterhandschuhe. Mit dem Küchentuch insgesamt eine ungewöhnliche Kombination, aber egal: Je weniger Hautfläche der Fledermaus zum Besudeln zur Verfügung stand, wenn sie mich attackierte, desto besser.

Ich würde sie fertigmachen, wegputzen, ausradieren. Die war zum letzten Mal über mich hergefallen, einen friedlich schlafenden, unbescholtenen Bürger, der vor der nächsten Achtstundenschicht im Asiashop nur ein bisschen Ruhe suchte. Meine Geduld war erschöpft.

Eine verheerende Niederlage musste ich allerdings einkalkulieren. Für alle Fälle stopfte ich mein Handy in den rechten Handschuh. Falls ich im Schlafzimmer von der Außenwelt abgeschnitten werden sollte. Den Fluchtweg durch die Schlafzimmertür ließ ich sicherheitshalber offen.

Das Schlafzimmer sah so aus, wie ich es verlassen hatte: die zerwühlten Laken, ein zerbrochenes Glas am Boden. Daneben eine leere Packung Aspirin. Ein Haufen mit sauberer und viele mit schmutziger Wäsche.

Herbstlicher Wind pfiff durch das Fenster, Gänsehaut kroch meinen nackten Bauchnabel hoch. Ich riss meinen lila-grau gestreiften Bademantel vom Haken neben der Tür, warf ihn mir über und ging in Gefechtsstellung.

Die Fledermaus war nirgendwo zu sehen. Wohin war das Scheißvieh verschwunden? Vielleicht in den Kleiderschrank? Unter – oder in mein Bett?

War da überhaupt eine Fledermaus gewesen?

Ich lehnte mich an die Schranktür, kratzte mir ein paar Schlafkrümel aus dem Mundwinkel und zweifelte an meiner Wahrnehmung. Vielleicht war ich nach dem ganzen Bier von gestern Abend ausgetrocknet. Zu viel getrunken, zu viel gepinkelt, Elektrolytverschiebungen, brandgefährlich, das weiß jedes Kind aus der *Apotheken-Umschau*.

Oder ich bekam eine Hirnhautentzündung.

Oder ich war übergeschnappt. Nicht die unwahrscheinlichste Lösung.

Schluss damit. Vor wenigen Minuten hatte ich noch ihr bakterienverseuchtes Flügelschlagen gehört. Ich war bei klarem Verstand, Punkt.

Ich drang weiter ins Zimmer vor, darauf bedacht, jeden Moment einem flatternden Sturzangriff auszuweichen. Aber nichts geschah. Mit der Fußspitze angelte ich nach einer sauberen Boxershorts.

Plötzlich hörte ich ein Geräusch. Ein Kratzen und Schaben, von oben, aus der Nähe des angekippten Fensters. Von draußen, immerhin.

Das Rollo war noch halb heruntergelassen, so wie ich es gernhatte.

Das Kratzen kam aus dem Rollladenkasten.

Genau da drinnen klapperte und raschelte es. Wenn sich die Fledermaus dort versteckte, saß sie in der Falle, jetzt hatte ich sie, jetzt war sie fällig!

Ich ließ die Unterhose auf den Wäschehaufen zurückgleiten, legte die dicken Handschuhe behutsam auf die Kommode, das Handy kam griffbereit in die Bademanteltasche. Jetzt war Fingerspitzengefühl gefragt.

Ich legte die Hand auf den Schalter, der meine nagelneuen elektrischen Rollläden nach oben fuhr. Und drückte.

Beinahe lautlos surrten die schweren Kunststofflamellen herauf. Hinter den ungeputzten Scheiben meines Schlafzimmerfensters schimmerte der bereits dämmerige Großstadtmorgen.

Ich stellte mir vor, wie das heimtückische Tier genau jetzt zwischen die Lamellen geriet, immer im Kreis herum … immer im Kreis.

Der Rollladen stoppte auf halber Höhe mit einem hässlichen Geräusch. Ich drückte den Schalter nach unten und wieder nach oben. Nichts. Stille. Auch am

Schalter wackeln half nicht viel. Ich stellte ihn auf volle Kraft nach oben und besah mir das Problem aus der Nähe.

Noch immer hörte ich es aus dem Kasten knistern und klappern. Klemmte da etwas im Öffnungsschlitz? Ich riss das Fenster weit auf und lehnte mich hinaus. Tatsächlich: Dort oben steckte ein bunt bedrucktes Stück Karton drin. Hatte die Fledermaus etwa da ihr Nest gebaut? Sehr leichtsinnig.

Es musste doch reichen, den Karton mit den Fingerspitzen herauszuziehen, um den Motor wieder in Bewegung zu versetzen. Wenn die Fledermaus da drinnen hockte, war sie erledigt, der Rollladen würde sie zermalmen. Und dann war es aus mit der ekelhaften Flatterei!

Eine Spur Mitleid hatte ich ja mit dem desorientierten Vieh. Aber der Ekel war stärker. Fledermausflügelgrauer, geschmacksintensiver Ekel vor dem ungebürsteten, wilden Tier, das ziellos in meinem Schlafzimmer umhergeschwirrt und mit seinen kontaminierten Flügeln wieder und wieder gegen die Zimmerdecke, meine Möbel, meine Kleidungsstücke gestoßen war. Dem würde ich ein Ende bereiten.

Aber das Kartonstück ließ sich kaum bewegen. Man hätte weiter hineinfassen müssen, um es zu lösen. Ich biss die Zähne zusammen, holte tief Luft. Mit der rechten Hand hielt ich mich am Fensterrahmen fest, mit der linken griff ich in den Rollladenkasten, schob die Fingerspitzen immer tiefer hinein. Langsam tastete ich mich nach oben.

Ich bin sicher, Sie hätten das nicht getan.

Natürlich lieben Fledermäuse das Licht. Nicht dass sie darauf angewiesen wären. Sie fliegen bekanntermaßen mit Ultraschall. Aber das Licht zieht potenzielle Beutetiere an. Mücken und Falter zum Beispiel. Und Menschen. Und die Fledermaus als nächtlicher Jäger hat ein angeborenes Interesse an Beute, die kennt das ja gar nicht anders.

Insekten hingegen sind vielseitiger, sie interessieren sich für alle möglichen Sachen: Aromen, bunte Lampen, Süßigkeiten und Verwestes. Ich frage mich, wie viel intensiver Wahrnehmungen sein müssen, wenn man sie durch einen sinnesphysiologischen Multiplikator wie ein Facettenauge betrachtet. Zum Beispiel einen Sonnenuntergang. Nicht eine Sonne versinkt blutrot im Meer, nein: tausende. Das volle Programm. Der sensorische Overkill.

Vielleicht erklärt das auch die rätselhafte Vorliebe bestimmter Insekten für einfarbige Flächen. Wenn man schon nicht die Augen zumachen kann, wird es entspannend sein, gelegentlich möglichst langweilige Flächen anzuschauen.

Aber zurück zu den Fledermäusen.

Fledermäuse nisten nicht in Rollladenkästen, wie ich später erfahren habe. Sie bevorzugen Höhlen, alte Bunker und ähnliche Ort, wo man ungestört den ganzen Winter rumhängen kann.

Aber für solche Überlegungen blieb mir keine Zeit. Die eisengrauen Rollladenlamellen fraßen sich mit unerbittlicher Härte in mein Handgelenk. Warum der Motor wieder angesprungen war, während ich die Hand im Kasten hatte, bekam ich auch später nicht heraus, als ich die grausame Maschine abmontieren und zerstören ließ.

Das Getriebe kreischte wie ein kaputter Küchenmixer. Es strengte sich hörbar an, die Lamellen und meine Hand in sein Inneres zu ziehen und dort ordentlich aufzuwickeln.

Endlich stoppte der Motor. Das Geräusch erstarb. Mein halber Unterarm steckte im Kasten. Von den Fingerspitzen ausgehend kroch ein taubes Gefühl den Arm hinunter, das, wie ich vermutete, sehr bald einem unerträglichen Schmerz weichen würde.

Ich stand also auf der Fensterbank. Die kühle Morgenluft wehte um meine Knie und unter dem Bademantel nach oben. Zwischen den Beinen wurde es frisch.

Der Schmerz begann unter den Fingernägeln zu kribbeln. Viel Zeit blieb mir bestimmt nicht, ehe die Hand endgültig tot war und man sie amputieren musste. Ich fingerte mit der Rechten das Telefon aus der Bademanteltasche. Meine Handfläche war schweißnass. Einen gefährlichen Augenblick lang kam das Gerät zwischen Daumen und Zeigefinger ins Rutschen, dann bekam ich es richtig zu fassen. Der Schmerz in der Rollladenhand meldete sich mittlerweile schubweise.

Wie viele W-Fragen würden Ihnen in so einer Situation einfallen? Die Rettungsleitstelle fragte verständnisvoll und in aller Seelenruhe nach: Wer, wo, wann, und wenn ja, wie viele?

»Nur ich«, brachte ich mühsam hervor. »Nur ein Verletzter.«

»Und worin stecken Sie fest? In einem *Kasten*? Was machen Sie in einem Kasten?«

»Die Fledermaus hat mich reingelockt«, stöhnte ich. Der Schmerz kam jetzt beinahe atemsynchron. Sengend jagte er durch den Ellenbogen ins Schultergelenk. »Machen Sie irgendwas! Machen Sie meine Hand da raus!«, schrie ich. »Sie haben ja keine Ahnung! Ich brauche sofort Hilfe! Ehrlich!«

Die Verbindung brach ab. Ich hörte das elektronisch verstärkte Geräusch meines eigenen Atems am Ohr. Es knisterte in der Leitung.

Es war still, totenstill, einen ewigen, schmerzhaften Moment lang. Hatten die einfach aufgelegt? War dies das Ende? Würde man mich hier hängen lassen, bis alles zu spät war?

Dann, endlich: wieder eine menschliche Stimme.

»Hören Sie, Herr Schätz.« Jetzt war ein anderer Sprecher dran, merkwürdig. »Wir holen Sie da raus. In spätestens zehn Minuten ist unser Team da. Atmen Sie ganz ruhig. Der Schmerz wird bald vorbei sein. Ganz ruhig und regelmäßig atmen und nicht aufregen.«

»Wer sind Sie?«, rief ich. »Ein Psychologe?«

»Der Schmerz wird bald vorbei sein. Atmen Sie ruhig. Beruhigen Sie sich. Unser Team ist schon auf dem Weg zu Ihnen. Ist jemand bei Ihnen?«

»Niemand! Nur eine Fledermaus.« Ich versuchte langsamer zu atmen, und wirklich – der Schmerz wurde ein wenig erträglicher.

»Fle-der-maus«, wiederholte mein Gesprächspartner langsam. »Wie groß?«

»Eine Fledermaus eben«, keuchte ich. »Ganz normal groß.«

»Hamstergroß, meerschweinchengroß, kaninchengroß«, sagte der Mann, »katzengroß – sagen Sie Stopp! – hundegroß …«

»Stopp!«, rief ich. »Wie eine Fledermaus eben! So 'ne kleine …« Ich wurde stutzig, in meinem Kopf begann es zu arbeiten. »Hundegroß? Wollen Sie mich verarschen?«

Der Psychologe schwieg.

»Hallo?«, fragte ich.

Totenstille in der Leitung. Das Telefondisplay war erloschen, die Verbindung einfach so abgebrochen.

Ich drehte mich um, so weit es meine Hand im Rollladen erlaubte, und ließ den Blick durch das unbeleuchtete Zimmer wandern. Die Digitalanzeige meines Weckers war tot, das vertraute Standby-Leuchten des Fernsehers nicht mehr zu sehen.

Irgendetwas stimmte hier ganz und gar nicht. Und da war noch etwas, nur so ein Bauchgefühl: als sei das Zimmer plötzlich fünf Grad kälter geworden. Und fünf Grad unheimlicher.

Die Sicherung musste rausgesprungen sein! Mein Handy war bestimmt alle, was sonst? Vorhin hatte ich noch drei Akkubalken gehabt, jetzt waren sie plötzlich weg. Dazu noch ein Stromausfall in der Wohnung … Dafür konnte es tausend vernünftige Gründe geben, da war ich sicher. Aber mir fiel kein Einziger ein.

Ich lauschte. Auch das beruhigende Brummen des Kühlschranks war nicht zu hören. Es herrschte vollkommenes elektronisches Schweigen.

Meine schlimmsten Ängste waren wahr geworden. Ich *war* von der Außenwelt abgeschnitten. Was, wenn man mich hier nicht finden würde? Wenn der Typ am Rettungstelefon meine Adresse nicht verstanden hatte?

Wie lange würde meine Hand noch durchhalten? Ich habe mal eine Sendung über einen Typen gesehen, der hatte nach einem Unfall mit einer elektrischen Saftpresse nur noch einen Arm. Konnte jetzt nur noch Toastbrot frühstücken, weil er solche Schwierigkeiten mit dem Brötchenaufschneiden hatte. Das Brot hat er dann mit einer Wäscheklammer am Teller festgemacht, damit es beim Schmieren nicht wegrutschte. So wollte ich nicht enden.

Es war eiskalt auf der Fensterbank. Allmählich wurde es hell, und die ersten Passanten machten sich auf den Weg zur Arbeit. Ich lehnte mich so weit es ging ins Zimmer und hielt den Bademantel notdürftig in Schritthöhe zusammen. Er ging mir knapp bis zu den Knien. Und ich hatte nichts drunter. Suboptimal für eine öffentliche Rettungsaktion.

Ich war beschämt und hilflos, fror erbärmlich und konnte mich kaum bewegen. Das perfekte Opfer für die Fledermaus und ihre Artgenossen. Jetzt konnten sie mich anflattern und infizieren, so viel sie wollten, Gegenwehr war beinahe ausgeschlossen.

»Hilfe«, keuchte ich. »Hilfe. Echt jetzt.«

Und dann holten sie mich raus.

Das Erste, was ich von ihnen hörte, war ein leises Klicken an meiner Wohnungstür, dann das Geräusch schwerer Schuhe im stockdunklen Flur.

Ich sah den weißgelben Lichtkegel eines Scheinwerfers, der sich durch die unaufgeräumte Wohnung tastete. Meine Rettung! Ich würde nicht erfrieren. Und meine Hand war vielleicht noch nicht ganz verloren.

»Hier drüben! Ich bin hier!«, brüllte ich. Der Schmerz in meinem Arm war zu einem warmen, traurigen Taubheitsgefühl zwischen Daumen und Schlüsselbein heruntergebrannt, das vermutlich bleibende Schäden ankündigte. »Ich hänge im Fenster fest!«

»Zentralflur gesichert«, erwiderte eine tiefe, raue Stimme mit einem leichten türkischen Akzent.

Aus der Dunkelheit schälten sich zwei Gestalten. Ich erkannte das Neonrot von Rettungswesten. Ein massiger Sanitäter schob sich durch die Schlafzimmertür. Er zog seine Gasmaske hoch in die Stirn. Dann zielte er mit einem schweren Scheinwerfer in mein Gesicht, in meine an das Dunkel gewöhnten Augen. Das Halogenlicht schmerzte hinter meiner Stirn wie ein Kopfschuss.

»O Gott.« Ich krümmte mich. »Machen Sie das Licht aus!«

»Subjekt lokalisiert«, sagte der Sanitäter, der hinter der Wand aus Helligkeit nur noch unscharf zu erkennen war.

»Identifizierung einleiten«, antwortete eine schnarrende Stimme aus einem Funkgerät.

»Bleiben Sie bitte dort oben auf der Fensterbank!«, rief eine zierliche Frau, die hinter dem mächtigen Kreuz des Scheinwerfermannes beinahe verschwand. »Sebastian Matthias Schätz, hier wohnhaft seit Mai diesen Jahres, anthropomorph, keine Vorstrafen?«

»Das … bin ich«, sagte ich gequält. Anthropomorph? Hieß vermutlich, ich hatte was an der Hand. Medizinersprache. »Meine Hand steckt fest. Im Kasten. Machen Sie die gleich raus, ja?«

Der dicke Sani ließ den Scheinwerfer nach oben schwenken und kraulte seinen beachtlichen Schnauzbart. »Krass! Der steckt da echt fest, Kathleen. Was ist mit der Hand, Kleiner, warum geht die nicht raus? Krallen dran? Flossen? Widerhaken?«

»Der Motor«, wimmerte ich. »Der hat zugeschnappt.«

Die Frau zückte eine zierliche Stabtaschenlampe und begann, die Zimmerecken auszuleuchten. Als sie sich über den Schmutzwäschehaufen beugte, sah ich ihren runden, festen Hintern. Die Rettungssanitäterhose verschenkte keinen Stoff. Super, dachte ich, zum ersten Mal seit dem Umzug ist eine attraktive Frau in meinem Schlafzimmer, und sie interessiert sich hauptsächlich für abgegessene Pizzateller unter dem Nachttisch.

Der Lichtkegel erfasste Dinge, die besser im Dunkeln hätten bleiben sollen, huschte über die Nester aus geöffneten und liegengelassenen Rechnungen auf dem Schreibtisch. Auf dem Boden haufenweise ungewaschene Shirts und Boxershorts, jede Menge DVDs ohne Hüllen. Hoffentlich leuchtete sie nicht unter das Bett – dort staubte seit ewiger Zeit eine unangebrochene Familienpackung Kondome vor sich hin.

»Erstkontakt ohne Körperverletzung mit nicht identifizierter Fledermaus«, sagte sie. »Subjekt gibt sich namentlich zu erkennen. Fledermaus bislang nicht lokalisiert.« Sie räumte das Durcheinander auf meinem Nachttisch mit spitzen Fingern zur Seite, stellte eine kleine gelb glimmende Elektrolaterne darauf ab, zog die Nachttischschublade auf und fischte das Päckchen mit alten Briefen und Fotos heraus. Flüchtig blätterte sie es durch. Einige Bilder fielen heraus. Bloß nicht die aus dem letzten Urlaub, vor vier Jahren mit meinen Eltern auf Kreta, hoffte ich.

»Äh …«, begann ich. »Das sind meine Sachen.«

»Du bleibst hübsch da oben, bis wir wissen, womit wir es zu tun haben!« Der Dicke mit dem Scheinwerfer ließ seine Rettungsweste an den Schulternähten bedrohlich knacken. »Wo hast du den Flugsäuger zuletzt gesehen? Kam es zur Kontaminierung mit organischer Substanz?«

»Ich bin ihr entkommen. Hat mich nicht gebissen, wenn Sie das meinen. Könnten Sie jetzt vielleicht meine Hand aus dem Kasten …«

Der Sanitäter baute sich vor mir auf und hielt mir seinen Scheinwerfer so nah vor das Gesicht, dass die Staubpartikel in der Luft heiß auf meiner Haut brannten. Auf seiner breiten Brust ruhte ein kleines, schimmerndes Amulett an einer Kette. Da war wieder das Gefühl – wie ein kalter Luftzug, der einen flüchtig streift.

»Du bist in Sicherheit, Anthropomorph«, sagte der Dicke. »Hab keine Angst. Wir verfügen über eine Therapielizenz für mittlere und höhere Intelligenzler und sind in Notfällen wie diesen zu strengster Neutralität verpflichtet, egal, auf welcher Seite du stehst.«

Wieder dieses Wort: Anthropomorph. Was zur Hölle hieß das? Und Intelligenzler? Strengste Neutralität? Das hieß vielleicht, die Sanis hatten Schweigepflicht. Umso besser. Es war ja wirklich eine peinliche Geschichte.

»Warum durchsuchen Sie meine Wohnung?«, fragte ich. »Warum machen Sie meine Hand nicht aus dem Kasten?«

»Haben Sie Ihren Gattungspass zufällig griffbereit?«, fragte Kathleen, ohne auf meine Frage einzugehen. Ungeniert fuhr sie damit fort, mit der Taschenlampe in meinen Schreibtischschubladen herumzuleuchten.

Gattungspass?

»Meinen Impfpass vielleicht?«, schlug ich vor. »Versicherungskarte?«

»Gattungspass!«, knurrte der Dicke. »Sag schon, wo ist er?«

Wenn ich mich richtig erinnerte, hatte mein Großvater so einen Wisch. Gattungspass, Rassenpass, keine Ahnung, wie das genau hieß. Es war auf jeden Fall irgend so ein altes Nazi-Ding. Was zur Hölle wollten die Rettungssanitäter damit?

Endlich fiel der Groschen.

»Gattungspass, alles klar!«, rief ich. »Von der Fledermaus meinen Sie, richtig? Aber da muss ich passen, ich kenne das Tier gar nicht. Mit Haustieren habe ich es nicht so, wissen Sie? Was wird denn jetzt bitte mit meiner Hand?«

Die Sanitäter blickten sich an. »Er hat überhaupt keine Ahnung, Gökmen.« Kathleen trat mit der Laterne näher und leuchtete mir prüfend ins Gesicht. Sie hatte dunkelgrüne Augen, still und schimmernd wie eine Flasche Fachinger Heilwasser. »Ich glaube, er weiß von gar nichts.«

»Oder es liegt einfach 'ne Verwechslung vor, falsche Adresse, oder der Computer spinnt«, sagte der dicke

Gökmen und ließ den Blick an meinem Körper herabwandern. »MAD? Medizinischer Außendienst? Schon mal gehört, Kumpel?«

Ich schüttelte den Kopf. »Niemals«, flüsterte ich.

Etwas stimmte hier ganz und gar nicht.

Gökmen stemmte sich neben mir auf die Fensterbank, griff in den Rollladenkasten und zog meine Hand mit einem einzigen Ruck raus. Im Licht des frühen Morgens sah sie gelb und kalt aus. Wie aus Plastik. Sie tat nicht einmal mehr weh.

»Nach unseren Meldungsdaten wohnt hier Sebastian Matthias Schätz.« Kathleen tippte mit einem Finger auf einem Taschencomputer herum. Das schwache Licht des Displays beleuchtete ihr schmales Gesicht. »Anthropomorph, mittlere intelligente Lebensform, bislang kein Kontakt zu übergeordneten Verwaltungsbehörden.« Auch um ihren zierlichen Hals lag eine Kette, an der ein kreisrundes goldenes Amulett baumelte. Eine Schlange war drauf, oder ein Wurm.

Was für ein Dienst war das, wofür stand das Zeichen? Malteser? Johanniter? Vor dem Zivildienst hatte ich mich ausgiebig mit den verschiedenen Rettungsdiensten beschäftigt. Aber ich hatte ja unbedingt in diesem Otterzentrum anfangen müssen. Tolle Entscheidung.

Konnten die vielleicht endlich mal normal mit mir reden? Ich war hier der Patient, da gab man sich üblicherweise etwas mehr Mühe. Zeigte Mitgefühl. Kümmerte sich um die lädierte Hand. Außerdem: mittlere Intelligenz?

»Ich *bin* Sebastian Schätz«, sagte ich. »Aber die anderen Sachen, die Sie da vorgelesen haben … ich weiß nicht. Ich kenne mich mit so Medizinerjargon nicht besonders aus, muss ich gleich dazusagen.«

Gökmen beugte sich zu mir herab und packte mich mit seiner Gummihandschuhhand hart im Genick. »Erzähl uns keine Märchen. Was bist du, Kumpel? Mach keine Scheiße jetzt. Wir kriegen die Antwort so oder so.« Am struppigen Schnäuzer meines Retters hingen winzige Schweißperlen. »Wir haben einen klaren Anthro-Alarm aus dieser Wohnung bekommen, und zwar von dir. Kathleen, mach mal die Spritze klar. Der Typ gefällt mir überhaupt nicht. Den nehmen wir mal besser mit.«

Wahrscheinlich wurden Sie noch nie in Ihrer eigenen Wohnung bei Stromausfall von desorientierten Sanitätern bedroht. Was gibt man solchen Leuten? Geld? EC-Karte? Drogen vielleicht? Aber ich hatte nichts. Ich hatte ja nicht mal was Richtiges an. Aber das wissen Sie ja.

»Lass ihn mal einen Augenblick in Ruhe, Gökmen«, sagte Kathleen. »Der hat Angst, das siehst du doch.«

In der beginnenden Morgenröte, die vom gegenüberliegenden Haus in mein Fenster reflektiert wurde, schimmerte ihr langes Haar im schönsten Kupferrot, das ich je bei einer Frau im Gesundheitssektor gesehen hatte. Und es biss sich kein Stück mit dem Sanitäterrot ihrer Jacke.

Der Türke schnaubte und ließ mich los.

Kathleen tauschte einen langen Blick mit ihrem Kollegen. »Keine äußeren Merkmale, keine Ahnung von nichts. Und er ist eine Ecke zu alt«, sagte sie. »Vielleicht ein Fehlalarm?«

Fehlalarm? Bei mir war eine ganze Menge Alarm. Zum Beispiel musste jemand meinen Arm wieder heilemachen. Und diese Typen rauswerfen. Außerdem: zu alt? Lächerlich. »Ich bin einundzwanzig«, stellte ich klar.

Kathleen wandte sich mir mit einem bezaubernden Lächeln zu. »Genau. Lassen Sie sich von der ganzen Aufregung nicht aus der Fassung bringen, Herr Schätz. Es liegt vermutlich eine Verwechslung vor. Ich werde Ihre Daten einfach ändern, ganz einfach, so! Und dann lassen wir Sie auch in Ruhe weiterschlafen, versprochen.«

Während sie auf ihrem kleinen Computer herumtippte, wanderte ihr Blick immer wieder zwischen dem Display und meinem Gesicht hin und her. Schließlich erlosch der Monitor mit einem Klicken. »Datenkorrektur beendet«, sagte eine blecherne elektronische Stimme, die weder eindeutig männlich noch weiblich war.

Währenddessen stapfte ihr Kollege durch alle Räume und leuchtete ein bisschen mit seinem Scheinwerfer herum. Er trug seinen Bauch wie einen Schild vor sich her und war anscheinend hinter jeder Ecke auf einen heimtückischen Angriff gefasst. Gökmen war auf Zack, das musste ich ihm lassen. Allerdings hinterließ er verkrustete Stiefelabdrücke auf meinem Teppich. »Alles sauber. Keine kritischen Lebensformen«, sagte er schließlich.

»Kritisch?«, fragte ich. Wenn hier jemand kritisch wurde, dann war ich das. Was für schräge Typen waren das bitte?

»Das Problemtier«, sagte Kathleen.

»Der Flugsäuger«, sagte Gökmen.

»Die Fledermaus, Herr Schätz«, sagte Kathleen. »So wie es aussieht, ist sie nicht mehr in der Wohnung.« Sie steckte das Gerät zurück in ihre Rettungsjacke. »Und Ihr Arm sieht gut aus, dem geht es bald besser, Ehrenwort! Ich glaube, wir können wieder abziehen. Rufen Sie uns an, wenn es irgendwelche Probleme gibt. Mit Fledermäusen zum Beispiel.« Sie warf mir einen süffisanten Blick zu, bei dem ich in jeder anderen Situation rot geworden wäre. Aber mein Kreislauf war echt im Keller.

Demonstrativ massierte ich meine lädierte Hand. »Wollen wir hoffen.« Ich ließ Gökmen einen kritischen Blick zukommen. Mehr als an meiner Hand zu ziehen hatte er vermutlich nicht drauf.

Gökmen schaltete seinen Scheinwerfer aus. »Hey, nichts für ungut. War ein bisschen grob zu dir. Aber es hätte mir echt leidgetan, dir *die Spritze* zu verpassen.« Sein Blick schweifte zum offenen Fenster. »Da draußen sind Kreaturen, davon träumst du nicht mal. Man kann gar nicht vorsichtig genug sein.«

Kathleen drückte mir eine Visitenkarte in die zittrigen Finger. »Wenn Sie wieder von *irgendwas Merkwürdigem* belästigt werden, rufen Sie uns an. Versprochen?« Sie lächelte wieder.

»Ist in Ordnung«, sagte ich. Langsam kehrte das Gefühl in meine Hand zurück. Ein Grund zur Hoffnung. »Ich glaub, ich muss mich einfach nochmal hinlegen, dann wird es mir bessergehen.«

»Mach lieber das Fenster zu, Mann«, sagte Gökmen. »Es gibt wirklich noch Leute in dieser Stadt, die bei offenem Fenster schlafen. Nicht zu fassen.«

MAD stand in goldgeprägter, etwas altertümlicher Schrift auf der Karte. Das Papier war schwer und rau und hatte die Farbe von schmutzigem Elfenbein. *Medizinischer Außendienst. Alle Kassen.*

»Wenn mal was passiert, womit du nicht klarkommst. Wenn es dir schlecht geht, ruf uns einfach an, okay? Wir sind immer da.« Gökmen zog sich die Gummihandschuhe von den behaarten Händen und ließ sie gekonnt in den überfüllten Papierkorb unter dem Schreibtisch fliegen. »Und wir sind gut.«

Kathleen steckte die Taschenlampe ein, nahm die Elektrolaterne und tippte sich zum Abschied an die Stirn.

Das Parkett unter meinen nackten Füßen war eiskalt. Nieselregen kam durch das offene Fenster hereingeweht. Mein dunkler Flur verschluckte die Sanitäter, ich hörte schwere Schritte im Treppenhaus, dann fiel die Haustür unten ins Schloss.

Und dann war alles ruhig. Ich war allein. Mein Puls raste.

Ich schloss das Schlafzimmerfenster sorgfältig und drehte den Fenstergriff so fest zu, wie ich konnte.

Als ich ein kleiner Junge war, hat mein Vater jeden Abend die Fenster unserer Zweizimmerwohnung zugemacht. Wie ein kampfbereiter Soldat auf Patrouille im Feindesland marschierte er die Zimmer ab, rüttelte an jedem Griff, kontrollierte die Türen sorgfältig und sperrte alles doppelt ab.

Manchmal kam er auch ziemlich spät nach Hause, wenn ich eigentlich schon schlafen sollte. Meistens nach dem Kegeln. Er roch dann nach engen, feuchten Kellern und gewachsten Kegelbahnen, nach Dortmunder Actien Brauerei und Asbach Uralt und HB. Sein betäubender Dunst hing in der Wohnung wie ein Gespenst, von dem eine unsichtbare, aber immer präsente Gefahr ausging.

In nicht so großen Wohnungen ist es schlimm, wenn einer stinkt. Ab und zu habe ich also nachts das Fenster ein bisschen aufgemacht, heimlich, wenn ich glaubte, keiner merkt es.

»Die bleiben zu!«, brüllte mein Vater, wenn er Frischluft roch und einen überraschenden Kontrollgang durchführte. Er donnerte das Fenster zurück in den Rahmen. »Die bleiben zu, hast du verstanden?«

»Aber warum denn?«

»Damit nichts reinkommt.«

Ich erinnere mich noch gut, wie er dann manchmal minutenlang an meinem Kinderzimmerfenster stand und sorgenvoll in die Nacht hinausstarrte, bewegungslos und stumm. Als ob er auf etwas wartete. Als ob dort draußen *irgendwas* war, von dem nur er etwas wusste, von dem er weder meiner Mutter noch mir etwas erzählen wollte.

Heute konnte ich ihn zum ersten Mal verstehen.

Ich presste die Stirn gegen das eiskalte Fensterglas. Meine nassgeschwitzten Finger zitterten immer noch, während ich mich mit beiden Händen am Fenstergriff festhielt.

Es war vorbei. Die Gefahr überstanden.

Wenigstens glaubte ich das.

2

Das Beste an Hannover ist die Bahnverbindung nach Hamburg

Als ich an diesem Morgen durch das monotone Surren meines Weckers erwachte, brauchte ich einige Minuten, um meinen immer noch gefühllosen Arm und das Chaos in meiner Wohnung einander zuordnen zu können. Kostbare Zeit: Ich schlug zwanzig Minuten zu spät im Asiashop auf (»Mister Xu – Ihr Schnäppchen Market um die Ecke«), unrasiert und nach zwei Red Bull etwas zittrig.

Der letzte Arbeitstag vor meinem Urlaub begann wie jeder andere: Ich kämpfte mit meiner reichlich engen Mister-Xu-Polyesteruniform. Die Knöpfe waren schon immer eine Herausforderung gewesen, gerade am Hals. Chinesen waren da anscheinend schmaler gebaut.

Bis auf ein gelegentliches Pochen und Stechen fühlte sich meine linke Hand immer noch taub an. Sie ließ sich aber trotz der Schwellung ganz passabel bewegen. Auf und zu, links und rechts, ging alles einigermaßen. Allerdings fiel es mir äußerst schwer, meine Hand im dreidimensionalen Raum zu lokalisieren. Sichtkontrolle war für die Steuerung unbedingt notwendig.

Auch mit der Feinmotorik haperte es. Der Unterarm hing an mir wie ein vollbeweglicher, fleischiger Beutel aus Muskeln, Blut und Knochen, der auf Zuruf ungelenk nach einer viel zu engen Knopföse grabschen konnte.

Es war brütend heiß in der telefonzellengroßen Umkleidekabine, die gleichzeitig zum Umziehen, zur Lagerung der Uniformen und als Änderungsschneiderei von Großmutter Xu herhalten musste.

»Ist das Hühnchen hier fair gehandelt?«

Das Mädchen musste sich auf Zehenspitzen angeschlichen haben. Sie steckte den Kopf durch den Vorhang der Umkleidekabine und schob eine unförmige Tiefkühlpackung hinterher. »Oh, ich störe!« Ihr Kopf verschwand wieder, demonstrativ zog sie den Vorhang zu und wackelte blind mit dem gefrorenen Tier vor mir in der Luft herum.

»Das Huhn hier«, rief sie und stieß mir das eiskalte Paket vor die Brust, »ist das fair gehandelt? Ich suche was, wo die Arbeitsbedingungen im Herstellerland auch gerecht sind.«

Der bleiche, gefrorene Fleischklumpen hatte die Form eines ungeborenen Lebewesens. Am Handgelenk des Mädchens hing ein halbes Dutzend ausgebleichter Festival-Armbändchen. Ansonsten hatte ich nicht viel von ihr erkennen können: blonde Dreadlocks, Piercing im Gesicht.

»Ich ziehe mich gerade noch an«, sagte ich. »Bin gleich so weit.«

Als ich den Vorhang mit einem Ruck zur Seite zog, presste das Mädchen verlegen das Tiefkühlhuhn an sich. »Wusste nicht, dass das eine Umkleidekabine ist, entschuldige. Ich dachte, da hinten habt ihr den Sozialraum.«

»Hier gibt's keinen Sozialraum.« Genauso wenig wie eine Mittagspause oder Kündigungsschutz, hätte ich gerne angefügt. Doch es hatte keinen Sinn, einen jungen Menschen zu verunsichern.

Das Mädchen gluckste, als hätte ich einen richtigen Superscherz vom Stapel gelassen. Der Piercingring in ihrem Mundwinkel hüpfte, als wollte er mir jeden Moment ins Gesicht springen.

»Es war wegen dem Huhn. Kennst du dich damit aus? Ist das freilaufend und fair gehandelt? Ich bin heute Abend in der WG mit Kochen dran. Da dachte ich an was Chinesisches. Du bist aber kein Asiate, oder?«

Ich schüttelte den Kopf.

»Wenn du schwarze Haare hättest, könntest du glatt als Halbchinese durchgehen«, sagte das Mädchen. »Deine Augen sind so ein bisschen schmal.«

»Ich bin müde.«

Sinnlos, einer wildfremden Kundin zu erzählen, *wie* erschöpft ich tatsächlich war. Müde von zu vielen weihrauchgeschwängerten Überstunden im Asiashop, von bizarren Importwaren aus Fernost, die Uneingeweihten nicht immer preisgeben wollten, ob man sie essen oder als verdorben deklarieren und in ihr Herstellerland zurückschicken sollte. Müde von letzter Nacht, von schmerzenden Körperteilen, von dummen, aufdringlichen Fragen und unnötigen Gesprächen, wie diesem hier.

»Dann muss man gar kein Chinese sein, wenn man hier arbeitet? Finde ich echt gut, dass die Deutschen auch mal beim Ausländer Arbeit suchen und nicht immer umgekehrt.«

»Genau«, sagte ich. »Ganz genau. Beim Ausländer.«

Mister Xu bezahlte mich seit Juni für das Einsortieren seines umfangreichen Sortiments importierter Waren in die labyrinthischen Regalreihen. Was Xu selbst im Laden machte, war mir bislang schleierhaft geblieben. An der Kasse standen seine Frau oder eine seiner fast identisch aussehenden Töchter. Er hatte drei oder vier davon; aufgrund ihrer Ähnlichkeit und den beinahe identischen Namen möchte ich mich ungern festlegen.

Mister Xu selbst beschränkte sich darauf, den Hausaltar gegenüber der Eingangstür mit frischen Bananenscheiben und Nüssen zu bestücken, hin und wieder ein paar Räucherstäbchen abzubrennen und mit einem Fächer murmelnd durch den Laden zu laufen.

»Was ist denn jetzt mit dem Hühnchen? Ist das fair oder nicht? Steht alles nur auf Chinesisch drauf.«

Das Mädchen wies anklagend auf den embryonalen Fleischbrocken, als hätte ich die Herkunft jedes ominösen Tieres hier zu kennen, als hätte ich das Tier mit der Flasche aufgezogen! Wie fair konnte wohl ein Huhn gehandelt sein, das ein Euro neunundvierzig kostete? Wenn es überhaupt ein Huhn war. Ich hatte es nicht geboren, ich hatte es nur umetikettiert.

»Water Chicken«, las ich vor. »Steht hier doch klein auf Englisch drauf. Wird dann wohl ein Wasserhuhn sein.«

Das waren allerdings auch die einzigen Wörter in lateinischen Buchstaben. Wie sah wohl so ein *Wasserhuhn* aus?

»In China gibt's doch Legebatterien, oder?«, sagte das Mädchen misstrauisch. »Aber ihr lehnt so was bestimmt ab, oder?«

»Klar«, sagte ich und betastete das Tier. Es hatte vier Gliedmaßen und einen Schwanz, so viel war schon mal sicher. Vielleicht war es auch eine Nabelschnur. Ich schob das Mädchen mit der Zeigefingerspitze aus der Umkleidekabine in Richtung einer Kolonie chinesischer Gartenzwerge aus Plastik.

Auf mich warteten siebzehn Pakete, die ausgepackt und sortiert werden wollten. Zum Bersten gefüllt mit billigen taiwanesischen Styroporkügelchen, von deren stechendem Lösungsmittelgeruch einem schwindelig wurde.

»Ich bin übrigens die Nele. Studierst du Sinologie? Oder warum arbeitest du hier?«

»Sehe ich so aus?« Verbissen wuchtete ich das erste Päckchen hoch und schleppte es in die *Trocken*-Abteilung – hier lagerten alle Nahrungsmittel, die nicht nass waren und für die ich nicht mit einer glitschigen Zange in grünlichen Einmachgläsern herumrühren musste.

Schon mal was von der schwarzen, haarigen Seegurke gehört? Keine Ahnung, ob das ein Tier oder eine Pflanze ist. Aber sie ist verdammt schwarz. Und verdammt haarig. Der Trick ist, das Teil richtig zu kochen, sonst stirbt man später elendig am Gift. Mister Xu sagt, eine schwarze haarige Seegurke muss achtundvierzig Stunden in den Topf. Das muss man sich mal vorstellen. Irgendwelche Chinesen müssen so ein Biest wohl mal einen ganzen Tag lang gekocht haben. Und als dann immer noch Leute an der verdammten Seegurke verreckt sind, haben die Chinesen das Unterfangen nicht etwa aufgegeben, nein, man hatte ja Hunger, sie haben weitergekocht, immer weiter, zwei Tage lang. So sind Chinesen. Hart im Nehmen. Und sie wissen, was sie wollen.

»Ich studiere ganz bestimmt nicht Sinologie«, sagte ich und platzierte ein Dutzend Plastikdrachen in ein Glasregal. Wie sollte ich auch? Ich konnte China nicht mehr leiden, seit Mister Xu mich wegen wiederholten Zuspätkommens vorübergehend in die *Nass*-Abteilung im Keller strafversetzt hatte.

Gut, in einem rot schimmernden Kaftan, vom Schritt bis zur Schulter mit chinesischen Schriftzeichen bedeckt, ergeben sich gewisse Verdachtsmomente. Auch die obligate Samtkappe mit Glasperlen wies mich als Freund des Fernen Ostens aus.

»Was studierst du denn dann?«

»Nichts.« Ich ließ mir das Wort auf der Zunge zergehen. Ein schöner, gerader Schnitt mitten durch das noch junge, hoffnungsfrohe Studentengespräch. »Ich studiere gar nichts. Ich arbeite hier. Siehst du ja.«

»Oh.« Das Mädchen saugte ihr Piercing ein und lutschte betroffen daran.

Komm schon, dachte ich, sag jetzt, dass es dir leidtut. Dass du es total schade findest, dass ich meine Zukunft verschenke und in einem unübersichtlichen, muffigen Asiashop die Regale einräume, wo ich doch auch etwas für meine Bildung tun könnte. Mich universitär weiterbilden, ein Weltenbürger werden, über mich selbst hinauswachsen, über den Tellerrand gucken.

Wie ich diese studentische Überheblichkeit hasste. Dieser verhaltene Ausdruck des Mitleids in den verschlafenen, zugekifften Augen. Der akademische Körpergeruch, eine ungesunde Melange aus Nivea, ungewaschenen Wollpullis und Marihuana.

Aber Nele war nicht dumm.

Da, wo sie herkam, hatte man ihr vermutlich beigebracht, dass man andere Menschen nicht durch taktlose Fragen in Verlegenheit bringen sollte. Also erzählte sie, während ich meine Kisten auspackte.

Sie berichtete von ihrem Studium und von ihren Studienfreunden und von der veganen Gruppe bei StudiVZ, die sie gegründet hatte. Davon, dass Hannover eine richtige Studentenstadt war, auch wenn man das nicht gleich dachte. Dass ein Freund von ihr bei einer Studentenverbindung gewesen war, sie ihn aber rausgeschmissen hatten, weil er Epileptiker war und von den langen Sitzungen Anfälle kriegte. Während ich weiter meine Kisten auspackte, erzählte sie von Studentencafés und Studentenpartys, Studentenrabatten und Studentenwaschsalons. Sie hatte Studentenautos im Programm (»VW Jetta ist voll studentisch, findest du nicht?«), Studentenparlamente und Studentenwohnheime, sie kannte zwei Studentenbands, eine Studententanzgruppe und einen studentischen Bibelkreis.

»Aber da war ich noch nicht«, schloss Nele atemlos, immer eine Armlänge hinter mir her. »Obwohl ich schon an so ein höheres, übersinnliches Wesen glaube, das irgendwie für uns da ist und uns immer zuhört, wenn wir mal Sorgen haben und so.«

Nur ein kleiner Schubs hätte genügt, nur ein fast unabsichtlicher Rempler meinerseits, und sie wäre durch die Pekinghunde aus Keramik gestolpert, durch ihre kleinen, festen Körper gerutscht und nach hinten geflogen, ins Regal mit echten japanischen Gemüsemessern.

Sagen wir, es juckte mir in den Fingern, ein bisschen nachzuhelfen. Natürlich nur rechts, in der linken Hand war ja immer noch Sendepause.

Von allen Gedanken, singen *Die Sterne*, schätze ich doch am meisten die interessanten.

Meine Gedanken schweiften zu den vier dunkelblauen Bewerbungsmappen in meiner rechten unteren Schreibtischschublade.

Seit ich im Frühjahr nach Hannover gezogen war, machte ich mir Vorwürfe, die Mappen nicht abgeschickt zu haben. Aber nicht heute. Ich wollte nicht so enden wie das Mädchen: verfilzt, gepierct und hemmungslos.

»Ich glaube, ich kaufe das Huhn«, sagte Nele schließlich und wiegte das Tier sanft in den Händen, das während unserer netten kleinen Unterhaltung unter der Folie etwas durchgeweicht war.

»Eine gute Entscheidung«, bekräftigte ich sie. Meine Schläfen pochten. Wenn ich noch einmal das Wort *Student* oder etwas Artverwandtes hörte, geschah ein Unglück, und ich würde Nele und mich ein für alle Mal von dieser Unterhaltung erlösen.

»Aber was soll ich bloß dazu kochen?« Nachdenklich pulte das Mädchen irgendwas Kleines aus einem ihrer Filzzöpfe. Vielleicht einen Holzspan, vielleicht einen Fingernagel. »Ich muss ja heute Nachmittag noch zum *Seminar*. Meine *Kommilitonen* essen gerne was Scharfes. Einer hat ein Auslands*semester* in Delhi gemacht, als *Student* kriegst du da ganz leicht ein Zimmer im *Wohnh…*«

Es reichte. Ich musste handeln.

Aus einem nahe stehenden Regal griff ich wahllos nach einigen Zutaten, Kichererbsen, getrocknete Bohnen, Mangostreifen, eingelegte Peperoni. Dazu noch ein sündhaft teures Sesamöl, den absoluten Ladenhüter. »Das machst du schön in den Wok, ja?«, presste ich zwischen den Zähnen hervor. Es waren noch vier Stunden bis zum Urlaubsbeginn, das würde ich auch noch schaffen. »Einfach ein bisschen schmoren lassen, umrühren. Das Dings, äh … Wasserhuhn würde ich würfeln. So isst man es in Südchina.«

Ich schob Nele in Richtung Kasse, drehte zum Lager ab, vergrub die Hände in einem Karton mit Styroporkugeln und stellte mir vor, wie ich ein Wasserhuhn erwürgte. Wenn es irgendwo auf der Welt ein Tier gab, das so hieß.

Willkommen in meiner Welt.

Willkommen im Mister Xu Schnäppchen Market.

Meine Uniform engte das Atmen ein, am Hals kriegte ich Ausschlag von der Kunstfaser, meine kaputte Hand begann zu schmerzen, vor Müdigkeit und Nervosität war mir schlecht. Vielleicht waren es auch der billige Weihrauch und die taiwanesischen Lösungsmittel. Es war ein Jammer.

Und das alles für drei Euro achtzig die Stunde.

Seit ich in Hannover wohnte, ging es eigentlich kontinuierlich bergab. Der Job reichte gerade eben für die Miete, dreimal pro Woche in der Fußgängerzone Glasnudeln mit süßsaurer Soße aus der Flasche, ab und zu ein Feierabendbier mit meinem besten Freund Mike und unfassbar viele Kinokarten für Kim und mich – und da waren die monatlichen Überweisungen meiner Eltern schon eingerechnet.

Meine Studienbewerbungen staubten in der Schublade vor sich hin und erzeugten regelmäßig Panik und Bauchdrücken und den guten Vorsatz, die teuren Kuverts demnächst vielleicht doch nochmal aufzureißen und das Deckblatt mit dem Datum zu aktualisieren.

Und die Liebe. Ein ewiges Auf und Ab, eine emotionale Jeepsafari, ohne Anschnallgurt mit Vollgas durch das unwegsame Hinterland der Versprechungen, Hinhaltetaktiken und ungeklärten Fragen. Vor einer Woche dann die Vollbremsung: Kim hatte mit ihrem Freund Schluss gemacht und war in den Urlaub gefahren. Seit einer Woche hatte ich sie nicht mehr gesehen und nicht mehr von ihr gehört als zwei lächerlich kurze Anrufe à dreiundzwanzig beziehungsweise einunddreißig kostbare Minuten.

Hannover hatte was gegen mich, es machte mir das Leben schwer. Es konnte mich nicht leiden.

Und allmählich beruhte das auf Gegenseitigkeit.

Das Beste an Hannover ist die Bahnverbindung nach Hamburg, habe ich mal gehört. Und bis jetzt fällt mir wenig ein, das diese Theorie widerlegt. Die Stadt hat keinen guten Ruf, ich weiß, eine gesichtslose, hässliche Großstadt irgendwo in der niedersächsischen Ebene. Ich würde jetzt gerne etwas Gegenteiliges sagen. Zum Beispiel, dass die hier viele Parks haben und einen supertollen Zoo mit echten Freigehegen, Stadtwald und Grünanlagen an jeder Ecke. Messe und Expo 2000 und Oliver Pocher und Gerhard Schröder. Die fast dreißigtausend Studenten nicht zu vergessen. Und die Scorpions und Fury in the Slaughterhouse, won't forget these days, das ist Hannover zum Mitsingen.

Hört sich nicht schlecht an, oder?

Auf dem Papier schon, zugegeben. Aber die Wahrheit ist: Davon bekommt man irgendwie nichts mit. Wenn man hier durch die Straßen geht, sieht alles gleich aus. Als hätten die nach dem Krieg die ganze zerstörte City mit großen Legosteinen wieder aufgebaut, Block für Block. Aber nicht die schönen Legosteine aus der Werbung, aus denen man im Handumdrehen ein kleines, ansehnliches Städtchen mit Rathaus und Kindergarten zaubert. Eher so altes, angegrautes Lego aus der Kiste im Dachboden, mit denen angeblich schon Tante Ellie gespielt hat, als sie klein war.

Vielleicht ist auch die Autobahn schuld. In Hannover kreuzen sich die A7 auf der Nord-Süd-Achse und die A2 von Berlin nach Dortmund. Unermüdlich schwemmen über die Autobahnen Probleme nach Hannover: harte Drogen und Prostituierte aus dem Osten, weiche Drogen und Holländer aus dem Westen, Nordseetouristen aus dem Süden und Italientouristen aus dem Norden.

Aber das war nicht das Problem.

Das Problem waren Leute wie Nele mit dem Wasserhuhn. Studenten, die noch müde waren von der Party letzte Nacht, die sich schon auf ein Abendessen in der unheimlich netten und aufgeschlossenen WG freuten. Hannover, Großstadt, hey: Irgendwo hier draußen liefen die rauschenden Partys, da war ich mir sicher. Aber ich war nicht eingeladen, ich hatte keine Ahnung, wo man abends abseits der Fußgängerzone vernünftig hingehen konnte.

Es war nicht so, dass mir gerade so nach Party war. Lieber wollte ich in mein Bett. Und ich wollte zu Kim, zu ihrem festen, weichen Körper, zu ihrem nervenzerfressend guten Geruch, dieser Mischung aus tropischen Früchten, Chlorwasser und einer weiteren, rätselhaften Note, die mich an endlose Urlaube an schneeweißen Stränden denken ließ, an feine Schaumkronen auf dem azurblauen Ozean.

Aber der Gedanke, dass sich andere amüsierten, während man selbst in einer Polyesteruniform importierte

Lampions und Trockenobst verkaufte und nicht eingeladen war – dieser Gedanke raubte mir die letzte Kraft.

Als ich mich umdrehte, stand Mister Xu direkt hinter mir. Ich schrie auf, prallte mit dem Hinterkopf gegen die Glastür und warf mit der tauben Hand einen Ständer mit chinesischen Werbeheften um.

»Du siehst k'ank aus«, näselte Mister Xu. Er hielt einen blassblauen Fächer in der Hand und fächelte mir aromatisierte Luft zu.

Unter Mister Xu hatte ich mir vor dem Bewerbungsgespräch einen kleinen, verhutzelten Chinesen vorgestellt: Fu-Manchu-Bart, graues Haar, bodenlanger Kimono, kann Kung-Fu. Chinesen müssen klein sein, drahtig und gelenkig, denkt man. Aber weit gefehlt. Xu überragte mich um Haupteslänge, ein großer, olivhäutiger, schweigsamer Chinese in den Mittvierzigern mit einer Vorliebe für Adidas-Jogginganzüge.

»Ich fühle mich auch krank, Mister Xu. Hab heute Nacht kaum geschlafen. Ich hatte eine Fledermaus im Zimmer. Glaubt man nicht, ich weiß. Ist aber wahr. 'ne Fledermaus.«

»F'edermaus«, wiederholte Mister Xu nachdenklich. »Ist nicht gut. Darf ich dir k'einen Rat geben?«

»Klar.« Ich zuckte mit den Schultern. Vermutlich würde mir Xu nur wieder empfehlen, ihm für sieben Euro (Spezialpreis für Angestellte) eine handliche Opferpyramide aus chinesischem Zimt abzukaufen und sie an Ort und Stelle im Hausaltar abzufackeln.

»Nicht imme' so t'aurig gucken!« Mister Xu boxte mir schmerzhaft aufs Brustbein. Er entblößte sein gelbes Gebiss und lachte wiehernd. Sein Mund sah aus, als sei er vollständig mit Backenzähnen gefüllt. »Nicht imme' so t'aurig gucken! Das zieht böse Geiste' an!«

Ich zwang meine Gesichtsmuskeln zu einem müden Lächeln. Mehr war nicht drin. Mein Körper machte das alles nicht mehr mit. »Ich weiß, ich hab erst ab morgen Urlaub. Aber wäre das okay, wenn ich jetzt schon nach Hause gehe, Mister Xu? Ich fühle mich heute echt nicht so.«

»Geh nach Hause, geh nach Hause.« Mister Xu tätschelte meine gefühllose Hand. »Deine Finge' sind auch schon ganz kalt. Schlechtes Chi. Besse', du legst dich ins Bett. Bevor noch Ung'ück passiert!«

Ich trottete in die Umkleidekabine, schälte mich mühevoll aus der Uniform, warf sie über einen Kleiderbügel und betrachtete mein Gesicht im Spiegel. Mister Xu hatte Recht, ich sah wirklich traurig aus. Aber so sehr ich mich auch bemühte, der Gesichtsausdruck war nicht wegzukriegen. Ich guckte wie ein professioneller Begräbnisredner, einhundertprozentig betroffen. Auch meine Haare sahen irgendwie komisch aus. Stumpf, glanzlos, mattbraun. So musste das Gefieder eines toten Wasserhuhns aussehen.

»Eine Frage hätte ich noch«, sagte ich zu Mister Xu, ehe ich den Laden verließ. »Water Chicken, was ist das eigentlich?«

Xu ließ den Blick in beinahe meditativer Andacht durch den Raum schweifen. »Ve'kaufen wir das?«, fragte er. »Ja?«

»Ich glaube schon. Stand zumindest auf der Packung. Ist das ein Wasserhuhn?«

Mister Xu antwortete nicht. Er schien im Kopf eine Reihe von möglichen Erklärungen gegeneinander abzuwägen. Ein nervöser Ausdruck trat in seine Augen.

»Etikettiermaschine ist kaputt«, sagte er schließlich.

»Aber ich habe das doch selbst etikettiert«, wand ich ein. »Wieso soll die denn kaputt ...«

Ein fahrige Bewegung von Mister Xus weihrauchschwarzem Zeigefinger unterbrach mich. Er klopfte mir gegen die Brust und drängte mich zum Ausgang. »Du bist k'ank heute«, stellte er fest. »Und Etikettiermaschine ist kaputt. Gute Besse'ung. Bis in d'ei Wochen.«

Irgendwie schaffte ich es, nach Hause zu fahren, vergrub meinen geschundenen Körper unter der Bettdecke und schlief wie ein Toter.

Am späten Nachmittag erwachte ich vom erbarmungslosen Klingeln meines Telefons. Mein linker Arm pochte. Er fühlte sich immer noch an wie in Watte gepackt. Die Druckstellen am Handgelenk waren inzwischen dunkelviolett angelaufen.

Mein Funkwecker zeigte 17:08 Uhr an. Der Stromausfall war anscheinend vorbei, immerhin etwas. Draußen war es schon wieder dunkel, der Himmel unruhig und wolkenverhangen.

Ich fischte das Telefon aus dem Berg zerknüllter Kleidungsstücke am Fußende.

»Schätz«, krächzte ich unwirsch. Wenn es meine Eltern waren, sollten sie gleich begreifen, dass sie störten. Es war kein Zufall, dass ich seit zwei Wochen nicht mehr mit ihnen telefoniert hatte. Beim letzten Gespräch hatten sie angedeutet, dass sie mich besuchen wollten. Da ging ich besser kein Risiko ein.

»Ich bin's«, sagte Kim. Sie klang etwas verschüchtert. »Stör ich? Du klingst so, als würde ich stören. Hab ich dich geweckt?«

»Ich bin heiser«, sagte ich schnell. Meine Stimmbänder waren noch ganz klebrig vom unruhigen Schlaf. »Finde ich toll, dass du anrufst. Ich habe nicht geschlafen oder so, ja?« Ich schielte zur Uhr. Der Countdown lief: Fünfzehn Sekunden.

»Gestern war auch immer nur die Mailbox dran«, sagte Kim. »Ich wollte einfach mal deine Stimme hören. Ich bin nämlich schon zurück.«

»Zurück?«

»Ja, schon.« Sie klang betrübt. »Zwei Tage zu früh. Borkum war ganz schön, na ja, nur alte Leute und viel Regen, aber ganz schön eben. War Sarahs Vorschlag, dass wir wieder nach Hause fahren. Sie wollte zu Sven zurück.«

Jetzt kam eigentlich die Stelle, wo Kim mir versichern musste, dass sie sich auch nach mir gesehnt hatte. Aber die Sache mit Sarah ließ sie nicht los.

»Ich glaube, sie hat sich mit mir gelangweilt«, sagte sie. »Letztes Jahr war sie mit Melle und Tobi auf Borkum, hab die Fotos gesehen, war wohl ganz toll. Besser als mit mir.«

»Tut mir echt leid«, sagte ich.

Mir war schleierhaft, wie man sich in Kims Gegenwart langweilen konnte. Die Aussicht, mein Gesicht in ihrem Haar zu vergraben, den Duft ihrer schimmernden Haut zu riechen, einfach bei ihr zu sein, sie anzuschauen und vielleicht ein ganz bisschen mit ihr rumzumachen, das alles regte meine Ganzkörperdurchblutung in wunderbarer Weise an.

Aber Kim gab sich gerne die Schuld für alles Mögliche: Für die Borkumer Langweile von Sarah, dieser scheißfreundlichen magersüchtigen Kuh, die nur wegfahren wollte, um ihren Freund eifersüchtig zu machen. Sie gab sich die Schuld dafür, dass sie ihren Studienplatz in Greifswald, Deutsch und Sport auf Lehramt, nicht angetreten hatte, um in Hannover beim Andi zu bleiben und sich mit Jobs im Fitnessstudio über Wasser zu halten und im Gosch Sylt Fischplatten zu servieren, während der Andi dann leider nach Amerika gegangen war (Kim war *bestimmt* schuld dran, sie hatte ihn nicht halten können) und sich nur noch einmal pro Woche gemeldet hatte (Kim war *bestimmt* keine interessante Gesprächspartnerin), während Kim ohne Absprache ihre Gefühle für den armen Kerl verlor.

Sie fuhr irgendwie auf diese Schuldnummer ab. So sind sie, die Frauen, dachte ich. Sie gucken ja auch traurige Liebesfilme. Leiden ist irgendwie ihr Ding. War ja eigentlich ganz süß.

»Wenn du heute Abend schon was vorhast, ist das nicht schlimm«, sagte Kim. »Ich hätte dir ja auch früher Bescheid sagen können.«

»Schon okay«, sagte ich lässig. Kim brauchte nicht zu wissen, dass ich jede Verabredung für sie abgesagt hätte, abgesehen davon, dass ich keine hatte. Scheiß auf die Fledermaus, dachte ich, vergiss die kaputte Hand, das Leben hatte mich wieder …

»Ich komme zu dir, ja?«, platzte ich heraus.

»Hm … nicht so gerne«, sagte Kim. »Nicht lieber in die Stadt? Ins Kino? So ganz romantisch zu zweit. Komm schon, so wie früher!«

Wenn Kim *wie früher* sagte, meinte sie: Kino.

Vor drei Wochen hatten wir uns das erste Mal zu zweit getroffen, ziemlich genau fünf Tage, nachdem mir Kim das Leben gerettet und mir ihre Handynummer auf den Rand des DLRG-Magazins geschrieben hatte. Ihr Freund Andi war gerade frisch nach Amerika abgedüst, und sie hatte ein furchtbar schlechtes Gewissen, ihn so schnell und so brutal zu hintergehen. Wir gingen ins Kino, schauten die meiste Zeit streng auf die Leinwand, unsere Hände auf der Armlehne lagen gerade drei Zentimeter weit auseinander, während ich mein Hemd durchschwitzte und mich so sehr in sie und ihren schuldbewussten Schmollmund und ihre gerunzelten Augenbrauen verliebte, dass mir übel wurde.

Kino, das schien bei ihr zu ziehen. Also blieb ich dran. Fast täglich.

Sechs Filme später brach das Eis. Wir knutschten, bis mir von Kims himmlischer Spucke die Mundwinkel brannten.

Einen Tag später machte Kim am Telefon drei Stunden lang mit dem Andi Schluss, und er weinte angeblich die halbe Zeit über. Pech für ihn. Erst einen auf Cowboy machen, ein Auslandssemester in Oregon, wo immer das genau lag, und dann rumheulen, wenn einem die Frau wegläuft.

Aber sie war noch nicht richtig drüber weg, das merkte ich. Auf der Straße Händchenhalten wollte sie nicht, Freunde vom Andi konnten uns sehen und ihm berichten, wie schnell sie einen Neuen hatte, alles auf Kosten seiner seelischen Gesundheit. Und er weinte ja so schnell.

Auch Kims Wohnung blieb tabu. Weil da noch so viele private Sachen vom Andi rumlagen. Okay, er hatte mit ihr da drin gewohnt und stand bestimmt nicht drauf, wenn ich seine DVDs durchguckte. Aber ein bisschen kleinlich war es schon, das zum Sperrgebiet zu erklären.

Zu mir wollte Kim blöderweise auch nicht. Noch nicht. Damit sollten wir uns *Zeit lassen*. Kostbare Zeit, die meinen Unterleib Tag für Tag ein Stückchen mehr zerfraß.

Allmählich entwickelte ich einen ungesunden Hass auf Kinos. Aber was half das Rumdiskutieren? Auch dort konnte man es nett haben. Und beim Gedanken an Kims Nähe und ihren sinnlichen Duft schmolz mein Ärger zu einem kleinen zarten Häufchen zusammen.

»Ist okay, dann halt Kino«, sagte ich. »Wir treffen uns an der Marktkirche.«

Ich duschte. Das dampfende Wasser prasselte auf meinen angegriffenen Arm und linderte das schmerzhaft taube Gefühl. Ich massierte meine Schultern und den Nacken und bohrte die seifennassen Fingern tief in die Gehörgänge. Der Ohrenschmalz war unter der heißen Dusche zu einem glitschigen Brei aufgequollen, der sich immer weiter im Ohr zu verteilen schien.

Ich habe mal gelesen, dass die Benutzung von Wattestäbchen zu empfindlichen Verletzungen im Gehörgang führen kann. Außerdem fand ich die Dinger irgendwie sehr weiblich. Zwei gute Gründe, sie nicht zu benutzen und die Ohren anders sauberzumachen. Finden Sie vermutlich eklig. Ist es auch. Besonders, wenn man relativ kräftige Finger mit kurzen Nägeln hat. Nach einer Viertelstunde drehte ich entmutigt den Hahn ab.

Die Ereignisse der letzten Nacht gingen mir wieder und wieder durch den Kopf – wie ein seltsamer Traum, dessen Details allmählich verblassten, je mehr ich versuchte, sie mir vor Augen zu rufen.

Was waren das für komische Sanitäter in meinem Schlafzimmer gewesen? Was hatte der Unsinn zu bedeuten, den sie erzählt hatten? Woher hatten die meine Daten? Und, ich bitte Sie: Anthropodingsbums, mittlere Intelligenz? Das alles war einfach nur lächerlich.

Mein Gesicht im beschlagenen Spiegel sah immer noch blass und verquollen aus. Wie eine Wasserleiche. Die Wahrscheinlichkeit, dass der Abend mit Kim in meinem Bett enden würde, war noch geringer als sonst. Ich musste dringend was für mein Äußeres tun. Beherzt griff ich mir das letzte saubere Handtuch vom Stapel und rubbelte mein Gesicht, bis jede einzelne Pore brannte.

Ich suchte mein Schlafzimmer nach brauchbaren Klamotten ab. Die Fledermaus hatte keine sichtbaren Spuren hinterlassen. Aber ich bildete mir ein, ihr infektiöses Aroma noch riechen zu können.

Mit dem Fuß stöberte ich nach frischen Boxershorts. Plötzlich stutzte ich. Da war kaltes Metall zwischen meinen Zehen. Ich schob die Wäsche zur Seite.

Ein zartes, goldenes Kettchen.

Da war es wieder, das Gefühl: Als hätte sich die Raumtemperatur schlagartig gesenkt. Kälte stieg von meinen Zehenspitzen auf.

Ich ging in die Knie und warf meine alten Boxershorts zur Seite. Mit spitzen Fingern hob ich die Kette auf. Ein Schmuckstück hing dran, ein Anhänger.

Ein Amulett.

Es war tiefgolden, beinahe kupferfarben, nicht sonderlich klein. Irgendwie zu groß für normalen Schmuck. Ich schloss die Hand darum. Es war nicht besonders kühl. Und doch war es, als griffe ich in eiskaltes Wasser.

Ich fröstelte. Das Ding gehörte eindeutig nicht mir. Es hatte hier nichts zu suchen, und gestern war es noch nicht da gewesen. Es war *fremd* in meiner Wohnung.

Wo hatte ich so ein Teil schon mal gesehen? Der Anhänger war kreisrund und passte bequem in meine Handfläche. In der Mitte war eine Schlange eingraviert, und die Ränder der Scheibe waren mit schmuckvollen Ornamenten verziert.

Ich warf das Amulett auf die Bettdecke und schloss die Augen. Letzte Nacht ... letzte Nacht war da so ein Ding gewesen ...

Plötzlich tauchte die Erinnerung aus dem Durcheinander der letzten Nacht auf, gestochen scharf und glasklar. *Du bist in Sicherheit, Anthropomorph,* hatte der Türke gesagt. Das Amulett ruhte auf seiner rettungssanitäterfarbenen Brust.

Ein Stich fuhr mir durchs Zahnfleisch, scharf und drückend wie eine Betäubungsspritze beim Zahnarzt. Ich schrie auf und presste die Faust in den Oberkiefer.

Einen Moment lang kippte das Zimmer nach links, Schwindel drückte meinen Kopf auf die Matratze.

Als ich die Augen aufschlug, lag das Amulett direkt vor mir auf dem Bett. Mit zittrigen Fingern griff ich danach. Das Metall prickelte unter meiner Berührung.

Aber von den Schmerzen war nichts mehr zu spüren.

3

Luscious Chocolate

Vielleicht hatten die Sanitäter das Teil ja auch absichtlich dagelassen, überlegte ich während des Zähneputzens, als eine Art Werbegeschenk. Oder sie hatten es verloren und kamen demnächst nochmal vorbei. Möglicherweise gehörten sie aber auch zu einer Sekte, und würden bald mit einer Sammelbüchse vor meiner Tür stehen.

Eigentlich müsste man mal mit der Leitstelle telefonieren und sich nach dem Rettungsdienst erkundigen: MAD – wie das Satiremagazin. Oder der Militärische Abschirmdienst.

Der Goldanhänger stand mir übrigens nicht schlecht. Ich hatte ihn probehalber mal umgelegt, sah okay aus, also ließ ich ihn dran. Ich bin eigentlich gar nicht so der Surfertyp. Der Versuch, mir längere Haare wachsen zu lassen, war fürchterlich fehlgeschlagen, ich sah aus wie Alanis Morissette.

Aber das Schlangenteil hatte das gewisse Etwas. Es wirkte irgendwie exotisch. Und es beruhigte mich, fühlte sich gut an auf der Haut.

Auf die Schnelle brachte ich noch ein wenig Ordnung in das Chaos meiner Wohnung. Scherben in den Müll, Pfandflaschen wegräumen, das Bett neu beziehen, das Brigitte-Bardot-Retro-Poster abhängen, Kondome griffbereit in die zweite Schublade unter eine Packung Tempos. Nur für den Fall, dass ich Kim nach dem Kino irgendwie dazu überreden konnte, die Nacht bei mir zu verbringen.

Ich schlüpfte in meine sündhaft teuren Adidas-Retro-Sneakers, die ich auf Kims Rat hin gekauft hatte. Kapuzenjacke an, und fertig. Die Nacht konnte beginnen.

Um auf keinen Fall zu spät zu meinem Date zu kommen, war ich vierzig Minuten zu früh unterwegs. Im Vorbeigehen holte ich mir ein Red Bull von dem verwitterten, schweigsamen Kioskverkäufer bei mir an der Ecke, der seit meinem Einzug vor acht Monaten noch kein einziges Wort mit mir gesprochen hatte. Vielleicht war er behindert oder so. Rechnen konnte er.

Ich nahm die U-Bahn. Mit den öffentlichen Verkehrsmitteln in Hannover stimmte was nicht, überlegte ich. Zum Beispiel, dass man Schwarzfahrer und Fahrkartenkontrolleure optisch nicht voneinander unterscheiden konnte, schlecht angezogen und gelegentlich alkoholisiert. Oder dass im Flughafengefängnis angeblich drei Viertel der Insassen Schwarzfahrer waren, vielleicht auch Schwarzflieger, auf jeden Fall Bagatellverbrecher.

Ich beäugte den Mann in der Sitzgruppe mir gegenüber. Er trug nichts als kurze Hosen und ein Trägershirt, mutig angesichts der Jahreszeit. Es war nicht sicher auszumachen, ob er noch atmete. Vielleicht war er schon vor einigen Wochen eingestiegen, als das Wetter noch besser war. Unter den verfilzten Barthaaren waren keine Verwesungsspuren zu erkennen. Sicherheitshalber setzte ich mich um. Nicht dass man mir die Sache in die Schuhe schob.

Samstagseinkäufer mit nassen Rucksäcken und vollgestopften Einkaufstüten drängelten sich in der U-Bahn. Die kauften wahrscheinlich schon eifrig Geschenke, dabei waren es noch fast sechs Wochen bis Weihnachten.

Ich stieg im Zentrum aus und bahnte mir einen Weg durch eine Gruppe von Teenagern in Chucks und schmalen Jeans. Mein Blick blieb an einem Reinigungsmann hängen, der untätig auf dem Bahnsteig herumstand und die Leute böse anstarrte. Unter seiner leuchtendgrünen Serviceweste trug er nur ein Hardrock-Café-Shirt (Pattaya) mit kurzen Ärmeln und zahlreiche Tätowierungen. Der Arme konnte sich wahrscheinlich nichts Anständiges zum Anziehen leisten. Er sah hungrig aus. Ob er sich ein Zubrot erbettelte?

Ich nickte ihm flüchtig zu, aus Solidarität unter Männern, die untertariflich bezahlt wurden.

»Was glotztn so?«, knurrte er. Seine Pupillen waren nicht größer als Stecknadelköpfe. Wahrscheinlich war er auf Heroin, schlussfolgerte ich, besser nicht antworten.

Die ganze Innenstadt hing voller Weihnachtsklimbim, und ich hatte noch kein einziges Geschenk. Wenn ich mir was wünschen durfte, dann dass ich bis dahin richtig mit Kim zusammen war. Nicht nur so ein bisschen wie bisher, sondern fest und öffentlich, wie andere Paare auch. Dass der Andi endlich abgeschrieben war und kapierte, wie die Sache wirklich aussah. Nämlich gut für mich und schlecht für ihn.

Der Abend begann mit einer unerfreulichen Überraschung.

»Du hast dir die Haare gefärbt«, stellte ich fest, als ich Kim in die Arme schloss. »Sieht super aus. Echt.«

Eigentlich waren Kims Haare honigblond. Bis jetzt.

Sie war wunderschön, keine Frage. Und als ich sah, wie sie an der Marktkirche inmitten eines Schwarms aufgeregter Weihnachtseinkäufer auf mich wartete, bekam ich schwitzige Finger: die Hände in den Taschen ihres weißen Anoraks versenkt, ihr vollendetes Gesicht von einer Fellkragenkapuze umrahmt, aus der dunkelbraune Haarsträhnen lugten.

Es war nicht so, dass ihr dunkle Haare nicht standen, eher im Gegenteil, sie machten sie interessant. Aber vielleicht wäre ich gerne gefragt worden.

»Gefällt dir, ja?« Kim schlug die Kapuze zurück und schaute mich aus großen, fragenden Augen an. Sie sah aus wie ein brünetter Weihnachtsengel, der nach einer riskanten Haartönung Angst hatte, von den himmlischen Festlichkeiten ausgeschlossen zu werden.

Ich nickte enthusiastisch, während ich Kim durch den Menschenstrom führte. »Sieht fantastisch aus.«

Kim lächelte, die Erleichterung stand ihr ins Gesicht geschrieben. »Ich hatte schon Angst, du magst das nicht. Habe ich dir gar nicht erzählt, es sollte eine Überraschung sein. Das hat mir Sarah vorgeschlagen, und ich dachte, ich verändere mich mal.«

»Veränderung ist immer was Schönes«, murmelte ich. Sarah, die falsche Schlange, würde dafür bezahlen, das schwor ich mir.

»Du hast bestimmt total hart gearbeitet, während ich im Urlaub war.« Kim streichelte mich mit der Fingerspitze am Kinn. »Da kriegt man ja ein richtig schlechtes Gewissen.«

»Geht so«, sagte ich. »Heute war schlimm.« Wenn sie ihren wunderbaren Finger doch für immer dort lassen könnte.

»Vielleicht kann ich dich ja ein bisschen trösten«, sagte Kim, stellte sich auf die Zehenspitzen und zog mich zu sich heran.

Eine einzelne Schneeflocke tanzte auf ihren dunklen Wimpern, während wir uns küssten.

Seltsamerweise schmolz sie nicht.

»Gibt's denn inzwischen was Neues vom Andi?«, fragte ich beiläufig, während wir Hand in Hand durch die Altstadt schlenderten.

»Geht ihm ziemlich schlecht«, sagte Kim, ließ meine Hand los und drehte sich einmal um die eigene Achse. Von hinten waren die Haare auch braun. Aufregend. »Aber damit brauche ich dich nicht auch noch zu belasten … Die Haarfarbe heißt *Luscious Chocolate*. Hört sich doch lecker an, oder?«

Ich nickte. »Und, was sagt er so, der Andi?«, fragte ich. »Gefällt es ihm noch in Amerika?« Oder würde er bald wieder zu Hause auf der Matte stehen und Kim die Ohren vollheulen?

»Er leidet still. Und er bleibt da.« Kim hüpfte auf meinen Rücken und schlang die Arme um meinen Hals.

Ich schielte nach links und rechts. Da standen Menschen, die uns sehen konnten. Was immer auf Borkum mit Kim geschehen war, es gefiel mir. Sie ließ zu, dass Fremde erahnen konnten, dass wir uns kannten.

Verdammt, roch sie gut, cremig und sauber, exotisch nach Tropenfrüchten und ein ganz bisschen nach Chlorwasser.

»Lass uns in die Nacht galoppieren, Basti, und nicht mehr an den ganzen Ärger denken, ja?«, flüsterte sie an meinem Ohr. »Olé?«

»Olé«, sagte ich und galoppierte los.

Wir gingen ins Kino, irgendwas mit Reese Witherspoon und einem pummeligen Latino, der eine neue Wohnung suchte.

»Du trägst ja 'ne Kette«, flüsterte Kim, nachdem wir uns unsere Plätze gesucht hatten. Sie nestelte an meinem Hemdkragen herum. »Neulich wollte ich dir auch einen Anhänger schenken, aber ich dachte, du magst keinen Schmuck. Habe ich nicht aufgepasst, hm?«

Ich nickte nur. Vor uns saß ein breitschultriger junger Mann, in dessen frisch polierter Glatze sich Reese Witherspoons blondes Haar spiegelte. Er hatte den Arm um seine Freundin gelegt und mir schon beim

Reinkommen einen gefährlichen Blick zugeworfen. Der stand nicht auf Gequatsche hinter ihm.

Plötzlich fischte Kim den goldenen Anhänger aus meinem Hemd. Ihre Augen weiteten sich. »Hui«, sagte sie eine Spur zu laut. »Wo hast du das denn her?«

»Gefunden«, flüsterte ich. »Wohnung.«

»Wo? In deiner Wohnung?«, fragte Kim. Der Film schien für sie vollkommen uninteressant geworden zu sein.

»Als wäre ein Schwein in meine Wohnung eingezogen!«, rief Reese Witherspoon auf der Leinwand, die sich mit dem Latino irgendwie nicht einig wurde. »Ein Dreckschwein!«

Der Glatzkopf vor uns zuckte einmal.

»Ja«, hauchte ich. »In meiner Wohnung.«

Kurz zog ich in Erwägung, Kim von der Fledermaus zu erzählen. Wahrscheinlich hätte ihr die Geschichte furchtbar leidgetan, besonders die Szene, als ich mit wehendem Bademantel mit nichts drunter im Fenster hing. Eine Portion Mitleid kam mir gerade recht. Aber der Glatzkopf ließ mich meinen Plan überdenken, außerdem war das echt eine peinliche Story.

»Ein paar Jungs aus dem Zivi haben das liegenlassen«, formte ich mit den Lippen. »Die haben einen … äh … Otter in der Gegend abgeholt, der war ausgerissen.«

»Zivi? Otter?«, fragte Kim. Sie grinste, als wäre das die blödeste Ausrede, die mir einfallen konnte. »Nee, jetzt mal ehrlich. Ist das deins?«

Kurzerhand nickte ich. »Jaja.«

Das schien Kim sichtbar zu erleichtern. »Es sieht wirklich wunderschön aus. Wie aus einem Film, *Herr der Ringe* oder so ähnlich.« Sie wendete das Amulett und besah es sich gründlich von vorne und von hinten, vertiefte sich in das kunstvolle Schlangenornament.

Reese Witherspoon war übrigens ein Geist.

»Nicht vom Flohmarkt oder so?«, fragte sie etwas skeptisch und auf mittlerer Zimmerlautstärke.

»Könnt ihr mal leiser reden?«, machte die Freundin des Glatzkopfes nach hinten. »Ist nämlich gerade voll unheimlich im Film, falls ihr es noch nicht gemerkt habt.«

Kim zuckte zusammen. Sie warf der Dame von vorne einen mitfühlenden Blick zu. »Du hast ja Recht, sorry«, sagte sie. »Ist wirklich unheimlich.«

»Reese Witherspoon ist ja auch ein Geist«, warf ich ein. Das fehlte gerade, dass auch noch diese Penner Kim ein schlechtes Gewissen machten. »Da muss das unheimlich sein.«

Der Glatzkopf drehte sich um. »Hast du uns eben das Ende verraten?«, fragte er. »Hast du nicht im Ernst, oder? Du hast uns jetzt nicht im Ernst das Ende verraten, wie scheiße ist das denn?«

»Nee, Quatsch«, sagte ich. »Wir kennen den Film gar nicht.«

»Doch.« Kim klang zerknirscht. »Ich hab den schon auf Borkum geguckt. Ist total romantisch.«

»Das sieht man doch schon am Anfang, dass Reese Witherspoon ein Geist ist«, gab ich zu bedenken.

»Ihr seid voll scheiße«, sagte die Freundin des Glatzkopfes. »Das Ende verraten, das geht gar nicht.«

»Lass die doch.« Der Glatzkopf setzte sich wieder richtig hin und streckte mir über die Schulter seinen krummen tätowierten Mittelfinger entgegen. »Die sind es nicht wert«, knurrte er mit zusammengepressten Zähnen. Er klang, als hätte er diesen Satz beim Antiaggressionstraining auswendig lernen müssen. »Die sind es echt nicht wert, die Arschlöcher.«

Kim zuckte mit den Schultern. »Das tut mir jetzt total leid für die«, flüsterte sie. Wir starrten auf das Amulett in ihren Fingern. »Willst du hierüber noch reden?«

»Nee, ist alles gut. Gucken wir einfach weiter.«

Kim lächelte. Erleichterung lag in ihrem Blick.

»Vielleicht bin ich ja unsterblich, wenn ich das trage«, raunte ich in ihr Haar. »Oder unverwundbar.«

»Oder unwiderstehlich«, murmelte Kim. Sie kuschelte sich an meine Schulter, ihr Haar strich über mein Kinn. »Glaubst du, das wird etwas mit uns beiden?«, flüsterte sie. »Ich meine, so richtig mit allem Drum und Dran?«

Mein Herz setzte gefühlte zehn Sekunden aus und schlug dann in doppeltem Tempo weiter. Das war der Moment, auf den ich so lange gewartet hatte, ohne Vorwarnung! Sie meinte es ernst. Jetzt, plötzlich, von einer Sekunde auf die andere.

Sie meinte es ernst.

Was konnte es Besseres geben auf der Welt als eine wunderbare Frau mit eindeutigen Absichten und einem Augenaufschlag, für den man töten würde?

»Ja«, sagte ich mit trockenem Hals. »Es wird gut. Bin ganz sicher.«

Das waren keine leeren Worte. Mein Kopf und mein Bauch und meine Unterwäsche sagten mir, dass alles *perfekt* werden würde. Dass Kim und ich füreinander geschaffen waren.

Unterwäsche ist ein schlechter Ratgeber in solchen Sachen, ich weiß.

Liebesgeschichten brauchen einen einzigartigen Anfang. Einen besonderen Moment, in dem sich die Liebenden zum ersten Mal begegnen. Die Zeit steht still, man fühlt das Schicksal. Die Vögel singen. Ein neues Leben beginnt.

Wunderschön muss das sein.

Als ich Kim zum ersten Mal sah, war es leider ganz anders.

Es war nach Mischas Abschiedsparty im Otterzentrum gewesen, vor genau drei Wochen und fünf Tagen. Party ist vielleicht ein etwas hochgegriffenes Wort. Wir waren nur zu dritt: Mischa und Andreas, die beiden Festangestellten, und ich, der ehemalige Zivi. Um von einer Party sprechen zu können, hätten wir die Otter mitzählen müssen.

Den ganzen Weg vom Bahnhof bis ins Naturschutzgebiet haben wir Schildersaufen gespielt. Man braucht dazu einen gut bestückten Bollerwagen, ordentlichen Durst und eine längere Straße mit Verkehrsschildern. Ich war für Vorfahrtsschilder zuständig. Mein Pech war, dass wir auf einer Hauptverkehrsstraße unterwegs waren, auf der die Vorfahrt ziemlich engmaschig geregelt war. Alle zweihundert Meter musste ich tief in den Bollerwagen greifen.

Als wir im Otterzentrum ankamen, hatte ich meinen Anteil Apfelkorn schon beinahe aufgebraucht.

»Achtung, abbiegende Vorfahrt!«, rief ich schwungvoll und steuerte den Bollerwagen zum Gemeinschaftsraum.

Meine restlichen Erinnerungen an den Abend sind von da an äußerst lückenhaft. Ich habe an Teich 4 übernachtet, glaube ich.

Am nächsten Morgen hatte Mischa die glorreiche Idee, meinem schlechten Allgemeinzustand mit einem Besuch im Schwimmbad beizukommen, das nur zwei nüchterne Gehminuten vom Otterzentrum entfernt lag. »Totales Geheimrezept«, verriet er mir. »Mach ich jedes Mal, wenn ich verkatert bin. Isotonische Getränke und Chlorwasser. Die kriegen dich im Nu wieder hin.«

Ich kann dieses Rezept nicht uneingeschränkt empfehlen, das ist was für Profis.

Leider sind die Erinnerungen an diesen Vormittag, ganz im Gegensatz zur Nacht an Teich 4, nicht verblasst. Sie stehen mir noch so klar und lebhaft und in den leuchtendsten Farben vor Augen, als sei jemand anders und nicht ich zielstrebig auf den Nichtschwimmerbereich zugetaumelt, mit einem ungelenken Kopfsprung im steilen Winkel abgetaucht und recht ungünstig aufgekommen. Und dann einfach unter Wasser liegen geblieben.

Eigentlich hätte es eine Arschbombe werden sollen. Aber meine Füße sind irgendwie weggerutscht.

Es war schön unter der Oberfläche.

Mischa meinte, ich sei höchstens eine Minute unten geblieben. Aber mir kam es vor wie eine gemütliche halbe Stunde ohne hektischen Lärm und lästiges Atmen. Es war angenehm, sich mit halboffenen Augen und hängenden Armen einfach ein wenig herumtreiben zu lassen. Das hätte ewig so weitergehen können.

Doch plötzlich sah ich sie. Kim.

Meine Kim.

Blitzschnell kam sie aus der verschwommenen Bläue auf mich zugeschossen. Sie tauchte ohne Schwimmbrille, die erschrockenen Augen weit aufgerissen. Sie griff nach meinem Gesicht, packte mich unter der Schulter, zerrte mich an die Oberfläche. Ich wollte dem wunderschönen nassen Mädchen etwas Nettes sagen. Ein lockerer Gruß von Schwimmer zu Schwimmer. Aber es kam nur etwas Schaum aus meinem Mund.

Der Lärm in der Schwimmhalle war plötzlich so laut wie auf dem Hauptbahnhof. Mein Puls toste in meinen Ohren. Ich wollte gleichzeitig einatmen, ausatmen und mich erbrechen. Alles schmeckte nach Chlor und Gatorade.

Ein Dutzend Leute starrte auf uns herab, als Kim Luft in meinen Mund blies. Unsere Lippen ruhten aufeinander, während mein gereizter Magen Hallenbadwasser wild in meinem Körper herumpumpte.

Die Zeit schien stillzustehen.

Das war meine Stunde des Schicksals. Es war heillos um mich geschehen.

Das alles war inzwischen sechsundzwanzig Tage her. Und allmählich war es wirklich Zeit, die Kusszone zu verlassen und in tiefere Gewässer vorzudringen. Aber das stellte sich als wesentlich komplizierter heraus als erwartet.

Brad Pitt sagt im Film *Interview mit einem Vampir*: »Am allermeisten sehnte ich mich nach dem Tod. Diese Bitte galt jedem. Erhört hat sie schließlich ein Vampir.«

Heute Abend im Kino war das ganz anders. Außer nach Kims Nähe sehnte ich mich nur nach einer Zigarette. Ich hatte vor fast einem Jahr aufgehört zu rauchen und es nie wirklich vermisst.

Warum ich in dieser Nacht, mitten im Film – Reese Witherspoon lag auf der Intensivstation und sollte gleich abgeschaltet werden – unbedingt eine rauchen musste, warum mich plötzlich ein nicht zu bezwingendes, beinahe hypnotisches Verlangen nach einer Kippe überkam, darüber kann ich nur spekulieren.

Ich marschierte in das Untergeschoss und zog mir eine Schachtel aus dem Automaten. Die Kellertoiletten in großen Kinoketten haben etwas Beruhigendes. Während der Vorstellungen ist hier unten nicht viel Betrieb. Man kann sich aussuchen, in welcher der zahlreichen Pinkelhallen man gerne Wasser lassen möchte. Wenn man solche Pissoirs überhaupt mag, wo einem jeder in die Hose gucken kann.

Ich bin ein Kabinenimsitzenpinkler und stehe dazu. Wo auch immer es die Möglichkeit gibt, für einige Minuten an einem stillen, abschließbaren Ort einzukehren und sich in Ruhe hinzusetzen, bin ich dabei. Wo ich gerade da war, dachte ich mir, könnte ich das Angenehme mit dem Nützlichen verbinden. Rauchen, Sitzen und Pinkeln – ein meditativer Genuss.

Die Toilette war menschenleer und roch nach aufdringlichem, etwas billigem Herrenparfüm wie in jeder großen Kinokette.

Es zog mich in die hinterste WC-Kabine. Genau dort würde es schön sein, sagte mir eine innere Stimme. Sie säuselte mir zu, wie wohlig ich es dort haben würde, bequem und sicher. Genau in der hintersten Kabine, in der mit dem abgerissenen Aufkleber an der angelehnten Tür. Dort, und nur dort, würde ich mich niederlassen können. Kein Weg führte daran vorbei.

Ich erinnere mich an einen leisen Gedanken der Vorsicht, ein letztes instinktives Innehalten, ehe ich die Toilettentür öffnete. Ich scheuchte das Misstrauen fort wie ein lästiges Insekt.

»Guten Abend.« Der rothaarige Mann in der Toilettenkabine war mager und hässlich und trug einen Oberlippenbart. Er wirkte kein Stück überrascht, mich hier zu sehen. Als hätte er auf mich gewartet. »Ich habe dich hierherbefohlen, Sterblicher, und jetzt sollst du deinen letzten Atemzug tun!«, sagte er etwas förmlich.

Dann sprang er vom Klodeckel auf, packte mich am Kragen meiner Jacke und zog mich zu sich in die Kabine. Meine Hände tasteten nach Halt. Aber alles, was ich zu fassen bekam, war die Toilettenpapierrolle.

Der Atem des Fremden roch nach Hundefutter.

4

Theodor

In diesem verfluchten Hannover wimmelt es nur so von Verrückten, dachte ich, während wir uns prügelten. Einer von ungezählten Durchgedrehten im nächtlichen Großstadtdschungel, die einen auf öffentlichen Klos überfallen und mit denen man eng umschlungen auf den Toilettenfliesen rumrutscht.

Der Typ verkrallte sich in meine mühevoll gestylte Frisur und schlug meinen Kopf immer wieder hart gegen den schmuddeligen Klosockel. Ich bekam ein Ohr von ihm zu fassen und drehte und riss aus Leibeskräften daran. Mit der anderen Hand tastete ich in meiner Jacke nach dem Selbstverteidigungsdöschen voll mit gemahlenem Pfeffer und Vogelsand, das ich eigentlich Kim schenken wollte.

Vogelsand war besser als nichts.

Mein Angreifer schrie aus vollem Hals und wälzte sich herum. »Meine Augen«, brüllte er und schlug mit seinen knochigen Fäusten auf sein Gesicht ein. »Was hast du in meine Augen geschüttet? Was ist das für ein Teufelszeug? Es brennt!« Er stieß mit dem Kopf den Klobürstenständer um. Ockerfarbenes Wasser sickerte in die Fugen.

Ich sprang auf und ließ die leere Filmdose fallen. Die Vogelsand-Pfeffer-Wolke senkte sich langsam. Es roch wie in einem sehr billigen Steakhaus.

O Gott, ich war überfallen worden. Nein, schlimmer: Ich wurde *gerade* überfallen. Ich musste weg hier, sofort weg.

»Hilfe!«, schrie ich. »Hilfe! Schne…«

Noch ehe ich meinen Einwortsatz zu Ende bringen konnte, traf mich ein lähmender Tritt ins Kreuz. Ich wurde nach vorn geworfen, gegen die beschmierte Sperrholzwand. Eddingkritzeleien tanzten vor meinen Augen.

Die Wucht des Aufpralls riss einige Schrauben mit einem hässlichen Geräusch aus der Holzverkleidung der Kabine. In meinem Rücken knackte irgendwas.

Ich bin gelähmt!, jagte es mir durch den Kopf. Ich spüre meine Beine nicht mehr! Von der Hüfte abwärts gelähmt, Klinik, Reha, Rollstuhl! Und jetzt hatte mich dieser Verrückte in seiner Gewalt …

Der Fremde erhob sich aus seiner kauernden Haltung. Er ragte über mir auf wie eine verwitterte Schaufensterpuppe. Dieser Blick aus den wimperlosen, geröteten Augen. Das käsige, blau geäderte Gesicht. Ungewaschene Locken, die ihm über den Kragen seiner grellgrünen Serviceweste fielen. Seine mageren Arme waren von Tätowierungen bedeckt, die bis zur Unkenntlichkeit verblichen waren.

Hard Rock Café Pattaya stand auf seinem Shirt.

Er würde mich töten.

»Warte, Mann«, keuchte ich. »Ich kenne dich! Du bist der Typ aus der U-Bahn! Du hast den Bahnsteig gereinigt. Heute Abend, ich habe dich gesehen, ich erkenne dich wieder!« Diese roten Haare, diese bösartigen grauen Augen! Ich täuschte mich nicht, auf keinen Fall. Dieser Typ arbeitete beim öffentlichen Nahverkehr, und ich war heute beinahe mit ihm zusammengestoßen.

»Das ist richtig«, sagte der Fremde. Er öffnete beim Sprechen kaum den Mund und zog die Lippen vor die Zähne.

»Da-dann hast du einen sicheren Arbeitsplatz«, stammelte ich. »Mann, mach dir doch nicht alles kaputt. Bau keinen Scheiß. Lass mich abhauen, Alter. Ich mach dir keinen Ärger.« Allmählich kehrte Gefühl in meine Beine zurück. Vielleicht konnte ich langsam zur Tür kriechen, während ich ihn ablenkte. »Lass mich einfach abhauen.«

Mein Angreifer schüttelte den Kopf, als sei das eine völlig indiskutable Lösung.

Hier unten hörte mich niemand schreien. Der Typ würde mich erledigen. Und ich wollte nicht sterben. Nicht mitten im Date meines Lebens.

»Wir haben alle mal einen schlechten Tag«, sagte ich. »Echt, ich kann dich verstehen.«

»Du kannst überhaupt nichts verstehen, Sterblicher!«, brüllte der Fremde. Mit einer Hand packte er mich am Kragen und riss mich in die Höhe, federleicht wie ein Spielzeug.

Es wird immer wieder von Menschen berichtet, die in Ausnahmesituationen über sich hinauswachsen. Die, um ihr Leben zu schützen, einen übermächtigen Angreifer in die Flucht schlagen. Mütter, die Autos hochheben …

Das sind alles Lügen. Das Gegenteil ist richtig.

Im Angesicht des Todes ist es nicht mehr möglich zu handeln. Man gewinnt schlagartig eine solche Distanz zum Geschehen, als sei das alles nicht mehr als ein schrecklicher Film, der an einem vorbeizieht.

Ein Film, in dem Dinge passieren, die eigentlich gar nicht geschehen können.

Der Mann öffnete den Mund und zog mich langsam zu sich heran. Einige Dutzend winziger, zugespitzter Zähne saßen in ausgetrocknetem Zahnfleisch. Eine schwarzrote Zunge näherte sich meinem Hals. Der Kopf des Fremden reckte sich mir entgegen wie der eines ausgehungerten Zombies, dem man ein frisches Gehirn anbot.

Und plötzlich verstand ich alles. Mein Unterbewusstsein gab Informationen preis, die für den menschlichen Verstand nur schwer verdaulich waren:

In den stecknadelkopfgroßen Pupillen des *Vampirs* sah ich meinen unausweichlichen Tod. Es hatte keinen Sinn, Widerstand zu leisten. Ich versuchte nicht zu fliehen, wehrte mich nicht einmal, als meine Füße wieder den Boden berührten und der Vampir schnell, aber nicht hastig, mein Polohemd am Kragen auseinanderriss.

»Der Saft des Lebens«, röchelte er. »Endlich …«
Plötzlich verstummte er.
Der Vampir starrte auf meine Brust. Sein Mund schloss sich. Schlagartig kehrte Farbe in seine unrasierten Wangen zurück. Die violetten Adern an seiner Schläfe, dick wie Regenwürmer, wurden ein wenig schmaler.
Wir schwiegen drei, vier beklemmende Sekunden lang.
»Hier muss ein schreckliches Missverständnis vorliegen, Herr … äh … Schätz.« Der Vampir ließ mich los und richtete meinen Jackenaufschlag. »Sollte ich fälschlicherweise den Eindruck erweckt haben, Sie gewaltsam zu …«
Stille.
»Zu töten?«
Meine eigene Stimme drang vom Ende eines langen dunklen Ganges zu mir durch, wo jemand sprach, der vermutlich ich selbst war.
»Fälschlicherweise«, sagte der Vampir. »Es tut mir schrecklich leid, Herr Schätz. Verflucht!« Er versetzte der lädierten Wand der Klokabine einen vernichtenden Hieb, der das Sperrholz endgültig zerbersten ließ. »Verdammt und verflucht! Zu nichts zu gebrauchen!« Einige Tritte gingen auf die Toilettenschüssel nieder und sprengten sie aus ihrer Verankerung, als wäre sie aus Stypopor und nicht aus zweifingerdicker Keramik.
Plötzlich schien den Mann alle Kraft zu verlassen. Er ließ sich auf den lädierten Klodeckel sinken und starrte reglos zu Boden. Klobürstenfarbene Feuchtigkeit

tropfte aus seinen Locken und sammelte sich in einer ockerbraunen Pfütze auf den Fliesen.

»Nicht einmal ein anständiges Opfer kann ich aussuchen. Zu gar nichts zu gebrauchen. Ich hätte gleich Schluss machen sollen mit diesem vermaledeiten Dasein«, sagte er. »Jeder Tag im Diesseits verlängert mein Leiden nur noch. Eine Schande für die Gattung. Eine Schande für die ganze Art.«

Er hatte mich nicht umgebracht.

Etwas hatte ihn davon abgehalten, hatte im letzten Moment Vernunft und Einsicht in seinen verwirrten, mordlustigen Geist einkehren lassen.

Wo er mich gepackt hatte, brannte mein Hals, als hätte mich ein Stück glühender Kohle gestreift. Ich betastete meine Haut. Alles war in Ordnung. Keine Kratzer. Nicht einmal die Kette meines neuen Surfer-Schmuckstücks war gerissen.

Es baumelte kühl und unversehrt auf meiner entblößten Brust.

Das Amulett. Der goldene Anhänger.

Mein Blick wanderte zu meinem Angreifer. *Etwas* hatte ihn abgehalten. Und meine einschüchternde Ausstrahlung war es ganz bestimmt nicht gewesen.

Alle Bösartigkeit war von ihm gewichen, die Bedrohlichkeit verflogen. Er war nicht mehr als ein zusammengesunkenes Häuflein Elend auf einem ungeputzten Klodeckel.

Einen Moment lang hatte ich doch tatsächlich geglaubt, es mit einem *Vampir* zu tun zu haben. Lächerlich! Der menschliche Verstand ist in Stresssituation wirklich zu merkwürdigen Dingen fähig.

Jetzt wäre der richtige Zeitpunkt gewesen, elegant zu verschwinden, draußen die Polizei zu rufen und diesen Geisteskranken festnehmen zu lassen. Und dann konnte der Abend mit Kim weitergehen.

Aber irgendein Instinkt hielt mich davon ab. Vielleicht war es Mitleid.

»Es hat einfach keinen Sinn mehr.« Der Fremde vergrub das Gesicht in den Händen und zog die Nase hoch. »So einen unfähigen Vampir gibt es nicht zweimal.«

Ich atmete tief durch. Das wurde jetzt etwas verwirrend. Der Typ glaubte offenbar selbst, er sei ein Vampir, was sein befremdliches, aufdringliches Verhalten zumindest in Grundzügen erklärte. Er war wirklich bemitleidenswert.

»Geht Ihnen ziemlich scheiße, oder? Wenn ich mir das Urteil erlauben darf«, sagte ich.

Der Mann war schwer krank im Kopf. Durchgeknallt. Dazu offenbar seit vielen Jahren nicht mehr in zahnärztlicher Behandlung gewesen. Ein medizinischer Krisenfall, einer von den Leuten, wegen denen die Kassenbeiträge immer weiter stiegen. Aber dieser Mann brauchte mehr als einen Arzt.

Er brauchte einen Menschen.

»Zu nichts bin ich zu gebrauchen. Vier Wochen Vorbereitung – und dann greife ich einen Wächter an.«

»Wen?«

»Sie! Einen Wächter!«

»Ich …« Ich zögerte. Der Typ hielt mich für jemanden, der offensichtlich nicht angegriffen werden durfte. Das war eine brauchbare Grundlage für ein

Gespräch. »Wächter, selbstverständlich. Klar, ist korrekt.«

»Na also«, nuschelte er. »Das kriegt doch nur einer hin, der total unfähig ist. Schande für die ganze Gattung!«

»Die … Vampir-Gattung?«, mutmaßte ich. Irgendwer meinte mal, man soll Verrückten nicht in ihren Wahn reinquatschen. Momentan fuhr ich damit ganz gut.

Der Mann nickte und wischte sich die blutunterlaufenen Augen. »Das darf man echt niemandem erzählen.«

»Aber Sie erzählen es doch gerade jemandem, sehen Sie, und nichts Schlimmes passiert!« Ich wedelte mit den Händen in der Luft herum, um zu unterstreichen, wie angenehm und vollkommen normal diese Situation für mich war. »Das ist doch kein Ding, wenn es mal nicht so gut läuft und man sich Luft macht und auskotzt und so.«

»Finden Sie?« Der selbst ernannte Vampir schaute auf. »Eigentlich behalte ich Probleme lieber für mich. Da wo ich herkomme, redet man nicht über solche Sachen.«

»Müssen wir auch nicht, ist kein Problem. Ich dränge Sie zu gar nichts, um Gottes willen!« Der Film musste bald zu Ende sein, und Kim würde bestimmt anfangen, nach mir zu suchen. »Wie heißen Sie eigentlich?«

Der Fremde sah mir in die Augen. »Theodor«, sagte er schließlich. »Aber Sie verraten es doch keinem, oder? Sie haben doch Schweigepflicht.«

»Äh, klar«, sagte ich. »Schweigepflicht. Muss ja.«

Er schien erleichtert zu sein. »Und ich hatte wirklich geglaubt, Sie wären ein geeignetes Opfer. Eine miserable Recherche, genau wie letztes Mal. Da war der Typ Allergiker. Von dem Kortison habe ich so viel zugenommen, das können Sie sich gar nicht vorstellen, Herr Schätz.«

Ich räusperte mich verlegen. »Sie haben über mich ... recherchiert?«, fragte ich. »Mich ausspioniert?« Vielleicht hatte ich den Psychopathen doch etwas unterschätzt.

»Halbherzig, ich gebe es ja zu. Sie waren mir vor Wochen in der U-Bahn aufgefallen. Bin Ihnen seitdem gefolgt. Unscheinbarer junger Mann, immer alleine unterwegs, den wird schon keiner vermissen, habe ich mir gedacht. Es war ein Riesenfehler. Ich hätte das Reservat nie verlassen dürfen. Schon die Großstadt macht mich krank.«

Ich nickte. Da waren wir endlich mal einer Meinung.

Theodor griff mich am Ärmel und zog mich näher zu sich. »Ich komme einfach nicht mehr mit«, raunte er mir zu. »Alles ist so schnell geworden, so hektisch. Vor hundert Jahren hat man überall Leute gefunden, nach denen keiner fragte. Zack, und weg waren sie. Heute braucht man nur komisch zu gucken, und schon fotografieren einen die Kinder mit ihren ... wie heißen sie gleich, diese Telefonapparate?«

»Fotohandys? Sie haben Angst vor Fotohandys?«

Der Irre nickte grimmig. »Ich hasse es, wenn man mich fotografiert. Es gibt nicht viel, was man als Vampir fürchten muss, außer den Blick in den Spiegel. Und weibliche Vampire. Sie wissen schon. Wie die Spinnentiere. Fressen die Männchen nach dem Sex.«

Im Vorraum der Toilette wusch sich jemand die Hände. Theodor dämpfte die Stimme zu einem mutlosen Flüstern. »Tagsüber ist es schon lange nicht mehr auszuhalten. Alles so hektisch. So verwirrend. Und dann dieser Krach!« Er sah zu Boden. »Ich habe darüber nachgedacht, ob ich überhaupt noch am Leben sein sollte. Nicht wenige meiner Gattung lassen sich im Meer versenken. Da unten muss es rappelvoll sein.«

»Selbstmord ist natürlich eine Lösung«, murmelte ich.

»Wirklich? Finden Sie auch?« Theodors Gesicht hellte sich auf.

»Selbstmord ist natürlich *keine* Lösung!«, verbesserte ich mich halbherzig. »Ebenso wenig wie Mord, im Übrigen. Sie wissen schon, fremden Leuten auf dem Klo auflauern und so weiter. Machen Sie so was nicht wieder, okay?«

Theodor lehnte sich entspannt gegen den Spülkasten. »Habe ich ewig nicht mehr gemacht. Da lasse ich erst mal die Finger von. Es tut wirklich gut, drüber zu reden. Ich belaste Sie doch nicht damit?« Sein Hundefutteratem roch so scharf, dass ich unwillkürlich blinzeln musste.

Ich schüttelte den Kopf. »Ich höre Ihnen zu und sage, was ich denke. Was Sie daraus machen, geht mich ja nichts an, Theodor.«

»Finde ich gut«, sagte Theodor. »Ich kann es nämlich nicht leiden, wenn mir Leute reinquatschen, da könnte ich ausrasten. Aber Sie sind in Ordnung. Sie machen das ja auch professionell. Sagen Sie ruhig Teddy zu mir, wie die anderen.«

Ich nickte. »Teddy.«

»Wenn ich fragen darf«, sagte Teddy. »Sind Sie schon lange dabei?«

»Eher nicht«, sagte ich. »Sagen wir, ich bin … Quereinsteiger.«

Theodor fischte ein zerdrücktes Päckchen Zigaretten aus der Hosentasche. »Auch eine?«

Das überbordende Bedürfnis nach einer Zigarette war vollkommen verschwunden. Merkwürdig. »Ich hab aufgehört, danke«, sagte ich. »Aber rauchen Sie ruhig.«

»An Lungenkrebs kann ich ja wohl nicht sterben«, entgegnete Theodor.

Ich gebe es zu, das hat er nicht gesagt. Sondern wieder Brad Pitt. Aber es hätte gut gepasst. Stattdessen sog Theodor den Rauch mit gierigen, tiefen Zügen ein und stierte mich dabei wortlos an. Ein wenig unwohl wurde mir dabei schon.

»Sie sollten jetzt abhauen«, sagte Theodor schließlich. »Die Frau, mit der Sie gekommen sind, wartet vor der Toilette.«

»Ah ja«, sagte ich. »Sie können sie vermutlich … riechen?«

»Keineswegs«, sagte Theodor. »Aber ich an ihrer Stelle würde mich allmählich auf die Suche nach Ihnen machen. Das schätze ich zumindest. Die Wahrscheinlichkeit, wissen Sie? Als Vampir müssen Sie ständig Dinge vorausberechnen. Reicht die Kohle bis zum Monatsende? Wie lange braucht die fette Frau von der U-Bahn bis nach Hause? Wann geht die Sonne auf? Wie groß ist jemand, und wie viel wiegt er? Lassen Sie Ihre Freundin nicht warten, Herr Schätz. Ich bin sicher, wir sehen uns mal wieder.«

»Wenn Sie die junge Frau meinen, mit der ich gekommen bin«, sagte ich, »die kenne ich kaum.« Besser, ich zog Kim hier nicht mit rein, besser, ich hielt sie fern von diesem Typen.

Theodor lachte heiser.

Ich fand Kim nicht etwa vor der Toilette, sondern im Eingangsbereich des Kinos. Bei ihr stand ein braungebrannter, pomadiger Kerl vom Service, der ausgiebig ihr Dekolleté betrachtete.

»Basti!«, rief sie. »Wo warst du bloß?« Kims Wangen waren gerötet, ihr Anorak war regennass. »Ich hab dich überall gesucht!«

»Ich wurde aufgehalten«, murmelte ich. »Auf'm Klo.«

»Alter«, sagte der Typ vom Service und legte seine manikürte Hand auf meine Schulter. »So 'ne hübsche Lady lässt man nicht einfach sitzen, klar?«

Ich schüttelte ihn ab. »Wer ist das denn?«, fragte ich Kim.

»Das ist Patrice«, sagte Kim und rollte mit den Augen. »Er hat mitgesucht.«

»Auf dem Herrenklo war er zumindest nicht«, sagte ich. »Tolle Hilfe.«

»Wenn ich gewusst hätte, dass der nicht vom Topf runterkommt, wäre ich nachgucken gegangen«, sagte Patrice. Beifallheischend grinste er zu Kim hinüber. »Am besten, du bleibst immer brav bei deiner Lady sitzen, dann passiert so was nicht. Sonst geben Kim und ich eine Vermisstenanzeige raus, klar?«

Kim schaute genervt. »Ich hab nur gesagt, wir *könnten* die Polizei anrufen, ja?«

Patrice kniff verschwörerisch ein Auge zu. »Wenn dein Freund das nächste Mal abhaut, kommst du gleich zu mir. Dann machen wir uns einen schönen Abend.«

Kim überhörte den Kommentar und zupfte zärtlich mein zerrissenes Polohemd zurecht. »Was ist eigentlich mit deinem Shirt passiert? Ist ja voll kaputt.«

»Das ist das Problem. Bin ausgerutscht, und da ist das kaputtgegangen. Hör mal, Patrice, ich darf doch Patrice sagen, oder?« Ich bohrte meinen Zeigefinger in seine durchtrainierte Brust. »Da unten auf dem Klo, da ist Öl ausgelaufen oder so was. Kellertoilette, hinterste Kabine. Würde ich gleich mal hingehen. Nicht dass da noch einer hinfällt und sich richtig verletzt. Das kann übel enden.«

»Meine Handynummer hast du ja, Kim«, rief Patrice, während er zur Treppe spurtete. »Kannst gerne anrufen, wenn dir mal langweilig ist.«

»Die werde ich brauchen, wenn ich dich verklage!«, rief ich ihm nach. Gott, es tat gut, diese Frau zu verteidigen, man fühlte sich unglaublich lebendig dabei.

»Hast du auf dem Klo eigentlich deine Haare umgestylt?«, fragte Kim, während wir Hand in Hand das Kino verließen. Sie wuschelte mir über den Kopf.

»Versehentlich«, sagte ich. »Gefällt es dir?«

»Hat was«, sagte Kim. »Sieht wild aus, passt zu deinem Anhänger. Voll Surferstyle. Kannst du öfter machen.«

Der Andi mochte anscheinend Fahrräder.

In seinem alten Arbeitszimmer, das von Kim seit seinem Abgang zum Wäscheaufhängen und Altpapierlagern genutzt wurde, standen ein verdrecktes Mountainbike mit viel technischem Schickschnack am Lenker, daneben ein Original-Hollandrad im Retro-Style. Zubehör und ekelhafte Radlerhosen (in denen seine Beine gesteckt hatten, dachte ich) quollen aus den Regalen.

Und an der Wand, in Kopfhöhe: ein silbrig schimmerndes, filigranes Rennrad. Blankpoliert ruhte es in gepolsterten Halterungen.

»Der Andi mochte echt Fahrräder«, sagte ich, während ich über Kims Kopf in den Raum spähte. In Andis altes Arbeitszimmer wollte ich keinen Fuß setzen, ich brauchte größtmöglichen Abstand zu dem Typen.

»Mag«, sagte Kim. »Er mag immer noch Fahrräder.«

»Warum hat er sie dann nicht mit nach Amerika genommen?«

»Um dich zu ärgern.« Kim drehte sich zu mir um, strich mir zärtlich über die Schläfe und schloss die Tür zum Fahrradzimmer vor meiner Nase. »Nur um dich zu ärgern.«

Und das war ihm gelungen, dem Andi. Drei Wochen und fünf Tage hatte ich gebraucht, um das Allerheiligste zu erobern, um einen Fuß in Kims Wohnung zu setzen. Drei Wochen und fünf Tage hatte er mich aus der Ferne aus seinem Revier ferngehalten.

Doch jetzt war ich hier.

Nicht heimlich, nicht durch die Hintertür oder über den Balkon, sondern ganz normal. Hand in Hand mit

Kim die Treppe hoch, aufschließen, eine kurze obligatorische Knutscherei, sobald die Wohnungstür ins Schloss gefallen war, und jetzt die Wohnungsführung.

So mussten sich die historischen Eroberer gefühlt haben, als sie endlich den Fuß auf das ersehnte Neuland setzen durften. Jeder Zentimeter des verschrammten Parkettbodens in Kims Wohnung wollte von mir erobert werden, jede Bahn der Blümchentapete betastet. In vollen Zügen atmete ich den Geruch von Andis verstörend großer Taschenbuchsammlung, die den schönen Flur in eine klaustrophische Bibliothek verwandelte.

Ich war drin. Am Ziel der Wünsche, Endhaltestelle aller Sehnsüchte. Die Pforten zu Kims Reich hatten sich geöffnet. Mal sehen, welche heute vielleicht noch aufgingen.

Kim atmete schwer aus. »Jetzt bist du doch da, in meiner Wohnung. Tut mir leid, dass es so lange gedauert hat. Ich … musste sichergehen, weißt du?«

»Sicher?«

»Das ist manchmal alles nicht so einfach«, seufzte Kim. »Da weiß man, was richtig ist, aber man kriegt die Kurve nicht.«

So, wie es richtig wäre, im Gosch Sylt zu kündigen, wo Kim andauernd Doppelschichten übernehmen und ihre Hände anschließend drei Stunden in Palmolive einlegen musste, damit sie nicht mehr nach Scampi rochen. So wie richtig wäre, angesichts ihrer sehr knappen Zeit ihren ehrenamtlichen Schwimmtrainerjob beim Sportverein Wasserfreunde 1898 Hannover e.V.

etwas einzuschränken und eine oder zwei Gruppen abzugeben, zum Beispiel das Robben-Team.

Kims Finger glitten an meinem Hals entlang und streiften die goldene Kette. Ein elektrisierendes Gefühl. »Willst du den Rest der Wohnung auch noch sehen?«, flüsterte sie. »Es gibt auch noch ein Wohnzimmer, eine Küche, ein Schlafzimmer.«

Das Wort *Schlafzimmer* löste einen kleinen Impuls hinter meiner rechten Schläfe aus, ein Klopfen, ein Zucken, eine Messerspitze sanften Schmerzes. Mein Blick trübte sich für eine Sekunde.

»Eins hätte ich gerne noch geklärt.« Ich presste den Daumen gegen meine Schläfe, der Schmerz verschwand. »Warum darf ich jetzt rein und vorher nicht? In die Wohnung, meine ich. Vor dem Urlaub meintest du, damit sollten wir warten. Wegen Andis Sachen und so.«

»Vorher …« Kim verschränkte die Hände in meinem Nacken, ihre Daumen spielten am Verschluss des Kettchens. »Vorher wusste ich noch nicht so genau, ob du der Richtige bist. Und jetzt bin ich mir sicher.« Sie lächelte etwas verschämt.

Mit dem dunklen Haar, das offen über den Strickpulli fiel, sah sie aus wie eine andere Kim – wie meine Kim, die sich endlich entscheiden konnte, ohne andauernd über die Konsequenzen nachzudenken.

Der Richtige.

Ich bin kein Fetischtyp, da möchte ich keine Missverständnisse aufkommen lassen. Ketten, Folterkeller, Kerzenwachs, Nadeln, da klingelt bei mir so rein gar nichts.

Aber *der Richtige*. Das hatte Klang, das erzeugte Resonanz. Das brachte mich irgendwie in Schwung. So lange hatte ich darauf warten müssen: Rummachen ohne Leute drumherum. Hier störte uns niemand, hier konnte endlich etwas mehr passieren als Knutschen.

Mal sehen, wie weit ich gehen durfte.

Ich drückte Kims Körper sanft gegen die Tür, die langsam aufschwang. Schritt für Schritt, eng umschlungen in einer organischen, körperwarmen Umarmung, taumelten wir in den dunklen Raum. Scheiß drauf, dachte ich, machen wir halt in Andis Zimmer rum, ist auch irgendwie geil.

»Der Richtige?«, fragte ich atemlos. Ich wollte es nochmal hören. »Ich bin der Richtige, ja?«

»Glaube schon«, flüsterte Kim. Sie sträubte sich ein paar Sekunden gegen meinen entschlossenen Griff, dann gab sie endlich nach.

Sie zu küssen war so, wie man in Ferienlagern mit dreizehn küsst. Alles war fremd und aufregend und schmeckte nach Urlaub. Hatte ich schon mal eine Frau auf diese Weise geküsst? Taub und blind für alles um mich herum, beinahe besinnungslos vor Glück?

Kim hatte kein Licht angemacht. Besser so. Die schattigen Umrisse ihres schlanken Körpers vibrierten unter meinen Fingern, meine Wangen glühten vor Aufregung. Wir waren auf der Zielgeraden, endlich. Ich rempelte beiläufig das Hollandrad an, es kippte weg und ging dabei hoffentlich kaputt. Meine Hüfte kam sanft an einem Sattel zu liegen, während ich Kim an mich zog.

»Kann es sein, dass es hier irgendwie heiß ist?«, murmelte ich in ihren unwiderstehlichen Körpergeruch hinein.

»Finde ich auch«, sagte Kim. »Wir können auch ins Schlafzimmer gehen.«

Schlafzimmer. Das Zauberwort.

Eine Kaskade nadelstichartiger Schmerzspitzen zog sich über meine linke Gesichtshälfte. Mein Auge fing an zu tränen, ich tastete haltsuchend umher, meine Finger glitten über eine Fahrradklingel und einen rutschfesten Lenkergriff.

»Tut dir was weh?« Kim streichelte mir zärtlich über den Kopf.

»Aber nein, nee, gar nicht.« Abgesehen davon, dass es sich anfühlte, als ob jemand ein heißes Stück Blech mit glühenden Schrauben an meiner linken Kopfhälfte festbohrte.

Jetzt nur nicht nachlassen, dachte ich, so nah am Ziel war ich noch nie. Das Problem war nur: Je mehr ich mich auf die Ziellinie konzentrierte, je intensiver ich mir Kims unschuldigen, nackten Körper auf den Laken vorstellte, desto hämmernder wurden die Schmerzen. Das war der Erwartungsdruck, reimte ich mir zurecht, das waren bloß meine eigenen hohen Ansprüche.

Aber das half auch nichts. Für einen schlechten ersten Eindruck gab es keine zweite Chance, hatte mein Vater immer gesagt. Jetzt schlappzumachen, konnte alles ruinieren. Ein einziges falsches Wort, eine unachtsame Handbewegung konnte das Türchen zum Glück für eine sehr, sehr lange Zeit schließen.

Meine Hand rutschte langsam über Kims Hüfte bodenwärts und krallte sich fest, halb aus Lust, halb, damit ich nicht umfiel. Meine wackeligen Knie drückten sich im Dämmerlicht in ein paar Radspeichen.

»Oder gehen wir vielleicht doch rüber?«, fragte Kim. Sie schien darum bemüht, möglichst wenig von Andis Fahrrädern zu berühren. »Im Schlafzimmer ist viel mehr Platz.«

Sie wollte mit mir ins *Schlafzimmer*, mit mir, jagte es durch meinen gemarterten Kopf. Die magischen Worte.

Das war mehr, als ich verkraften konnte: Kopfschuss von links. Meine Schläfe explodierte.

Der Schmerz schleuderte mich mitten in die Fahrräder, meine Finger verkrallten sich in einem Bremskabel. Krachend fielen die Räder um, ich torkelte nach links, ruderte mit den Armen. Meine Finger krampften sich um ein schmales, extraleichtes Vorderrad, das in Kopfhöhe von der Wand hing. Einen Augenblick verlieh es mir Halt, ein verchromtes Steuerruder im tosenden Sturm aus Kopfschmerzen. Dann gab die Konstruktion nach, knirschend rutschten die Halterungen aus der Wand. In Zeitlupe stürzte mir das Rennrad entgegen.

Während das Rad und ich gemeinsam zu Boden gingen, hinein in ein Chaos aus Speichen, Felgen und Pedalen, klickte neben meinem Kopf eine Kettengangschaltung. Dann wurde es still.

Als ich wieder zu mir kam, lag ich auf einem Sofa. Kim kühlte meinen Kopf mit einer Packung Würzspinat.

Hinter meiner Stirn prickelte es, mein Zahnfleisch hämmerte. Die Schürfwunden unter meiner Nase rochen nach Blech und Vulkanisierlösung. Als wäre ich freihändig und mit Vollgas in ein Fahrradgeschäft gerast.

Dann kam die Erinnerung zurück. Ich hatte es vermasselt. Nein, nicht *es*, korrigierte ich mich, sondern *alles*.

»Scheiße«, nuschelte ich.

Kim sagte nichts, schüttelte nur sanft und nachsichtig den Kopf. Sie sah blass aus, und sehr, sehr erschrocken.

»War ich ohnmächtig? So richtig ohnmächtig?«

Kim nickte. »Geht es dir wieder gut, Basti?«

»Ich weiß nicht. Keine Ahnung.« Ich betastete meinen Kopf. Ein paar Kratzer, vielleicht blaue Flecken.

Vorsichtig setzte ich mich auf. Wir befanden uns in einem kleinen, aufgeräumten Wohnzimmer. Helle Polstermöbel, Schwarzweißfotos von Unterwasserlandschaften an den Wänden, Zimmerpalme, ein Aquarium, ein herrliches Panoramafenster mit Blick auf die nächtliche Altstadt.

»Mein Kopf. Irgendwas stimmt mit meinem Kopf nicht.«

Kims Blick huschte rüber zum Telefon. »Wenn du in zwei Minuten nicht aufgewacht wärst, hätte ich den Rettungswagen gerufen.« Ihre Stimme klang ängstlich wie die eines kleinen Mädchens.

Bitte nicht schon wieder Sanitäter. Ich setzte die Füße auf den Boden, stand behutsam auf, balancierte in die Zimmermitte. Funktionierte. »Geht schon wieder. Siehst du, klappt alles.«

Was aber gar nicht ging, war mein Auftritt von eben. Was zur Hölle war mit mir los? Warum fühlte ich mich wie in Watte gepackt? Und was stimmte mit meinem Kopf nicht? Noch immer klopfte es in der Schläfenregion, noch immer spürte ich meinen Puls im Zahnfleisch vor sich hin pochen.

Vielleicht waren die letzten zwei Tage einfach zu viel für mich gewesen. Die Fledermaus, meine kaputte Hand, kaum Schlaf und dann auch noch die Sache auf der Kinotoilette. Mein Körper machte das alles nicht mehr mit. Das war die Erklärung.

Ich musste mich ausruhen, auskurieren, wieder einen klaren Kopf bekommen.

»Es ist fast drei Uhr morgens«, sagte Kim. Sie schien sich Mühe zu geben, die Schatten wegzublinzeln, die unter ihren Augen lagen. »In ein paar Stunden habe ich Frühschicht im Studio, ich mache doch jetzt auch den Hantelkurs, weil Astrid was mit der Schulter hat. Kommst du mit rüber? Einfach nur ein bisschen schlafen?«

»Kleinen Moment noch«, murmelte ich und ließ mich wieder auf das Sofa sinken. »Muss nur Anlauf nehmen.«

Ich legte den Kopf zurück, schloss die Augen und massierte meine Schläfen. Kims Fingerspitzen streiften meine Stirn. »Alles wird gut«, flüsterte sie. »Hab keine Angst.«

Und dann kam der Schlaf über mich, wie ein schweres blaues Tuch, das man über mich geworfen hatte und das jedes Geräusch erstickte.

Am nächsten Morgen war die Wohnung kalt und fremd. Kim war nicht mehr da. Auf dem Couchtisch lag ein Zettel:

Du hast so friedlich geschlafen, stand in Kims kleiner, runder Handschrift darauf. *Wollte dich nicht wecken. Ich hoffe, es geht dir besser. Du bist sehr süß, wenn du schläfst. Croissants sind in der Küche, Kim. PS: Mach dir keine Sorgen wegen den Rädern, die sind versichert.*

Ich bewegte mich durch die Wohnung wie ein Einbrecher. Die Selbstsicherheit der vergangenen Nacht war verschwunden, abgetaucht in einem Alptraum aus verbogenen Fahrradspeichen und Kims erschrockenen Blicken. Auf Zehenspitzen spähte ich durch die angelehnte Tür in Andis Arbeitszimmer. Die Überreste der letzten Nacht sahen aus wie eine kunstvoll arrangierte Skulptur aus Reifen und Lenkern. Das Rennrad war hochkant im Sattel des Mountainbikes verkeilt, geborstene Speichen ragten in die Luft wie die Fühler eines stählernen Insekts.

Es sah irgendwie schön aus. Ein anfassbares, zum Teil noch wiederverwertbares Mahnmal von Andis Niedergang. Aber es tat weh, es anzusehen. Keinen Augenblick länger konnte ich das Zeugnis meines Versagens ertragen. Auch Kims göttliches, morgenfrisches Aroma in der Luft war zu viel für mich. Mango, dachte ich, das war es. Sie roch nach Mango.

Ich schlüpfte in meine Turnschuhe, warf mir meine Jacke über und verdrückte mich aus der Wohnung, ohne zu frühstücken.

Das Amulett auf meiner Brust prickelte, als ich die Tür hinter mir ins Schloss fallen ließ.

5

Die Quitte lügt

Kennen Sie das? Es ist Wochenende, Sie sind unterzuckert und haben ein Loch im Bauch, und die Sonntagsbäckerei um die Ecke hat schon seit Mittag geschlossen. Und Sie wurden am Vorabend auf dem Klo von einem Vampir überfallen. Das kennen Sie vermutlich nicht, es fühlt sich aber nicht halb so aufregend an, wie es sich anhört. Lag wahrscheinlich an Theodor. Der Typ kam mir irgendwie vertraut vor. So, als wären wir früher mal auf einer Schule gewesen, als würden uns nur ein paar Lebensjahre, einige weltanschauliche Fragen und ein weiterführender Schulabschluss voneinander trennen.

Vielleicht hätte ich Kims Croissant doch essen sollen. Aber ich musste ja unbedingt fluchtartig die Wohnung verlassen und zu Hause ins Bett fallen.

Ich hätte schwören können, es war noch etwas Essbares im Haus, was Leckeres, eine Kleinigkeit, die ich mir aufgespart hatte. Doch alles, was ich fand, waren abgelaufene Gläser mit Essiggurken, Dosenfisch und vergilbte Zwiebeln mit langen grünen Trieben.

Auf dem Boden meiner Vorratsschublade spürte ich eine Notration Dr. Oetker auf. *Süße Mahlzeit, Milchreis nach klassischer Art, in 10 Min. fertig, brennt nicht an.* Klang nicht, als ob besondere Fachkenntnisse nötig waren. Heißes Wasser drauf, fertig.

Aber weit gefehlt. Für die Zubereitung verlangte Dr. Oetker von mir nicht nur Kuhmilch (ich besaß nur noch eine etwas ältere Tüte mit zwei Fingerbreit Tankfüllung), sondern auch noch einen sauberen Topf und einen Schneebesen. Schade.

Während ich weiter überlegte, welche Nahrungsmittel ich noch im Schrank hatte, hörte ich ein lautes, ungeduldiges Klopfen an der Wohnungstür.

Bitte, bitte, lieber Gott, lass es Kim sein, lass sie ihre Nachmittagsschicht abgesagt haben!, hoffte ich. Oder, noch besser: Lass es Kim sein, die Croissants mitbringt. Der Gedanke, dass sie unangemeldet vor der Tür stand, mich vielleicht sogar mit einer Mahlzeit versorgen würde, beflügelte mich. Hatten wir nicht die letzte Nacht sozusagen zusammen verbracht? War das Eis nicht gebrochen? Andererseits hatte ich mich benommen wie der letzte Idiot. Und: Kim war niemand, der einfach so eine Schicht absagte. Ihr war eher zuzutrauen, dass sie ab morgen auch noch den Bauch-Beine-Po-Kurs gab, weil sie davon erstens viel verstand und zweitens Jennifer oder Jessica oder wer auch immer zu viel Liebeskummer hatte, um die Hufe zu schwingen.

Ich riss das Schlafzimmerfenster auf, schob ein Paar zerknitterte Klamotten mit dem Fuß unter das Bett und stürzte ein Glas kaltes Wasser hinunter.

»Ich komme!«, rief ich.

Zum Ausgleich für die kaputten Fahrräder würde ich sie nach allen Regeln der Kunst verwöhnen. Fußmassage, Entspannungstee, vielleicht eine heiße Badewanne zu zweit.

In Boxershorts und T-Shirt hastete ich zur Tür und öffnete schwungvoll. »Hey, komm rein, die Bäckerei hatte …« Meine freundliche Begrüßung verlor augenblicklich an Fahrt.

Der Mann vor meiner Tür und ich starrten uns eine Sekunde lang an. Er wog sicher zweihundert Kilo und hatte das Gesicht eines Preisboxers, und ich stand ihm in Seidenboxershorts gegenüber.

Endlich fiel die Lähmung von mir ab. Ich schlug die Tür zu, presste die Handflächen von innen gegen das Holz und zwang mich, langsamer zu atmen. Einundzwanzig. Zweiundzwanzig …

Ich hatte den Kerl nur einen Moment gesehen, aber sein Bild hatte sich mir tief ins Unterbewusstsein eingebrannt. Unter dem Holzfällerhemd spannte sich das Kreuz eines Stahlarbeiters. Beindicke, dicht behaarte Unterarme. Ein aufgedunsenes, dunkles Gesicht. Winzige, stechende Augen.

Es klopfte.

»Was wollen Sie?«, rief ich durch die Tür.

»Reden.« Seine Bassstimme drang mühelos durch die Tür. So als würde er direkt neben mir stehen.

»Ist gerade ganz schlecht.«

Es klopfte wieder, dieses Mal lauter. Der Typ da draußen hatte ausgesehen, als könnte er sie ohne Probleme aus den Angeln reißen.

»Wenn Sie was verkaufen wollen, vergessen Sie es. Ich brauche nichts.«

»Herr Schätz. Ich benötige Ihre Hilfe.«

Hilfe? Wenn die einer brauchte, dann war ich es. Erst letzten Abend hatte ich einem Verwirrten auf der Kinotoilette geholfen. Jetzt waren mal andere dran.

»Hier gibt's keine Hilfe«, rief ich. »Tut mir echt leid. Wie Sie sehen konnten, habe ich auch nicht so viel an.«

»Das macht mir nichts. Nur ein paar Minuten, Herr Schätz.«

»Wenn Sie in ein paar Minuten immer noch da sind, rufe ich die Polizei, klar?«, bluffte ich. »Ich habe schon das Telefon in der Hand. Hören Sie, ich tippe schon!«

»Bitte, Herr Schätz.«

»Das ist eine beschissene Art – ohne Vorankündigung an meiner Tür zu klopfen!« Ich spähte durch den Briefschlitz auf den Hosenstall eines fleckigen Blaumanns. Das Klappern verriet mich. Der Mann vor der Tür beugte sich herab und glotzte mit tückischen grauen Schweinsäuglein in meine Wohnung.

»Darum ja.«

Darum ja? Das ergab keinen Sinn. »Wenn Sie mich schon stören, müssen Sie sich schon was Besseres einfallen lassen! Einen vernünftigen Grund für vernünftige Menschen! Ha!«

»Bitte. Es ist wichtig.« Die Stimme des Fremden hatte einen flehenden Unterton angenommen. »Ich weiß, Sie haben ein gutes Herz. Ich appelliere an Ihr Mitgefühl.«

Verflucht, mein Mitleid regte sich wirklich! Wieso musste der ausgerechnet jetzt auf die Tränendrüse drücken? Gut, ich war genervt, unpassend angezogen und hätte lieber Damenbesuch bekommen. Aber ich war ja kein Unmensch.

Ich öffnete die Tür einen Spalt und beäugte meinen Besuch in seiner ganzen Masse. Der Hüne blickte aus verquollenen Augen zu mir herab. An den Tränensäcken hätte jeder Gesichtschirurg seine Freude gehabt. Ich beschloss, den Dicken vorerst Derrick zu nennen.

Derrick sah wirklich ziemlich abgerissen aus. Der spärliche schwarze Flaum auf dem Kopf war sicher eine Weile nicht gewaschen worden. Seine Jeansjacke war mit Mörtel beschmiert und ziemlich abgewetzt. Unter dem Arm trug er einen Bauarbeiterhelm.

»Ist grade ganz schlecht, merken Sie selbst, ne? Aber schießen Sie schon los. Was kann ich für Sie tun?«

Derrick knetete die Hände. »Ich wusste, auf Sie kann ich zählen, Herr Schätz. Klasse. Ich hab nämlich gehört, Sie sind ein echt guter Zuhörer. Wenn man Probleme hat.«

Das Licht im Treppenhaus erlosch mit einem Klick. Es zog ziemlich kalt von draußen in meinen schönen warmen Flur. Neben dem Kerl lehnte übrigens eine schwere, eisenbeschlagene Kiste an der Wand.

»Kann ich vielleicht reinkommen?«, fragte Derrick.

»Ungern.« Natürlich bin ich niemand, der einfach so Wildfremde in seine Wohnung lässt. Ich bin ja nicht bescheuert.

»Bitte, Herr Schätz. Was ich zu sagen habe, ist vertraulich«, sagte der Dicke mit belegter Stimme. Zwischen seinen fetten Lidern funkelten ein paar Tränen. »Ich bleibe auch nicht lange, versprochen. Nur ein paar Minuten.«

In meiner Brust schlug ein Herz, was hätte ich tun sollen? »Ich zieh mir rasch was über und koche uns einen Kaffee«, sagte ich und gab widerwillig den Weg in meine Wohnung frei. »Sie bleiben hier im Flur, wo ich Sie sehen kann, klar?«

»Klar.«

»Und was ist bitte in der Kiste?«, fragte ich. Das Handgepäck des Dicken hatte Schatzkistenformat und war mit einem mächtigen Vorhängeschloss gesichert. »Die sieht schwer aus.«

»Kram von mir. Kann ich jetzt reinkommen?«

»Nur wenn Sie die Kiste draußen lassen. Die zerkratzt mir das Parkett.«

»Ist zu gefährlich«, sagte der Dicke, klemmte sich die eisenbeschlagene Truhe unter den Arm und trug sie ins Wohnzimmer.

Die *paar Minuten* waren natürlich eine grobe Untertreibung. Mein Gast redete gern und laut. Nach einer halben Stunde ging ich in die Offensive, mir reichte das Heulen und Naseputzen und die vollkommen belanglosen Geschichten über seine problematische Kindheit, ich musste ihn loswerden und was zu Essen besorgen.

»Ihre Zeit ist um. Sie können hier nicht bleiben«, schloss ich. »Suchen Sie sich doch einen Psychologen oder so was. Ich bin ganz schlecht in solchen Sachen, Ratschläge und so weiter, merken Sie ja.«

»Sie sind gut, Herr Schätz. Ich fühle mich schon viel besser.« Kurt – so hatte sich mein Gast vorgestellt – drehte seinen Helm in den Händen. »Und ich kriege in der Eile nirgendwo einen Termin. Hab ich alles schon versucht. Die Wartezeiten für Kassenpatienten sind beträchtlich. Ich habe niemanden, zu dem ich gehen könnte. Niemanden außer Ihnen.«

Im Licht meiner Stehlampe wirkte Kurt noch seltsamer. Ein olivefarbener Schimmer lag über seiner Haut. Er hatte winzige Ohren und eine faustgroße Nase, die sich unaufhörlich aufblähte und wieder zusammenzog. Er füllte meinen Cordzweisitzer vollständig aus.

»Dann gehen Sie doch einfach zu Ihrer Mutter, fassen Sie sich ein Herz und sagen Sie ihr klar und deutlich, Sie brauchen einen eigenen Bereich und vor allem einen eigenen Hausschlüssel«, empfahl ich ihm. »Bis Sie eine eigene Wohnung gefunden haben. Sie sind ein erwachsener Mann. Es ist ganz normal, dass man irgendwann mal auszieht. Da braucht Ihre Mutter nicht böse zu sein.«

»Sie kennen meine Ma nicht«, sagte Kurt. »Mit der können Sie nicht rumstreiten. Die macht Hackfleisch aus einem.«

Beim Wort *Hack*fleisch ließ Kurt seine daumengroßen, runden Zähne aufeinanderklappen.

»Und was ist mit Freunden? Haben Sie keine Freunde? Können Sie nicht vorübergehend bei denen unterkommen?«

»Oger haben keine Freunde. Und ich hab gehört, Sie kennen sich mit Problemen aus. Sagen wir, ein gemeinsamer Bekannter hat mir einen Tipp gegeben.«

»Dann bestellen Sie Ihrem Bekannten doch mal herzliche Grüße von m…« Ich stockte. »Haben Sie eben *Oger* gesagt?«

Kurt sah peinlich berührt zum Fenster hinaus. Der Abend dämmerte heran. »Ist mir so rausgerutscht«, sagte er. »Na los, setzen Sie mich ruhig vor die Tür. Bin ich gewohnt. Macht mir nichts.«

In diesem Moment hörte ich ein pochendes Geräusch aus der verwitterten Holzkiste, auf der Kurt seine riesigen Füße abgelegt hatte. Schlamm und Gras hing an der Unterseite seiner abgewetzten Slipper in Übergröße.

»In Ihrer Kiste hat es gerappelt«, stellte ich fest. »Was war da gleich drin?«

»Im Grunde nur ein bisschen Gold«, sagte Kurt. »Brauchen Sie welches?«

»Äh, nein«, sagte ich. Obwohl das Gespräch eine interessante Wendung nahm. Wenn ich mich schon volljammern lassen musste, warum dann nicht gegen ein bisschen Bezahlung. Mister Xu war ziemlich knauserig. »Eigentlich schon. Aber eher nicht.«

»Wäre kein Problem«, sagte Kurt, öffnete das Vorhängeschloss und ließ die schweren Riegel der Truhe aufschnappen. »Lass ich Ihnen halt was da. Weil Sie ein netter Kerl sind.«

Oben in der Truhe lag ein verschlissener schwarzer Mantel. Kurt warf ihn achtlos über die Sofalehne. Aus dem abgewetzten Stoff stieg eine Staubwolke auf, es roch durchdringend nach Knoblauch.

Dann sah ich das Gold. Und damit meine ich nicht Katzengold oder sonst was. Sondern *echtes* Gold, Münzen unterschiedlichster Größe, Goldbarren, Ketten und Armreifen, ein paar juwelenbesetzte Becher.

Gold, das herrlich in der Sonne funkelte.

Gold, das einem Schwierigkeiten bereitet.

Kurts Hände waren so groß wie die Schaufeln, die man am Kamin hängen hat. Er griff zwei-, dreimal in die Kiste und befüllte eine zerknitterte Alditüte. Ihr hochwertiger Inhalt zeichnete sich unter dem abgewetzten Aufdruck ab.

»Behalten Sie's erst mal«, sagte Kurt und ließ das verknotete Päckchen auf meinen Couchtisch fallen. »Und wenn Sie es doch nicht wollen, hole ich es wieder ab.«

Ich nickte mit trockenem Mund. Um ein Haar hätte ich meinen aufdringlichen und wahrscheinlich vorbestraften Gast samt Kiste, Gold und Problemen rausgeschmissen. Aber dann tauchte vor meinem inneren Auge ein wunderbares Bild auf.

Kim und ich. Ein Zweisitzer mit offenem Verdeck. Sonnenverwöhnte Weinberge in der Toskana. Die Brieftasche prallgefüllt. Eine Reise ohne Wiederkehr.

»Ich behalte das Gold erst mal, wenn es Ihnen nichts ausmacht«, sagte ich. »Noch einen Kaffee?«

Wir plauderten eine Weile. Es gelang mir, im Gespräch das gefährliche Wort O-g-e-r geschickt zu umschiffen. Mit diesem Quatsch wollte ich nichts zu tun haben.

Ich empfahl Kurt, seiner Mutter rechtzeitig zu sagen, wenn er sich in seiner Privatsphäre gestört fühlte, und den Ärger frühzeitig, in gut verdaulichen Portionen, rauszulassen. Keine Möbel mehr kaputtzumachen. Nicht mehr so viel Alkohol zu trinken, einer geregelten Arbeit nachzugehen. Ab und zu etwas Sport. Die Hände von den falschen Frauen lassen. Die üblichen Tipps eben, wenn jemand sein Leben nicht auf die Reihe kriegte.

Es wurde alles in allem noch ein angenehmer Nachmittag.

Wir verabschiedeten uns herzlich, nachdem ich Kurt mein Geheimrezept für einen gelungenen Abend verraten hatte: Eine Zitronenscheibe mit Zucker, flambiert mit Strohrum 80% auf einem doppelten Wodka. Bei Bedarf wiederholen.

Zum Dank schenkte mir Kurt eine unangebrochene Flasche Quittenlikör aus Polen. »Den wollte ich eigentlich Ma mitbringen«, sagte er zum Abschied. »Aber Sie haben ihn mehr verdient.«

»Sie haben Ihren Mantel vergessen!«, rief ich Kurt nach, der mit seiner Kiste im Treppenhaus verschwand.

»Das ist nicht mein Mantel«, antwortete er. »Behalten Sie ihn ruhig.«

Seine eiligen Schritte entfernten sich auf dem Pflaster.

Der Quittenlikör war nicht schlecht. Ein bisschen scharf im Abgang vielleicht. Dazu eine leicht muffige Note, die ich nicht so richtig identifizieren konnte. Irgendwie nussig.

Sicher konnte man mit dem Zeug gut Wunden desinfizieren und vielleicht auch ein Zimmer in Brand stecken. Der Pole trinkt ja gern hochprozentig.

Ich genehmigte mir noch ein Gläschen, kippte versuchsweise ein bisschen Prosecco dazu, den ich noch im Schrank hatte. Pur war er besser.

Jetzt brauchte ich nur noch eine vernünftige Strategie, um die Sache mit Kim nicht im Frühstadium komplett an die Wand zu fahren wie meine sämtlichen bisherigen Beziehungen.

Doch mit jedem Schlückchen Likör wurde mein Gedankenfluss zäher und breiiger. Die Quitte tropfte langsam in mein Bewusstsein und verdampfte dort zu einer aromatischen, orangegelben Wolke, die mein Denken immer weiter ausfüllte.

Vielleicht sollte ich Kim ab und zu mal 'ne Blume kaufen? Die Idee war klasse, das würde sie umhauen, die musste ich mir bei Gelegenheit aufschreiben.

Ich hob meine müden Füße aufs Sofa und schenkte mir mit schwacher Hand noch ein Likörchen nach. Das hatte ich mir verdient nach dem ganzen Gerede.

Während sich die Flüssigkeit durch meine Eingeweide brannte, streifte ein Anflug von Vorsicht durch meinen betäubten Geist, ein Tröpfchen Misstrauen versickerte in meinen Gehirnwindungen. Durch meinen Kopf streifte das Gefühl, dass ich vielleicht nicht so allein in der Wohnung war, wie ich dachte. Dass schräg hinter meinem Sessel jemand stand und mich beobachtete.

Und wenn schon, überlegte ich, ehe die nächste Woge des Quittensaftes meinen Verstand wegspülte wie ein Stück Treibgut am Strand. Und wenn schon. Sollten sie mir doch die Bude ausräumen, sollten sie alles mitnehmen, den Fernseher, die Stereoanlage, egal. Mein wahres Glück, meine Bestimmung, der Mittelpunkt meines Lebens lagen ganz woanders: nämlich in Kims schlanken, elfenbeinfarbenen Händen.

Das konnte mir niemand nehmen, dachte ich zufrieden.

Alles würde gut werden, versprach mir die Quitte. Doch sie log, wie ich sehr bald erfahren sollte.

6

Ein Gast unter der Spüle

Ich erwachte mit einem grauenhaften Brummschädel. Im Mund hatte ich einen Geschmack wie Galle und Alkohol. Irgendein Likör, ziemlich fruchtig.

Draußen war es heller Tag. Ich lag ausgezogen auf meinem Bett. Daneben standen zwei Eimer, in einem schwappte fingerhoch trüber Urin, wie ich unangenehm berührt feststellte. Der andere war leer. Hatte ich gekotzt? Und wenn ja, wer hatte die Kotze weggemacht? Der Fußboden schimmerte wie frisch gewischt. Was war geschehen?

Ich stolperte ins Bad. Auch hier war alles blitzsauber, die Wanne glänzte, das Klo duftete frühlingsfrisch.

Das gleiche Bild in der Küche. Sogar der Abwasch war gemacht, die alten Töpfe, die zerkratzte Pfanne, alles stand gespült und abgetrocknet neben dem Waschbecken. Nur der Schrank unter der Spüle war offen. Ich schloss ihn mit einem Tritt. Hatte ich hier heute Nacht saubergemacht, mit einem besoffenen Kopf?

Das Letzte, woran ich mich erinnerte, war eine Flasche mit hellgelber Flüssigkeit.

Einige Bilder tauchten immer wieder in meinem Bewusstsein auf. Zitronenscheiben. Dann war da eine Brücke. Kim, halbnackt. Ein Sprung in eiskaltes Wasser. Und dann die Dunkelheit … Ein seltsamer Traum.

Drei Cappuccino-Pads später hatte sich der Nebel in meinem Kopf ein wenig gelichtet. Ich beschloss, in meiner Wohnung nach Spuren der vergangenen Nacht zu suchen. Zunächst nahm ich mir das Wohnzimmer vor.

Eine bis auf den letzten Tropfen geleerte Likörflasche stand auf der Fensterbank. Quitte, polnisch. Ansonsten war alles genauso wie sonst … und doch ganz anders. Streifenfrei fiel das Sonnenlicht durch die breiten Fenster und badete die makellose Fensterbank in Licht. Die Schmutzringe der Kaffeetassen waren vom Couchtisch verschwunden.

»Wer hat hier saubergemacht?«, fragte ich mit fester Stimme. »Und was hat das gekostet?«

Hatte ich im Vollrausch eine Putzfrau engagiert? Oder, noch schlimmer: War meine Mutter in der Stadt und machte skrupellosen Gebrauch von ihrem Zweitschlüssel? Wollten meine Eltern vielleicht meine Studienaktivitäten kontrollieren? Den Nutzen ihrer monatlichen Überweisungen überprüfen?

»Mama?«, rief ich.

Lag da nicht eine dezente Parfümnote in der Luft?

Nein, eher nicht. Eher der Duft von frisch gepresstem Knoblauch.

»Mama, wenn du hier bist, macht das nichts! Ehrlich!« Manchmal half es, sie in Sicherheit zu wiegen, dann zeigte sie sich. Rausschmeißen konnte ich sie ja immer noch.

Aber es blieb still in der Wohnung, beinahe unnatürlich still. Also fielen meine Eltern schon mal aus dem engsten Kreis der Verdächtigen. Ein Kontrollgang durch die Zimmer erbrachte keine weiteren Hinweise. Zumindest war ich allein.

Ich zog mich aus und sprang unter die Dusche. Ich sah mein Gesicht in den polierten Kacheln. Der ungewohnte wundervolle Glanz des Duschkopfes faszinierte mich, ich drehte ihn hin und her und ließ die Lichtreflexe an der Decke tanzen.

Du wirst ein bisschen verrückt, Schätz, sagte ich zu mir. Eine Nacht durchgesoffen, abgestürzt, und schon spielst du mit deinem Duschkopf. Konzentrier dich auf das Wesentliche, auf das Einzige, was zählt!

War ich gestern Nacht vielleicht mit Kim unterwegs gewesen?

Und: Hatte ich mit ihr geschlafen?

Hatte sie in einem postkoitalen Anfall von Häuslichkeit meine Wohnung auf Vordermann gebracht?

Mein Körper fühlte sich noch genauso an wie vorher. Alles funktionierte, überall, wo ich mich betastete.

Ich wusste nicht, wofür ich mich entscheiden sollte. Was war schlimmer: Mit Kim im Bett gewesen zu sein und keine Erinnerung daran zu haben oder – na ja – kurz vor der Ziellinie gestrandet zu sein, wie sonst auch.

Ich trocknete mich mit einem perfekt auf Kante zusammengelegten Handtuch ab und suchte nach meinem Deo, das jemand – ich, sagte ich mir, wer denn sonst? – ganz nach hinten in den Spiegelschrank geräumt hatte.

Über der Klobrille lag ein tiefenreiner Glanz, wie in der Werbung.

So, dachte ich mir. Das reicht jetzt. Hör auf, jeden Gegenstand mit den sauberkeitsliebenden Augen deiner Mutter zu betrachten.

Jemand war eindeutig hier gewesen. Kein Zweifel.

Ich fand mein Handy in der Küche unter dem anderen Abwasch. Es war noch feucht und roch nach Pril. Aber es funktionierte. Ich rubbelte es mit einem Küchentuch mit messerscharfen Bügelfalten trocken.

Es war Zeit, Erkundigungen einzuholen. Kurzerhand wählte ich Kims Nummer.

»Hallo, Süße«, sagte ich unbeschwert. »Alles klar?«

»Ich bin beim Training, geht gleich los«, rief Kim. Im Hintergrund hörte ich das Quieken und Kreischen der Robben-Team-Kinder. »Geht's dir wieder gut? Du hast gar nicht mehr auf meine SMS geantwortet … Nicht von der Seite reinspringen, Lukas!«, schrie sie. »Der Kilian kann doch nicht gut gucken, das weißt du doch!«

»Sag mal, Kim, gestern Abend«, begann ich, »waren wir beide gestern … haben wir da was gemacht, meine ich? Also, nicht das, was du jetzt denkst.« Ich versaute es und konnte nichts dagegen tun, mein Mund redete einfach weiter. »Also, haben wir gestern miteinander, zu zweit … geredet?«

»Du warst ziemlich angeschlagen, glaube ich«, sagte Kim. »Auf jeden Fall wolltest du nicht mehr bei Melle vorbeikommen. Hast du noch gefeiert oder so?«

»Vielleicht«, sagte ich. »Ein bisschen. Wir beide haben dann nichts mehr gemacht oder so, ja?«

»Ich hätte gerne was gemacht«, sagte Kim. »Aber du klangst ziemlich platt.«

Wir verabredeten uns für den nächsten Abend. »Vielleicht können wir ja da weitermachen, wo wir neulich aufgehört haben«, sagte Kim.

Mein Kopf antwortete mit einem unangenehmen Prickeln unter der Haut.

»Ich muss jetzt gleich mal auflegen«, sagte Kim. »Das ist ganz lieb, Johanna, dass ihr dem Kilian aus dem Wasser helft«, rief sie. »Alle aufstellen, wir legen los, ja?«

»Eine Frage hätte ich noch«, sagte ich. »Hast du zufällig heute Nacht bei mir saubergemacht?«

»Saubergemacht?« Kim kicherte. »Du bist echt süß. Voll durchgeknallt. Das mochte ich von Anfang an bei dir.«

Ich holte mir aus der Apotheke die Grundausrüstung für einen schweren Kater: Aspirin, Magnesium, Calcium. Und ein medizini-Poster mit Delfinen drauf, das gab es gratis, damit konnte ich bei Kim punkten, die mochte Fische. Mit schweren Schritten schleppte ich mich das Treppenhaus hinauf.

Meine verdreckten Reeboks warf ich in die akkurate Reihe blitzblank geputzter Schuhe vor meiner Wohnungstür. Die Farben meiner Fußmatte leuchteten wie frisch gewaschen.

In meiner Wohnung roch es nach Kaffee. Das gefiel mir. Abgesehen davon, dass ich keinen gekocht hatte. Was war hier los?

Ich schlich in die Küche und bewaffnete mich mit dem Kotelетthammer aus Edelstahl. Mich hielt man nicht zum Narren. Wenn hier etwas gespielt wurde, würde ich dahinterkommen.

Überfallartig polterte ich durch alle Zimmer. Aber abgesehen von einem verdächtigen Glanz auf den Chromteilen meiner Espressomaschine fiel mir nichts Ungewöhnliches auf. Die Tür des Spülenschranks stand offen. Ich schloss sie mit einem Fußtritt.

Ich trank ein Glas Leitungswasser, setzte mich im Wohnzimmer aufs Sofa und überlegte. Was auch immer hier geschah – es gefiel mir überhaupt nicht. Es gab ja angeblich Einbrecher, die Kaffee kochten oder sich ein Spiegelei brieten. Aber die Wohnung putzen? Das Bad scheuern?

Noch etwas anderes fiel mir auf. Der verschlissene Mantel, den Kurt bei mir vergessen hatte, war verschwunden. Ich hatte ihn gestern an die Garderobe gehängt und versucht, den penetranten Knoblauchgestank zu ignorieren.

Und jetzt war er weg. Nur eine dezente Knoblauchnote war geblieben.

Ich ließ mich im Flur auf den frisch polierten Boden sinken und blieb eine Weile so sitzen. Meine Wohnung kam mir fremd vor, hier stimmte etwas nicht. Vielleicht war der Einbrecher ja auch zwanghaft sauber. Vielleicht würde er sich rächen, wenn ich hier was schmutzig machte.

Plötzlich hörte ich ein seltsames Geräusch. Es quietschte. Wie ein feuchter Schwamm auf einer glatten Oberfläche. Das Geräusch kam aus der Küche!

Ich schlich mich näher, prüfte das Gewicht des Hammers in meiner Hand. Es quietschte noch einmal.

Die Küchentür war nur angelehnt.

Ich bin kein besonders unordentlicher Mensch. Ab und zu verschimmelt vielleicht mal ein Teller oder ein Topf, zugegeben, passiert ja jedem mal. Und wenn irgendwo ein Fleck ist, dann wische ich den irgendwann fort. Ich tue, was dringend getan werden muss. Ich habe nichts gegen Reinlichkeit, wirklich!

Aber was sich in der Küche meinen Augen darbot, war einfach unfassbar.

Ein Mann stand über die Spüle gebeugt. Spindeldürr, hohlwangiges Gesicht, langes rabenschwarzes Haar. Mein karierter Pyjama schlotterte an seinem ausgemergelten Körper. Er hatte sich meine einzige Schürze umgebunden. Das rosa Blümchenmuster verlieh dem Kerl eine psychopathische Aura.

Seine knochige Hand war um einen Küchenschwamm gekrampft, mit dem er das Blech meiner Spüle scheuerte. Immer wieder hauchte er auf das Metall und polierte nach. Das Glas, das ich vorhin dort abgestellt hatte, hielt er in der Linken, weit weg von der geschrubbten Oberfläche.

»Sauberkeit«, hauchte er mit leichtem osteuropäischem Akzent, »ist keine Hexerei!«

Jetzt war wohldurchdachtes Handeln angesagt, befand ich. Ich sah vor meinem inneren Auge, wie ein herbeigerufenes Polizeiteam den Hygienefreund in meiner Küche niederringen würde. »Sauberkeit!«, würde er noch schreien, während man ihm den Schwamm aus den Händen wand.

Das wollte ich nicht sehen. Der Mann war verwirrt, keine Frage, eine elende Figur. Aber man sollte ihn nicht so rabiat vor die Tür setzen. Elegantes Vorgehen war jetzt die Devise.

»Entschuldigen Sie«, sagte ich mild. »Sind Sie sicher, dass Sie die richtige Küche reinigen?«

Der Mann fuhr zu mir herum. Sein Gesicht erstarrte zu einer Maske der Verzweiflung. Blitzschnell stellte er das Glas auf die Spüle zurück, ließ den Schwamm in der Schürzentasche verschwinden, ging in die Hocke und begann, in meinen Spülenschrank zu kriechen. Er brauchte nur wenige Sekunden dafür.

»Ich sehe noch Ihr Bein«, sagte ich. »Es hat keinen Sinn, sich zu verstecken. Ich habe Sie klar und deutlich gesehen.«

Der Mann musste wirklich biegsame Gelenke haben. So wie dieser russische Bewegungskünstler mit Bindegewebsschwäche, den sie mal im Privatfernsehen gebracht hatten. Jetzt zog er auch noch das Bein in den Schrank hinein. Nur ein Zipfel der Schürze war noch zu sehen. Die Schranktür unter der Spüle stand einen Spalt weit offen.

»Geben Sie der Tür einen Tritt, wie vorhin«, flüsterte der Mann in meinem Spülenschrank, »und vergessen Sie, was Sie gesehen haben.«

»Ich denke nicht daran«, sagte ich. »Sie kommen da sofort raus! Sofort!«

»Das können Sie vergessen«, raunte es aus dem Schrank.

Hätte ich ihn einfach packen und rausziehen sollen? Ich bin ganz und gar kein offensiver Typ, ich haue keine fremden Menschen. Und ordentlich Prügel hatte ich erst vor zwei Tagen eingesteckt. Da zog ich meistens den Kürzeren. Der Mann war sicherlich harmlos. Ein Obdachloser, der sich nach einer vernünftigen Aufgabe sehnte. Jemand mit Sinn für Häuslichkeit und Ordnung. Eine ehrliche Haut, die anscheinend nicht vor körperlicher Arbeit zurückschreckte. Man musste ihn da packen, wo er empfindlich war.

»Gut«, sagte ich, »Sie haben es nicht anders gewollt.«

Ich trank noch einen Schluck Leitungswasser und stellte das leere Glas schwungvoll auf die polierte Spüle. Eine Spur von Wasserspritzern blieb auf dem Metall zurück. »Schon erstaunlich«, sinnierte ich gehässig, »wie schnell das wieder fleckig wird. Da putzt man eine halbe Stunde, und nach einmal Händewaschen kann man schon wieder nachscheuern.«

Aus dem Spülenschrank kam ein unterdrücktes Wimmern.

Pjotr war in Ordnung, ein feiner Kerl, das merkte ich schnell. Auch wenn er für mein Empfinden etwas zu pikant nach Knoblauch roch. Abgesehen davon war er ein gewandter Gesprächspartner. Ein anständiger Mann, dem man nur etwas auf die Sprünge helfen musste, damit er seinen Platz im Leben wiederfand.

Mein sauberkeitsliebender Gast verpasste meiner Spüle den letzten Schliff mit einem Küchentuch, faltete es sorgfältig und verstaute es im Schrank. »Perfekt!«

»Sie sind also arbeitslos, Pjotr«, fasste ich zusammen.

Er nickte. »Arbeitssuchend.«

»Und jetzt glauben Sie, bei mir haben Sie eine neue Stelle gefunden«, sagte ich. »Ist da nicht meine Zustimmung notwendig?«

»Nicht unbedingt«, sagte Pjotr. Er fischte einen vergilbten Zettel aus der Tasche, der nur noch von rissigem Tesafilm und Druckerschwärze zusammengehalten wurde. »Hier, ich hab's schriftlich. Edikt von Nantes von 1826, schon mal gehört? Ganz unten, Abschnitt 4b zur ›Nötigungsfreien Zuteilung von Wohnraum‹. Danach darf ein Domowoj nach Ablauf von zwölf Stunden nicht mehr aus einem Haushalt verwiesen werden. Sofern er bis dahin etwas zur Haushaltsführung beigetragen hat. Putzen zum Beispiel.«

»Ich verstehe kein Wort«, gestand ich. »Was ich verstanden habe, ist, dass Sie hier wohnen bleiben möchten.«

»Dürfen!«, korrigierte mich Pjotr. »Von Gesetzes wegen.«

»Und wenn ich nicht einverstanden bin?«, fragte ich. »Wenn ich nun lieber alleine wohnen möchte? Das ist ja immerhin meine Wohnung. Ich habe auch nur ein einziges Schlafzimmer.« Und WGs waren absolut nicht mein Ding. So fing das an, dachte ich, erst ließ man einen Wohnungssuchenden bei sich übernachten, dann brachte er seine Freunde mit, und schon zerstritt man sich regelmäßig über den Putzplan. Das war mir erheblich zu studentisch.

»Kein Thema«, sagte Pjotr. »Sie werden mich gar nicht bemerken. Domowoje sind berühmt dafür, ihren Vermietern nie unter die Augen zu kommen. Berufsethos, wissen Sie, wir sind praktisch unsichtbar.«

»Vorhin sind Sie mir unter die Augen gekommen.«

Pjotr sah zu Boden.

»Peinlich genug. Kommt nie mehr vor, Ehrenwort. Und das Versprechen eines Domowoj gilt viel. Zumindest östlich der Wolga.«

»Domowoje, das sind diese russischen Zauberkünstler, oder?«

»So etwas Ähnliches«, sagte Pjotr. »Es geht in die Richtung. Sie gefallen mir übrigens, wir könnten uns eigentlich auch duzen.«

Widerwillig reichte ich ihm die Hand. Das ging mir etwas zu schnell, in Hannover war man da zurückhaltend. Aber ich wollte mal nicht so sein, und Neinsagen war noch nie meine Stärke gewesen. »Ich bin Sebastian.«

Pjotr schüttelte sie energisch. »Entzückend.«

»Genau«, sagte ich. »Also, Pjotr, du hast vier Tage Zeit, um dir eine eigene Wohnung zu suchen. Keinen Moment länger, klar?«

»Eine Woche.«

»Fünf Tage.«

»Eine Woche«, sagte Pjotr. »Das ist mein letztes Angebot.«

Ich stutzte. »Wie kommst du darauf, dass du hier überhaupt irgendwelche Angebote machen kannst?« Pjotrs Dreistigkeit war verstörend. »Aber schön, eine Woche. Aber keinen Tag länger.«

Pjotr griff wieder nach meiner Hand und schüttelte sie mit ernster Miene. »Eine kluge Entscheidung«, sagte er. »Wirklich sehr klug.«

Zwei Tage später rief meine Mutter mit unterdrückter Nummer an.

Meine Eltern hatten mich schon länger nicht mehr besucht, und ihren Anrufen war ich geschickt ausgewichen. Das Thema drehte sich ohnehin meist um die Bewerbungsunterlagen in meinem Schreibtisch, und die hatten Zeit.

»Wir haben dich ja schon so lange nicht mehr besucht. Also wollen wir am Sonntag in zwei Wochen mal spontan vorbeikommen, wie wäre das?« Triumph schwang in der Stimme meiner Mutter mit. Die Idee mit der unterdrückten Nummer stammte bestimmt von ihr. »Wir wissen ja gar nicht mehr, wie es bei dir aussieht. Und ich bin sicher, deine Fenster könnten mal wieder geputzt werden. Du bist immer so nachlässig. In deiner Ordnung findet man ja gar nichts.«

Ich lag auf dem Sofa und hatte mich bis zum Klingeln des Telefons herrlich entspannt. Der säuerlich-frische Geruch von Essigessenz und Sidolin-streifenfrei lag in der Luft. Nicht die kleinste Schliere war auf der Fensterscheibe zu sehen.

»Ich komme schon zurecht. Die Wohnung sieht super aus«, sagte ich. »Brauchst dir keine Sorgen zu machen. Wir können uns auch einfach in der Stadt treffen, und ich führe euch mal durch die Fußgängerzone von Hannover. Ist ganz schön hier, wenn man sich eingelebt hat.«

»Aber da waren wir doch schon mal«, sagte meine Mutter. »Alle zusammen. Als Onkel Gerhard da noch gewohnt hat. Du warst damals so begeistert vom großen Karstadt. Damals konnte man dir mit so einfachen Sachen noch eine richtige Freude machen.«

»Ja, Mama«, sagte ich. Widerspruch ließ sie meistens erst so richtig in Fahrt kommen.

»Oder willst du uns am Ende nicht in deiner Wohnung haben?«

»Doch, doch«, sagte ich. »Ist gar kein Problem.« Wenn sie kamen, war Pjotrs Frist hoffentlich abgelaufen. Wie meine Mutter reagieren würde, wenn sie erfuhr, dass ich – wenn auch nur vorübergehend – mit einem Mann zusammenlebte, konnte ich mir gut vorstellen.

»Aber ich höre dir doch an, dass da was ist«, sagte meine Mutter. »Bist du alleine? Oder …«. Sie dämpfte die Stimme zu einem verschwörerischen Flüsterton. »Oder ist da ein Mädchen, von dem wir nichts mitbekommen sollen? Ich verrate deinem Vater auch nichts, versprochen!«

»Da ist kein Mädchen!«, rief ich. Was natürlich auch nicht stimmte. Aber ich sah es nicht ein, jetzt mein ganzes Privatleben vor ihr auszubreiten.

»Ach je«, sagte meine Mutter. »Da habe ich wieder einen wunden Punkt erwischt. Aber … du schaust dich doch kräftig um, Junge, oder?«

»Mama!« Meine Stimme klang viel zu schrill. »Das geht dich überhaupt nichts an.« Wie schaffte sie es nur, in einem ganz normalen Gespräch das maximale Potenzial an unangenehmen Gefühlen zu mobilisieren?

»Ich merke schon, ein wunder Punkt«, sagte meine Mutter. »Und wenn du nicht mal mit deiner eigenen Mutter darüber reden willst, dann kann ich dir auch nicht helfen.«

»Ihr könnt übernächstes Wochenende kommen, Mama«, sagte ich. Da war sie wieder, die gewohnte Mischung aus Widerwillen und Resignation. »Kein Problem. Auch in meine Wohnung, wenn ihr wollt. Ist mir egal.«

»Du bist immer so wurschtig«, sagte sie. »Aber so kennen wir dich. Und so lieben wir dich.«

»Ist egal«, sagte ich.

»Wenn du uns was sagen willst, was Persönliches, kannst du das ruhig machen. Ich kann auch alleine kommen, wenn Papa noch nichts davon wissen soll.«

»Ich bin nicht schwul, Mama«, sagte ich, inzwischen am Ende meiner rhetorischen Kräfte. »Immer noch nicht.«

»Mit dem Thema hast du jetzt wieder ganz von alleine angefangen«, sagte meine Mutter. »Ich muss jetzt auflegen. Die Wäsche muss aus der Maschine, sonst wird sie knitterig. Wir reden dann am Sonntag in zwei Wochen weiter.«

Sie legte auf.

Ich starrte auf das Telefon. Ein paar Minuten lang.

»Du kannst schlecht Nein sagen, hm?«, sagte Pjotrs Stimme dicht hinter mir.

Ich schrie vor Schreck laut auf. Wie ich es hasste, wenn man mir nachstellte, mich überwachte, meine Privatsphäre mit Füßen trat.

»Du kannst hier nicht einfach überall rumschleichen!«, tobte ich. »Du kannst dich auch nicht in alles einmischen! Du sollst deine Nase nicht ständig in meine Angelegenheiten stecken! Und du sollst endlich auch mal ein bisschen Respekt vor mir haben!«

»So ist es gut«, sagte Pjotr und rückte einen Blumentopf auf der Fensterbank zurecht. »Lass die Gefühle ruhig raus, Junge, leb es aus. Ich verstehe das. Ist wirklich kein Problem. Dafür sind Freunde da.«

7

Eine Nacht mit dem Domowoj

Es war neun Uhr abends, Pjotr und ich saßen im Mezzo, einem Lokal für Studenten und Arbeitslose, die gerne kostenlos Zeitung lasen.

Der Kellner war ein Idiot. Er reagierte erst, als Pjotr laut zu schnipsen anfing. Träge bahnte sich der zottelige junge Mann den Weg zwischen den verschrammten Tischen des Cafés zu uns. Er atmete aus jeder Pore: *Ich bin Student, ich arbeite nur so nebenbei hier*. Der Ziegenbart, die halblangen Haare, die volltätowierte Lässigkeit, die sportliche Eleganz, mit der er seine Kellnergeldbörse aus der tiefhängenden Gürteltasche zog.

»Was kann ich für euch tun?«, fragte er und schenkte uns ein kumpelhaftes Grinsen.

»Bringen Sie mir Cognac«, sagte Pjotr gestelzt. Meine Adidas-Trainingsjacke verlieh ihm eine Jugendlichkeit, die in eigentümlichem Kontrast zu seiner Aussprache stand. »Hundert Gramm, vom Besten.«

»Puh.« Der Kellner blies sich filmreif die Haare aus der Stirn. »Muss ich mal gucken, ob wir das haben. Für dich auch irgendwelche Spezialitäten oder einfach ein Gezapftes?«, fragte er mich. Sein belustigter Blick verriet: Er hielt Pjotr für einen Exzentriker, einen Ausländer auf der Durchreise, dem man noch was beibringen konnte, und suchte in mir einen Gleichgesinnten.

»Bringen Sie mir das Gleiche wie dem Herrn«, sagte ich, ohne sein Lächeln zu erwidern. Der Typ und ich waren keine Freunde und würden auch keine werden.

Ich hasste Studentencafés.

Nicht nur wegen des schnelllebigen Publikums, das anderen, benachteiligteren Leuten die Studienplätze wegnahm, während es vormittagelang Zeitung las, sich demonstrativ entspannte oder die H&M-gekleideten Kinder herumreichte.

Nein, auch wegen des Personals hasste ich Studentencafés. Hier wurden Studenten von Studenten bedient, hier arbeitete niemand, der es ernst mit seinem Job meinte. Wer einmal in das verlebte Gesicht einer Eckkneipenkellnerin geblickt hatte, die Haut trocken vom jahrzehntelangen Tabakrauch, die Hände gekrümmt vom Gläserwaschen, der weiß, was ich meine. *Ich bin nur ganz zufällig hier*, strahlen die gepiercten Intellektuellengesichter aus, die mit ihren funkgesteuerten Bestellcomputern gut gelaunt von Tisch zu Tisch hüpfen. *Ich brauchte halt 'nen Nebenjob, ich kellnere ein bisschen nebenbei, um mir das Bafög aufzubessern.*

Ohne mich. Ich mied solche Orte. Aber Pjotr hatte mich mitgeschleppt, da wollte ich mal nicht so sein. Ich war nur mitgekommen, weil der Domowoj Salz auf meine Wunden gestreut hatte, als er nach drei Tagen in meiner Wohnung festgestellt hatte, dass es mir erheblich an Gesellschaft mangelte. Außerdem hatte Kim heute die Abendschicht im Fischrestaurant.

»Du bist traurig, du hängst durch«, sagte der Domowoj beschwörend, als der Kellner hinter einer Litfaßsäule voller Kontaktanzeigen verschwunden war. »Es liegt an dieser Frau, richtig? Die macht dich fertig. Da sitzt der Schmerz!« Er griff mir an die Jacke und schüttelte sie auf Herzhöhe. »Da sitzt der Schmerz! Lass ihn raus!«

Pjotr schien richtig in Fahrt zu kommen. Er hatte sich weit über den Tisch gelehnt, seine knochige Stirn stieß beinahe an meine. Er roch immer noch unerträglich nach Knoblauch. Ich hatte ihm inzwischen dreimal Kaugummis angeboten, aber er hatte immer mit stolzer Miene abgelehnt.

»Ich will dich nicht enttäuschen, aber gerade ist alles super«, sagte ich.

»*Super*«, äffte mich der Domowoj nach. »Wo ist da die Leidenschaft? In Russland lässt man sich einfach ein paar Mädchen kommen, wenn man sich amüsieren will.«

»Du meinst Prostituierte? Um Gottes willen, nein!«

»Prostituierte, Mädchen, was macht das für einen Unterschied, wenn man etwas Ablenkung braucht.« Pjotr kniff mir mit trockenen Fingern in die Wange. »Einer Kuh, die nicht stößt, gibt Gott keine Hörner, sagen wir in Russland.«

Der Kellner stellte zwei mandarinengroße Gläser vor uns ab, auf deren Grund eine Pfütze karamellfarbener Flüssigkeit schwappte.

»Französische Cognacgläser haben Sie nicht?«, fragte Pjotr. »Unfassbar. Aber was sage ich Ihnen das? Sie sind ja beinahe noch ein Kind.«

Der Kellner schüttelte den Kopf und spähte unauffällig nach links und rechts, als suchte er nach einer versteckten Kamera.

»Ist schon okay«, sagte ich. »Wir trinken es auch so.«

»Nicht, ohne etwas nachzupolieren«, sagte Pjotr, als der Kellner gegangen war. Er scheuerte den Glasrand mit seiner Serviette blank. »Früher hätte man dem Mundschenk für so ein schmutziges Glas Nase und Ohren abgeschnitten.«

Die Begeisterung des Domowojs bei der Vorstellung von Körperstrafen irritierte mich. Also schüttete ich den Cognac in einem Rutsch runter. Er schmeckte wie altes Mon Cheri, das man in Putzmittel eingelegt hatte.

»Sensationell«, sagte Pjotr. »Und jetzt erzähl mir von deinem Leid. Pjotr wird dir helfen, wieder auf die Beine zu kommen.«

»Leid ...« Der Cognac trieb mir die Tränen in die Augen. »Das ist gar kein Leid. Eigentlich geht's mir ganz gut. Mit Kim ist alles super, sie hat mit ihrem Freund Schluss gemacht und findet, ich bin der Richtige.«

»Aber du bist noch nicht ganz zufrieden. Du willst mehr, ist es nicht so?«

Ich schüttelte den Kopf. »Vielleicht liegt es ja an mir. Dass mit mir was nicht stimmt. Neulich war es ein ziemlicher Reinfall mit Kim, ich bin k.o. gegangen, während wir uns geküsst haben. Sollte mir nicht wieder passieren.«

»Du hattest also Probleme mit deinem Gemächt?« Einfühlsam betrachtete mich Pjotr durch das Cognacglas.

»Mit was?«

»Gemächt. Deine Rute. Deine Männlichkeit.«

»Äh … nein«, sagte ich. »Da ist alles in Ordnung.«

»Dann habt ihr euch auch schon geliebt?« Erwartungsfroh rubbelte Pjotr mit seiner unnatürlich langgliedrigen Hand über die fleckige Politur des Kneipentischs.

Jetzt hieß es, Ruhe und vor allem Würde bewahren. »Erstens weiß ich nicht, was dich das angeht«, sagte ich. »Und zweitens … ja klar. Klar haben wir.«

»Gottlob«, sagte Pjotr. »Ich hatte schon befürchtet, du wärst einer von denen, die sich wochenlang hinhalten lassen.«

»Äh … nein«, sagte ich. »Gottlob.«

Gottlob blieben wir nicht lange im Mezzo. Pjotr nippte eine Weile an seinem Cognac, während ich immer weiter und immer wahlloser bestellte und ihm nach und nach doch das ganze Elend offenbarte. Dass die Sache mit Kim irgendwie eine Spur zu vollkommen war, um wahr zu sein. Dass ich jetzt befürchtete, beim nächsten Treffen könnte es mir nicht besser ergehen, sondern schlechter. Und dass ich deswegen alle eindeutigen Bemühungen in dieser Richtung vorübergehend eingestellt hatte.

Schließlich beschloss Pjotr, der Laden sei ihm zu langweilig. Ich zahlte für uns beide.

»Ich glaube nicht, dass wir hier reinkommen«, sagte ich vor dem nächsten Club, den der Domowoj mir – »unbedingt, gar keine Frage, du musst mal richtig die Korken knallen lassen, junger Freund!« – zeigen wollte.

Schwarz geschminkte junge Herren und Damen, beiderlei Geschlechts in bodenlange dunkle Gewänder gehüllt, wiegten sich zur Musik auf dem Bordstein. Dazu tiefe elektrische Bässe und verzerrte Stimmen einer mir unbekannten Sprache aus brusthohen Lautsprecherboxen. Eine sicher hundertköpfige Menschenschlange wartete vor dem Einlass des Base.

Hier kamen wir nie rein. Und davon abgesehen, wollte ich es gar nicht. Mit meinem Karohemd und der Jeansjacke fühlte ich mich zwischen den monochrom geschminkten Szenegängern nicht ganz passend gekleidet. Wenn ich wenigstens einen Sonnenschirm aus schwarzer Spitze dabeigehabt hätte.

»Natürlich kommen wir rein«, sagte Pjotr. »Man muss nur ein bisschen diplomatisch sein. Warte hier einen Augenblick auf mich, ja? Es lohnt sich. Drinnen wird es dir gefallen, versprochen.« Er klopfte mir beruhigend auf die Schulter und ließ mich mit den Wartenden allein.

»Ich steh total auf die Musik«, erklärte ich dem jungen Mann neben mir und nickte demonstrativ im Takt mit. »Aber ich wusste nicht, dass wir noch tanzen gehen, darum habe ich mich nicht geschminkt.«

Statt einer Antwort zeigte er mir sein Zungenpiercing.

Der Domowoj bahnte sich den Weg durch die wartende Menge und wechselte ein paar vertrauliche Worte mit dem Türsteher, einem kahlköpfigen Riesen, dem Metallspäne aus den Wangen stachen. Pjotr gestikulierte wild und klopfte ihm dann kameradschaftlich auf die Schulter.

Nach einigen Sekunden ließ der Wachmann seinen Blick über die Warteschlange schweifen, entdeckte mich und schenkte mir ein freundliches Grinsen. Dabei reckte er den Daumen überdeutlich in die Luft.

»Sebastian!«, rief Pjotr. »Komm schon!«

Es war einfach unglaublich. Der Typ wusste echt, wie man verhandelte. Dabei schrie sein etwas zu kurzer Jogginganzug nicht unbedingt nach Respekt, und sein messerscharfer Seitenscheitel wirkte ziemlich altbacken.

Der Domowoj wickelte seine Mitmenschen einfach um den kleinen Finger. Mir taten solche Leute leid, die alles mit sich machen ließen.

Mir fehlte die Gabe des Domowoj. Es fiel mir wesentlich schwerer als ihm, durch die murrende Menge vorwärtszukommen. Immer wieder schob sich eine Schulter oder ein Bein in den Weg. Auf den letzten Metern kam mir der Türsteher zu Hilfe und rettete mich mit dem beherzten Einsatz seines Multifunktionsstocks, mit dem er die schwarz berockten Nachtschwärmer auseinanderdrängte.

»Hallo, Kumpel«, sagte er in betonter Freundlichkeit.

»Äh, hallo«, sagte ich. »Sie lassen uns echt rein? Ohne anstehen?«

»Klar«, sagte der Türsteher. Sein Grinsen wirkte etwas bemüht. »Für … gute Freunde geht das in Ordnung.«

Ich holte mir einen Stempel – eine krumme Fledermaus, in deren Klauen ein menschliches Wesen hing – und folgte Pjotr ins Kellergeschoss.

»Sag mal, hat die Fledermaus was zu bedeuten?«, fragte ich den Domowoj und zeigte ihm mein Handgelenk.

»Nicht für dich«, sagte Pjotr und tätschelte mir den Oberarm. »Mach dir nicht so viele Gedanken.«

»Wie hast du das gemacht, was hast du ihm gesagt?«, fragte ich Pjotr, während er mich eine unbeleuchtete Treppe hinunterzog. »Wieso hat der uns gleich durchgelassen?«

Pjotr betrachtete seine sehnigen Handflächen, auf denen sich ein bläuliches Venengeflecht abzeichnete. »Ich habe ihm gesagt, entweder er lässt uns rein und tut so, als wären wir alte Freunde, oder ich lauere ihm auf dem Nachhauseweg auf und schlage ihn mit einem Backstein nieder. Und seine Freunde auch.«

Einen Augenblick lang war ich versucht, dem Domowoj zu glauben. Ich konnte ihn beinahe vor mir sehen, wie er mit ausdrucksloser Miene den Stein schwang. Aber das war natürlich vollkommener Quatsch, der Typ war ja harmlos. »Nee, echt jetzt«, sagte ich schließlich. »Sag mal, ohne Scheiß. Wie hast du das gemacht?«

»Ich habe ihm zehn Euro gegeben«, sagte Pjotr.

Was für ein ausgekochtes Schlitzohr. Er ließ mich die ganze Zeit für ihn bezahlen und warf jetzt mit dem Geld um sich, und dann auch noch für so einen miesen Club.

»Ich dachte, du hast zur Zeit gar keine Kohle!«
»Dann eben fünf Euro«, sagte Pjotr.

»Amüsiert ihr beiden Turteltäubchen euch auch gut?« Pjotr schob den Kopf in das nachgebaute, klaustrophobisch enge Eisenbahnabteil, in das man statt eines latexbezogenen Folterkreuzes besser mal eine Klimaanlage installiert hätte.

»Hm«, sagte ich. »Schon. Wie man sich halt so amüsiert, nachts um halb drei.«

Wie konnte ich ihm klarmachen, dass er mich hier sofort rausholen sollte, ohne die Frau zu kränken, die mir seit zwanzig Minuten Knie an Knie gegenübersaß und zunehmend aufdringlicher wurde?

Sie war mindestens fünfunddreißig und roch ein bisschen wie die Polstersitze in Mikes Auto – nach dem grünen Duftbäumchen (tannenfrisch), das an seinem Innenspiegel baumelte, ein bisschen nach Staub und muffiger Erde. Ihr schwarz gefärbtes Haar war in der Mitte gescheitelt und seitlich zu fettigen hohen Zöpfchen zusammengebunden, der Haaransatz schimmerte goldig wie frische Butter. Ihr Make-up sah aus, als hätte man sie mit Mund und Augen in ein nachtschwarzes Stempelkissen gedrückt. Kurz: Ich fühlte mich in ihrer Gegenwart ausgesprochen unwohl.

»Oder soll ich euch noch ein bisschen alleine lassen?«, fragte Pjotr mit einem öligen Augenklimpern.

»Och, das wär eigentlich gar nicht mehr nötig«, überlegte ich. »Im Prinzip waren wir durch.«

Abgesehen davon, dass wir gar nicht angefangen hatten; abgesehen davon, dass der Abend ein Desaster war. An der Frau – sie hatte sich mir als Thunder vorgestellt – lag es sicher nicht, die gab sich aufdringliche Mühe und ließ sich eine schlüpfrige Frage nach der anderen einfallen, damit ich etwas *lockerer* wurde.

Zur Verteidigung hatte ich nur mein inzwischen beinahe leeres Weizenglas dabei. Immer wenn sie näher kam, hielt ich es strategisch günstig vor mich oder nahm einen homöopathischen Schluck. Ihr rot kariertes Faltenröckchen war so kurz, dass ich mich nicht traute hinzusehen. Ich wollte die gute Frau nicht in Verlegenheit bringen.

»Sebastian ist schüchtern«, sagte die Dame, schwebte aus ihrem Sessel und ließ sich sanft links neben mir in den Sitz gleiten.

»Ehrlich gesagt habe ich mich jetzt genug amüsiert«, sagte ich. »Bin ein bisschen müde, langer Tag und so. Stress, du weißt schon.«

Thunder öffnete den Mund und machte Anstalten, an meinem Hals zu lecken. Ihre Zunge war an der Spitze geteilt wie die einer Schlange, in jedem Zipfel hing ein Ring. Entweder die Folge eines schrecklichen Unfalls, nach dem ich die Dame besser nicht fragte. Oder das Ergebnis einer Körperkunstaktion, mit der ich wirklich nichts zu tun haben wollte.

Schnell hob ich mein Weizenglas und schwenkte es im Halbkreis auf Kopfhöhe.

»Du musst mal ein bisschen Hemmungen abbauen«, sagte Pjotr und fächelte sich Luft zu. »Mach dich locker. Nur dann kannst du wirklich frei werden, nur dann bekommst du deine Frauenprobleme in den Griff.«

Was ich ganz genau wollte, hatte an Kontur verloren, seit mich Pjotr hier hinuntergeführt hatte, in den Keller des Base. Nach Hause stand auf jeden Fall ganz oben auf der Liste.

Keine Ahnung, wo er Thunder aufgetrieben hatte. Plötzlich war er mit ihr im Schlepptau aus der Menge aufgetaucht, während ich verlegen an der Bar saß und mich an meinem halbausgetrunkenen Weizen festhielt.

»Nun gut, lieber Sebastian«, sagte Pjotr, dem angesichts der tropischen Temperaturen im Abteil die Schweißperlen auf der Stirn standen. »Dann ziehen wir mal weiter.«

»Och, es wird ja gerade erst gemütlich mit uns beiden«, sagte Thunder, umschiffte das Weizenglas und rutschte noch etwas näher. Ihre schwer behängte Hand legte sich auf mein Knie.

Thunders Augen waren matt und dunkel, wie alte Murmeln, die zu lange in einer staubigen Kiste gelegen hatten.

»Die anderen Gäste fragen sich sicher schon, wo wir bleiben«, sagte ich.

»Die vermissen uns nicht«, sagte Thunder. »Hier wird nie einer vermisst.«

Pjotr drohte Thunder spielerisch mit dem Finger. »Den Sebastian lässt du uns aber heile, ja?«

Gedankenverloren nickte sie.

Okay, es reichte. Dieses Theater hatte jetzt ein Ende. Diese Frau war vermutlich eine Nutte, das waren die harten, unangenehmen Fakten. Ich hatte die Nase voll davon, bei diesem dämlichen Schauspiel mitzumachen und so zu tun, als hätte sich hier unten eine aufregende Nachtbekanntschaft ergeben. Außerdem war ich gar nicht der Typ dafür, in nachgebauten Eisenbahnabteilen mit bezahlten Frauen rumzumachen, während die Dame meines Herzens irgendwelchen Yuppies rohe Fischplatten und überteuerten Weißwein servierte.

»Ich steige aus«, sagte ich und versuchte mit einer etwas verkrampften Bewegung, Thunders Hand von meinem Bein zu schieben. Aber es ging nicht, sie klemmte auf mir drauf wie mit Klettverschluss festgemacht und ging einfach nicht ab.

»Es war gerade so schön«, säuselte sie und beugte sich zu meinem Hals herüber. »Und wir haben uns eben erst kennengelernt. Du kennst meine anderen Qualitäten noch nicht.«

»Thunder, es reicht«, sagte der Domowoj streng.

Das letzte Mal, als ein Fremder so ein Interesse an meinem Hals gezeigt hatte, hing noch eine goldene Kette mit Anhänger dran. Aber ich musste meinen neuen Glücksbringer ja unbedingt zu Hause lassen, irgendwie war er im Chaos meines Zimmers untergegangen, wahrscheinlich in der Schmutzwäsche.

Dass die Frau auf meinem Schoss schon im Damenalter war, ja beinahe meine Mutter hätte sein können, schützte sie nicht vor meiner wachsenden Ungeduld. »Sorry, *Thunder* oder wie auch immer du im bürgerlichen Leben heißt«, sagte ich, krallte meine Hände in ihre stahlharten Oberschenkel und schob kräftig an. »Es war nett, aber ich feiere jetzt woanders weiter.«

Thunders Haut unter den Netzstrümpfen glühte, ein fleischgewordener Schwelbrand in unangemessen freizügigen Klamotten.

Ihr Gesicht kam meinem viel zu nah, die zweigeteilte Zunge näherte sich meinem Mund. »Gib mir noch eine Minute, und ich hab dich überzeugt.«

Als sie ausatmete, prickelte meine Haut, als liefen Hunderte von Spinnenbeinchen über sie hinweg.

Spinnen.

Der Gedanke ließ mich innehalten. Woran erinnerte mich das? Vielleicht sollte ich mir eine ruhige Minute nehmen und darüber nachdenken, ganz ohne Stress. Sollte Thunder doch solange machen, was sie wollte. Eigentlich roch sie gar nicht so schlecht.

Ein wenig nach Hundefutter.

»Hm«, murmelte ich, »aber wirklich nur 'ne Minute.«

Der Domowoj schleuderte Thunder mit einem einzigen Stoß vom Sitz. Wo sie mich eben noch berührt hatte, schossen kühle Nadelstiche durch meine Haut, wie in einem eingeschlafenen Bein, das man nach langer Zeit wieder bewegt.

»Ganz schlechtes Timing!«, schimpfte Pjotr. »Ganz verkehrt!«

Thunder hockte mit grimmigem Gesicht auf dem Boden und kratzte mit ihren schwarz lackierten Fingernägeln über den blankgetretenen Teppich. Sie schaute, als dächte sie gerade über einen anstrengenden Stuhlgang nach.

Pjotr gab ihr einen Klaps auf den Hinterkopf. »Was haben wir besprochen? Nur ein bisschen spielen. Der Sebastian ist nämlich ein ganz Netter, klar? Und wenn er sagt, es ist Schluss, dann ist Schluss. Merk dir das fürs nächste Mal.«

Thunder schnaubte beleidigt.

Ich kam auf die Beine und strich meine Kleidung glatt. Plötzlich merkte ich den Alkohol. Ich war ganz beduselt im Kopf, meine Beine waren schwer und unsicher.

Noch immer kauerte Thunder am Boden und sah lüstern zu mir auf. Auf zwei Meter Entfernung betrachtet wirkte sie gar nicht mehr so alt.

»Sag Tschüss«, sagte der Domowoj in seinem autoritären Ton, der es schwer macht, Einwände zu erheben.

»Tschüss«, sagten Thunder und ich wie aus einem Mund.

»Das ist ja völlig in die Hose gegangen!«, sagte Pjotr, während er mich aus dem Laden bugsierte. »Entschuldige vielmals, ich hatte das mit dem Mädchen anders besprochen. Dass sie dich nur ein bisschen locker macht, für ein wenig Abwechslung sorgt. Aber du weißt, die Frauen sind anhänglich.«

Immer wieder schaute er sich um und behielt den Ausgang des Base genau im Auge. Als ob er befürchtete, dass uns jemand folgte.

Dabei war er eigentlich gar nicht der Typ, der sich zu fürchten schien. Auch die zwielichtigsten Leute wichen Pjotr auf der Straße aus, das war mir vorhin schon aufgefallen. Vielleicht lag es an der Selbstverständlichkeit, mit der er sich trotz des unpassenden Outfits auch an den lichtlosesten Orten bewegte. Von ihm konnte ich mir noch eine Menge abgucken.

»Ist schon okay«, sagte ich. »Im Nachhinein fand ich es gar nicht so schlimm.«

»Typisch Thunder«, sagte der Domowoj. »Ist ein bisschen klettig, aber am Ende kriegen die Männer nicht genug davon. Na ja, für eine Weile.«

»Hauptsache, wir sind bald zu Hause.«

»Bald.« Pjotrs Griff um meinen Arm verstärkte sich. »Vorher haben wir noch eine kleine Sache zu erledigen.«

Die Müdigkeit kroch durch meinen Körper und schaltete in Zusammenarbeit mit dem Alkohol nach und nach alle überlebenswichtigen Regelkreise aus: das Zeitempfinden, Hunger und Durst, Gleichgewicht und Orientierungssinn, nur um ein paar zu nennen.

Pjotr schleppte mich durch die hässlichen Eingeweide der Innenstadt, über verlassene Höfe mit ausgeschalteter Beleuchtung, durch schmale Durchgänge zwischen baufälligen Häusern. Selbst bei Tageslicht wäre ich hier nie alleine entlanggegangen. Ich kannte mich in Hannover einigermaßen aus, aber das hier sah nicht mehr aus wie die Stadt, in der ich lebte. Sondern nur noch menschenleer und namenlos und schrecklich einsam.

»Können wir nicht nach Hause?«, maulte ich. »Echt jetzt.«

»Noch nicht. Wir haben noch etwas Wichtiges vor.«

»Das hast du schon vor dem Base gesagt.«

»Ein Reinfall, wie gesagt. Aber das wird jetzt anders. Ich verspreche dir: Wenn du dich an das hältst, was ich dir sage, wird die Sache mit Kim ganz einfach. Dann gehört sie dir, für immer.«

Er zerrte mich auf einen schmuddeligen Supermarkt zu, in dem eine grünliche Nachtbeleuchtung brannte. Es gab kein Schild über dem Geschäft, nur eine unübersichtliche Schaufensterauslage, teilweise mit alten Sonderangeboten zugeklebt. Hier wurde anscheinend noch in D-Mark gerechnet.

»Ich will aber nichts kaufen. Hab schon alles«, beklagte ich mich.

Der Domowoj stieß die Tür des Supermarkts auf. Die Titelmelodie von Star Light Express knarzte aus einem kleinen Lautsprecher innen über dem Eingang.

»Julika!«, rief der Domowoj. »Kundschaft!«

Der Laden roch wie eine Kiste Persil, schaumig und seifig und ungesund. Zwei Meter hoch türmten sich Regale mit Haushaltswaren und Lebensmitteln links und rechts von uns. Irgendwo in der Dunkelheit brummte ein Kühlregal.

Hinter den Regalreihen waren Trippelschritte zu hören. »Ich komme!«, flötete eine rauchige Frauenstimme.

Flackernd erwachten die staubigen Neonröhren.

»Sie haben so schöne Hände, junger Mann.« Julika hielt meine Linke in ihren frisch eingecremten, faltigen Fingern und streichelte immer wieder über meine offene Handfläche. »Wenn ich etwas jünger wäre, würde ich Ihnen und mir eine rosige Zukunft vorhersagen.«

Julika war vielleicht fünfundachtzig Jahre alt, vielleicht war sie auch hundert und hatte sich gut gehalten. Ihre Frisur sah aus, als sei sie frisch aus Rudis Lockenpuff geliefert worden, einem interessanten Frisörladen auf der Vahrenwalder Straße: Auf Julikas Kopf saß ein Kunstwerk aus Haarspray, dunkler Haartönung in verschiedenen Nuancen und einem spinnenwebzarten Netz.

»Julika, meine Liebe, mein Täubchen«, sagte der Domowoj. »Wir sind nicht hier, um uns aus der Hand lesen zu lassen, obwohl ich weiß, dass es in der Stadt keine begnadetere Seherin gibt als dich.«

Julika spitzte ihre knitterigen Lippen zu einer rotbraunen Trockenpflaume. »Du Schwerenöter!«, rief sie. »Ich bringe uns einen Likör.«

»Bitte keinen Likör«, murmelte ich. »Vielleicht ein Wasser?«

In Windeseile knallte die Alte eine unbeschriftete, bernsteinfarbene Flasche mit unbekanntem Inhalt auf den Tisch, schob uns ein paar Gläser herüber und schenkte ein.

»Was führt euch also zu mir?«, fragte Julika. »Kriege nicht mehr so häufig Kundschaft in der Nacht.«

»Mein Freund Sebastian hier …« Pjotr legte mir die Hand auf die Schulter. Seine Fingernägel waren oval gefeilt und beinahe glasklar. Das war mir noch nie aufgefallen. »Mein Freund Sebastian hat Kummer in der Liebe.«

»Kein Kummer«, sagte ich. »Ich bin umgekippt.«

»Meint er sein Gemächt?«, krächzte Julika.

»Nein«, sagte ich.

Der Domowoj zuckte mit den Schultern. »Er hat Kummer in der Liebe und braucht ein bisschen Hilfe.

Nicht viel, nur einen kleinen Anschub, eine kleine Hilfe von ein paar Freunden. Das wäre doch zu machen.«

»Für dich mache ich alles«, schnurrte Julika und kratzte Pjotr verspielt mit einem Plastikfingernagel. Sie stießen an und kippten den Likör in sich rein. »Machen wir ihm doch einen kleinen Glücksbringer, was meinst du?«

»Klingt entzückend«, sagte der Domowoj. »Glück können wir immer gebrauchen.«

Ich torkelte durch das Ladengeschäft, kaufte Weintrauben und Erdnüsse, Kaugummis, eine Nagelschere und eine Herrenunterhose aus Feinripp. Seltsame Zutaten für einen Zauber. Aber mich wunderte hier gar nichts mehr.

»Das macht neunzehn achtzig«, sagte Julika. »Ist der Selbstkostenpreis. Normalerweise kommt noch eine Bearbeitungsgebühr drauf, ein Fünfziger pro Stunde, aber für euch mache ich es umsonst.«

Widerwillig zog ich mein Portemonnaie und legte ihr einen Zwanziger hin. Sie steckte ihn in die Kitteltasche und vernachlässigte das Wechselgeld.

»Ein paar Weintrauben, ehe wir anfangen?« Julika reichte die Trauben herum, riss die Erdnussdose auf und griff sich eine Handvoll. »Ohne Erdnüsse kann ich nicht arbeiten. Ist gut für den Energiefluss.«

Sie schob Trauben und Nüsse zur Seite, strich mit den flachen Händen über die Tischplatte und starrte konzentriert auf das glatte Holz.

»Gib mir deine Hand«, sagte sie mit entrückter Stimme.

Ich gehorchte.

Eigentlich hatte ich jetzt einen umfangreichen Zauber erwartet, eine ominöse Scharlatanerie, eine gemurmelte, geheimnisvolle Anrufung des Bösen in einer fremden Sprache, speicheltriefende Beschwörungen, das volle Programm des faulen Jahrmarktbudenzaubers.

Aber Julika stach mich einfach schnell und ohne Vorwarnung mit der Nagelschere in die Handfläche und wischte das Blut mit dem Feinripp weg. »Fertig«, sagte sie.

»Au!«, schrie ich. »Was soll der Scheiß? Und wozu jetzt die Trauben? Die Nüsse?« Meine Stimme zitterte, meine Hand schmerzte wie verrückt. Die Alte war eine Gefahr, die tickte nicht mehr ganz richtig.

»Die Knabbereien waren zur Stärkung. Ich mag es nicht, mit leerem Bauch zu arbeiten.«

»Und die Unterhose?«

»Anziehen«, sagten Julika und Pjotr wie aus einem Mund.

Ich starrte auf den fleckigen Feinripp. Das Ding würde ich nicht mal anfassen. Ich schob es mit dem Ellenbogen zur Seite.

»Was ist mit den Kaugummis?« Sie hatte bestimmt die Kaugummis vergessen und würde mich gleich noch einmal pieksen wollen. Aber da machte ich nicht mit, das konnte sie vergessen.

Julika betrachtete die Kaugummis nachdenklich. »Die brauchst du gleich. Von dem Zauber wird dir schlecht werden, und du wirst froh sein, dass du sie dabeihast.«

Nur wenige Minuten, nachdem mir Julika die Nagelschere in die Hand gestoßen hatte, meldeten meine Eingeweide Alarm. Mein Magen zog sich schmerzhaft zusammen.

»Ich muss nach Hause«, bettelte ich Pjotr an. »Jetzt, nicht erst in einer Stunde.«

»So sind die jungen Männer von heute.« Der Domowoj leerte seinen Likör und küsste Julika flüchtig den Handrücken. »Wenn es am schönsten ist, wollen sie ins Bett.«

In meiner Speiseröhre kitzelte die Übelkeit. Als hätte ich einen lebendigen Aal verschluckt, der sich jetzt zentimeterweise nach oben vorkämpfte. »O Gott, Pjotr, ich kotz gleich.«

Der Domowoj führte mich sanft aus dem Laden, setzte sich auf den Bordstein und sah zu, wie die alkoholischen Zutaten des Abends in umgekehrter Reihenfolge aus meinem Gesicht auf den Asphalt tropften.

»Ich kann nicht mehr laufen«, beschloss ich, als ich glaubte, nichts mehr auskotzen zu können als ein bisschen Schleimhaut. »Wir nehmen ein Taxi, ja?«

»Schön wäre es«, seufzte der Domowoj und blätterte durch mein Portemonnaie. »Aber du hast dein letztes Geld ausgegeben.«

»U-Bahn?«

»Es fehlen …« Der Domowoj wühlte im Kleingeldfach. »… zwanzig Cent. Aber du brauchst dich nicht zu sorgen. Dein Freund Pjotr lässt dich nicht im Stich, nur weil du einen über den Durst getrunken und dir auf die Hose gespien hast. Dieser Domowoj hat seine Mittel, kostenlos durch die Stadt zu kommen.«

Er fasste mich unter der Schulter und stellte mich auf die Füße. Am Ende der Straße glühte das blaue Leuchtschild der U-Bahn.

»Wir haben kein Geld«, stöhnte ich. »Nicht schwarzfahren.«

Das würde mein Ende sein. Die hannoverschen Verkehrsbetriebe kontrollierten zu jeder Tages- und Nachtzeit. Jetzt erwischt werden, eine zähe Befragung, Aufnahme der Personalien, vielleicht sogar die Polizei, Untersuchungshaft im Flughafengefängnis, das machte mein Körper nicht mit. Da blieb ich lieber hier liegen.

»Halt den Mund, und nimm einen Kaugummi«, sagte der Domowoj. »Du riechst aus dem Mund.«

Pjotr weckte den Obdachlosen im Eingang der U-Bahnstation mit einem rüden Fußtritt auf. »Hey, nicht schlafen, arbeiten!«, rief er.

Der Mann wühlte sich aus seinem Bett aus Zeitungen und Plastiktüten und blinzelte uns bösartig an. »Wasnlos? Is schon Schicht?«

»Sonderschicht!«, rief der Domowoj. »Schlafen kannst du auch zu Hause. Deine Dienste sind gefragt, wir müssen diesen jungen Mann heimbringen.«

Der Obdachlose raffte seine bescheidenen Habseligkeiten, hauptsächlich Pfandflaschen, ein Transistorradio und eine Auswahl preiswerter Armbanduhren und Sonnenbrillen, in die Tüten. Etwas huschte unter seine sonnengebleichte Armeejacke, vielleicht ein Hamster oder ein Meerschweinchen. »Bin gleich so weit«, nuschelte er. »Muss nur kurz aufräumen.«

»Sehr ordentlich«, lobte Pjotr. »Es geht nichts über einen gepflegten Arbeitsplatz. Die Tagschicht freut sich, wenn hier alles sauber ist.«

Zusammen machten wir uns auf den Weg nach unten, ich eingehakt zwischen den beiden, der Obdachlose links von mir, Pjotr rechts.

Die U-Bahn stand bereits auf dem Gleis.

»Ehe wir einsteigen, den Ausweis bitte«, sagte Pjotr.

Der Obdachlose schmatzte unzufrieden. »Bürokrat«, murmelte er. Dann fischte er eine lederne Brieftasche aus einer seiner Tüten und hielt uns eine Monatskarte vor die Nase.

»*Außerhalb des Berufsverkehrs können bis zu vier Personen mitgenommen werden*«, las der Domowoj mit zusammengekniffenen Augen ab. »Sehr gut. Dann mal los.«

Wir stiegen ein. Der Obdachlose warf sich samt Tüten in eine Vierersitzgruppe, sackte zu einem Berg aus zerlumpten Klamotten und verfilzten Barthaaren zusammen und rührte sich nicht mehr.

»Wa…warum haben Sie eine Monatskarte?«, rief ich zu ihm hinüber.

»Tagestickets sind zu teuer«, antwortete er mit glasklarer Stimme.

»Jetzt bring den Mann nicht aus dem Konzept«, flüsterte Pjotr. »Er ist noch nicht lange in der Branche.«

»Welche Branche?«

»Personennahverkehr«, sagte Pjotr.

»Und warum nimmt er uns mit?« Die U-Bahn fuhr an, der Aal in meiner Speiseröhre drehte sich einmal um die eigene Achse.

»Wir sind verwandt«, sagte der Domowoj. »Er und ich. Verwandten tut man mal einen Gefallen.«

»Verwandt? Der kannte dich doch gar nicht richtig«, murmelte ich. Meine Hand schloss sich in meiner Jackentasche um die blutbefleckte Unterhose. Wie war die denn hier reingekommen?

»Sagen wir, ich habe eine etwas unübersichtliche Verwandtschaft. Geht es dir gut, lieber Sebastian? Du bist ganz grün im Gesicht.«

Ich schüttelte den Kopf. Nein, es ging mir nicht gut. Aber jedes Wort verstärkte den Würgereiz nur noch.

Als mich der Domowoj an unserer Haltestelle aus der Bahn zog, gelang es mir, die ekelhafte Herrenunterhose aus der Tasche zu ziehen und unauffällig im Waggon fallen zu lassen.

Wenn Sie sich fragen, ob das nicht ein verhängnisvoller Fehler war, sind Sie nicht allein. Nur dass mir dieser Gedanke erst kam, als sich die Waggontüren schlossen und die U-Bahn davonruckelte.

8

Paranoid ist so ein starkes Wort

Pjotr trennte meine Wäsche in schmutzige und saubere, anschließend in Sommer und Winter, in weiß, hell- und dunkelbunt, Schonwäsche und Wolle. Er staubte die Bücherregale ab, fegte die Wohnung, saugte sorgfältig nach und rieb das Parkett mit Imprägnierlösung ab. Er wischte den Kühlschrank aus und legte ein Ei aus fusseligem blauen Filz in das Gemüsefach, um die Gerüche zu absorbieren. Er entsorgte meine rot-schwarz karierten Wohnzimmergardinen, weil sie angeblich das Zimmer verdunkelten, sortierte den Müll nach Verwertungszyklen, das Geschirr nach Farben und die Putzmittel nach Scheuerkraft.

Er brachte den Kindern unseres Blocks bei, wie man angekippte Fenster von außen öffnete, Chinaböller selber herstellte und sich gegenseitig die Haare schnitt, er verjagte ein paar Halbstarke aus ihrem abendlichen Revier auf dem Spielplatz vor dem Haus und entlauste den Hund aus dem dritten Stock. Er sang mit Frau Dr. Kiesewetter auf dem Balkon »Sabinchen war ein Frauenzimmer« und organisierte eine Tombola für Frau Pöhne aus dem Haus gegenüber, die wegen ihres offenen Beines ihre Stelle beim Metzger verloren hatte. Das alles in knapp zwei Wochen.

Kurz: Er machte sich unentbehrlich.

Gut, er lud Thunder zu einem DVD-Abend zu mir nach Hause ein, während ich mich in meinem Zimmer einschloss, leerte meine Restvorräte an Alkohol und schlief anschließend nackt auf meinem Sofa. Und er verlor kein Wort darüber, dass er versprochen hatte, sich eine neue Wohnung zu suchen. Sobald ich das Problem ansprach, schaffte er es, innerhalb von Sekunden das Thema auf irgendetwas Unangenehmes zu bringen. Meine Eltern zum Beispiel, meine Kopfschmerzattacken, sobald ich über die Liebe nachdachte, meine Bewerbungen oder die Karriereaussichten bei Mister Xu.

Ich brachte es einfach nicht übers Herz, ihn von heute auf morgen vor die Tür zu setzen, für solche harten Entscheidungen war ich einfach nicht der Typ.

Dabei hatte ich immer noch keine Ahnung, wo Pjotr schlief (bis auf diesen einen Morgen, wo ich ihn nackt und auf dem Bauch liegend auf dem Sofa erwischte). Wenn ich abends ins Bett ging, war er noch wach, und am nächsten Morgen hatte er schon Kaffee gekocht. Einmal stellte ich mir meinen Wecker absichtlich auf halb fünf und ging ihn suchen. Aber Pjotr war nirgendwo zu finden, die Wohnung war bis auf einen dezenten Knoblauchgeruch in der Küche leer.

»Hübsches Mädchen, deine Kim. So attraktiv hatte ich sie mir gar nicht vorgestellt.«

Pjotr Stimme weckte mich aus meinem Mittagsschlaf.

Der Domowoj stand direkt vor meinem Bett. Er trug eine Küchenschürze und wies mit dem Staubwedel auf die Fotosammlung von Kim, die als Panorama neben mir auf dem Bett verteilt lag. Eins davon zeigte sie im Badeanzug mit ihrer Robben-Team-Pfeife im Dekolleté. Irgendwie musste meine rechte Hand im Schlaf in meinen Hosenbund geraten sein. Ich zog sie unauffällig raus.

»Ich habe geschlafen«, beschwerte ich mich.

»Die Tür war offen, da dachte ich mir, ich mache hier kurz sauber, lieber Sebastian.« Pjotr feudelte demonstrativ an meinem Fußende herum. »Wenn deine Eltern kommen, wollen wir ja keinen schlechten Eindruck hinterlassen.«

Wir?

Irgendwas an Pjotr gefiel mir nicht. Abgesehen davon, dass ich mich noch genau erinnerte, meine Zimmertür abgesperrt zu haben.

Seine silbergrauen Augen verrenkten sich auf beinahe unanatomische Weise, während er die Bilder von Kim anstarrte. Ich raffte sie schnell zusammen und schob sie unter ein Kissen.

Der Fotostapel in meinem Nachttisch wuchs von Woche zu Woche. Ehe ich die nächste erotische Offensive startete, versuchte ich mich erst mal in Kims Abwesenheit an ihren Körper zu gewöhnen. Noch ein Missgeschick wäre unverzeihlich gewesen.

Ich mochte die Fotos: Kim und ich, inlineskatend im Stadtwald, sie trittsicher und rückwärtsfahrend, ich x-beinig hinterher. Wir beide, Hand in Hand am Maschsee. In dicken Winterjacken in die Fotokabine am Hauptbahnhof gequetscht. Einmal hatte ich sie sogar beim Schwimmtraining besucht. Aber die Kamera vertrug, glaube ich, den Dunst in der Schwimmhalle nicht, beschlug irgendwie von innen, und von Kims Körper im Wasser war nicht mehr zu sehen als ein stromlinienförmiger silberfarbener Fleck.

Je besser ich den Domowoj kennenlernte, desto mehr hatte ich das Gefühl, ich hielt ihn besser von Kim und von unseren Fotos fern. Besonders nach der grauenhaften Partynacht und Pjotrs offen promiskuitiver Lebenseinstellung. Ich hatte mich dabei ertappt, wie ich das silber gerahmte Schwarzweißporträt von Kim ganz hinten in meinem Bücherregal versteckte.

Dass er jetzt die ganze Fotosammlung, sogar die leicht bekleideten Highlights, zu Gesicht bekam, passte mir überhaupt nicht.

»Wohnt Kim eigentlich allein?«, fragte der Domowoj. Er setzte sich zu mir auf die Bettkante und wippte auf der Matratze. »Oder ist nachts noch jemand in ihrer Wohnung?«

»Allein«, presste ich hervor. Warum erzählte ich ihm das?

Der Domowoj fuhr mit seinen langen, glasigen Fingernägeln über meine Bettdecke und hinterließ eine scharfe Spur. »Ich finde sie recht hübsch, zugegeben. Also, wenn eure kleine Romanze vorbei ist, würdest du mir das doch sicher sagen, oder?«

Ja.

Das Wort hämmerte durch meinen Kopf. *Ja*, wollte ich sagen, *gern sage ich dir Bescheid*. Wie machte Pjotr das, dass man ihm nichts abschlagen konnte?

»Nein!«, rief ich. »Da geht nichts vorbei, klar?«

Da ging ganz bestimmt nichts vorbei. Im Gegenteil.

Spätestens jetzt hätte ich den Domowoj rausschmeißen sollen, egal, wo er dann unterkam. Aber ich tat es nicht. Über den Grund habe ich eine Weile nachgedacht. Vielleicht war es Vorsehung. Wahrscheinlich jedoch einfach nur Angst. Aber tun wir ruhig so, als wäre es die Vorsehung gewesen.

Einen Tag später beobachtete ich, wie zwei Müllmänner einen Briefkasten vier Häuser weiter abschraubten, in ihren Wagen warfen und davonfuhren. Ich dachte mir nichts dabei.

Am gleichen Abend war das Bild von Kim und mir aus meinem Versteck hinten im Bücherregal verschwunden.

»Wo bitte soll ein Foto gewesen sein?«, fragte Pjotr, als ich ihn zur Rede stellte. Er saugte konzentriert meine Computer-Tastatur ab. »Hinter deinen Büchern? Wer stellt denn da ein Foto hin? Kein Wunder, dass es weg ist. In deiner Ordnung findet man ja gar nichts.«

Ich schlich um ihn herum, suchte nach einer Ausbeulung in seiner Jogginganzughose, den verdächtigen kantigen Abdruck des Bilderrahmens.

Aber da war nichts Auffälliges. Abgesehen von einer exotischen Mangonote, die Pjotrs Knoblauchgeruch beinahe überdeckte.

Ich schaltete den Staubsauber aus, griff hart nach der Saugdüse und unterbrach Pjotrs Reinigungsaktion. Auch wenn ich ihn mit dem Bild nicht überführen konnte: Sein Körpergeruch hier war eindeutig, da gab es nichts zu leugnen.

»Du hast die Mangobutter benutzt«, stellte ich fest. Die Original Body Shop Mango Body Butter, *best if you want to moisturize your skin with a rich, deliciously mango-scented cream.* Ein Geschenk für Kim, sie liebte Mango und Ananas und Tropenfrüchte im Allgemeinen. »Du hast sie missbraucht! Wozu? Zum Putzen? Zum Ölen des Türschlosses?«

Pjotr wand mir die Staubsaugerdüse aus den Fingern. »Vielleicht habe ich eine Winzigkeit abgezweigt. Aber wirklich für einen guten Zweck!«

Ich kam in Fahrt. Er schnüffelte in meinen Sachen rum, Beweisführung abgeschlossen, jetzt hatte ich ihn. »Da gibt's keinen guten Zweck! Die ist für Kim, zum Eincremen!«

»Ich habe durchaus jemanden eingecremt«, sagte der Domowoj beiläufig, drehte meine Computertastatur um und klopfte ein paar Chipsreste auf die Tischplatte. Er klang beinahe beleidigt. »Du musst mal ein bisschen großzügiger sein, lieber Sebastian. Frau Kiesewetter war so dankbar, das hättest du mal sehen müssen.«

»Frau Kiesewetter?«

Frau Dr. Kiesewetter wohnte über mir, war über neunzig Jahre alt, verwirrt und beinahe blind. Gelegentlich hörte ich sie mit ihrem Schlüsselbund an meinem Türschloss herumkratzen. Aber ich hatte mir abgewöhnt, darauf zu reagieren und wartete geduldig, bis sie ihren Fehler begriff und eine Etage höher stieg. Denn sie begegnete mir mit einem ungesunden Misstrauen. Einmal hatte sie mich geohrfeigt, als ich ihr öffnete.

»Genau, Frau Kiesewetter.« Der Domowoj nickte. »Die Arme hat ja so schrecklich trockene Haut am Hals. Wie die sich gefreut hat, ich sage es dir, sie sieht mindestens zehn Jahre jünger aus. Ich muss jetzt übrigens mal mit dem Abendessen weitermachen. Wenn du dich weiter übertrieben aufregen musst, dann besser in der Küche.«

Ich verfolgte Pjotr in die Küche, den Staubsauger zog ich hinter mir her. »Frau Kiesewetter hat sich mit Mangobutter eingecremt, die so viel kostet wie ihre halbe Rente!«, schrie ich.

»Nicht ganz richtig«, sagte Pjotr. »*Ich* habe sie eingecremt.«

Mein Wutausbruch schien Pjotr überhaupt nicht zu beeindrucken. Seelenruhig setzte er sich auf meinen Lieblingsplatz am Küchentisch und bereitete unser Abendbrot vor. Ich zitterte vor Wut. Vom Geruch der frisch gehackten Zwiebeln stiegen mir Tränen in die Augen.

Pjotr wies auf die prallgefüllte Einkaufstüte auf dem Herd. »Ich hab fast alles bekommen. Thüringer Mett war aus, also habe ich ungewürztes genommen. Geht auch für die Frikadellen, machen wir einfach Salz und Pfeffer ran, und etwas Muskat, wenn du hast.«

»Das ersetzt du mir«, sagte ich. »Die Creme, meine ich. Und Anfang der Woche ziehst du aus, klar? Mir reicht's! Das hier ist meine Wohnung!« Demonstrativ griff ich nach der Plastikverpackung des Hackfleischs und ließ sie mit spitzen Fingern auf den Boden fallen.

Ich stellte mir vor, wie Pjotrs knochige Verbrecherhände über den zerknitterten Hals von Frau Kiesewetter fuhren und ihr die Mango in die Poren rieben.

»Liegen lassen!«, schrie ich Pjotr an, der sich in Windeseile nach dem Müll gebückt hatte, um ihn fachgerecht zu entsorgen.

»Ich mag die alte Frau«, sinnierte Pjotr achselzuckend. »Und sie hat wirklich niemanden, der ihr hilft.«

»Weil sie keine Hilfe annimmt. Weil sie dement und paranoid ist!«

»Zu mir ist sie zart wie ein Lämmchen«, sagte Pjotr. Er riss das Päckchen Mett auf und roch daran. »Mmmh«, brummte er. »Verführerisch.«

»Du wirst sie in Ruhe lassen!« Wenn meine Stimme hysterisch klang, dann nicht ohne Grund. Das gemeinsame Wohnen mit dem Domowoj hatte Spuren hinterlassen, mein Nervenkostüm war momentan nicht das beste. »Du wirst die ganze Nachbarschaft in Ruhe lassen und deine übergriffigen Finger bei dir behalten!«

»Du machst dir Sorgen um die Nachbarn, hm?« Pjotr betrachtete das Hackfleisch. »Brauchst du nicht. Domowojs fressen keine Lebenden. Nur die Toten!« Er lachte herzlich und zeigte mir seine schmalen, schadhaften Zähne.

»Schluss mit den Domowoj-Witzen!«, brüllte ich.

Pjotr fand es lustig, so zu tun, als sei er eine Art Untoter, der sich an totem Fleisch verging. Sein Humor war unterirdisch.

Es klingelte an der Wohnungstür.

»Wenn das jetzt Frau Kiesewetter ist, kannst du mit ihr zu Ende kochen!«, schrie ich. »Und zwar draußen vor der Tür!« Ich warf die Küchentür mit aller Kraft ins Schloss. Es krachte vernichtend, Pjotr musste sie geölt haben. Ich wollte gar nicht wissen womit.

Aber draußen stand nicht Frau Kiesewetter.

Sondern Kim.

Sie sah blass aus, übernächtigt, voller Angst. Ihre Haare hingen lose aus einem nachlässig gebundenen Pferdeschwanz. Keine Spur von Haarspray oder Make-up. Sie trug Jeans und alte Turnschuhe. Schatten lagen unter ihren Augen.

Ich hätte sie beinahe nicht erkannt. Sie sah schwach aus, wie eine Blume, die zu lange kein Wasser mehr bekommen hatte.

»Was ist los?«, platzte es aus mir heraus.

Kim drängte sich an mich und drehte meinen Beschützerinstinkt bis zum Anschlag auf. »Basti, kann ich vielleicht reinkommen, bitte?«

»Klar, ich meine …« Ihr erster Besuch in meiner Wohnung – und ausgerechnet jetzt! Ich lauschte in Richtung Küche. Der Domowoj hackte irgendwas mit dem Messer klein. Er durfte Kim auf gar keinen Fall zu Gesicht bekommen. »Gerade ist nicht so günstig. Wusste gar nicht, dass du weißt, wo ich genau wohne.«

»Kleestraße, hast du mal gesagt. Und ich habe auf der Straße so eine liebe Oma getroffen, die wohnt über dir. Die ist fast blind. Total superlieb. Kann ich jetzt reinkommen?«

»Warum hast du nicht vorher angerufen?«, fragte ich. Dann hätte ich vorher den Domowoj wegsperren oder vor die Tür setzen können, fügte ich in Gedanken hinzu. »Dann hätte ich rasch mal aufgeräumt.«

Kims Blick huschte durch meinen blitzblank geputzten Flur, den man bei seiner lupenreinen Sauberkeit direkt für einen Porta-Werbeprospekt fotografieren konnte.

»Ich benutze das Handy nur noch so selten wie möglich.« Sie drängte sich an mir vorbei in meinen Flur, schaute immer wieder nach draußen ins Treppenhaus. »Nur, wenn es unbedingt sein muss. Zu gefährlich.«

Hier stimmte etwas nicht. Etwas nagte an Kim, das über ihr übliches schlechtes Gewissen hinausging.

Das Messerklappern in der Küche hörte auf.

Ich schob Kim so sanft wie möglich wieder zur Haustür hinaus. »Lass uns kurz spazieren gehen, ja? Mir ist gerade … irgendwie übel. Brauche dringend frische Luft.«

Ehe ich die Tür ins Schloss zog, hörte ich aus der Küche ein schmatzendes Geräusch, gefolgt vom vertrauten Quietschen des Spülschwammes. Aber Kim schien nichts bemerkt zu haben.

Der Himmel über uns hatte die Farbe des filzigen grauen Lappens, mit dem Pjotr in der Wohnung ständig hinter mir herwischte.

Auf der Straße suchte Kim meine Nähe, presste sich an mich, ließ meine Hand wieder los und spazierte so unbeteiligt neben mir her wie ganz zu Anfang unserer Beziehung. Ihr Haar roch nach Chlor. Kims Handfläche war kühl und feucht, winzige Schweißperlen glitzerten in ihrem Haaransatz.

Beinahe hätte ich Kim einfach an mich gedrückt, ihren Kopf gestreichelt und ihr versichert, dass alles gut werden würde. Aber der Streit mit dem Domowoj steckte mir immer noch in den Knochen.

»Jemand ist hinter mir her«, sagte Kim.

Vielleicht war es auch meine Hand, die klamm und schwitzig war.

»Nee«, flüsterte ich. »Jetzt nicht auch noch so was.« Ich schaute über die Schulter zurück zu meiner Wohnung. In der Küche brannte Licht.

Kim zog mich in den Schatten einer Telefonzelle. »Bitte halt mich nicht für verrückt«, sagte sie. »Es ist nur … ich glaube, jemand ist hinter mir her. Im Bus, in der U-Bahn.«

»Ein Mann oder eine Frau?«, fragte ich mit erstickter Stimme. Auch wenn ich die Antwort schon zu kennen glaubte.

»Ein Mann«, flüsterte Kim. »Vielleicht auch zwei. Aber ich glaube, er ist allein.«

»Jetzt nicht auch noch so was«, sagte ich wieder.

»Basti, ich muss dich was fragen«, sagte Kim. »Auch wenn dir die Frage komisch vorkommt, bitte sei nicht böse, ja?«

Ich nickte. Es gab nicht viel, was mich noch überraschen konnte, vermutete ich.

»Gibt es irgendwas, das du mir sagen möchtest?«, fragte Kim. »Etwas, das du sonst niemandem erzählst? Ein Geheimnis?«

Hinten in meinem Hals saß ein schleimiger Brocken, der weggeschluckt werden wollte.

Es gab da so einiges. Der Domowoj. Die Kopfschmerzen. Das Amulett. Die Fledermaus. Die Kinotoilette. Aber was half es Kim, wenn ich mich bei ihr ausheulte? Das waren alles meine Probleme, und so wie es aussah, hielt Kim nicht mehr besonders viele Belastungen aus, die ging jetzt schon am Stock. Ich wollte sie da nicht mit reinziehen.

Und um den Domowoj würde ich mich kümmern. Ganz allein.

»Eigentlich nicht«, sagte ich. »Fällt mir jetzt spontan nichts ein.«

»Wirklich nicht?« Die Lichtreflexe in Kims Augen sahen aus wie Eiskristalle, die langsam schmolzen. »Keine Leichen im Keller, kein Auftrag vom Geheimdienst, kein Job als maskierter Superheld, gar nichts?«

Sie war nicht der Typ für solche Witzchen. Das alles gefiel mir gar nicht. »Du bist mir sehr wichtig, Kim. Das ist alles.«

»Okay.« Kim fächelte sich Luft zu, atmete tief durch, zwinkerte zwanzigmal. »Okay, gut. Dann muss ich noch was wissen. Wem hast du das mit uns erzählt?«

»Wie erzählt?«

»Das mit uns. Dass wir zusammen sind. Dass wir uns sehen.«

Scheiße, dachte ich, jetzt fing das schon wieder an.

»Wieso ist das wichtig?«, fragte ich. »Ich dachte, jeder darf es wissen.«

»Vielleicht doch nicht.« Kim sah sich ängstlich um. Ich trat näher auf sie zu, sie wich zurück. »Wem hast du es erzählt, Sebastian?«

Jetzt nannte sie mich schon *Sebastian*! Der Basti war anscheinend abgeschrieben. Keine Ahnung, was mit dieser Frau los war. Vielleicht war ja der Andi im Spiel, oder sie kriegte ihre Tage oder sie hatte den falschen Film geguckt.

»Ich weiß echt nicht, wieso das jetzt wichtig ist«, sagte ich so kühl wie möglich. »Aber wenn du drauf bestehst: Ich hab's keinem gesagt, okay?«

Wenn sie mit verdeckten Karten spielte, konnte ich das schon lange. Wenn jetzt die Geheimniskrämerei wieder losging, die heimlichen Treffen ... Hinter meinem linken Auge pochte es. Der Aussicht, Kim plötzlich und ohne Grund zu verlieren, lauerte in mir wie die Angst vor einer tödlichen Diagnose.

»Und du erzählst es keinem, ja?«, fragte Kim. Sie spähte um die Ecke der Telefonzelle, zog mich dann in Richtung des Stadtwaldes.

Die Straße war unbelebt. Ein junges Paar verstaute einen Kinderwagen im Familienkombi. Zwei Mädchen führten einen Hund aus. Ein Müllwagen rumpelte vorbei.

»Bis ich dir das Gegenteil sage«, flüsterte Kim, »so lange sagst du niemandem etwas von uns. Versprichst du mir das?«

Ich befand mich auf dünnem Eis. Und mir stand der Sinn nicht danach, hier auf Zehenspitzen rumzuschleichen und jeden Quatsch mitzumachen. Aber eins war klar: Jetzt war nicht der richtige Zeitpunkt, um mit Kim zu diskutieren. Wenn ich mich danebenbenahm, fing sie an zu heulen.

»Versprochen«, sagte ich gedehnt.

»Gut.« Kim streifte im Vorbeigehen meine Hand, scheinbar zufällig.

»Und wenn wir zur Polizei gehen? Würde dir das helfen?«, fragte ich. Polizisten konnten manchmal eine beruhigende Autorität ausstrahlen, die mir fehlte. Vielleicht würde das Kim ja beruhigen.

»Bloß nicht«, flüsterte Kim. »Die glauben bestimmt, ich wäre verrückt.« Sie hielt nicht besonders viel von staatlichen Institutionen. Nicht einmal auf einer öffentlichen Schule war sie gewesen, sondern auf einem privaten Internat am Bodensee.

Wir erreichten den Stadtpark. Links ein Spielplatz, eine Handvoll Mütter mit schicken Kinderwagen. Kim bugsierte mich auf einen abgelegenen Spazierweg, zog mich dicht zu sich heran. Bäume schützten uns vor neugierigen Blicken.

»Vorhin standen so kleine Typen vor deinem Hauseingang«, sagte Kim mit zittriger Stimme. »Haben in den Mülltonnen rumgewühlt. Wir müssen echt aufpassen, also du musst aufpassen, dass die …«

»Das sind Obdachlose, Kim«, unterbrach ich sie. »Die wühlen ständig im Müll rum.« Ich gab mir Mühe, es ihr ganz einfach zu erklären, wie einem Kind. »Alle Obdachlosen wühlen im Müll, das ist ganz normal. Die essen das Zeug in den Tonnen. Davor braucht man sich nicht zu fürchten.«

Kim blieb stehen. Sie hatte Tränen in den Augen. »Du machst dich lustig über mich.«

»Quatsch. Okay, deine Nerven liegen vielleicht ein bisschen blank. Manchmal hilft es ja auch, zum Arzt zu gehen, sich ein paar Tage krankschreiben zu lassen. Da habe ich mal eine Sendung drüber gesehen.« Jetzt nur keine Fachwörter verwenden, sagte ich mir, keine Krankheitsnamen. Dann rastet sie vollkommen aus.

»Hältst du mich für paranoid?«, fragte Kim.

»Paranoid …« Ich versuchte, ihr die Schulter zu tätscheln. »Das ist so ein starkes Wort.«

Wohin entwickelte sich dieses Gespräch? Warum konnte ich Kim nicht einfach sagen: In meiner Wohnung lebt ein abgerissener Typ, der deinen Namen kennt und dein Foto geklaut hat. Der sich auffällig für rohes Fleisch interessiert.

Kim beschleunigte ihren Schritt. »Du hältst mich wirklich für paranoid, weil ich mich verfolgt fühle? Echt, das hätte ich jetzt nicht gedacht! Warum vertraust du mir nicht?«

Sie starrte mich einen Augenblick lang empört an.

Aber dann schien ihr etwas einzufallen, das sie milde stimmte. Sie betrachtete mich bekümmert, als sei ich ein bisschen langsam im Kopf und könnte die Situation gar nicht so klar sehen wie sie. Als sei sie im Besitz einer Weisheit, die ich niemals erreichen konnte.

»Vertrau mir, Sebastian, bitte«, sagte sie. Jetzt weinte sie. Toll, ich hatte sie zum Weinen gebracht. Das schaffte sonst nur der Andi. »Bitte vertrau mir einfach. Mach einfach gar nichts, rede mit keinem, plaudere nichts aus, ja? Vertrau mir. Ich melde mich bei dir, sobald ich kann, und solange machst du gar nichts.«

Unsere Gesichter trennten vielleicht dreißig, vierzig Zentimeter. Aber die Kluft zwischen Kim und mir war mir noch niemals so groß vorgekommen wie jetzt, unüberwindbar groß. Wie gerne hätte ich irgendwas gesagt, das Kim beruhigte, ihr die Angst nahm. Aber da war nichts.

Wie gerne hätte ich sie gestreichelt. Aber meine Hände hingen taub und leblos an mir herunter wie nach einer Runde Rollladenkasten.

»Ist okay, Kim«, sagte ich. »Ich verspreche es.«

Kim trat zwischen die Bäume. »Du bist mir auch wichtig, Basti«, sagte sie. Dann drehte sie sich um und verschwand. Der Wald schluckte ihre Schritte.

Ich ging gemessenen Schrittes ins Unterholz und suchte mir einen schönen, gerade gewachsenen Knüppel. Das Holz sollte nicht zu frisch sein, die Feuchtigkeit machte es unnötig schwer. Aber zu trocken durfte es auch nicht sein, es sollte ja nicht splittern.

Dann spazierte ich zurück zu meiner Wohnung. In der Küche brannte immer noch Licht. Der Domowoj musste zu Hause sein. Ich wartete ungefähr eine halbe Stunde vor dem Eingang und rang den Impuls in mir nieder, nach oben zu stürmen und ihn mit dem Knüppel zu verprügeln, ihn mit präzisen, festen Hieben zur Wohnungstür rauszujagen und anschließend die Zimmer mit Hilfe einiger Fußtritte und Stockschläge in ihren vertrauten, unordentlichen Zustand zurückzuversetzen.

Er hatte mir diesen Scheiß eingebrockt. Da half es nichts, dass ich ihn trotz seiner Verschrobenheit, trotz seiner dreisten Art sympathisch fand, dass ich ihm helfen wollte, wieder auf die Bahn zu kommen, dass ich mich ihm auf unerklärliche Weise nahe fühlte.

Ich hatte Kim versprochen, nichts Unbedachtes zu tun, keine Schritte zu unternehmen. Das bedeutete: Ich war zur Untätigkeit verdammt.

Das war allein und nüchtern auf keinen Fall zu ertragen. Also rief ich Mike an und holte ein Red Bull und zwei Bier am Kiosk an der Ecke. Der Verkäufer und seine vier Dauerkunden im engen Schankraum starrten mich wortlos und finster an. Lag wahrscheinlich am Knüppel.

»Scheiß auf Kim.« Mike spuckte zielsicher über den Kickertisch, das Geschoss verfehlte mich nur um Zentimeter und verschwand in den Schatten des Bösen Wolfs, einer thailändisch-deutschen Alternativkneipe, in der hauptsächlich kulturell aufgeschlossene Lehrer der nahen Integrierten Gesamtschule und Motorradrocker verkehrten. »Sie ist eine Schlampe, ich sage es dir, habe ich dir immer gesagt. Sie macht dir was vor. Aber du willst ja nicht auf mich hören. Also leide halt.«

Als wollte er mir demonstrieren, wie schlecht es um mich bestellt war, versenkte er die Kugel mit einem mächtigen Schuss aus dem Mittelfeld im Tor. Mein Torwart überschlug sich und blieb schief an seiner Stange hängen, ein abgekämpfter Mann, der ein Riesengewicht auf den Schultern trug.

»Du kennst sie nicht so, wie ich sie kenne«, wandte ich ein. »Mir ist egal, was du über sie gehört hast. Kim ist wunderbar, sie ist die Frau, auf die ich immer gewartet habe. Und sie ist nicht scheiße, sie kümmert sich um alles und jeden, sie denkt ständig an andere Leute …«

»Genau«, unterbrach mich Mike. »Kenne ich.« Er versetzte der Kugel beim Einwurf einen scharfen Linksdrall. Sie hielt auf mein Tor zu. »Ich sage es dir. Lass die Finger von der Braut, sie ist nichts für dich, sie wird dich enttäuschen. Aber was rede ich. Du machst ja sowieso, was du willst. Scheißkicker ist das hier.«

Noch ehe die angedrehte Kugel in meinem Tor verschwinden konnte, versetzte Mike dem Kickertisch einen wütenden Tritt, schnappte sich sein Bierglas und warf sich auf einen Stuhl. Er kippte den halben Liter in einem Zug runter.

»Noch ein Bier?«, fragte die Bedienung, die nur darauf gewartet zu haben schien, wieder an unserem Tisch aufzukreuzen. (Frauen standen irgendwie auf Mike. Lag sicher an seinem markanten Gesicht im griechisch-römischen Stil. Auch wenn er etwas schielte.)

»Stell einfach alle fünfzehn Minuten ein neues hin. Und meinem Freund Sebastian auch.« Er entließ sie mit einem Wink, das Mädchen eilte davon.

Mike zog mich neben sich auf einen Stuhl und legte den Arm um mich. Bei jedem anderen wäre mir das unangenehm gewesen. Aber Mike hatte eine ziemlich unkomplizierte Art. Er konnte Leuten auf die Schulter klopfen, fremde Mädchen in die Arme schließen und einem mitten im Gespräch vertrauensvoll die Hand auf den Unterarm legen, ohne dass er dabei aufdringlich wirkte.

Er strahlte einen kosmopolitischen Charme aus, der mir vollkommen abging. Seine Eltern waren als osteuropäische Juden vor zehn Jahren aus der Ukraine gekommen und machten jetzt einen Haufen Geld mit einem Geschäft für gebrauchte Pelze. Wenn das überhaupt stimmte. Bei Mikes Geschichten wusste man nie. Den Pelzladen gab es zumindest wirklich, Mike hatte ihn mir einmal aus sicherer Entfernung gezeigt, sich aber geweigert, mich mit hineinzunehmen. »Morgen ist Sabbat«, war seine kryptische Begründung gewesen.

»Hör mir zu, Sebastian«, sagte Mike, jetzt mit gedämpfter Stimme. Seine Finger legten sich auf mein Genick. »Kim ist gefährlich. Du musst mir glauben. Sie ist gefährlich, sie bringt dir kein Glück. Lass die Finger von ihr.«

Nein, dachte ich, falsch, das Gegenteil werde ich tun.

Ich drehte den Kopf und schaute ihm direkt ins Gesicht. Der dicke Silberring an seinem Daumen kratzte über mein Kinn. Ich hatte erwartet, Spott in seinen Augen zu sehen. Spott darüber, dass Kim eine Nummer zu groß für mich war, dass wir nicht in einer Liga spielten. Aber da war nichts, keine Belustigung, nur tiefe Sorge.

»Kim ist nicht gefährlich«, sagte ich. »Das ist völliger Quatsch. Sie ist 'ne ganz Liebe, echt.«

»Hör mir zu, Mann.« Mikes Griff um meinen Nacken verstärkte sich. »Ich kenne Kim. Sie und ich, wir haben eine Vergangenheit.«

»Ihr habt was? Was soll das heißen, 'ne Vergangenheit?« Vergangenheit konnte vieles heißen, beruhigte ich mich. Vielleicht waren sie zusammen in der Flötengruppe oder beim DLRG gewesen, vielleicht hatte ihr Vater seinem Vater einen Pelz abgekauft, vielleicht hatten sie einen gemeinsamen Bekannten im VW-Golf-Club. Vielleicht hatten sie bei einer Party mal Becks aus einer gemeinsamen Flasche getrunken.

»Ich hab sie mal flachgelegt«, sagte Mike. »Vor drei Jahren.«

Ich zog Bier durch die Nase hoch und würgte es auf die dunklen Dielen. »Nein«, röchelte ich. »Nein! Hast du nicht.«

Mike klopfte mir auf den Rücken. »Ist 'ne traurige Geschichte. Tut mir leid, Mann. Bei der kann keiner Nein sagen.«

Nicht meine Kim, wollte ich gern sagen, während meine Atemwege einen hartnäckigen Kampf mit dem Bierschaum ausfochten, *nicht meine Kim in deinen Händen.* Bilder gingen mir durch den Kopf, Kim und ich in Andis Fahrradzimmer, Kim und Mike auf dem Rücksitz seines tiefergelegten Golfs, die Scheiben von innen beschlagen. Kim und ich beim Inlineskaten, Kim und Mike verschlungen in die Sportsitze gepresst.

Als ich mich beruhigt hatte, saß Mike still und aufrecht auf seinem Stuhl und hielt andächtig sein Bier in den Händen. Beinahe traurig schielte er auf das Etikett, resigniert wie ein Cowboy, der in zu viele Sonnenuntergänge geritten war.

»Warum hast du mir das nie erzählt?«, fragte ich.

Mike nahm einen tiefen Schluck Bier. »Ich wusste, dir liegt was an ihr. Wollte dir deine Eroberung nicht versauen. Ich weiß, du hast es nicht immer leicht gehabt mit den Frauen.«

Einige Minuten lang sprachen wir nicht, sondern sahen drei Mitgliedern einer überregionalen Motorradgang beim Kickern zu.

»Hast du sie geliebt?«, fragte ich schließlich. Wenn er sie wirklich geliebt hatte, versuchte ich mir erfolglos einzureden, dann war es etwas anderes. Dann war es okay.

Aber es war nicht okay.

Mike schüttelte den Kopf. »Kam mir damals so vor. Aber das war nur eine Täuschung, ist geplatzt wie eine Seifenblase. Halt dich einfach fern von ihr. Vertrau mir, Sebastian. Ist nur so ein Gefühl, aber vertrau mir.«

Vertrau mir.

Ich war so ein Typ, dachte ich, dem man so was sagte. Ein Typ, der halt einfach so in der Gegend herumvertraute. Das Problem war: Kim und Mike gleichzeitig zu vertrauen, das ging nicht.

»Weißt du was, vergiss die ganze Scheiße doch einfach«, sagte Mike. »Trink doch einfach noch ein bisschen mit mir.« Er winkte der Bedienung, die mit glänzenden Augen herangeeilt kam.

Wir tranken eine Weile schweigend die Viertelstundenbiere. Irgendwann gingen wir in die Glocksee, den vielleicht schäbigsten Independentclub der Stadt, wo angeblich mal eine Frau auf die Tanzfläche gekackt hat. Mike kaufte ein paar Tabletten, ich ließ meine zu

Boden fallen, wir bestellten noch ein paar Biere und sprachen nicht über Kim.

Ich frage mich, wie sie sich gefühlt hat. Die Frau auf der Tanzfläche meine ich.

Ringsherum die Leute, und man selbst in der Mitte mit runtergelassenen Hosen. Vielleicht war es ja auch ganz schön, überlegte ich, einfach mal den ganzen Scheiß aus sich rauszulassen, ganz ohne Rücksicht auf Verluste.

Es war mitten in der Nacht, als Mike und ich uns trennten.

Die Nacht ist blau, dachte ich und kicherte, während ich auf dem Bordstein nach Hause balancierte. Niemand war zu sehen. Ich war der einzige Mensch weit und breit. Als wäre ich der Hauptdarsteller eines merkwürdigen Films mit versteckter Kamera und einem unglaublich schlechten Drehbuch.

»Das ist alles nur Kulisse!«, brüllte ich. Die Kraft meiner Stimme haute mich von den Beinen. Ich schlug lang zu Boden und schloss für einen wundervollen Moment die Augen.

Hatte Kim Recht, wurde sie von jemandem verfolgt? Oder war sie einfach nur verrückt geworden? Ein irrsinnig komischer Gedanke. Ich konnte gar nicht aufhören, darüber zu lachen.

Blut klebte an meinen aufgeschürften Handflächen, als ich mich aufrappelte. Aber es tat gar nicht weh.

Ich fand den Heimweg mit Hilfe einiger mitleidiger Passanten, kaufte am Kiosk an der Ecke drei Bier und trank eins gleich an Ort und Stelle. Der schweigsame

Verkäufer musterte mich kritisch, sagte aber nichts. Einer der verwitterten Säufer an seinem Tresen war wach und prostete mir zu.

Es war viel einfacher, Sturm zu klingeln, als mich auf eine mühevolle Suche nach dem Hausschlüssel zu machen. Pjotr konnte ja mal etwas Nützliches tun, anstatt immer nur zu putzen. Aber niemand öffnete.

Nach einigen Versuchen mit dem komplizierten Schlüsselbund konnte ich mir Zutritt zu meiner Wohnung verschaffen. »Home again!«, brüllte ich. »Ihr seid alles Arschlöcher! Ihr verpissten Dreckspießer, überall. Auch du!«, drohte ich Frau Dr. Kiesewetter durch die Zimmerdecke. »Dich erwischt es auch noch! Pass bloß auf.«

In meinem Wohnzimmer saßen einige Zwerge auf der Couch und beobachteten mich interessiert.

Wenn das jetzt schon wieder losging, überlegte ich, mit irgendwelchen ungebetenen Gästen in meiner Wohnung … Aber vermutlich war die Angst unberechtigt. Ich hatte getrunken. Da durfte man auch mal halluzinieren, das war auf jeden Fall drin.

Ich stolperte an ihnen vorbei und starrte nach draußen in die undurchdringlich schwarze Dezembernacht. Schließlich schloss ich die Augen. »Ich zähle jetzt bis drei«, sagte ich und klopfte sacht mit der Faust gegen die Scheibe. »Ich zähle jetzt bis drei, und wenn ich mich dann umdrehe, und ihr seid immer noch da«, teilte ich den Zwergen mit, »dann gibt's eins auf eure Scheißfresse.«

9

Paris!

»Mäßigen Sie Ihren Ton, Herr Schätz«, sagte einer der Zwerge. Ich konnte ihr Spiegelbild in der Glasscheibe erkennen.

Schnell setzte ich die zweite Bierflasche an den Mund und trank so viel auf einmal, dass es wehtat. Nach einem langgezogenen Rülpser fühlte ich mich viel besser. Ich warf mich mit Schwung in den Fernsehsessel und öffnete das dritte Bier an der Tischkante.

Die Zwerge waren immer noch da.

Sie saßen verschwommen auf dem Cordzweisitzer und beobachteten mich. Wenn ich mich konzentrierte und ein Auge zumachte, gelang es mir, sie zu zählen. »Drei«, sagte ich zufrieden. »Mindestens.«

»Fürs Protokoll«, sagte der Mittlere von ihnen. Wie seine Kollegen trug er einen grauen Bart zur dunkelblauen Polyesteruniform. »Herr Schätz wird in seiner Wohnung angetroffen und nimmt zum Verhör Platz.«

Der Zwerg zu seiner Linken kritzelte auf einem Block herum.

»Ich würde euch …«, murmelte ich, »… gerne auch ein Bier anbieten. Aber ich hab das letzte gerade selbst aufgemacht.«

Ich bot ihnen meine Flasche an. Sie lehnten ab.

»Herr Schätz«, fuhr der Redner fort. »Wir sind in einer unangenehmen offiziellen Angelegenheit hier. Es liegt eine Anklage gegen Sie vor. Wenn Sie einverstanden sind, würden wir jetzt gerne mit der Anhörung fortfahren.«

Angeblich sind nur drei von hundert Leuten in Deutschland dazu in der Lage, die Namen der Sieben Zwerge komplett und richtig aufzuzählen. »Chef«, sagte ich, »Hatschi, Pimpel und … Seppi. Waren das schon sieben?«

»Ich bitte Sie, Herr Schätz«, sagte der mittlere Zwerg, der hier offensichtlich das Wort führte. Er war hier sicher der Chef, also wollte ich ihn auch so nennen. »Du bist Brummbär.« Ich wies auf den Kleinen mit dem Notizblock. »Und du bist Schlafmütze!«

Schlafmütze sagte nichts und tat auch nichts, sondern lächelte mich unverwandt freundlich an. Auf seinem Schoß lagen einige Fernsehzeitschriften und ein paar Fotos aus meinem Nachttisch.

»Sie haben nicht in meiner Wohnung rumgeschnüffelt, oder?«

»Diese Fernsehprogrammzeitschriften haben wir in Ihrem Müll gefunden«, sagte Chef mit schneidender Stimme, ohne auf meine Frage einzugehen. Einen Moment lang kraulte er sich gedankenverloren den Bart.

»Können Sie uns vielleicht sagen, was das zu bedeuten hat?«

»Ich trenne keinen Müll«, gestand ich. »Bei mir geht alles in dieselbe Tonne. Scheiß drauf. Kann ich jetzt schlafen gehen?«

»Sie haben Ihren Rundfunkempfänger nicht angemeldet«, sagte Chef streng und wies auf ein unscharfes Emblem auf seiner Brust. Brummbär und Schlafmütze starrten anklagend auf meinen Fernseher. »Wir von der GEZ verstehen da keinen Spaß.«

»Ich bin Student!«, protestierte ich.

»Nein«, sagte Chef.

»Nein«, sagte Brummbär. »Sicher nicht.«

Wenigstens war ich kein wichtigtuerischer kleiner Scheißzwerg. »Okay«, sagte ich. »Geschenkt. Habt ihr mich halt erwischt.«

»Fürs Protokoll«, diktierte Chef, »Herr Schätz gibt zu, seinen Fernseher seit zehn Monaten nicht angemeldet zu haben.«

Ich hatte ihn noch nie angemeldet. Aber das hätte die Situation nicht verbessert. Ich beschloss, mich auf das Wesentliche zu konzentrieren.

»Wie seid Ihr hier reingekommen?«, fragte ich. »Die GEZ muss man nicht reinlassen.«

»Ihr Mitbewohner hat uns hereingelassen, Herr Schätz«, sagte Chef. »Damit kommen wir zu Punkt zwei der Anklage: Hilfeleistung bei der Vertuschung einer Straftat.«

Meine Zunge war bleischwer. Das Wort Vertuschung würde mir nur mit Mühe über die Lippen gehen, das wusste ich jetzt schon.

»War ich nicht«, sagte ich. »Ich habe niemandem geholfen und auch nichts ver...heimlicht.«

»Unserer Kenntnis nach«, sagte Brummbär und blätterte in seinem Block, »haben Sie vor sechs Tagen dem flüchtigen Kriminellen Kurt Snjider vorübergehend Unterschlupf geboten. Herr Snjider gab bei seiner Verhaftung an, Sie dafür mit Bargeld entlohnt zu haben.«

Das Gold! Wo hatte ich das nur gelassen? Wahrscheinlich hatte Pjotr es wegsortiert.

»Äh«, sagte ich. »Wüsste ich jetzt nicht so aus dem Kopf. Kann sein, dass er hier irgendwas vergessen hat.«

»Ihr Mitbewohner hat uns das Diebesgut ausgehändigt«, sagte Chef.

Schlafmütze klopfte auf eine vertraute ausgebeulte Alditüte auf der Armlehne. Es klimperte.

»Fürs Protokoll«, sagte Chef. »Herr Schätz gibt zu, während der Vertuschung einer Straftat Geldgeschenke ungeklärter Herkunft angenommen zu haben.«

Mein Sessel begann, unausweichlich nach links zu kippen. Zusammen mit dem gesamten Zimmer. Nicht mehr lange, und ich würde mich übergeben müssen.

»Ich habe sehr, sehr viel getrunken«, sagte ich. »Nur darum rede ich überhaupt mit euch.«

»Geh und hol Herrn Schätz einen Eimer«, sagte Chef und gab Schlafmütze einen Stoß mit dem Ellenbogen.

Schlafmütze verschwand zielsicher in meinem Badezimmer. Nach wenigen Sekunden hörte ich ein eindeutiges Geräusch hinter der angelehnten Tür.

»Der pinkelt ohne zu fragen«, murmelte ich. Der Scheißzwerg war so klein, dass er bestimmt danebenpisste.

»Der soll sich gefälligst hinsetzen!«, brüllte ich. Aber hier schien niemand auf mich zu hören.

»Wir kommen schließlich zum dritten und letzten Punkt«, fuhr Chef fort. Er setzte sich eine goldrandige Lesebrille auf und blätterte in einigen Formularen. »Ah ja, genau. Nicht lizenzierte medizinische Dienstleistungen. Im Einzelnen: psychologische Gespräche, Krisenintervention, lösungsorientierte Beratung.«

»Kenne ich alles nicht«, murmelte ich. »Nie gehört. Müsste ich lügen. Außerdem … selbst wenn. Was geht das bitte die GEZ an?«

Chef schob die Lesebrille zurück in die Overallbrusttasche und trommelte mit seinen Stummelfingern auf der Sofalehne herum. »Mehr als Sie denken, mein Freund. Mehr als Sie denken. Sie haben einiges auf dem Kerbholz. Das kann üble Folgen für Sie haben.«

Jetzt reichte es mir. Ich konzentrierte mich und stand schwungvoll auf. »Wenn der Typ mit dem Eimer nicht gleich kommt, geschieht hier ein Malheur!« Mit kleinen Schritten machte mich auf den langen und schwierigen Weg in die Küche.

Während ich mich am Wasserhahn festhielt, in das blitzsaubere Spülbecken starrte und versuchte, meinen Mageninhalt bei mir zu behalten, hörte ich die Zwerge im Wohnzimmer ihr Protokoll ergänzen. Sie debattierten tuschelnd. Anscheinend über mich.

»Mir kommt er harmlos vor«, sagte Brummbär. »Keine Anzeichen für Anthropomorphismus. Das Schlafzimmer war auch sauber.«

»Der MAD rückt mit den Daten nicht raus«, sagte eine heisere Stimme. Wahrscheinlich Schlafmütze.

»Kenne ich nicht anders. Die sind kein Stück kooperativ«, sagte Brummbär. »Aber Schätz ist sauber, klares Bauchgefühl.«

»Ich traue ihm nicht, da ist was faul«, schnarrte Chef. »Aber bitte. Geben wir ihm eine Chance.«

Schließlich steckte Chef den Kopf zur Küchentür herein. Er war nicht größer als ein Vorschüler.

»Sie sind mit einer Verwarnung davongekommen, Herr Schätz«, sagte er. »Wenn es nach mir gegangen wäre, hätten wir Ihnen gleich eine saftige Geldstrafe aufgebrummt. Aber meine Kollegen glauben an Sie.«

Ich trank in winzigen Schlucken aus dem Hahn. Das Wasser war eiskalt und köstlich.

»Betrachten Sie das hier als Schuss vor den Bug. Wir erwarten, dass Sie Ihren Fernseher anmelden und den Kontakt zu … zwielichtigen Individuen vollständig meiden. Und damit meine ich restlos alle. Keine Ausnahmen, keine psychologischen Beratungen mehr, Sendeschluss. Haben Sie verstanden?«

»Is' klar«, sagte ich. »Ist der Typ noch im Badezimmer oder kann ich da jetzt rein?«

»Wir behalten Sie im Auge, Herr Schätz. Nehmen Sie die Sache nicht auf die leichte Schulter«, sagte Chef.

»Wir können richtig ungemütlich werden«, sagte Brummbär. »Das fängt bei der GEZ-Nachzahlung an. Einige tausend Euro können das werden. Und danach wird es noch lustiger. Für uns, nicht für Sie.«

Ich drehte den Wasserhahn voll auf und schob mein Gesicht darunter. Mein aufgeschürftes Kinn brannte. »Ich bin schon vorsichtig«, nuschelte ich in den Strahl.

Als ich das Wasser wieder abdrehte, war ich allein.

Mein Kopf schmerzte, als hätte man eine rostige Schraube mitten hindurchgebohrt und an der linken Schläfe festgezogen. Meine Augen fühlten sich wund und verklebt an. Ich zupfte sie mit den Fingerspitzen auf. Der Geruch frisch gekochten Kaffees stieg mir in die Nase.

»Guten Morgen, du Schlafmütze«, sagte Pjotr.

Schlafmütze! Ich zuckte zusammen. Wirre Erinnerungen an Zwerge auf meiner Couch huschten mir durch den Kopf. War das letzte Nacht wirklich geschehen?

»Ist der Zwerg immer noch im Bad?«, nuschelte ich.

»Weit und breit kein Zwerg«, sagte Pjotr. »Niemand hier außer uns beiden.« Er trug meinen Bademantel und hatte sich ein babyblaues Handtuch als Turban um den Kopf geschlungen. Seine Haut glänzte frisch rasiert und verströmte einen zarten Mangoduft.

Niemand hier außer uns beiden, hatte er gesagt, so so. Dieser miese, gerissene, abgezockte, nichtsnutzige Gauner glaubte wahrscheinlich, ich würde ihn nach der Sache von gestern hier noch länger dulden. Er durchwühlte meine Sachen, stellte Kim nach, ließ wildfremde Leute in meine Wohnung, denunzierte mich, und dann machte er einen auf Kumpel.

Ohne mich. Der würde sich noch wundern.

»Trink einen Schluck, dann geht es dir besser.« Pjotr drückte mir einen dampfenden Becher in die Hand.

Beim aromatischen Geruch des Kaffees zog sich mein Magen empfindlich zusammen. Das Zimmer kippte unaufhörlich nach links. Um ein Haar wäre ich aus dem Bett gerutscht.

»Ich habe uns frische Brötchen geholt. Und den Flur gewischt, und die Küche und das Badezimmer. Das war echt nötig. Das ganze Klo war vollgepinkelt. Deine Eltern hätten Augen gemacht.«

Meine Eltern! Die hatte ich völlig vergessen.

»Kommen die heute?«, krächzte ich.

Pjotr nickte. »Sind schon auf dem Weg. Deine Mutter hat vom Handy aus angerufen. In einer Stunde sind die da. Was ist eigentlich mit dem Wohnzimmer passiert?«

Ich setzte mich auf. »Wohnzimmer?«

»Sieht aus, als hätte sich jemand einen kleinen Überblick über deine Sachen verschafft«, sagte Pjotr. »Jemand, der viel Zeug in kurzer Zeit sichten wollte.«

Pjotr war schnell, das wusste ich. Aber dass er so schnell war, beunruhigte mich. Wie ein Derwisch fegte er durch die Wohnung und stopfte nach meinen Anweisungen die Sachen wieder zurück in die Schränke, sortierte zerfledderte Papiere zurück in Aktenordner.

Ich konnte mir ein Grinsen nicht verkneifen, als ich ihn zum vierten Mal die kurzen, rundlichen Stiefelabdrücke unter meinem Couchtisch abschrubben ließ. Er sollte sich ruhig noch einmal nützlich machen, ehe ich ihn für immer vor die Tür setzte. Das war er mir schuldig.

Kurz überlegte ich, ob er nicht vielleicht derjenige gewesen war, der dieses Chaos verursacht hatte. Aber das passte nicht zu ihm. Er hinterließ nie Spuren.

»Du hast die Zwerge reingelassen, richtig?«, fragte

ich ihn beiläufig, während ich einen Kontrollgang durch das wiederhergestellte Wohnzimmer machte.

Pjotrs Hand krampfte sich um den filzigen Lappen. Wischflüssigkeit sickerte zwischen seinen Fingern hervor.

»Du bist mir doch nicht etwa böse, lieber Sebastian?«, fragte er. »Wenn die GEZ vor der Tür steht, *muss* man sie reinlassen.«

»Nein«, erklärte ich ihm freundlich. Es hatte keinen Sinn mehr, sich aufzuregen. Sobald meine Eltern weg waren, würde ich Pjotr hochkant vor die Tür setzen. Und sobald sich Kim meldete – und sie würde sich melden, so viel war klar, das hatte ich im Blut –, würde endlich wieder alles so sein, wie es sein sollte.

»Nein, muss man nicht«, sagte ich.

»Das sagst du«, sagte der Domowoj und starrte auf den scheuerresistenten Stiefelabdruck. »Weil du nicht weißt, was mit denen passiert, die der GEZ den Zutritt verwehren. Die haben ihre Möglichkeiten, ich sage es dir.«

Noch ehe ich im Geiste die zahlreichen gewalttätigen Möglichkeiten durchspielte, die Pjotr den Abschied von mir leichtmachen würden, hörte ich ein vertrautes Motorbrummen draußen auf der Straße, ein mir wohlbekanntes Wiehern und Stottern, dann das Geräusch von Plastikradkappen, die über den Bordstein schrappten.

Meine Eltern waren da.

Als ich klein war, gab es ein einfaches Kriterium, echte Männer von Weicheiern zu unterscheiden: Echte Männer trugen Bart. Meine maßgeblichen Vorbilder zu dieser Zeit, Bud Spencer, der Weihnachtsmann und Mr. T vom A-Team, waren zugegebenermaßen richtige Kerle. Terrence Hill dagegen war was für Mädchen.

Ich war ungefähr zehn, da beschloss mein Vater, seinen grau melierten Bart abzunehmen. »Der wird grau, der lässt mich älter wirken. Ich mache ihn ab. Punkt.«

Eine Abweichung vom gewohnten Programm, also gefährlich, fand ich damals.

Kinder lieben Wiederholungen. Immer dasselbe, in Variationen jedes Jahr der gleiche Geburtstagskuchen, der selbe Weihnachtsschmuck. Freitags Spaghetti Bolognese, Sonntags Langeweile und Playmobil. Veränderungen sind eine schwierige Sache, wenn man klein ist. Man fürchtet, die Dinge geraten dann irgendwie aus den Fugen.

Ich flehte ihn an, den Bart dranzulassen. Mein Vater zeigte Erbarmen und ließ sich auf einen Kompromiss ein: einen kräftigen Schnauzbart. Der zog sein Gesicht zwar irgendwie nach vorn und unterstrich seine Nase. Aber es war immerhin ein Bart.

Als ich heute durch das geöffnete Fenster beobachtete, wie meine Eltern zehn Minuten mit dem Jetta direkt vor meinem Hauseingang einparkten – Mutter winkt, Vater kurbelt –, ahnte ich schon, dass es ein schwieriges Treffen werden sollte.

Mein Vater stieg aus, sortierte Gürtel und Bauchansatz und begutachtete das Ergebnis seiner Parkbemühungen. Dann stemmte er die Hände in die Hüften und blinzelte hoch zu meiner Wohnung.

Der Schnauzer war ab.

Wir nahmen meine Eltern im Treppenhaus in Empfang. Pjotr half meiner Mutter formvollendet aus dem Mantel, während ich eine Vase für den etwas plattgedrückten ARAL-Blumenstrauß suchen ging. Irgendwo musste ich noch ein Weizenglas in passender Größe haben.

»Sieht ja schick aus hier.« Mein Vater verfolgte mich in die Küche und schien jeden Quadratmeter mit Schritten auszumessen. »Was kostn das hier pro Meter? Was zahlsten so?«

Ich nuschelte die Miete in Richtung Geschirrschrank. Besser, ich untergrub die Zahlungsmoral meines Vaters nicht. Immerhin zahlte er fast die ganze Miete – oder, wie er glaubte, die Hälfte davon.

Aus dem Flur drang das begeisterte Kichern meiner Mutter. »Sie Charmeur!«, rief sie. »Das *müssen* Sie mir zeigen.«

Mein Vater rüttelte am Fenstergriff. »Stabiler Rahmen«, lobte er. Aus zusammengekniffenen Augen linste er auf die Straße. »Ist 'ne gute Gegend hier, ne? So ähnlich wie in Diepholz. Bei … äh … uns.«

Er hatte abgenommen. Sein haarloses, gut eingecremtes Gesicht sah vom Rasieren ganz nackt und rosig aus. Es ließ ihn um Jahre jünger wirken, und um Lichtjahre fremder.

»Ist alles klar bei euch, Papa?«, fragte ich.

Im Flur entfernten sich die Schritte von Pjotr und meiner Mutter. Kurze Zeit später hörte ich einen spitzen Schrei der Verzückung aus dem Wohnzimmer, gefolgt von mädchenhaftem Gekicher.

»Wie meinsten das?« Mein Vater beäugte mich misstrauisch, reckte sein babyglattes Kinn zu mir hoch. »Ob wir krank sind oder was? Sehen wir irgendwie krank aus?«

Sein Atem roch nach … nichts. Nicht nach Kaffee oder nach dem Mittagessenbier, nicht nach Zahnstein oder HB oder Nicorettekaugummi. Nach gar nichts. Auch das war neu.

»Du siehst super aus, echt«, sagte ich. »Und Mama auch.«

Mein Vater pflanzte sich auf meinen Lieblingsstuhl und faltete die Hände über dem Schritt. Er wirkte zufrieden. »Haste ein Sprudel? Gib mir mal ein Sprudel.«

»Vielleicht wollen wir rübergehen?« Der Gedanke, dass Pjotr mit meiner Mutter eine Wohnungsführung machte, gefiel mir gar nicht. Ich schenkte meinem Vater Mineralwasser ein. Er stürzte es hinunter, als wäre es Schnaps, schenkte sich nach und trank auch das aus.

»Sag deiner Mutter nichts davon«, sagte er. »Sie lacht darüber, musst du wissen. Dass ich neuerdings drei Liter Wasser pro Tag trinke.«

Wir fanden meine Mutter und Pjotr im Wohnzimmer. Sie saß auf dem Zweisitzer, er auf einem Stuhl, ihre Knie berührten sich beinahe. Vor ihnen auf dem Couchtisch stand eine Sektflasche.

Meine Mutter hob ihr blankpoliertes Glas. »Klasse Wohnung habt ihr hier!«, rief sie.

»Ich, Mama«, sagte ich. »Ich habe die Wohnung.«

»Gelegentlich fasse ich ein bisschen mit an, wenn ich gerade da bin«, sagte der Domowoj. »Der Sebastian hat ja ziemlich viel zu tun an der *Universität.*«

Es war abgemacht, dass mir Pjotr hinsichtlich meines Studiums ein Alibi gab. Aber er sprach das Wort

Universität so hoheitsvoll und bedeutungsschwanger aus, als hätte man mich dort zum Rektor berufen. Glücklicherweise waren meine Eltern gegen Ironie immun.

»Er ist ja so nachlässig beim Haushalt«, sagte meine Mutter. »Da hätte ich ihn schon viel früher einbinden sollen. Aber sein Vater war dagegen.«

»Nachlässig? Nicht beim Studium«, belehrte sie Pjotr mit todernster Miene. »Da lässt er nichts aus.« Er rückte meinem Vater einen Stuhl zurecht. »Setzen Sie sich doch, Herr Schätz. Auch ein Sektchen?«

»Er trinkt nichts mehr«, krähte meine Mutter. Das schien sie köstlich zu amüsieren. Sie schielte nach der Sektflasche. »Ist das Schaumwein? Der perlt so!«

»Ich nehme einen Sprudel«, sagte mein Vater trotzig.

Noch ehe ich ihm aus meiner angebrochenen Flasche einschenken konnte, eilte Pjotr mit langen Schritten an mir vorbei. »Ich habe doch welchen kalt gestellt!«, rief er.

Mein Vater setzte sich kerzengerade auf die Stuhlkante und griff nach einer der fleckigen Fernsehzeitschriften, die Brummbär dagelassen hatte. Einen Moment lang starrte er auf das tief ausgeschnittene Covergirl, dann blätterte er nervös um.

»Deine Mutter und ich müssen dir etwas sagen«, raunte er, während Pjotr in der Küche hantierte. »Keine besonders guten Nachrichten, sage ich dir gleich.«

»Wie man's nimmt«, sagte meine Mutter und kicherte. Sie schenkte sich nach und hielt das Glas gegen das Licht. »Das ist doch Sekt, glaube ich. Jürgen, kennst du dich da nicht aus?«

»Ich trinke gar nichts mehr, musst du wissen«, klärte mich mein Vater auf.

»Sogar das Nachmittagsbier hat er abgeschafft«, sagte meine Mutter.

»Hört sich doch gar nicht so schlecht an«, sagte ich vorsichtig.

»Das Beste kommt erst noch«, sagte meine Mutter, scheinbar in das Etikett der Sektflasche vertieft.

Mein Vater machte eine vielsagende Kopfbewegung in Richtung der Küche. »Bleibt *er* noch lange? Der in der Küche?«

»Weiß ich nicht«, gestand ich. »Muss ich mal sehen. Glaube nicht.«

»Dann können wir das später besprechen«, flüsterte mein Vater. »So ganz unter uns.«

»Dein Vater hat eine Freundin«, sagte meine Mutter.

Sie setzte den Hals der Sektflasche an die Lippen und pustete dagegen. Das hohle Tuten klang wie der Abschiedsgruß eines ablegenden Schiffes.

Ich schluckte und starrte in mein Mineralwasserglas. Das konnte nicht sein. Okay, die beiden kamen nicht gut miteinander klar. Aber das war *normal*. Da gab es nichts dran zu rütteln.

Veränderungen waren unerwünscht.

»Darum hat er sich den Bart abrasiert«, sagte meine Mutter. »Für seine neue Bekannte.«

»Er macht mich älter.« Versonnen tastete mein Vater seine Oberlippe ab. »Ist doch normal, dass man den mal abrasiert, oder, Sebastian?«

»Weiß ich nicht«, gestand ich.

»Wer möchte denn ein Kanapee?« Pjotr stand in der Wohnzimmertür. Er trug eine Schürze. Auf der linken Handfläche balancierte er ein Tablett, rechts hielt er eine beschlagene Flasche Apollinaris. »Ich habe rasch was gezaubert.«

Mein Vater schreckte hoch. Er warf die Fernsehzeitschrift auf den Couchtisch zurück, sie klappte zu, das Covergirl blickte fröhlich zur Decke.

»Oh, Sie kochen?«, fragte meine Mutter. Ihr Blick huschte rasch von Pjotr zu mir herüber und wieder zurück. Verschwörerisch kniff sie ein Auge zu. »Männer, die kochen können, welche Frau wünscht sich das nicht?«

»Ist nur eine Kleinigkeit«, sagte Pjotr. Er stellte das Tablett vor uns ab: geschnittenes italienisches Weißbrot, Butter und Oliven, Lachs und hauchdünner Schinken, getrocknete Tomaten und grüne Soße, elfenbeinfarbener Käse. »Das Pesto ist selbst gemacht«, hauchte er.

Das Küchenwunder machte mich misstrauisch. Ich hatte erst vorhin in den Kühlschrank geguckt. Da stand nichts drin, gähnende Leere, nicht mal eine Flasche Mineralwasser. Wo hatte der das hergekriegt? Wenn er auf meine Kosten einen Bringdienst bestellt hatte, würde er sich noch umgucken. Ab jetzt rechnete ich mit.

Mit lässigen Handbewegungen verteilte Pjotr Häppchenteller. Mein Vater starrte immer noch in den Ausschnitt auf der *TV Movie*.

»Mach ruhig weiter, Jürgen«, sagte meine Mutter. »Wir können mit Sebastian auch sprechen, wenn sein charmanter Freund dabei ist.«

»Pjotr ist nicht …«, begann ich.

Der Domowoj sprang auf. Er wirkte leicht gekränkt. »Wenn die Familie gern unter sich feiert, verstehe ich das vollkommen. Ich werde einfach in die Küche gehen und das Durcheinander beseitigen, beachten Sie mich gar nicht. Man wird Ihnen nicht unter die Augen kommen, wenn Sie dies nicht wünschen.«

Geschickt arrangierte er im Vorbeigehen ein paar Häppchen auf den Tellern meiner Eltern. Meine Mutter nahm sich einige Oliven.

»Die Ines und ich haben uns auf der Betriebsfeier kennengelernt«, sagte mein Vater mit heiserer Stimme. Kurz hob er den Blick, sah mich an, dann Pjotr. Sein Blick ruhte einige Sekunden auf dem Domowoj, als müsste er sich mit dem Gedanken anfreunden, dass der quasi zur Familie gehörte. »Sie ist in der Buchhaltung.«

Beinahe zu langsam für das menschliche Auge ließ sich der Domowoj geräuschlos auf die Couch sinken. Direkt neben meine Mutter.

»Deine Mutter und ich«, sagte mein Vater, »also die Heike und ich«, fügte er in Richtung von Pjotr an, »wir werden uns scheiden lassen, haben wir uns überlegt.«

Einen Moment lang war es totenstill.

»Davon kriegt man ja einen ganz trockenen Mund«, sagte mein Vater.

Pjotr griff nach der Sektflasche und setzte an, die Gläser zu füllen. Fast unmerklich schüttelte mein Vater den Kopf.

Scheidung, dachte ich, das war es also.

Darum der unermüdliche Versuch meiner Eltern, mich ans Telefon zu kriegen. Darum die andauernden

Anläufe, mich zu besuchen. Darum stritten sie sich nicht mehr, während sie mit mir telefonierten. Weil es nichts mehr zu streiten gab.

Ich griff nach einem Sektglas und versuchte, es in einem Zug zu leeren. Aber kaum hatte das Zeug meine Lippen berührt, da begann es wie verrückt zu schäumen.

»Krimsekt aus der Ukraine«, flüsterte der Domowoj. »Ist gut, nicht wahr?«

»Jetzt schau, wie traurig der Sebastian ist«, sagte meine Mutter, während mir der Krimsekt vom Kinn lief. »Ich habe dir gleich gesagt, wir hätten es noch eine Weile für uns behalten können. Aber du musstest ja alles gleich auf den Tisch tun.«

»Momentan wohne ich bei der Ines«, sagte mein Vater. »Wir suchen jetzt was Eigenes.«

Im Gesicht des Domowoj zeichnete sich tiefe, wahrhaftige Anteilnahme ab. Er legte meiner Mutter die schmale Hand auf den Unterarm. »Männer können so gefühllos sein«, sagte er.

Allerdings schien meine Mutter nicht besonders gerührt zu sein. Mit spitzen Fingern hielt sie ihr Glas, stieß mit Pjotr an und nippte daran. »Ach, Schätzchen, da musste nicht gleich so traurig gucken«, sagte sie und tätschelte ihm die Finger. »Der Jürgen und ich, wir kennen uns schon so lange, da ist eine Veränderung manchmal nicht das Schlechteste.«

»Was zahlt man denn hier in Hannover so pro Quadratmeter?« Mein Vater unterzog die Wohnzimmerfläche einer kurzen Schätzung und schien wieder mit der Mietrechnerei angefangen zu haben.

»Der Jürgen meint, ich sollte nach Hannover ziehen«, sagte meine Mutter, »weil ich das früher angeblich immer wollte.«

»Nein«, sagte ich.

Mir war nicht ganz klar, *was genau* ich verneinen wollte. Vielleicht, dass meine Mutter erwog, in meine Nähe zu ziehen. Vielleicht, dass sie den hageren Domowoj mit dem ausgemergelten Gesicht ansah wie einen liebgewonnenen Schwiegersohn. Vielleicht, dass der Blick meines Vaters immer wieder und immer ungenierter zurück zum *TV Movie*-Cover wanderte und sich langsam ein verträumtes, jungenhaftes Grinsen auf sein Gesicht stahl.

»Nein«, flüsterte ich.

»Doch, doch«, sagte meine Mutter. »Früher war das immer ein Traum, mal in der Großstadt wohnen, vielleicht irgendwas studieren. So wie du jetzt, aber nicht unbedingt in Hannover. Paris, das wäre doch was.«

»Ich war mal in Paris«, sagte der Domowoj.

Klirrend stießen sie an. »Ich bin übrigens die Heike«, sagte meine Mutter. »Und das ist der Jürgen.«

»Ich hab aber nur Wasser drin«, sagte mein Vater und streckte Pjotr das Glas entgegen.

Das Klirren verursachte mir Kopfschmerzen. Als würden sich zarte gläserne Zapfen in mein Gehirn bohren, heiße kristalline Stachel, die unermüdlich aneinanderschlugen und sich immer tiefer in mein Nervengewebe fraßen.

»Ach, Sebastian«, sagte meine Mutter und drückte mir ein Sektglas in die Hand. »Jetzt bist du ganz traurig.«

»Ich kann das verstehen«, sagte mein Vater. »Als meine Eltern sich haben scheiden lassen, war ich erst acht. Aber der Sebastian ist ja schon *erwachsen,* dem macht das morgen gar nichts mehr aus.«

Erwachsen, dachte ich. So fühlt sich das an. Beschissen.

»Sebastian«, fragte der Domowoj. »Geht es dir gut?«

Ich schüttelte den Kopf. Nichts war gut. Da waren die Kopfschmerzen wieder, der Schwindel und das Gefühl, sich bald mitten in diese nette kleine Party übergeben zu müssen, direkt auf das Häppchentablett zwischen die Antipasti.

»Ich muss mich einen Augenblick hinlegen.« Ich erhob mich mühsam und stand schwankend mitten im Raum.

»Der Sebastian ist ein bisschen mitgenommen«, sagte Pjotr in beinahe zärtlichem Tonfall. »Er arbeitet einfach zu viel. Sie wissen schon, das Studium.«

»Was studiert er eigentlich genau?«, fragte mein Vater.

»Irgendwas mit Medien«, sagte meine Mutter.

Ich taumelte ins Schlafzimmer, schloss mit letzter Kraft die Tür hinter mir ab und brach auf meinem Bett zusammen.

Der Raum krümmte sich über mir. Lichter und Töne und Gerüche dienten nur noch einem Zweck: dem, mich zu quälen und mein Gehirn mit bösartigen Sinnesreizen zu überfluten.

»Sebastian!«

Die Stimme meines Vaters.

Klopfen an der Tür.

»Ich hab Kopfschmerzen«, brachte ich hervor. »Muss ein bisschen schlafen.«

»Du meldest dich, wenn du Hilfe brauchst, ja?«

Ich stieß ein schmerzgeplagtes Grunzen aus, das mein Vater offensichtlich als Zustimmung deutete. Einen Augenblick später hörte ich, wie die Wohnzimmertür zuging. Hinter der Wand dann gedämpftes Lachen: das schiefe Falsett meiner Mutter, der zurückhaltende Tenor meines Vaters und der heisere Bass des Domowoj.

Sie amüsierten sich.

Meine Eltern ließen sich scheiden und hatten gute Laune dabei. Machten Pläne. Schwärmten von Frankreich. Ließen es sich gutgehen. Ganz ohne schlechtes Gewissen. Und es schien sie kein Stück zu stören, dass ich mich aus dem Zimmer geschleppt hatte.

Was machte ich falsch, dass die Party immer ein Zimmer weiter stattfand?

Mein Handy brummte dreimal: SMS.

Mit geschlossenen Augen tastete ich nach dem Gerät, klappte es auf, spähte auf das Display.

Sie haben *1* Nachricht von *Kim*.

Kim meldete sich. Immerhin etwas, überlegte ich, auch wenn ich mich unter Schmerzen auf dem Bett zusammenkrümmte, während nebenan das Elend, die Untreue und die moralische Verrohung gefeiert wurden. Immerhin etwas, immerhin jemand, der an mich dachte, der bei mir war, wenn nicht körperlich, dann wenigstens in Gedanken.

»Danke«, flüsterte ich dem Handy zu. Ich nahm es mit unter die Bettdecke, um ganz allein mit ihm zu sein. Das hier ging niemanden etwas an, das war meine kleine, geheime Verbindung zu einem guten Leben, das dort draußen auf mich wartete.

Ich drückte auf *Lesen*.

Lieber Basti, schrieb Kim, *tut mir echt leid, aber wir sollten uns nicht mehr sehen. Bitte versuch nicht, Kontakt herzustellen. Ist besser so. Kim*

Ich bedeckte das Display mit der Hand, nachdem ich zu Ende gelesen hatte. Das Handy sollte mich nicht sehen, niemand sollte mich sehen. Das hier war mein ganz privater Moment des Unglücks.

Es gab keinen Menschen auf der Welt, der sich einsamer und verlassener fühlte als ich. Das ging gar nicht, das war technisch nicht möglich.

Dann erlosch das Display unter meinen eiskalten Fingern. Die Dunkelheit kam. Draußen begann es zu regnen, ein Windstoß streifte meine Fußspitzen außerhalb der Bettdecke.

Irgendwo lachte der Domowoj.

Doch, korrigierte ich mich, man konnte sich immer *noch* schlechter fühlen. Und damit sollte ich Recht behalten.

10

GEZ

Ich rief Kim neunmal an und atmete ihr geräuschvoll auf die Mailbox, verbarg das Handy schließlich tief in meinem Schreibtisch, in der Schublade unter den Bewerbungen. Es sollte mir aus den Augen kommen, ich wollte es nie wieder sehen. Es brachte nur Unglück.

Wie ein Untoter bewegte ich mich durchs Zimmer, meine Fußsohlen hoben sich nicht vom Boden, die Arme hingen kraftlos herab, mein Blick irrte suchend umher und fand nichts, an dem er sich festhalten konnte.

Im Wohnzimmer wurde immer noch lautstark gefeiert. Der Domowoj stimmte mit meiner Mutter »Sabinchen war ein Frauenzimmer« an. Das mochte er wohl.

Ich rollte mich in Fötushaltung hinter meiner Zimmertür zusammen und zog mit letzter Kraft den Bettvorleger über mich.

Das war es.

Kim war weg.

Das ultimative Abservieren, per SMS, kein Schmerz, kein richtiges Bedauern, keine letzten zärtlichen Worte.

Weg.

Mein Verstand sagte mir, dass ein Missverständnis vorliegen musste, dass sie vielleicht einen anderen Basti meinte, dass man »wir sollten uns nicht mehr sehen« auch anders verstehen konnte. Aber ich wusste, was ich gelesen hatte. Das war das Ende.

»Sebastian!« Mein Vater haute schwungvoll mit der Hand gegen die Tür, an die ich meinen Kopf gelehnt hatte. »Sebastian, wir gehen jetzt. Wir müssen los.«

»Du weißt doch, dass er schläft«, sagte meine Mutter draußen vor der Tür. »Er ist doch immer so müde.«

»Sicher wegen der Vorlesungen«, sagte der Domowoj.

»Ach, Quatsch«, sagte meine Mutter. »So anstrengend ist das auch nicht. Weißt du, ich habe auch mal drei Semester studiert, daran bin ich nicht gestorben.«

Ich hauchte von innen gegen die Tür und versuchte, meine zittrigen Finger unter dem Türspalt durchzuschieben. Vielleicht würden sie dann begreifen, wie ernst die Lage war.

Hilfe, formte ich mit den Lippen.

Irgendwann wurde es still in der Wohnung.

Irgendwann klingelte das Telefon.

Irgendwann hörte es wieder auf.

Irgendwann klickte das Türschloss. Der Domowoj trat ein, schob mich samt Tür vor sich her wie einen nassen Sack. Ich wollte nicht, dass er mich so sah, hilflos auf dem Rücken, gelähmt und sprachlos. Mit Fingersignalen versuchte ich, ihm zu verstehen zu geben, dass er mich einfach hier liegen lassen sollte, bis ich starb oder bis Kim kam und mich vor dem sicheren Tod durch Verhungern und emotionale Vernachlässigung rettete.

Aber meine schwachen Gebärden störten ihn nicht. Er packte mich an den Handgelenken und zog mich kraftvoll auf die Beine, führte mich zum Bett und ließ mich darauf zusammensinken. Er verschwand und kehrte kurz darauf mit zwei Bechern Kaffee zurück.

»Kim hat dich verlassen«, stellte er fest.

Mit Handzeichen signalisierte ich ihm, dass er Recht hatte, dass das Leben bis auf weiteres keinen Sinn mehr für mich hatte und er mich mal konnte.

Allerdings: »Woher – weißt – du?«, brachte ich über die Lippen.

»Sie hat angerufen.« Pjotr drückte mir einen Kaffee in die Hand und half mir, ihn an die Lippen zu führen. »Eben gerade. Wollte dich sprechen. Aber ich habe gesagt, du schläfst.«

Ein Energiestoß durchfuhr mich. Meine rechte Hand, mit der ich die Tasse umklammerte, fing an zu zittern, der dampfende Kaffee schwappte mir auf den Bauch. »Sie hat angerufen?«, fuhr ich den Domowoj an.

Er nickte.

»Sie hat angerufen!«, rief ich dem Himmel und den Gezeiten entgegen.

In meiner Schläfe pochte es.

Kim hatte sich erbarmt, hatte Mitgefühl gezeigt, wollte mit mir sprechen, das Missverständnis ausräumen, um Verzeihung bitten, mir ihre Liebe gestehen, mich sehen, mich von meinem Kummer erlösen, diese schmerzhaft klaffende Wunde in der Brust schließen, die sie durch Fleisch und Knochen hineingerissen hatte. Wollte lindernden Balsam auf meiner wunden Seele verreiben.

Ich stöhnte vor Wonne in mich hinein.

»Ich glaube ehrlich gesagt, sie war ganz froh, dass sie mich dranhatte und nicht dich«, sagte der Domowoj. »Klang etwas besorgt. Hat gesagt, jemand hat auf ihre Mailbox geröchelt, sie wollte sich erkundigen, ob es dir einigermaßen geht. Aber ich habe ihr versichert, dass du in allerbester Verfassung bist.«

In meinem Hals zog sich was zusammen. So mussten sich Sizilianer fühlen, wenn sie mit einem scharfen Draht erdrosselt wurden. »Wieso hat sie dir das erzählt … und nicht mir?«

Der Domowoj zuckte mit den Schultern. »Ich habe gesagt, ich bin dein Halbbruder, gerade zusammen mit deinen Eltern zu Besuch. Lass mich überlegen, was hat sie noch gesagt?« Mit Trauermiene zählte der Domowoj die Punkte an den Fingern ab. »Erstens: Die ganze Sache mit dir wächst ihr über den Kopf, hat sie gesagt. Zweitens: Die Vertrauensbasis stimmt nicht mehr. Ach so, und sie möchte demnächst einen gewissen Andreas besuchen fahren. An dem schien sie irgendwie zu hängen. Hm, und du sollst nicht mehr anrufen.«

Andi hatte zurückgeschlagen.

Meine Chancen, diese ganze Geschichte seelisch unbeschadet zu überstehen, schmolzen dahin wie ein kleines Stück Margarine in einer viel zu heißen Pfanne. Mein Kehlkopf machte komische Geräusche, fiepend wie ein sterbendes Meerschweinchen.

Doch ich würde jede Chance nutzen, um Kim zurückzugewinnen. Jede Einzelne. An meinen Wangen lief irgendwas herunter. Vielleicht Schweiß, wahrscheinlich Tränen.

»Du …« Meine Meerschweinchenstimme versagte beinahe. »Du steckst dahinter. Es ist deine Schuld.«

Pjotr gab mir einen Klaps auf den Hinterkopf. Wieder schwappte mir der Kaffee über den Bauch. »Dummer Junge«, schimpfte er. »Hat dir *dieser* Domowoj nicht mit Rat und Tat geholfen? Deine Wohnung auf Vordermann gebracht? Dir einen mächtigen Liebeszauber besorgt?«

»Der Liebeszauber«, krächzte ich. Ich hatte ihn weggeworfen. Und das hier war die Quittung. Ich hatte geahnt, dass ich es noch bereuen würde.

»Den können wir jetzt gut gebrauchen«, sagte Pjotr. »Wo hast du ihn gleich?«

»Ist mir aus der Tasche gefallen.« Ich starrte an die Decke. Dort oben hatte die Fledermaus gehangen. Hätte sie mich nur getötet, dann wäre mir dieser Kummer erspart geblieben. »In der U-Bahn.«

»In der U-Bahn also«, murmelte Pjotr. »Linie Fünf?«

»Linie Vier«, sagte ich schwach. »Du hast uns auseinandergebracht. Bevor du ihr Foto gesehen hast, lief alles bestens. Erst danach wurde sie komisch. Hat sich verfolgt gefühlt.«

Der Domowoj strich mir über die verschwitzte Stirn und wischte sich die Finger am Laken trocken. »Du bist ja ganz fiebrig. Wenn ich gewusst hätte, wie sehr dich meine Ehrlichkeit erschreckt, wie sehr es dich kränkt, wenn auch andere Männer deine Kim attraktiv finden … Niemals hätte ich ein Sterbenswörtchen gesagt!«

»Du hast – alles – kaputt gemacht.« Ermattet sank ich ins Kissen zurück.

»Selbstverständlich nicht«, stellte Pjotr fest. »Du wirst sehen, dass ich dein Freund und dein Gönner bin. Ich kann dir helfen, wenn du willst.«

»Helfen?«

»Selbstverständlich. Aber wie du weißt, bin ich als Domowoj vertraglich nicht verpflichtet, den Bewohnern des Hauses in amourösen Fragen beizustehen. Besonders nicht, wenn sie gerade dabei waren, mich vor die Tür zu setzen. das ist nämlich alles andere als ein Freundschaftsdienst.«

War das wirklich wahr? Würde er mir jetzt, endlich, die Hand reichen, nach all den Dingen, die geschehen waren? Man kann mir alles vorwerfen, würde ich sagen, aber eins nicht: Dass ich nicht an die Menschen glaubte. Was hatte ich zu verlieren?

»Du würdest mich wirklich dabei unterstützen, sie zurückzugewinnen?«, fragte ich. »Wenn du im Gegenzug ein klein wenig länger hier wohnen dürfest?«

»Ein Jahr.«

Das saß. Ich schreckte zurück und warf beinahe die Nachttischlampe runter. »Unmöglich … Die Wohnung ist winzig. Wie stellst du dir das vor? Ein halbes Jahr, okay? Ich habe neununddreißig Quadratmeter!«

»Ein Jahr und einen Tag«, sagte der Domowoj. »Das ist mein allerletztes Angebot. Überleg es dir gut. Wenn du einwilligst, werde ich dir auf deinem Weg beistehen, Unheil und Leid von dir abwenden und dich vor Ungemach schützen.« Er nahm ungeniert einen tiefen Schluck aus meiner Lieblings-Simpsons-Tasse. »Der frisch Gemahlene ist einfach köstlich, nicht?«

Ich schloss die Augen und dachte an Kim. Ich sah italienische Weinberge in der Abendsonne. Ein Wagen mit offenem Verdeck. Wir zwei auf einer Reise ohne Wiederkehr.

Tatsächlich – was hatte ich zu verlieren? Kim war ohnehin weg, vielleicht für immer verloren. Es konnte nur noch besser werden.

»Kim«, flüsterte ich. »Ich werde dich zurückholen. Egal, was es kostet.«

Als ich die Augen öffnete, zog sich Pjotr mitten im Zimmer um. Gerade stieg er in meine Lieblingsjeans. »Was ist?«, fragte er. »Wolltest du die selber anziehen?«

»Du willst gar nicht wissen, ob ich einverstanden mit deinem Angebot bin«, stellte ich fest.

»Du bist nicht schwer zu durchschauen, Sebastian«, sagte der Domowoj. »Du entscheidest dich sowieso immer für das Mädchen. Also gut, sind wir im Geschäft?«

Zögernd streckte ich dem Domowoj meine Hand hin. Aber ich fasste noch nicht zu. »Du wirst mir helfen, versprichst du es?«

»Ich verspreche, dich vor Unheil zu beschützen«, sagte der Domowoj feierlich. »Mit meinem Leben.«

Sein Händedruck war angenehm fest und vertrauenerweckend. So, als hätte er lange dafür geübt.

Der Himmel hatte sich zugezogen, der Spätnachmittag war innerhalb weniger Minuten der Nacht gewichen. Schwarzblaue Wolkenberge türmten sich über den Dächern der Altstadt, die Luft lag feucht auf meiner Haut, prickelnd, als könnte sie jeden Moment die Elektrizität des aufkeimenden Gewitters direkt in meinen Körper leiten.

Kim war nirgendwo zu sehen.

Ich zog mir meine dunkle Kapuzenjacke noch enger um den Kopf und verschwand im Hauseingang gegenüber ihrer Wohnung, ohne die Straße nur einen Moment aus den Augen zu lassen. Sicherheitshalber hatte ich eine Zeitung mit, hinter der ich in Deckung gehen konnte.

Zwischen Kim und mir herrschte seit zwei Tagen und eineinhalb Stunden absolute, erbarmungslose Funkstille, ihr Gespäch mit Pjotr war das letzte Lebenszeichen gewesen. Ihr Handy war abgeschaltet. Sie ging nicht ans Telefon. Auch das handgemalte Plakat mit der Aufschrift »Kim, komm zurück zu mir!!!«, das ich auf dem Gehweg direkt vor ihrem Haus ausgebreitet hatte, schien sie übersehen zu haben.

Sie ließ mir keine Wahl. Ich musste wissen, was sie tat, mit wem sie sich traf, ich musste in ihrer Nähe sein, ob sie wollte oder nicht. Und wenn ich die ganze Nacht hier sitzen würde. Ich würde ihr folgen wie ein Phantom und herauskriegen, was Sache war, warum sie mich verlassen hatte – und wie die Chancen standen, dass sie zu mir zurückkam.

Die Fenster von Kims Wohnung waren dunkel, die Vorhänge zugezogen. Von der Straße aus war niemand dort oben zu sehen. Ob sie schon schlief? War sie überhaupt zu Hause? Oder trieb sie sich in der Stadt herum und brach unschuldigen Männern wie mir das Herz?

Der Wolkenberg grummelte und ächzte. Auf den Hausdächern begann es leise zu prasseln. Die Luft wurde noch kühler. Die ersten Regentropfen drangen durch meine Kapuze.

Ein Müllwagen näherte sich in halsbrecherischem Tempo.

Er hielt mit quietschenden Reifen vor dem Nachbarhaus gegenüber. Der Motor erstarb, zwei Männer in orangefarbenen Hosen sprangen heraus, näherten sich geduckt und im Laufschritt der Briefkastenreihe vor dem Eingang, eine Nummer neben Kims Haus. Sie trugen neonfarbene Schirmmützen und dicke Müllmannhandschuhe, einer schleppte einen schweren Werkzeugkasten.

Da schien eine Menge Zeug drin zu sein, der Kerl sah aus, als würde er jeden Moment einen Herzinfarkt kriegen. Sein feistes Gesicht hatte die ungesunde violette Tönung einer unreifen Pflaume.

Der Mann zog umständlich einen Schraubenzieher heraus und begann, an einem der Kästen herumzufuhrwerken, während sein junger Kollege recht desinteressiert mit anpackte, nicht weiter als fünfzehn Meter von mir entfernt.

»Frank, die Schraube klemmt!« Der pflaumenköpfige Mann wischte sich den Schweiß von der Stirn. »Kannst du das Scheißding nicht irgendwie grade halten? Wenn du das so schief hältst, versaue ich mir mein Werkzeug! Das Teil hier könnte längst ab sein. Und wir wären schon wieder weg.«

Frank, der Name passte, dachte ich, der unmotivierte Kerl sah genau aus wie ein Frank, lächerlich dünn und etwas blass um die Nase, mit überlangen, ungeschickten Armen.

Ich rutschte auf dem Treppenabsatz eine Stufe tiefer, um die beiden besser ins Bild zu kriegen.

»Ich hab dir gleich gesagt, wir machen das heute Nacht, wenn uns keiner sieht«, sagte Frank. Aus seinem käseweißen Gesicht stachen einige unruhige Nester aus Bartstoppeln. »Aber du willst ja unbedingt Fußball gucken.«

»Maul halten und den Kasten gerade schieben. Ich wäre fast mit der nackten Haut an den Kasten gekommen. Wenn die Scheißverwünschung deinetwegen auf mich überspringt, mach ich dich platt, klar? Dann fahren wir zusammen zur Hölle.«

»Is' klar«, sagte Frank.

Der öffentliche Dienst war auch nicht mehr das, was er mal war, dachte ich, und das alles von unseren Steuergeldern.

»Ist das überhaupt der richtige Kasten?«, fragte Frank. »Nicht das wir wen Falsches cleanen.«

»Klar. Steht doch drauf. Forstmann. Ist der richtige Name. Stand zumindest heute früh auf meinem Projektzettel. Hausnummer 38, Forstmann. Wie kann man so blöd sein und die ganze Bude ausräumen und am Ende den Briefkasten vergessen? Manchmal habe ich das Gefühl, in der Nachtschicht arbeiten nur Zombies. Kaum auszudenken, wer heute tagsüber an dem

Briefkasten hätte verrecken können.« Mit einem unterdrückten Schrei ließ der dicke Müllmann den Schraubenzieher fallen. »Voll abgerutscht, Scheiße, Mann, Frank, mitten in die Handfläche! Ich hab dir gesagt, halt den Kasten gerade, und du wackelst rum.« Er schüttelte seine verwundete Hand, drehte sich tanzend und hüpfend auf der Stelle – und entdeckte mich.

Ich könnte schwören, er blickte mir direkt in die Augen. Das war eigentlich nicht möglich, ich saß viel zu weit im Schatten. Aber er starrte mich unverwandt und grimmig an. Sein Gesicht wurde noch eine Spur violettstichiger.

»Hey, du da!«, rief er und zeigte mit seinem Schraubenzieher auf mich. »Spionierst du uns nach oder so?«

»Wer, ich?«, rief ich. »Meinen Sie mich?«

»Genau. Wen sonst?«

»Ich spioniere Ihnen ganz bestimmt nicht nach.« Ich wedelte mit der Zeitung in der Dunkelheit herum. »Sehen Sie, ich lese einfach ein bisschen. Sie haben da wohl gerade einen Briefkasten repariert, ja? Habe ich gar nicht richtig mitgekriegt.«

Frank drängte sich ins Bild. »Irgendwer hat den Briefkasten wohl ordnungswidrig entfernen wollen. Und wir wollten den wieder dranmachen. Kostenloser Service von der Stadt, verstehen Sie? Geht aber nicht richtig. Jetzt muss er ganz ab.«

Er zielte mit seinem Müllmannstiefel und kickte den Briefkasten von der Halterung. Klappernd flog er über das Pflaster.

»Schon erledigt!«, rief Frank und schnappte den Kasten mit seinen behandschuhten Fingern. »Guten Abend dann noch!«

Sein Kollege schnappte sich den Werkzeugkasten, schenkte mir einen vernichtenden Blick und stiefelte davon.

Es dauerte nur Sekunden, bis die Männer den Briefkasten hinten in der Ladeluke versenkten und davonbrausten.

Ich wartete eine halbe Minute, spähte nach links und rechts. Die Straße war leer, sie waren weg. Also huschte ich die Stufen hinunter und besah mir den Tatort aus der Nähe. Nur noch die verkratzte Schraube und ein Fetzen verbogenen Blechs zeugten davon, dass hier eben noch ein Briefkasten gehangen hatte.

Eine Schraube. Ein Stück Blech. Nichts Besonderes.

Doch plötzlich fühlte ich ein unbestimmtes Verlangen, die regennassen Metallfetzen zu berühren, mit dem Fingernagel über die Rillen der Schraube zu fahren. Meine Hand schwebte nur noch Millimeter über dem Blech. Eine seltsame klebrige Hitze schien davon auszugehen.

Was war schon dabei? Warum griff ich nicht einfach danach? Warum hatten die Mülltypen Handschuhe getragen?

»Sind Sie der Enkel?«, fragte eine krächzende Stimme undefinierbaren Geschlechts von oben und riss mich aus meinen Überlegungen. Ich fuhr herum, meine Hand zog sich zurück.

Im ersten Stock stand ein Fenster offen. Eine Gestalt mit wild wucherndem, schlohweißem Haar beugte sich heraus. Das Gesicht war blass, mager und eingefallen und gab keinen Aufschluss darüber, ob ich es mit einem Mann oder einer Frau zu tun hatte. Auch das geschlechtsneutrale Krächzen half nicht bei der Identifizierung.

»Sind Sie der Enkel?«, wiederholte der alte Mensch.

»Äh, ja«, sagte ich. Wie kam es, dass ich neuerdings ständig fremde Menschen anlog? »Genau. Der Enkel.«

»Von Herrn Forstmann, ja?«

Ich nickte. Noch immer kribbelte es heiß in meinen Fingerspitzen, weniger als eine Handlänge von den Briefkastenresten entfernt.

»Ihr Großvater war ein wunderbarer Mensch. Ein ganz wunderbarer Mensch.« Geräuschvoll wurde eine Nase hochgezogen. »Ich habe ihn bewundert. Ein Jammer, dass es so plötzlich zu Ende gegangen ist. Gestern haben wir noch im Treppenhaus miteinander geplaudert. Das Herz machte wohl ein wenig Beschwerden, aber dann so was?«

Ich bemühte mich um ein betroffenes Gesicht. Angesichts meiner derzeitigen Gesamtverfassung fiel mir das nicht schwer.

»Ist traurig«, sagte ich. »Ganz traurig.«

Der oder die Alte nickte. »Wenn Sie wegen der Wohnung kommen, da ist schon alles raus. Die Stadt hat die leergeräumt. Heute Nacht. Irgendwas mit Infektionsgefahr, haben die gesagt.«

Infektionsgefahr?

Ich machte ein paar große Schritte weg vom kontaminierten Haus. »Ich muss jetzt sowieso heim«, rief ich nach oben. Es war Zeit für die Dienstübergabe, ehe der Domowoj sich an Kims Fersen heften würde. Infektionsgefahr, dachte ich, deshalb die Handschuhe, darauf hätte ich auch von allein kommen können.

»Alles Gute für Sie«, rief es von oben.

Pjotr trug zur nächtlichen Beschattung einen weißen Leinenanzug, spitze italienische Schuhe und einen hellen Strohhut. Er sah aus, als würde er gleich ein Mädchen aus gutem sizilianischem Hause heiraten oder umlegen.

»Die wird dich sehen«, stammelte ich, während ich mich im Flur aus meiner regendurchweichten Kapuzenjacke schälte. »So kannst du auf keinen Fall losziehen.«

»Natürlich wird sie mich sehen, lieber Sebastian«, sagte Pjotr und prüfte den Sitz seiner Seidenkrawatte. Er durchstach den Knoten mit einer edelsteinbesetzten Krawattennadel. »Die Frage ist, ob das ein Problem ist.«

»Natürlich!« Die verdammte Sweatjacke klebte an mir wie ein zu enger Neoprenanzug. Je kräftiger man zog, desto enger wurde sie. »Da wird sie gleich misstrauisch. Und außerdem – woher hast du den Anzug?«

Pjotr besaß ja nur ausgewählte eigene Kleidungsstücke, nicht mehr als ein paar Boxershorts, ausgeleierte Unterhemden und einen abgetragenen Blaumann. Bis jetzt.

»Geliehen. Von einem *geschmackvollen* Freund.« Seine ständigen Anspielungen auf meinen angeblich nachlässigen Bekleidungsstil klangen, als hätte er sie mit meiner Mutter abgesprochen. »Und wenn sie mich sieht, was ist schon dabei? Ich bin nur ein ungewöhnlich gut angezogener, attraktiver Spaziergänger. Jede Form von Geheimniskrämerei wird sie nur stutzig machen, lieber Sebastian.«

Ich warf meine Kapuzenjacke unter die Garderobe und zog eine dreckige Turnschuhspur bis in die Küche. Pjotr klopfte mit seinem eleganten Regenschirm auf den Boden. »Um den Flur kümmerst du dich heute noch, Sebastian, ja? Wir wollen ein gepflegtes Appartement haben, hatten wir das nicht besprochen?«

Zum Abschied drückte er mir ein Kuvert in die Hand, das an der Seite aufgeschlitzt war. »Dieses Schreiben wurde übrigens vorhin für dich abgegeben«, sagte er ganz beiläufig.

»Das ist schon geöffnet«, sagte ich.

Der Brief war von der GEZ. Er war an der Seite sorgfältig aufgeschnitten, mit einem Messer – oder mit einem scharfen Fingernagel.

»Genau das habe ich dem Briefträger auch gesagt. Aber er war in Eile.« Pjotr lüftete seinen Hut, öffnete im Treppenhaus seinen Regenschirm und spazierte pfeifend auf seinen lächerlichen italienischen Absätzen davon.

11

Ich bin nicht die, für die du mich hältst

Sehr geehrter Herr Schätz,
zu unserem Bedauern mussten wir feststellen, dass Sie den in unserem Gespräch festgesetzten Auflagen nicht nachgekommen sind.

Dies betrifft im Einzelnen die gewünschte Kontaktsperre zu verdächtigen Individuen. Inspektoren unseres Außendienstes haben Ihrerseits wiederholte Kontaktaufnahmen zu registrierten anthropomorphen Lebensformen festgestellt.

Weiterhin ist bislang noch keine Anmeldung des in Ihrer Wohnung aufgestellten Fernsehapparats bei uns eingegangen. Wir bitten Sie daher, die ausstehende Mahngebühr von 1.500 Euro bereitzuhalten. Ein Überweisungsträger wird Ihnen in den nächsten Tagen zugestellt.

Mit freundlichen Grüßen
C. Weitz
Buchhaltung
GEZ
Dieses Schreiben wurde mit Hilfe von Maschinen erstellt und ist ohne Unterschrift gültig.

Ich überprüfte die Anschrift. Das war tatsächlich an mich gerichtet. Was war das für ein Unsinn? Anthropomorphe Lebensformen. Eine Nachzahlung in astronomischer Höhe. Lächerlich.

Rein aus akademischem Interesse schlug ich *anthropomorph* bei Wikipedia nach. *Der Begriff Anthropomorphismus (altgriech. anthropos/»Mensch« und morphē/»Form, Gestalt«) bezeichnet das Zusprechen menschlicher Eigenschaften auf Tiere, Götter, Naturgewalten und Ähnliches (Vermenschlichung). Die rhetorische Figur der Anthropomorphisierung heißt Personifikation oder Prosopopoiia.*

Aha, alles klar. Während ich auf den Bildschirm starrte und versuchte, mir auf dieses bildungsbürgerliche Gewäsch einen Reim zu machen, hörte ich ein Geräusch in der Wohnung. Aus dem Flur. Aus der Küche.

Da war etwas gewesen. Das Scharren eines Fußes auf den Fliesen. Das Knarren der Küchentür.

Mir stand nicht der Sinn nach weiteren unangemeldeten Besuchern. Und mein Nervenkostüm war ziemlich zerfleddert.

Ich schaltete den Computer aus und pirschte mich mit angehaltenem Atem in den Flur.

Schatten auf dem Fliesenboden. Jemand war in der Küche, bewegte sich. Ich hatte mich nicht getäuscht.

Natürlich würde ich niemanden angreifen, schwor ich mir, ich war ein friedliebender Mensch, der vielleicht eine etwas kritische Lebensphase durchmachte. Nur einen raschen Blick riskieren, dann leise zur Haustür raus und die Polizei anrufen.

Da war ein Bein auf dem Boden, Leinenhose, edle Schuhe. Ich schob den Kopf um die Ecke.

Pjotr steckte mit dem halben Oberkörper im Spülenschrank. Er schien da drinnen leise auf Russisch mit sich selbst zu sprechen und kramte herum.

Erleichtert atmete ich auf. An diese WG-Sache würde ich mich nie gewöhnen.

Ich räusperte mich vernehmlich.

Reflexartig schlüpfte der Domowoj in den Schrank, winkelte ein Knie an, zog das andere hinterher. Eine schlanke Hand im weißen Leinenärmel griff nach der Tür, zog sie von innen zu.

Auf dem Küchentisch lag sein Strohhut. Ich nahm ihn in die Hand, setzte ihn mir auf.

»Ich habe dich klar und deutlich gesehen, Pjotr«, sagte ich. »Du kannst rauskommen. Kein Grund, dich zu verstecken.«

Die Schranktür öffnete sich einen Spalt. »Ach, Sebastian, du bist es«, sagte der Domowoj, zwängte den Kopf in schiefem Winkel heraus und setzte ein kumpelhaftes, vollkommen ungekünsteltes Lächeln auf. »Ich wollte dich nicht stören, dachte, du schläfst vielleicht.«

»Du wolltest eigentlich Kim beschatten, wenn ich unsere Abmachung richtig verstanden habe«, sagte ich. Es war zwanzig nach sieben. Er hätte längst bei Kim sein müssen. Wer weiß, wo sie sich rumtrieb.

Der Domowoj schob sich aus dem Spülenschrank und richtete sich umständlich auf. Aus der Innentasche seines Jacketts lugte weißer Feinripp. Als Pjotr meinen Blick bemerkte, stopfte er es rein. Es zeichnete sich als unansehnliche faustgroße Beule unter dem edlen Stoff ab. »Ich hatte was vergessen, da musste ich nochmal umdrehen«, sagte er atemlos. »Darf ich? Die Pflicht ruft.«

Er nahm mir seinen Strohhut ab, lüpfte ihn und deutete eine hastige Verbeugung an.

Zwei Lidschläge später schlug er die Wohnungstür von außen zu.

So hektisch hatte ich ihn lange nicht erlebt. Was hatte er hier zu suchen gehabt? Und warum diese Heimlichtuerei? Ich schloss die Tür des Spülenschranks mit einem Fußtritt.

Sie sprang wieder auf. Etwas drückte von innen dagegen. Es klirrte metallisch.

Ich kniete mich hin, riss die Tür des Spülenschranks auf. Eine Wolke aus Hausstaub und Knoblauchgeruch stieg auf. Hochglanzkataloge purzelten mir entgegen, verknickt und zerfleddert. Kataloge mit feinster italienischer Damenmode, abgegriffene Unterwäsche- und Bademodenwerbung aus der Tageszeitung. Ein paar selbst gemachte Chinaböller. Ein Notenblatt zu »Sabinchen war ein Frauenzimmer« mit sechs Strophen und einem Zwiebelgeruch, als hätte es der Domowoj einen Monat lang in seiner Achselhöhle mit sich herumgetragen. Stofflappen in verschiedener Größe, ein Ei aus fusseligem blauem Filz, das nach schimmeligem Gemüse roch.

Ein mir sehr vertrauter, kaputt gebogener Bilderrahmen aus Silber ohne Bild darin. Meine Hand zitterte, als ich den geborstenen Rahmen betastete.

Das war mein Bilderrahmen. Ich hatte ihn liebevoll ausgesucht, gekauft, ihn auf meinen Nachttisch gestellt, dann wieder auf den Schreibtisch, je nachdem, wie das Licht ins Zimmer fiel. Mit der Hand hatte ich Kims Foto zurechtgeschnitten und eingepasst. Bis der Rahmen aus Sicherheitsgründen hinter den Büchern verschwand und ich ihn nicht wiedersah.

Das Bild fehlte. Jemand musste es gestohlen haben. *Jemand* musste es mit seinen blassen russischen Fingern herausgefummelt haben, ehe sich *jemand* daran vergangen hatte.

Jemand war ein verbrecherischer Lüstling, ein notgeiler, schmieriger Psychopath, der jetzt auf dem Weg zu Kim war, zu meiner unschuldigen ahnungslosen Kim, die sich vollkommen zu Recht verfolgt fühlte.

Die Wut paralysierte mich, nagelte mich mit verkrampften Fingern und rasendem Herzen auf dem Küchenboden fest.

Zorniger geht es nicht, mehr kann ich mich nicht aufregen, zu mehr Aggressionen ist mein Körper nicht in der Lage, dachte ich, als ich, halb verdeckt unter einem speckigen Victorias-Secret-Katalog, ein kupferfarbenes Amulett entdeckte. Mein Amulett.

Mein Glücksbringer.

Im Schrank des Domowoj.

Ich nahm ein Taxi. Das Geld spielte heute keine Rolle, es zählte, dass ich schnell war. Das Amulett lag auf meiner Brust. In einem Stoffbeutel neben mir steckte der Koteletthammer.

Der Domowoj war ein Verbrecher, ein Schmarotzer, ein elender Parasit, der sich zu lange von meiner Lebenskraft und meiner geistigen Gesundheit genährt hat. Und ich selbst hatte ihn auf Kim angesetzt, ihn, einen promiskuitiven Widerling mit Strohhut. Wie konnte ich nur? Wie hatte ich ihm auch nur ein Stück weit über den Weg trauen können? Er war ein dissozialer Kleptomane, der sich nicht einen Dreck um die Rechte oder Wünsche anderer Menschen scherte.

Und ich *persönlich* hatte ihm Kims Adresse gegeben. Schon vor viel zu langer Zeit.

Ich musste zu ihr. Egal, ob sie mich sehen wollte, ob sie mit mir sprach, ob sie noch Zeit brauchte, um über uns nachzudenken. Egal, ob der Andi gerade zu Besuch oder am Ende der Telefonleitung im verschissenen Amerika war. Ich musste sie warnen, ihr von der heimtückischen Gefahr berichten, in der sie schwebte. Vielleicht würden wir zusammen zur Polizei gehen, Phantombild vom Domowoj, Rasterfahndung, SEK, das ganze Programm. Ich würde Kim in Sicherheit bringen.

»Warten Sie hier vor dem Haus«, wies ich den Fahrer an und warf mit entschlossener Geste einen Fünf-Euro-Schein über die Lehne nach vorn. »Wenn ich in zehn Minuten nicht wieder da bin, rufen Sie die Polizei. Wir müssen ein Gewaltverbrechen ausschließen.«

»Polizei ich mache nicht«, radebrechte der Fahrer.

Ich drückte ihm einen Zehner in die ausgestreckte, Hand. »Noch ein Zehner, wenn die Bullen mich da rechtzeitig rausgeholt haben«, schob ich nach.

Ich umfasste den Griff meiner Waffe durch den Stoffbeutel. Keine Fingerabdrücke, schoss es mir durch den Kopf.

Ich sah Kim schon von der Straße aus. Sie lehnte an ihrem großen Panoramafenster im Wohnzimmer und rauchte. Wann hatte sie wieder angefangen? Mit der Zigarette sah sie unnahbar aus, kühl und irgendwie traurig.

»Kim!«, schrie ich und sprang auf der Straße auf und ab, winkte mit dem Fleischklopfer.

Aber sie sah mich nicht, starrte gedankenverloren in die Luft. Ich sprintete zur angelehnten Haustür und rannte hinauf in den dritten Stock.

Vor ihrer Tür zögerte ich. Sollte ich klingeln? Klopfen? Mir vielleicht gleich gewaltsam Zutritt verschaffen? Der Domowoj konnte längst in der Wohnung sein, den Überraschungsmoment musste ich ausnutzen.

Im Briefschlitz klemmte ein verschlossener Umschlag. Vielleicht eine Falle von Pjotr, überlegte ich, oder ein Liebesbrief ihres neuen Lovers, wenn sie einen hatte. Sicherheitshalber zog ich ihn raus. Es ging schließlich um Leben und Tod.

Aber Fehlanzeige. Der Brief, adressiert an Frau Kim Tröger, war von der GEZ. Ausgerechnet kurz vor Weihnachten mussten die wohl noch alle Mahnungen loswerden.

Am besten war, ich trat die Tür ein, überlegte ich. Da konnte quasi nichts schiefgehen. Und wenn es ein Fehlalarm war, hatte man das ja ruckzuck repariert.

Plötzlich wurde die Wohnungstür aufgerissen.

»Basti!« Kim trug Mantel und hohe Schuhe und ein winziges Täschchen. Sie hatte anscheinend noch etwas Feines vor. Von diesem risikoreichen Unterfangen würde ich sie abhalten.

»Du bist in Gefahr, Kim!«, rief ich. »Jemand ist dir auf den Fersen, du hattest Recht. Und ich Idiot …« *habe dir den Täter auf den Hals gehetzt,* wäre die korrekte Ansage gewesen. »Ich Idiot habe dir nicht geglaubt.«

In Kims Augen funkelten Tränen. »Ich habe dir gesagt, ich wünsche keinen Kontakt mehr«, sagte sie lauter, als es die Situation verlangte.

Ich wedelte mit dem stoffverpackten Koteletthammer in Richtung der gegenüberliegenden Wohnung, versuchte, Kim zu signalisieren, dass der Feind möglicherweise mithörte.

»Keinen Kontakt!« Kims Stimme klang wundgescheuert. Unter ihrem sonst so perfekten Makeup zeichneten sich tiefe Augenringe ab. Nur mit Mühe konnte ich dem Impuls widerstehen, sie in die Arme zu schließen. Mein Elend in ihrem wunderbar fruchtigen Körpergeruch zu ertränken.

»Du bist in großer Gefahr«, flüsterte ich. »Lass mich reinkommen.«

Ich ließ den GEZ-Brief unauffällig in meiner Jackentasche verschwinden. Es fehlte gerade noch, dass Kim glaubte, ich hätte in ihrer Post rumgeschnüffelt.

»Sebastian, dir ist sicher nicht entgangen, dass ich keinen Kontakt möchte«, wiederholte Kim mit fester Stimme. Warum sprach sie so unnötig laut? Die Nachbarn mussten meine Demütigung ja nicht unbedingt mitverfolgen. »Wenigstens vorübergehend will ich absolut nichts mit dir zu tun haben. Damit ich mal zur Ruhe komme und mir Gedanken mache, wie das alles weitergehen soll.«

»Ich werde hier warten, ich werde hier stehen bleiben, bis du mich anhörst. Ich werde nicht zusehen, wie du dort draußen in dein Verderben läufst.«

Kim drängelte sich an mir vorbei ins Treppenhaus, schloss die Tür ab, stöckelte die Stufen hinunter. Ich folgte ihr auf Armeslänge.

»Bitte, hör mir zu«, flehte ich. »Ich habe einen furchtbaren Fehler gemacht und dir nicht geglaubt. Aber jetzt glaube ich dir. Wirklich! Bitte geh nicht weg. Bitte glaub mir.«

»Dafür ist es jetzt zu spät.« Kim blieb stehen, zog einen Handspiegel aus der Manteltasche und überprüfte ihren Lippenstift. »Und ich habe jetzt echt keine Zeit für solche Sentimentalitäten.«

»Bist du verabredet oder was?«

Kims Augen schimmerten dunkel und unergründlich.

»Basti, tut mir echt leid jetzt«, sagte sie. »Wirklich.«

O nein, ich wusste, was jetzt kam. Diese Platte kannte ich von früher, von anderen Frauen. Dass es nicht an mir, sondern an ihnen lag, dass ich ein ziemlich netter Kerl war, viel zu gut und zu anständig für sie. Und sie mir jetzt wehtun müssten und sich das selbst nie verzeihen könnten. Und dass sie es verstehen würden, wenn ich für immer total sauer wäre und nie wieder mit ihnen redete. Aber es ginge nun mal nicht anders.

»Sag es schon. Ich kriege das hin«, sagte ich. Auch wenn sie sich so ein Gewäsch eigentlich sparen konnte.

Kim stellte sich auf die Zehenspitzen und gab mir einen Kuss auf die Wange, unendlich wohlriechend und sanft. Mein Herzschlag setzte aus, behaupte ich. Die Zeit verging langsamer in diesem letzten, kostbaren Moment der Zweisamkeit.

Unsere Gesichter waren sich ganz nah. Und für einen Sekundenbruchteil sah ich in Kims Augen die Leidenschaft funkeln. Und unendliche Trauer. Und Angst.

»Es ist nichts so, wie es aussieht«, flüsterte sie fast unhörbar in mein Ohr. »Und ich bin nicht die, für die du mich hältst. Wir werden beobachtet. Schon dieses kurze Gespräch ist viel zu gefährlich. Für mich ... und auch für dich.«

»Es ist nicht gefährlich, mit mir zu sprechen«, brachte ich atemlos hervor und hielt Kim an der Schulter fest. »Es ist gefährlich, dort rauszugehen, auf die Straße, ganz allein!«

Kim machte sich los und lief weiter mit schnellen Schritten die Treppe hinunter. »Lass mich in Ruhe!«, brüllte sie. »Hau ab, komm nie wieder vorbei. Ich will dich nie wiedersehen.«

Diese Worte machten irgendwas mit meinem Körper, ließen ihn einen Moment steif und reglos in der Luft hängen. Meine Schläfen pochten gefährlich, ein bohrendes, blutiges Stakkato direkt unter dem Knochen. Eine Welle von Übelkeit drückte mich gegen die Wand.

»Taxi!«, rief Kim, als sie die Haustür zur Straße aufriss. »Taxi!«

Ich schleppte mich unter Schmerzen hinter ihr her, Tränen verwischten meine Sicht, das Treppengeländer bot kaum Halt für meinen unsicheren, schweren Körper. »Kim!«, würgte ich hervor. »Nicht auf die Straße!«

Aber es war zu spät. Durch die Haustür, aufgehalten von einem grausamen, männerhassenden Türstopper, musste ich mit ansehen, wie Kim ihre schlanken Beine in ein wartendes Taxi schwang, in mein Taxi, das mit Vollgas in die Nacht davonfuhr.

Als ich den Bordstein erreichte, wo Kims Füße zuletzt den Boden berührt hatten, setzte der Regen wieder ein.

12

Bitte halten Sie Ihren Gattungspass bereit

Ich will dich nie wiedersehen.

Seit einer halben Stunde hockte ich am Leineufer und starrte hinab auf die glitschigen schwarzen Äste, die ins Wasser hingen und sich träge in der Strömung bewegten. Den Koteletthammer hatte ich ausgepackt, um die ausgetrunkenen Bierdosen plattzuhauen.

Kim, dachte ich, du machst mich traurig. Sehr traurig. Du bringst mich um den Verstand. Und deinetwegen trinke ich entschieden zu viel Alkohol.

Was immer ihr für ein Schicksal bevorstand, was immer der Domowoj mit ihr vorhatte, in welche Intrigen er sie verwickelte – es war klar, dass ich ihr nicht helfen konnte, dass sie meine Hilfe nicht wollte. Sie vertraute mir nicht, stieß mich weg. *Ich bin nicht die, für die du mich hältst.*

Ich wäre barfuß durch die ganze Stadt gerannt, wäre im Spätherbst durch die brackige Leine geschwommen, um sie zurückzugewinnen, um ihr zur Seite zu stehen. Aber das ging nicht, die Verbindung war gekappt. Aus.

Bestimmt saß Kim jetzt ahnungslos in einem schönen Altstadtcafé und schob sich mit ihren unschuldigen Fingern ein Amarettino in den Mund. Und spürte nichts von der Gefahr, in der sie schwebte, hatte keine Ahnung, dass der Domowoj ihr auf der Spur war. Vielleicht würde sie irgendwann verstehen, dass ich auf ihrer Seite war. Wahrscheinlich aber nicht.

Früher hätten sich Männer wegen Frauen wie Kim umgebracht, überlegte ich, wegen Frauen, die zu gut waren für diese Welt, zu zerbrechlich, zu schön, zu vollkommen. Aber heutzutage hatte auch das keinen Sinn mehr. Das Leben ging ja weiter.

Ich warf eine leere Bierdose in den Fluss und beobachtete ihren Untergang mit grimmiger Zufriedenheit. Eine Spur von Kims Duft hing immer noch an meinem Jackenkragen, ein zarter, wohlduftender Aromafaden, der von Minute zu Minute dünner wurde, Shampoo, Schwimmbad und Mangosüße, die sich im Regen verloren.

Ich versuchte, jeden letzten Rest des kostbaren Geruchs in mich aufzunehmen. Niemals wieder würde eine Frau so gut riechen.

Noch ein oder zwei Bier und ich würde wieder auf dumme Gedanken kommen. Mich zu Unsinn hinreißen lassen und so, die Polizei rufen, in der Stadt nach Kim suchen und uns beide lächerlich machen. Besser, ich trank langsam und vorsichtig weiter. In den letzten Tagen hatte ich so viel gesoffen wie im gesamten halben Jahr davor. Und die Anlässe wurden immer unerfreulicher. Aber mir fehlte die Kraft, mir auch noch Sorgen darüber zu machen.

»Dieser Brief«, erklärte ich einem Jogger mit Stirnband, der seinen Schritt bei meinem Anblick beschleunigte, »dieser Brief ist alles, was mir von Kim geblieben ist.« Ich hielt das GEZ-Schreiben in die Luft und überlegte, dieses Relikt aus einer besseren Zeit den Fluten zu opfern. Jede Erinnerung an Kim war schmerzhaft.

»Kim Tröger, Knochenhauerstraße 12«, las ich vom Kuvert ab, »du vertraust mir nicht und willst dich nicht von mir retten lassen. Aber ich bin dir nicht böse. Denn du bist ein guter Mensch, das spüre ich, das merkt jeder. Du hast bestimmt deinen Fernseher angemeldet, im Gegensatz zu mir.«

So eine war Kim nämlich. Wenn es um Geld ging oder um anderen Bürokram, dann machte sie keine Fehler. Da war sie perfekt. Das würde ich beweisen.

Ich riss den Brief auf.

Sehr geehrte Frau Tröger,
zu unserem großen Bedauern mussten wir feststellen, dass Sie den in unserem jüngsten Gespräch festgesetzten Auflagen nicht nachgekommen sind.

Inspektoren unseres Außendienstes haben festgestellt, dass Sie trotz anderweitiger Anweisung der zuständigen Aufsichtsbehörden weiterhin selbstständig Kontakt zum Hominiden Sebastian Schätz, Kleestraße 26, Hannover, hergestellt haben, der anhand unserer Gefährdungseinschätzung gemäß der Hominidenleitlinien, Abschnitt M, als »B« (brisant) eingestuft wird. Unter anderem wird Ihnen ein Telefonanruf am 4. Dezember, 17:10 Uhr, zur Last gelegt.

Wir sind gezwungen, entsprechende Disziplinarmaßnahmen zu ergreifen und den weiteren Kontakt zum Hominiden S. Schätz dauerhaft zu unterbinden. Wir weisen Sie darauf hin, dass weitere Kontaktversuche zu Personen der Einstufungsgruppe B durch unseren Außendienst registriert und Gegenstand einer gegen Sie in Vorbereitung befindlichen Anklageschrift werden.

Bitte verlassen Sie das Stadtgebiet innerhalb der nächsten 14 Tage nicht, und halten Sie Ihren Gattungspass bereit. Ein mobiles Einsatzteam wird Sie unverzüglich aufsuchen.

Die Anmeldung des Rundfunkempfängers in Ihrem Kraftfahrzeug ist bei uns eingegangen und wird bearbeitet.

Mit freundlichen Grüßen
C. Weitz
Buchhaltung
GEZ
Dieses Schreiben wurde mit Hilfe von Maschinen erstellt und ist ohne Unterschrift gültig.

Die GEZ ... wusste von Kim und mir. Sie mischte sich ein. Nannte mich einen *Hominiden,* was auch immer das heißen sollte. Sie untersagte Kim den Kontakt zu mir.

Am Ufer gegenüber saß eine Katze, schwer und muskulös wie eine kleine Bulldogge. Sie starrte mich an.

Das alles war ein abgekartetes Spiel, und ich hatte keine Ahnung, wer welche Karten auf der Hand hatte. Aber eins war klar: Kim hatte Recht. Nichts war so, wie es schien.

Ich stand auf, schüttelte meine durchnässten und trägen Glieder.

Die Katze war verschwunden.

Was konnte ich tun? Was hatte Kim mit der GEZ zu schaffen? Und wieso zur Hölle durfte sie angeblich keinen Kontakt zu mir haben? Hominidenleitlinie, Abschnitt M?

Im Ufergestrüpp neben mir raschelte es. Eine Ratte, dachte ich, Ratten hatten auch eine Menge Krankheiten im Gepäck, zum Beispiel die Pest, aber heute sollten sie mich ruhig beißen, mir war es gleich.

Ich raffte mein Zeug zusammen, packte den Hammer ein und tigerte ziellos am Leineufer umher, zuerst im gemächlichen Spaziergängertempo, dann immer schneller. Fragen über Fragen, und weit und breit keine brauchbare Antwort. Niemand, der helfen konnte. Niemand, dem geholfen werden durfte.

Meine Mutter hatte mir mal die Visitenkarte ihres Psychiaters an die Pinnwand geheftet. Nicht dass ich verrückt war, ganz im Gegenteil! Ganz bestimmt aber waren die anderen durchgeknallt, angefangen bei der GEZ. Diese Irren waren offensichtlich überall, und ich würde es beweisen.

Das Problematische war, dass diese Krise allein mit Bier nicht zu bewältigen war. Ich brauchte etwas Stärkeres, ein zuverlässiges Beruhigungsmittel, das diesen gefährlichen Impuls unterdrückte, etwas ganz und gar Dummes zu tun.

Irgendwo in der Dunkelheit knurrte ein Tier. Kurz sah ich zwei in den Schatten fluoreszierende Augen an mir vorüberhuschen.

Meine Finger schlossen sich um den stoffverhüllten Griff des Fleischklopfers. Ich fing an zu rennen, das Bier floß träge durch meinen Körper und ließ meine Beine schwer werden. Vielleicht sollte ich am besten erst mal nach Hause, frische Klamotten anziehen. Und einen vernünftigen Plan zurechtlegen. Hier draußen war es mir nicht länger geheuer.

Das Knurren klang hungrig. Ratten knurrten nicht, soweit ich wusste. Ich lief los.

Keine Ahnung, wie lange ich gerannt bin. Ist ein ziemliches Stück aus der Altstadt bis zu mir nach Hause. Als ich in meine Straße einbog, war kein Mensch zu sehen. Die wenigen parkenden Autos wirkten im dunstigen Laternenlicht wie ausgebrannte Wracks. Ein Schwarm Tauben stieg aufgescheucht von einem Dach auf, als ich vorüberging.

Das einzige Lebenszeichen war die niemals verlöschende Leuchtreklame des Kiosks an der Ecke. Ich näherte mich, besser, ich hielt mich in Rufweite. Ich fühlte mich schlapp, ein Red Bull wäre auch nicht schlecht gwesen.

Die Ladentheke war heute unbesetzt, am Tresen im winzigen Schankraum dösten die üblichen Gäste auf ihren Hockern, zusammengesunken über einem Tischchen voller Schnaps- und Biergläser und fleckiger Spielkarten. Merkwürdig. Das war noch nie passiert, seitdem ich hier wohnte. Ich hatte mich immer gefragt, wann der Verkäufer sich mal ausruhte, der schien ununterbrochen im Dienst zu sein. Gerade war nichts von ihm zu sehen.

Ich hatte mich nicht weiter als drei, vier Schritte vom Kiosk entfernt, als ich eine Bewegung hinter mir spürte, die Kiosktür knarrte, ein warmer Lufthauch kam über mich, fauliger, pfeffriger Geruch stieg mir in die Nase.

Dann schloss sich eine staubtrockene Hand von hinten um meinen Mund, presste meine Nase schief auf mein Gesicht. Ich würgte, schlug um mich, holte mit dem Kotelettharnmer aus. Doch er rutschte aus dem Stoffbeutel und schlug stumpf auf dem Pflaster auf.

Ich hatte keine Chance. Ein starker, teigiger Arm schlang sich um meine Brust, drückte auf meine Eingeweide und zog mich nach hinten, über eine Stufe, hinein ins stickige Innere des Kiosks.

Die Luft roch wie der Bodensatz einer alten Bierflasche, nach alkoholresistenten Hefepilzen. Sie war so staubig, dass mein Mund innerhalb von Sekunden papiertrocken wurde. Vielleicht lag es auch an der Panik.

Die Kiosktür wurde von innen zugestoßen und verriegelt, jemand ließ den Rollladen an der Straßentheke ratternd herunter.

Ich schlug wild um mich. »Hilfe!«, schrie ich, halb erstickt unter der warzigen Hand. Dann wurde ich herumgeworfen und gegen die Wand gedrückt.

Der Kioskbesitzer. Er musste mir aufgelauert haben.

Der Mann sah aus, als hätte man ihn jahrelang in einem Solarium gefangen gehalten. Das Gesicht zerfurcht und faltig von einer lebensfeindlichen Strahlung, Augen und Mundwinkel verkrustet, die Augen sandfarben wie alte Fußnägel.

Seine Hand schien in jedem Finger mehr Kraft zu haben als meine Arme zusammen, die geschwächt vom Sauerstoffmangel auf Kopf und Schultern des Mannes einhieben. Die Schläge prallten von ihm ab, ohne ihn sonderlich zu beeindrucken.

Die Handvoll Gewohnheitstrinker, dicht gedrängt hinter der schmierigen Theke, sahen von ihren fleckigen Biergläsern auf und beobachteten scheinbar teilnahmslos, wie ich von innen gegen die Kiosktür gepresst wurde. Jetzt schlief keiner mehr, das wollten sie sehen.

Die umfassende Kollektion an Billigalkoholika und Fleischkonserven in den Regalen über unseren Köpfen klapperte, während ich immer wieder mit den Fersen gegen die Wand rammte.

»H-l-f…«, röchelte ich.

»Sei still.«

Es war das erste Mal, dass ich die Stimme des Kioskbesitzers hörte. Seit einem dreiviertel Jahr verkaufte er mir Getränke. Aber er hatte noch nie ein Wort gesprochen. Jetzt wusste ich warum.

Seine Stimme war unappetitlich. Sie klang nach Halbverdautem, nach krustigen, klebrigen Belägen, die auf seinen Stimmbändern hingen und bei jedem Atemzug hoch in den Rachen schlackerten. »Sei still«, quetschte er erneut hervor und nahm seine Hand von meinem Gesicht. Sie roch nach Trockenfleisch.

Ich rang nach Luft, sackte zusammen.

»Ich tue dir nichts.« Der Kioskmann richtete die Manschetten seines Holzfällerhemdes, zog mit dem Fingernagel seinen fettigen Scheitel nach. »Ganz bestimmt nicht.«

»Sie haben mich verschleppt«, brachte ich hervor. Die Luftnot und mein hämmernder Puls verdunkelten meine Sicht. »Was wollen Sie?«

Der Kiosk sah aus wie eine Müllhalde. Knöchelhoch stand ich in alten Verpackungsmaterialien, Haribodosen, leeren Zigarettenschachteln. Meine linke Schuhspitze steckte in einer halbaufgegessenen Packung Grillfleisch, in der es brummte und krabbelte.

Im Kopf ging ich die Liste der Lebensmittel durch, die ich nach Ladenschluss hier gekauft und nicht auf die Mindesthaltbarkeit überprüft hatte. Ich hatte ja keine Ahnung gehabt, was sich hinter der fleckigen, beklebten Glasscheibe verborgen hatte.

»Lassen Sie mich gehen«, flehte ich den Hygienefeind an. »Ich habe kein Geld. Ich habe keine Verwandten, die ein Lösegeld zahlen können.«

»Sei still«, krächzte er wieder. Auf meine Lippen legte sich sein schartiger Finger, von dem die Hornhaut in scharfzahnigen, tabakgelben Plättchen abstand.

»Tu besser, was er sagt.« Einer der Trinker griff hinter sich ins Regal, zog einen Flachmann heraus und räumte dabei ein halbes Dutzend Kekspackungen ab. Sie verschwanden raschelnd im Bodensatz aus Altpapier.

»Was … wollen Sie von mir?«, stammelte ich.

Die Tür in meinem Rücken wurde plötzlich kühler.

»Ich will dir nur helfen.« Der Kioskbesitzer wies mit seiner zerklüfteten Hand direkt auf mein Gesicht und schnipste. »Schätz, richtig?«

Ich nickte. Frostige Luft zog durch die Ritzen der Tür hinter mir.

»Wovor?« Ein eiskalter Druck auf der Brust nahm mir die Luft zum Atmen. »Wovor wollen Sie mich schützen?«

»Psst.« Der Kioskbesitzer legte seine Hand sanft auf meinen Mund. »Sag jetzt nichts.«

Ich wollte mich losreißen, ihn wegschubsen, durch die Tür, nach draußen. Aber ich bewegte mich nicht. Sein gelbstichiger Blick hielt mich an Ort und Stelle fest.

Knisternd setzte sich die Verpackungsfolie einer Zigarettenschachtel auf dem Boden in Bewegung, raschelte in meine Richtung, wie von einer magnetischen Kraft angezogen. Eine halbverrottete Pennytüte richtete sich auf, rutschte dann auf mich zu, legte sich über mein Bein, presste sich flach an die Tür hinter mir. Ich streifte die Tüte ab, kurz tanzte sie in der Luft, um sich dann noch entschlossener an das rissige Holz zu schmiegen.

Chipspackungen begannen zu zucken, alte Frischhaltefolien setzten sich in Bewegung. Meine Nackenhaare richteten sich auf, nein, wurden aufgerichtet, wie von einem unsichtbaren Strom angezogen neigten sie sich zur Tür.

Ich drückte mich an die Seite, während ein Kubikmeter Wertstoffmüll an mir vorbeirutschte und sich auf der Tür aufschichtete, angezogen von einer unerklärlichen statischen Kraft dort draußen.

So was hatte ich schon mal gesehen. Es erinnerte mich an den Physikunterricht. Gummi und Katzenfell.

Irgendetwas … war da. Hinter der Tür, auf der Straße vor meiner Wohnung. Zog diese Sachen an. Ließ eine großporige, schmerzende Gänsehaut meine Unterarme hochkriechen.

Ein Schwarm Tauben flatterte draußen in der Nacht vorbei, Gurren, hektisches Flügelschlagen, der heisere Schmerzensschrei eines Vogels.

»Was ist das?«, flüsterte ich.

Der Kioskbesitzer schüttelte den Kopf, als wäre das eine vollkommen überflüssige Frage, die er wie ein lästiges Insekt vertreiben wollte. Nachdenklich kratzte er sich an der Kopfhaut. Ein fingernagelstückgroßes Stück Haut löste sich, segelte zu Boden und kam auf einer Tafel Milka zu liegen. Er starrte ihm traurig hinterher.

Endlich hörte es auf. Die Süßigkeitenverpackungen sackten in sich zusammen, als hätte jemand die Luft herausgelassen. Hinter der schmalen Theke wurde eine Flasche Wodka herumgereicht.

»Auch einen?«, fragte einer der Trinker, ein schmaler Mann im langen Ledermantel. »Das hält dich jung. Ist gut für Fleisch und Knochen.«

»Konserviert!«, hustete sein Nebenmann und spuckte einen blutigen, undefinierbaren Klumpen auf den Tresen. Tischmanieren wurden hier offenbar kleingeschrieben.

Der Wodka brannte mir noch in der Kehle, als der Kioskbesitzer die Tür öffnete und um die Ecke spähte. Er beugte sich raus auf die Straße, ohne einen Fuß über die Schwelle zu setzen, angelte mit weit ausgestrecktem Arm nach etwas. »Die Luft ist rein, Schätz«, krächzte er, als er mir schließlich meinen Kotelett-hammer in die Hand drückte. »Du kannst jetzt gehen.«

»Aber … was sollte das? Was war das hier draußen? Wovor haben Sie mich eben beschützt?«

Im Rinnstein vor dem Kiosk lag eine tote Taube.

Der Kioskmann wischte meinen Einwand mit einer Handbewegung zur Seite. Eine Fliege schwirrte um seinen Kopf. Aber er schien sie nicht einmal wahrzunehmen.

Ich starrte auf den Vogel. »Scheiße«, sagte ich. »Sie wissen, was hier vorgeht, richtig? Aber Sie sagen es nicht, weil Sie mir keine Angst machen wollen, ja? Das funktioniert nicht, ich sage es Ihnen, keine Angst machen geht anders.«

Der Kioskbesitzer klopfte mir beruhigend auf die Schulter. »Ist schon gut, Schätz, die Gefahr ist vorüber«, knurrte er und zog sich in seinen Verschlag zurück. »Und wenn du mal Hilfe brauchst, dann komm einfach vorbei. Fürs Erste bist du in Sicherheit, meine ich.«

Ich murmelte einen Dank. Dann schloss sich die Kiosktür vor meiner Nase und ließ mich und meine unbeantworteten Fragen draußen auf der Straße zurück.

13

Domowoje sind keine russischen Zauberkünstler

Im Laufschritt stieg ich die Treppe zu meiner Wohnung hoch. Hinter den Türen der unteren Stockwerke war es still, kein Fernseher, keine Stimmen. Das Gefühl der Gefahr war auf der Straße zurückgeblieben, die knisternde elektrostatische Aufladung der Luft, das Prickeln auf der Haut, nichts davon war hier zu spüren.

Meine Hände waren schweißnass, als ich die Tür aufsperrte. Ich warf sie hinter mir ins Schloss. Endlich allein. Keine Überfälle, keine unsichtbaren Verfolger mehr. Einfach mal durchatmen.

Als ich das Licht anmachte, schrie ich hell und laut auf wie ein Mädchen.

Der Domowoj kniete mit einem rosa Schwämmchen in der Faust mitten im Flur auf dem Boden und streckte mir sein in weißes Leinen gehülltes Hinterteil entgegen.

Er hatte im Dunkeln geputzt.

»Pjotr«, keuchte ich, »was suchst du hier?«

Der Domowoj schrak auf, sein Kopf schoss hin und her, er schien nach einem Versteck zu suchen, in dem er sich verkriechen konnte. Aber hier war kein Spülenschrank. Hier war Sebastian Schätz, schweißüberströmt und nervenschwach, in einer Hand ein brisantes Schreiben von der GEZ, in der anderen einen Hammer.

»Ach, Sebastian, du bist es.« Pjotr knipste sein schiefes Domowojlächeln an. Er hatte meine Schlammspuren beinahe bis ins Wohnzimmer weggeschrubbt.

»Ja, ich«, sagte ich. Jetzt würde ich ihn in seiner ganzen charakterlichen Verdorbenheit überführen. »Wundert es dich, dass ich plötzlich in der Tür stehe? Wenn sich einer wundern sollte, dann bin ich das, nicht wahr? Wolltest du nicht bei Kim sein? Oder ist wieder etwas dazwischengekommen? Hast du überhaupt eine verdammte Sekunde lang vorgehabt, mir zu helfen?«

Im Wohnzimmer standen übrigens meine beiden Koffer, anscheinend bis zum Bersten vollgepackt – und das nicht von mir.

»Die Koffer«, stöhnte ich. »Was zur Hölle ist mit den Koffern?«

»Ich habe gepackt«, erklärte der Domowoj beiläufig.

»Gepackt, ja?«, fragte ich. »Gerade zum richtigen Zeitpunkt! Du wirst nämlich heute von hier verschwinden, für immer! Sobald du mir einige Fragen beantwortet hast.« Ich marschierte mit meinen schlammigen Schuhen über den frisch geputzten Boden.

»Verschwinden ist eine gute Idee«, sagte Pjotr. Er wies mit dem Zeigefinger zur Decke. »Es gibt ein ziemliches Problem mit der Dame von oben.«

»Ein Problem?« Pjotr würde sehr bald ein Riesenproblem bekommen. »Du bist völlig durchgeknallt, richtig? Wahnsinnig? Kommt so ungefähr hin, ne?«

»Vielleicht solltest du etwas leiser reden«, sagte Pjotr. »Und dich beruhigen. Und dann sollten wir uns allmählich auf die Socken machen. Ehe die alte Frau noch aufwacht und die Polizei ruft.«

Ich drehte den Hammer in der Hand. Mit der zackigen Seite konnte man bestimmt auch gut zuhauen. »Was hast du mit Frau Kiesewetter gemacht?«, presste ich zwischen den Zähnen hervor.

»Ich habe sie nur ein bisschen angeknabbert«, sagte Pjotr. »Nur ganz leicht, ich schwöre es. Sie hat so unschuldig geschlafen, wie tot. Da konnte ich einfach nicht widerstehen.«

»Du hast an ihr geknabbert? Geknabbert?«

Niemand hatte geknabbert, versuchte ich mich zu beruhigen, das ging gar nicht. Das war ja technisch nicht möglich, Frau Dr. Kiesewetter war ja ein lebendiger Mensch.

»Nur an ihrem Arm!«, rief der Domowoj. »Zwei Bissen Fleisch, mehr nicht. Aber ich bin mir nicht sicher, ob sie nicht doch was gemerkt hat. Hab alles ordentlich verbunden, mit Küchenhandtüchern. Geschmeckt hat es abscheulich. Wie ein verdorbenes altes Hähnchen.«

»Du bist ekelhaft! Und völlig durchgeknallt!« Mit dem ausgestreckten Zeigefinger meiner zitternden

Hand trieb ich Pjotr vor mir durch den Flur. »Ein Irrer, ein gemeingefährlicher Irrer! Ein erbärmlicher Lüstling, der meiner Freundin nachstellt und sie an den Rand des Nervenzusammenbruchs getrieben hat. Du hast geschworen, uns wieder zusammenzubringen!«

»Sebastian …«

»Geschworen! Mit zwei Fingern in der Luft!«

»Ich habe geschworen, dass ich dein Leben beschütze, Sebastian, nichts anderes! Und daran werde ich mich halten. Denn du bist in großer Gefahr!«

»Papperlapapp!« Ich versetzte dem Cordsofa einen zornigen Hammerstoß. »Wenn hier einer in Gefahr ist, dann wohl du. Du hast ein falsches Spiel mit mir getrieben. Bis jetzt!«

Pjotr brachte sich hinter den gepackten Koffern im Wohnzimmer in Sicherheit. »Ich bin ein *Domowoj*, was hast du erwartet? Aus meiner Herkunft habe ich nie ein Geheimnis gemacht!«

»Du hast behauptet, das sind russische Zauberkünstler!«

»So ähnlich, habe ich gesagt. So ähnlich. Das ist nicht so leicht zu erklären.«

»Erklär es mir möglichst einfach, sonst ….« Ich rang nach Luft und fuchtelte kampfeslustig in der Luft herum. »Sonst nehme ich die Wohnung auseinander! Sonst vergesse ich mich!«

»Also schön: Ich lebe unter einer Spüle und ernähre mich von toten Menschen.« Pjotr schaute betreten zu Boden, als sei ihm diese Kurzfassung irgendwie unangenehm.

»Nein!«, schrie ich. »Erzähl keine Scheiße!«

Für einen bedrückenden Moment beschlich mich das Gefühl, dass das vielleicht keine komplette Scheiße war. Dass es, nur vielleicht natürlich, Leute gab, die in Hauseingängen oder auf Kinotoiletten lauerten, in Spülenschränken und verfallenen Kiosken, die gestohlenes Gold verschenkten oder in einer einzigen Nacht geräuschlos eine ganze Wohnung lupenrein putzen konnten.

Aber das konnte nicht sein.

Das konnte einfach nicht sein.

»Du bist ein dreckiger Lügner. Ein Hochstapler. Aber heute wirst du auspacken. Die Wahrheit kommt auf den Tisch. Und wenn ich sie mir mit Gewalt holen muss!«

Pjotr und ich schlichen im Kreis um die Koffer in der Wohnzimmermitte, keiner ließ den anderen aus den Augen.

In einem günstigen Moment schnappte ich mir meinen alten Schrubber aus der Nische hinter dem Bücherregal. Damit konnte ich Pjotr auf Distanz halten, wenn er aufdringlich werden sollte.

Ich wies mit der verfilzten Schrubberbürste in Richtung des Domowojs und probierte ein paar harte Stöße in der Luft. Die Waffe lag vortrefflich in der Hand.

Es war Zeit, ein paar Sachen zwischen uns zu klären, die zu lange unausgesprochen geblieben waren.

»Wie bist du damals in meine Wohnung gekommen?«, flüsterte ich. »Wer hat dich reingelassen? Sag die Wahrheit!«

»Du selbst!«, rief der Domowoj.

»Mach dich nicht lächerlich!«, schrie ich. Mit dem Schrubber in der Faust kam ich Schritt für Schritt näher, drängte Pjotr ans Fenster. Zerfetzte Spinnweben und Staubmäuse hingen von den krummen Borsten. Die dreckige Waffe näherte sich seinem Gesicht. »Du wirst Staub fressen, wenn du nicht auspackst!«

Der Domowoj erstarrte. »Nicht an den Mund! Nicht den Dreck an den Mund, das bringt Unglück«, flüsterte er. In seine Züge schlich sich ein Ausdruck von Ekel und Entsetzen, wie ich ihn noch nie bei ihm gesehen hatte.

»Wie bist du hier reingekommen?«, schrie ich. »Pack aus, oder es setzt was!«

»Der Mantel!«, rief der Domowoj. »Der Mantel! Ich war der alte Mantel. Der Oger hat mich reingeschleppt! Wer einen Domowoj loswerden will, muss ihn um Mitternacht im Schlaf überraschen – in seiner wahren Gestalt.«

Ich stoppte den ranzigen Bürstenkopf eine Handbreit vor Pjotrs Kinn.

»Du lügst«, beschloss ich. »Und ich werde deine Märchen nicht länger dulden!«

Der Domowoj hob flehend die knochigen Hände. Der Schweiß perlte von seinem mageren Gesicht. »Nimm den Schrubber weg! Gnade!«, rief er. »Ich sage die Wahrheit, so wahr ich hier stehe. Dieser Typ, Kurt … mein alter Gastgeber … wollte mich loswerden. Er hat mich in meiner wahren Gestalt bei Mondschein eingesperrt und hier freigelassen. Domowoje haben einen ziemlich schlechten Stand im Wohnrecht. Können ohne weiteres ausquartiert werden, wenn man es richtig macht. Steht alles in Anhang B des Edikts von Nantes, habe ich dir das nicht vorgelesen?«

Ich schüttelte den Kopf.

»Und ich brauche doch ein Zuhause. Einen Ort, um den ich mich kümmern kann. Ein Heim ...« Tränen liefen über Pjotrs Wangen. Seine Unterlippe zitterte. »Andere Domowoje schlafen in der Gestalt von nerzbesetzten Umhängen, von erlesenen Stolas, barocken Überwürfen ... aber ich ... ein alter mottenzerfressener Mantel ... die Schande der Familie. Ein Ausgestoßener. Niemand kann mich ertragen. Alle jagen mich fort.«

Pjotrs Schultern bebten lautlos. Seine Augen schwammen in Tränen, die unaufhörlich auf den Bürstenkopf unter seinem Kinn tropften. Ein Bild des Jammers.

Dennoch: Das war das Lächerlichste, das ich je gehört hatte. Niemand verwandelte sich in Klamotten. Und jetzt den armen Kurt mit reinzuziehen, sah Pjotr ähnlich.

Mantel hin oder her, dachte ich, wen interessierte das überhaupt. Es gab im Moment eigentlich nur eine Sache, die ich wissen wollte:

»Was ist mit Kim? Was hast du ihr angetan?«

»Nichts«, schluchzte Pjotr. »Gar nichts. Hab kein Wort mit ihr gewechselt.«

»Und was hat die GEZ damit zu tun? Die setzen sie irgendwie unter Druck, die spionieren uns nach.«

Der Domowoj blinzelte ein paar Tränen fort. »Mit mir redet doch keiner. Ich habe doch nicht mal einen festen Wohnsitz. Ich bin doch nur ein armer, zerlumpter Mantel, den man irgendwo vergessen hat.« Ein

Heulkrampf zwang ihn auf die Sofakante. Tränen liefen ihm aus dem Gesicht und hinterließen dunkle Flecken auf dem weißen Jackett.

Ich ließ den Schrubber sinken.

»Du glaubst an das alles«, stellte ich fest. »Dass du nachts als Mantel schläfst und so weiter.«

»Weil es wahr ist«, sagte der Domowoj und zog die Nase hoch. »Weil es doch wahr ist!«

Weil es wahr war.

Diese Worte rührten auf seltsame Weise an mein Herz, beruhigten meine wutschäumende Seele. Normalerweise hätte ich den Domowoj jetzt getröstet und ihm erklärt, dass er keine Angst zu haben brauchte, dass alles gut werden würde. Dass es solche bizarren Dinge wie Zaubermäntel und Oger und Vampire auf dem Klo hier, in der wirklichen Welt, nicht gab. Aber mein Zorn war noch nicht verflogen, mein Puls raste.

Und da war noch etwas. Ich konnte nicht einmal mich selbst beruhigen. Bis jetzt hatte ich Widerstand geleistet, hatte Erklärungen für alle bizarren Ereignisse gefunden. Aber die Kraft dafür ging mir allmählich verloren.

Von Minute zu Minute sickerten Informationen in mein Bewusstsein, die meine Welt nach und nach aus den Angeln hoben.

Der geklaute Brief an Kim steckte immer noch in meiner Jackentasche. Er war vom Regen ganz durchnässt. Ich faltete ihn auf, überflog ihn noch einmal. Das vertraute Logo der GEZ. Und darunter: *Bitte halten Sie Ihren Gattungspass bereit,* las ich.

Ich bin nicht die, für die du mich hältst, Sebastian.

»Was ist mit Kim?«, platzte ich heraus. »Sag mir die Wahrheit! Was ist mit ihr? Was hat die GEZ mit ihr zu schaffen?«

Pjotr schneuzte sich feucht in den Ärmel. »Du hast eine wunderschöne Spüle, Sebastian. Wirklich. Habe immer gerne darin gewohnt. So schön geräumig.«

»Kim!«

»Welche Kim gleich?«

»Die eine Kim!«, schrie ich und hielt ihm den GEZ-Brief vor die Nase. »*Meine.*«

»Ach, die Hübsche vom Foto.« Pjotr überflog das Schreiben. »Was soll mit der schon groß sein?«

»Das weißt du genau«, sagte ich und ballte die Faust um den Brief. »Und du wirst auspacken. Was ist los mit Kim? Und warum werde ich anhand dieser *Hominidenleitlinie* als *brisant* eingestuft?«

»Na schön, Sebastian, du willst es ja unbedingt wissen«, sagte der Domowoj. »Kim – ist eine von uns.«

Das Gespräch hätte hier auch zu Ende sein können. Alles, was jetzt folgte, drang durch einen Nebel zu mir, hinter dem eine Version der Wirklichkeit lag, bei der ich nicht angemeldet war.

Ich bin nicht die, für die du mich hältst.

»Eine von uns, das heißt …« Ich kannte die Antwort bereits.

Der Domowoj nickte. »Du weißt es selber, Sebastian. Sie ist kein Mensch. Ebenso wenig wie ich. Und du warst mit ihr im Bett. Selbst schuld, wenn du mich fragst. Ihre Schuld. Sie hätte es besser wissen müssen.«

»Und das bedeutet …«

»Nach unseren Gesetzen ein schwerwiegendes Vergehen, ein Kapitalverbrechen. Kein Problem, wenn es keiner merkt. Aber offensichtlich sind euch unsere Aufsichtsbehörden auf die Schliche gekommen. Und jetzt fängt der Ärger richtig an.«

»Und wer sind *die*? Die GEZ oder was?«

Pjotr nickte mit todernster Miene. »Sie sind die Wächter der Lichten Seite. Haben überall ihre Finger drin. Kriegen alles raus. Ein gnadenloses kleines Volk, diese Zwerge, das jeden ausmerzt, der unsere Sitten und Gesetze bedroht.«

»Dann wird Kim … gezwungen, mich nicht zu sehen?«

Leidenschaft flutete durch meinen Körper. Wärme. Liebe. Hoffnung. Kim hatte nicht aus freien Stücken Schluss gemacht, sehnte sich vielleicht genauso nach mir wie ich mich nach ihr. Dann schlug ihr Herz irgendwo dort draußen im selben Takt wie meins!

»Die Frauen«, sagte der Domowoj düster, »sind undurchschaubar. Ich an deiner Stelle würde mir lieber um mich selbst Sorgen machen. Nach allem, was ich gehört habe, ist man dir längst auf der Spur. Hauen wir ab. Ich rufe uns ein Taxi.«

Das Blut rauschte mir in den Ohren. Meine Gedanken rasten und suchten nach Halt. Meine Schläfen begannen wieder zu schmerzen, scharfe elektrische Impulse, die durch mein Gehirn schossen und keinen Widerstand mehr fanden.

Ich musste zu Kim. Musste ihr sagen, dass ich das Spiel durchschaut hatte, dass niemand auf der Welt das Recht hatte, sich zwischen uns zu stellen.

Ich bin nicht die, für die du mich hältst.

Das spielte keine Rolle mehr. Es war mir egal, wer Kim war. Ich liebte sie. Das war das Einzige, das zählte. Wie wichtig konnte es sein, dass die Welt eine andere war, wenn es in dieser anderen Welt die Liebe gab, die ich schon verloren geglaubt hatte?

»Hier bist du nicht mehr sicher.« Der Domowoj warf einen prüfenden Blick zu den nachtschwarzen Fensterscheiben. »Ich werde dich beschützen, ich kann dir helfen, dich an einen Ort bringen, wo dich niemand aufspüren kann. Bis Gras über die Sache gewachsen ist.« Er griff die beiden Koffer und trug sie zur Tür. »Mein Wort steht noch. Kommst du jetzt oder nicht?«

»Woher wollen die denn bitte wissen, dass ich mit Kim im Bett war?«, murmelte ich, während mich Pjotr zur Wohnungstür hinausführte. »Das ist doch völlig abwegig. Die GEZ weiß auch nicht alles. Und das geht die gar nichts an. Die sind nicht der Vatikan oder so.«

Der Domowoj hatte sich beide Koffer unter den linken Arm geklemmt und trug sie mit einer Kraft die Treppe hinunter, die ich ihm niemals getraut hätte.

»Die setzen ihre Gesetze durch. Und sie haben ihre Informanten, das weiß doch jedes Kind«, sagte der Domowoj. »Aber darüber solltest du dir nicht den Kopf zerbrechen. Ich bringe dich an einen sicheren Ort, wo dich niemand findet.«

Ich verkeilte mich mit dem Schrubber im Treppenhausgeländer. »Du weißt ganz sicher, wo Kim ist?«

»Könnte man sagen.« Der Domowoj drückte den Besenstiel sanft mit der Fußsohle zur Seite. »Sagen wir, ich habe eine ziemlich genaue Vorstellung. Jetzt lass endlich dieses widerliche Ding los. Du wirst es nicht mehr brauchen.«

Pjotr wusste, wo Kim war.

Pjotr wusste, wo sie war. Und er konnte mich zu ihr führen.

Wie in Trance folgte ich ihm nach unten und stieg in das Taxi vor dem Haus. »Und was ist mit Frau Kiesewetter?«, nuschelte ich. »Sollten wir ihr nicht wenigstens einen Arzt rufen?«

»Bist du verrückt? Es ist schon schwer genug, uns zu verstecken, wenn wir wegen *deiner* Vergehen gesucht werden. Nicht auszumalen, wenn die auch noch mich auf die Fahndungsliste setzen.« Der Domowoj pulte sich ungeniert mit den Fingernägeln zwischen den Zähnen herum. »Außerdem ist die Alte zäh wie Wildleder.«

Das Taxi fuhr an, irgendwohin, fort in die Dunkelheit.

»Und wenn wir uns doch an die Polizei wenden?«, fragte ich.

»Das wäre Selbstmord. Diese kleinen Scheißer von der GEZ haben ihre Ohren überall. Und im öffentlichen Dienst wimmelt es nur so von Zwergen, das kannst du mir glauben.«

Ich schloss die Augen und atmete tief durch. Aber mein Herz beruhigte sich nicht. »Fahren wir gleich zu Kim? Oder besorgen wir uns vorher noch ein paar Waffen?«

»Waffen!« Der Domowoj lachte. »Als wenn uns Waffen hier nützen würden.« Seine knochigen Finger tätschelten meinen Nacken. »Jetzt kommt es vor allem darauf an, dass wir *ihn* von deiner Spur abbringen.«

»Ihn?«

Pjots Miene verfinsterte sich. Plötzlich wirkte er nicht mehr wie ein russischer Zauberkünstler, sondern wie ein unrasierter Desperado, der für mich gerade sein Leben riskierte und nicht einmal eine eigene Jeans besaß.

»Die Sache ist ernster als gedacht, Schätz«, sagte er. »Nach allem, was ich so gehört habe, haben sie *den Bhael* auf euch beide angesetzt. Es tut mir furchtbar leid, Sebastian.«

Pjotr schwieg betroffen. Aber die Beklommenheit sprang nicht so richtig auf mich über.

»Den was?«, fragte ich. »Den Ball?«

»Den Bhhaael«, röchelte der Domowoj. »Mit kehligem Bh.«

»Sagt mir gar nichts. Wer zur Hölle soll das denn sein?«

»Du hast nie etwas vom Bhael gehört? Le Baël, die Geißel Kanaans, der Fürst über 66 dämonische Legionen, das Große Untier?«

»Ehrlich gesagt nicht«, gestand ich. Kalt kroch es mir den Rücken hinauf.

»Baal-Sebub«, flüsterte Pjotr. »Der Herr der Fliegen. Ein Dämon, so alt wie die Zeit.«

Ich bekam eine Gänsehaut. Und mich beschlich das ungute Gefühl, dass mich jemand beobachtete. Durch die Rückscheibe des Taxis ließ ich den Blick über die menschenleeren Straßen schweifen.

Auf der Hutablage hinter mir lagen Dutzende toter Insekten.

Fliegen.

»Bloß wegen der Sache mit Kim haben sie dieses … Dings auf mich angesetzt?«

Pjotr nickte. »Ein Kapitalverbrechen, ich sagte es bereits. Kim hätte eigentlich Bescheid wissen müssen. Es ist für unsere Art verboten, Sex mit Menschen zu haben. Es stört das uralte Gleichgewicht der Gattungen und bringt uns in Gefahr. Deswegen haben die Urväter den fleischlichen Verkehr als Todsünde gebrandmarkt. Außerdem weißt du zu viel über unsere Welt. Zu viel für einen Menschen.«

»Aber ich hatte überhaupt keinen Sex mit Kim! Sie hat mich nie rangelassen! Nicht ein einziges Mal! Ich weiß, ich habe neulich noch was ganz anderes erzählt, aber das hier ist die Wahrheit!«, rief ich. »Keinen Sex!«

»Soso«, sagte Pjotr.

Der Taxifahrer warf mir einen mitleidigen Blick durch den Rückspiegel zu.

Ich rang nach Worten. »Kann man das diesem … Bhael … denn nicht sagen? Der Typ hat doch bestimmt genug zu tun und ist froh, wenn er die Sache abhaken und sich dem nächsten … Kunden zuwenden kann.«

»Du kennst unsere Gattung nicht, Schätz«, sagte Pjotr. Er sah aus dem Fenster in die verregnete Nacht. War da eben eine Fledermaus vorbeigeflogen? »Mit dem Bhael kann man nicht reden. Niemand kann das. Wenn er erst mal auf jemanden angesetzt ist, kann ihn keiner mehr aufhalten. Er wird sich euch an die Fersen heften wie ein Bluthund, wird die Jäger zu euch führen.«

Pjotr kauerte sich auf seinem Sitz zusammen und zog meinen neuen Anorak um sich. »Er ist uralt. Niemand weiß, woher er kommt oder wer ihn geschaffen hat. Und noch niemand ist ihm jemals entwischt, hat bislang alle aufgespürt. Wenn ich richtig informiert bin.«

Im Wagen war es kälter geworden. Der Empfang des Radiosenders verschlechterte sich schlagartig, als wären wir gerade über einen kraftvollen Störsender gefahren. Die Musik wurde von Geräuschfetzen und Momenten beklemmender Stille durchbrochen.

»Was passiert mit den Leuten, die er erwischt?«, flüsterte ich.

»Strenge Verschlusssache des Lichten Wächterordens. Die meisten Menschen verschwinden von einem Tag auf den anderen«, flüsterte Pjotr. »Ohne eine Nachricht oder eine Spur zu hinterlassen. Einfach so.« Er steckte sich mit zittrigen Fingern eine verknickte Zigarette in den Mundwinkel. »Tauchen irgendwann wieder auf, Tausende von Kilometern von zu Hause entfernt. Ohne Geld, ohne Kleidung und ohne Gedächtnis. Und ohne Zähne.«

Ich sah mich nackt und orientierungslos an einem südamerikanischen Strand herumirren. »Ich bin am Arsch«, sagte ich. »Und Kim auch, oder?«

Was machte der wohl mit den Zähnen?, überlegte ich.

Pjotr knabberte an seiner Zigarette. »Es sieht ganz so aus. Aber ich habe meinen Schwur nicht vergessen, Unheil von dir abzuwenden, weißt du? Ich werde dich gut verstecken, Sebastian«, sagte er. »So gut, dass dich niemand findet. Bis der Bhael einen neuen Auftrag erhält und von dir ablässt.«

So gerne hätte ich diese Schauergeschichten mit einem Lachen und einem Achselzucken abgetan. Aber dieses Bhael-Gerede berührte eine tiefere, verborgene Schicht meines Bewusstseins. Und aus dieser unergründlichen Tiefe perlte die Angst in dicken, schwarzen Blasen an die Oberfläche. Ich begann zu zittern.

»Wir müssen Kim warnen«, sagte ich. »Wir müssen zu ihr, schnell, ehe der Bhael sie erwischt.« Der Gedanke, dass sie ahnungslos irgendwo dort draußen herumlief, während ihr ein Killer auf den Fersen war, nagte an mir wie ein bösartiger Tumor.

»Ich habe nur versprochen, *dich* zu beschützen«, sagte der Domowoj mit undurchschaubarer Miene. »Kim ist deine Angelegenheit.«

»Wie?«, fragte ich. »Gestern wolltest du mir noch helfen, sie zurückzugewinnen, und jetzt willst du sie einfach diesem Ding überlassen?«

»Der Wächterorden wird sie nicht töten«, sagte Pjotr. »Höchstens verbannen. Aber das geht vorbei. Zehn Jahre, schätze ich, dann kann sie wiederkommen.«

Zehn Jahre?

Die Windschutzscheibe des Wagens zerbarst. Eine Flut winziger Scherben ergoss sich ins Fahrzeug.

Es klirrte, zischte und schäumte. Die Luft roch nach Fanta.

Das Taxi kam von der Fahrbahn ab, stieß ungebremst gegen ein Hindernis, drehte sich um die eigene Achse. Die Fliehkraft riss an mir, warf mich in die Sicherheitsgurte, presste mir die Luft aus den Lungen.

Pjotr ruderte mit den Armen in der Luft herum. Ein Schlag traf mich unter dem linken Auge.

Das Taxi schrammte an einer Straßenlaterne entlang und kam in einem Funkenregen zum Stehen. Mein Kopf schlug schwer gegen die Seitenscheibe. Ich hustete feinste Glassplitter.

Der Fahrer war über dem Lenkrad zusammengesackt. Seine Atemzüge klangen feucht und gedämpft.

Es dröhnte zwischen meinen Ohren, als würde sich der Unfall in nicht enden wollenden Wiederholungen in meinem Kopf ereignen. Ich spürte meine Beine nicht mehr. Und jeder Versuch, den Hals zu bewegen, resultierte in einer Kaskade von Schmerzen zwischen Hinterkopf und Brustwirbelsäule.

»Sebastian?« Pjotr nuschelte, als hätten sich seine Zähne beim Aufprall ineinander verkeilt. »Alles in Ordnung?«

Aber nichts war in Ordnung. Gar nichts.

Unser Fluchtfahrzeug war beschädigt. Irgendeine Bestie war mir dicht auf den Fersen. Und Kim war irgendwo dort draußen, wurde gejagt wie ich und liebte mich wahrscheinlich immer noch. Vermutlich war ich gelähmt. Und vielleicht würde ich bald sterben.

Benommen linste ich durch das beschlagene Glas nach draußen.

Eine verschwommene, hagere Gestalt trat gemessenen Schrittes auf das Auto zu. Sie hob eine Hand, ein bleicher Finger zeigte in Richtung des Taxis.

Nein, korrigierte ich mich. Der Finger zeigte direkt auf mein Gesicht.

Ich versuchte mich aufzurichten. Doch der Schmerz in meinem Kopf verdichtete sich, wurde dunkel und schwer. Alle Farben verblassten.

Dann schwanden mir die Sinne.

14

Kino ist das Größte

Plötzlich kitzelte es auf meiner Stirn, direkt über den Augenbrauen. Es roch nach Edding.

Wo war ich?

»Wir müssen doch wirklich nicht beide hier rumhocken.« Eine kehlige Stimme drang durch die Finsternis. »So ein dürres, mageres Kerlchen. Typen wie den verputze ich zum Frühstück. Ich finde, du passt auf ihn auf, und ich hole solange die Hamburger. Soll ich Pommes mitbringen oder lieber Country Potatoes?«

»Die gibt's nur beim Maximenü«, erwiderte eine andere, tiefere Stimme.

Nach und nach übernahmen meine Sinne wieder die Oberhand: Es war dunkel. Die Luft war aufgeheizt und roch wie mein alter Chemiebaukasten. Druck lastete auf meinen Augen. Mein Mund schmeckte nach ungewaschener Baumwolle.

»Ich nehme die Pommes. Mach Majo drauf. Und lass endlich den Scheiß mit dem Edding, wenn der Chef das sieht, gibt's Ärger.«

Meine Glieder waren schwer. Und so sehr ich mich auch bemühte – ich konnte keinen Arm rühren.

»Bin ich … gelähmt?«, röchelte ich. Sprechen funktionierte, das war gut.

Ich hörte das Rascheln einer Chipstüte. Jemand kaute und knusperte dicht an meinem Ohr.

»Du bist gefesselt, du Idiot«, sagte eine Stimme neben mir. »Gefesselt, die Augen verbunden, und wenn du uns vollquatschst, kriegst du auch noch einen Knebel.«

Zwei Männer lachten.

»Äh«, sagte ich. Jetzt kam es darauf an, meine Argumente möglichst knapp zusammenzufassen. »Verstanden.«

»Super«, sagte der Mann mit der Chipstüte. »Auch ein paar Heuschrecken?« Er kaute geräuschvoll.

»Äh«, sagte ich. »Nein.«

»Jetzt, wo er wach ist, sollten wir besser beide auf ihn aufpassen. Wenn es stimmt, was der Chef sagt, ist das echt ein heißes Eisen. Und wenn der Vogel hier ungefragt das Nest verlässt, können wir gleich kündigen.«

Der Chef?

Ich erinnerte mich an die verschwommene Gestalt vor dem Taxi. Der Bhael war mir auf der Spur … Ob er mich hier gefangen hielt?

»Richtet dem Bhael meine Grüße aus, ja?«, sagte ich. »Unbekannterweise.«

Ich zog vorsichtig an meinen Fesseln. Man hatte mich in sitzender Position festgemacht. Von irgendwo kam gedämpfte Musik. *Sail away, dream your dream, you will always find a chance to make your feee-liiings come true.* Eindeutig der Beck's-Song.

Wo zur Hölle war ich? In einem Kino?

Dicht an meinem Ohr wurde etwas Knuspriges zerbissen, das wahrscheinlich kein Kartoffelchip war. »Sprich das Wort nicht aus! Halt am besten dein verdammtes Maul«, zischte der Heuschreckenfreund. »Sonst stopfe ich es dir.«

Hörte ich da etwa eine Spur von Angst in der Stimme meines Bewachers? Vielleicht brachte es Unglück, den Namen des Bhael auszusprechen. Mir auf jeden Fall.

Bruchstückhaft floss die Erinnerung in meinen Kopf zurück: Kim, Briefe von der GEZ. Der Kiosk, eine tote Taube. Koffer im Wohnzimmer. Pjotrs Geständnisse, Koffer im Treppenhaus, eine Taxifahrt durch die Nacht. Ein Unfall.

Und jetzt war ich hier.

Wer auch immer mich hier gefangen hielt, ging ein ziemliches Risiko ein. Wir lebten nicht mehr im Mittelalter, es war die Zeit von Videoüberwachung, DNA-Analysen und Handyortung.

Was war wohl mit Pjotr geschehen? Hatten sie ihn ebenfalls verschleppt? War er schwer verletzt? Vielleicht tot? Oder hatte er fliehen können und war bereits auf der Suche nach mir? Der Domowoj war ein Halunke. Aber er hatte geschworen, mich zu beschützen, und so fremdartig und verschlagen er auch rüberkam – in diesem Punkt glaubte ich ihm.

»Hat der Bhael euch gesagt, ob er sich heute noch mit mir unterhalten möchte? Oder bleibe ich jetzt die ganze Nacht hier sitzen? Ich müsste nämlich mal aufs Klo.«

»Du solltest froh sein, dass du dem Bhael nicht über den Weg gelaufen bist«, sagte eine glatte, sehr vertraute Stimme mit dezentem osteuropäischem Akzent. Mit einem Ruck wurde mir die Binde von den Augen gerissen.

»Pjotr!«, rief ich. Wenn man vom Teufel sprach! »Du hast mich gefunden! Ich wusste es, ich wusste es! Wie bist du hier reingekommen?«

»Mit dem Schlüssel«, sagte er und ließ es in seiner Hand klimpern.

Neben ihm standen zwei kleine Gestalten. Zwerge, dachte ich, nur schmutziger. Sie hatten dreckverkrustete Bärte und verfilzte Augenbrauen. Und sie trugen keine GEZ-Polyesteruniformen, sondern speckige Lederjacken. Einer kaute geräuschvoll auf einem großen Insekt herum.

»Schnell, mach die Fesseln los!«, rief ich.

Der Domowoj lächelte.

»Gemach, gemach. Erst mal unterhalten wir uns in aller Ruhe, lieber Sebastian.«

Ich zerrte an meinen Fesseln. Bombenfest. Da war nichts zu machen. Was ging hier vor sich? Und wohin hatte man mich verschleppt? Es stank nach Petroleum. Das Zimmer war eng, stickig und dunkel. Wände und Boden waren mit schwarzem Teppich beklebt. In einer Zimmerecke zischte ein kleiner Ölofen vor sich hin und strahlte eine gefährliche Wärme aus. Ein zerknautschter Rucksack und ein paar Tüten Chips lagen daneben auf dem Boden.

In der Raummitte stand eine Maschine, die leise vor sich hinratterte und mich aus einem viereckigen Auge aus Licht anstarrte.

»Hey, ist das ein Filmprojektor?«, fragte ich. »Sind wir im Starmaxx?«

»Wir sind«, sagte der Domowoj und verbeugte sich, »in meinem Reich.« Er präsentierte das bescheidene Mobiliar mit beiden Händen wie auf einer Haushaltswarenmesse. »Gefällt es dir?«

Es gefiel mir kein Stück. Der Domowoj war nicht hier, um mich zu retten.

»Du! Du hältst mich hier gefangen.«

»Gefangen hört sich so autoritär an, lieber Sebastian. Sagen wir lieber, du bist bis auf weiteres mein Gast.«

Ich funkelte ihn an. »Ich dachte, du hast kein Zuhause. Erst nistest du dich bei mir ein, angeblich obdachlos, und dann hast du doch eine eigene Bude, ja, und hältst mich auch noch drin gefangen?«

»Das ist keine Bude«, belehrte mich Pjotr, »sondern mein Einflussbereich. Hier habe ich das Sagen, okay? Was natürlich nicht heißt, dass ich hier übernachten könnte. Wie ich dir bereits ausführlich erklärt habe, leben Domowoje in menschlichen Behausungen. In erlesenen Truhen. Gerne auch mal im Herd. Oder unter der Spüle. Aber ich rede bei dir offensichtlich wie gegen eine Wand, reine Zeitverschwendung.«

»Wir sind also *in deinem Reich*«, murmelte ich. »Im Kino.«

»Ey, im Untergrund«, schnauzte einer der Zwerge.

»*Willkommen* im Untergrund«, korrigierte der Domowoj. »Das heißt ›Willkommen‹! Wenn man einen Gefangenen hat, muss man ausgesucht höflich zu ihm sein. Aber was erzähle ich euch das überhaupt? Ich werde wohl eher Vegetarier, als dass ich euch korrupten Zwergen Manieren beibringe.«

Jetzt war es offiziell: Ich war ein Gefangener. Pjotrs Gefangener. »Du hast geschworen, mich zu beschützen! Geschworen, Pjotr!«

»Aber das tue ich doch gerade, lieber Sebastian«, sagte der Domowoj. Er fuhr mir spielerisch durch das nassgeschwitzte Haar. »Ich beschütze dich, da könntest du auch ein bisschen Dankbarkeit zeigen.«

Ich war ihm direkt in die Falle getappt. Der Unfall war nur vorgetäuscht, ein Trick, um mich in seine Gewalt zu bringen. »Der Bhael«, brachte ich hervor. »Geht das auch auf deine Rechnung? Alles Lügen?«

»Der Junge ist ja so paranoid«, erklärte Pjotr den Zwergen. »Ich habe ihm erst heute Abend den kompletten Sachverhalt erklärt, und er wittert an jeder Ecke eine Verschwörung. Nur weil wir ihn mit ein bisschen Klebeband festgemacht haben.«

Die Zwerge nickten geringschätzig.

»Mit denen arbeitest du zusammen, ja?«, fragte ich. »Mit den Zwergen von der GEZ?«

Der Domowoj wirkte gekränkt. »Für wen hältst du mich? Einen GEZ-Opportunisten? Ich halte mich von der Lichten Seite ebenso fern wie von der Dunklen.«

»Wir sind Deserteure!«, rief einer der Zwerge. »Mit diesen klugscheißerischen Schnüfflern haben wir nichts mehr zu tun. Wir machen unsere eigenen Gesetze. Das hier ist der Untergrund, klar?«

»Was ich dir gesagt habe, war im Wesentlichen nichts als die reine Wahrheit«, sagte Pjotr. Er zog seinen Drehhocker dicht an den Stuhl heran, an den ich gefesselt war. »Du solltest froh sein, dass du hier bist, lieber Sebastian, und dass ich dich nicht ziehen lasse, denn du bist nach wie vor in großer Gefahr. Mit etwas Glück lässt der Bhael irgendwann von seiner Suche ab.«

Der Domowoj knackte eine Heuschrecke mit den Fingerspitzen und brach sie auseinander. Ein paar Heuschreckenkrümel fielen auf meine Lieblingsjeans, die er immer noch trug. »Ein paar armselige Kreaturen haben versucht, uns aufzuhalten, unsere kleine Spazierfahrt zu stören. Aber ein Domowoj ist nicht so ohne weiteres von seinem Weg abzubringen.«

»Der Bhael … er ist immer noch hinter mir her?«

Pjotr und die beiden schmuddeligen Zwerge nickten. »Kannst froh sein, dass du hier drin bist.«

Das Monster lauerte immer noch dort draußen. »Dann müssen wir Kim retten!«, schrie ich. »Sie hat keine Ahnung, wer ihr hinterherjagt! Du wirst mich sofort losmachen. Sofort!« Ich legte alle verbliebene Autorität in meine Stimme. Immerhin war ich der Vermieter dieses miesen Gauners und Betrügers. »JETZT!« Unter Schmerzen wand ich mein linkes Handgelenk ein kleines Stückchen aus dem Klebeband. Jetzt durfte ich mir nur nichts anmerken lassen! Gleich war ich frei, und dann würde ich hier aufräumen.

Genüsslich saugte Pjotr seine Heuschrecke aus und verschlang anschließend das Gehäuse samt Beinchen.

Er schwieg.

»Ihr habt kein Recht, mich festzubinden! Losmachen!«, rief ich. Kim lief in eine Falle, und kostbare Zeit verrann, während ich mit diesen Verrückten rumdiskutierte. »Du hast geschworen, Pjotr! Bedeutet das gar nichts?«

»Schon«, sagte der Domowoj. »Ich habe geschworen, dich zu beschützen. Um Kim brauchst du dir keine Sorgen zu machen. Unsere Aufsichtsbehörden kümmern sich darum.« Er grinste.

»Ihr könnt mich hier nicht ewig auf den Stuhl fesseln«, sagte ich.

»Und ob wir das können«, sagte einer der schmutzigen Zwerge und grinste. Oben fehlte ihm ein Vorderzahn. Er zog einen zerfledderten Dan Brown aus seinem Overall und blätterte darin herum. »Wir haben Zeit. Nach ein paar Tagen wird es sogar richtig witzig.«

»Aber, aber!« Pjotr nahm dem Zwerg das Buch aus der Hand und versetzte ihm damit einen leichten Klaps auf den Hinterkopf. »Wir wollen doch höflich bleiben. Immerhin haben wir es mit einem Gast zu tun. Nein, lieber Sebastian, du brauchst dich vor meiner … Großzügigkeit und Gastfreundschaft nicht zu fürchten. Du hast mir bei dir Unterschlupf gewährt, und auch dir soll es hier an nichts mangeln. Nach ein paar Tagen darfst du auch wieder nach Hause gehen.«

»Wenn Kim deinetwegen auch nur ein Haar gekrümmt wird …« Ich konnte nicht weitersprechen. Schreckliche Bilder gingen mir durch den Kopf. Die tote Taube im Rinnstein. Kims regungsloses Gesicht. Fluoreszierende Augen in der Dunkelheit.

»Ihr wird nichts passieren.« Pjotr schenkte mir sein Gebrauchtwagenhändlerlächeln und schwang die nackten Füße auf das kleine Tischchen, das mit Programmflyern aus dem Starmaxx bedeckt war. Die Hosenbeine meiner Lieblingsjeans waren am unteren Ende dreckverkrustet und ausgefranst.

»Was hast du mit meiner Hose angestellt?«, knurrte ich.

»Frag nicht, wenn du die Antwort nicht erträgst«, sagte der Domowoj und zupfte ein aufgeweichtes Stück Toilettenpapier von der Außennaht. »Möchtest du gern etwas essen?«

Allein der Gedanke, etwas zu verzehren, das Pjotr mit seinen Verbrecherhänden angefasst hatte, schmerzte in der Speiseröhre. Aber ich brauchte Nahrung, wenn ich bei Kräften bleiben wollte. »Was gibt es denn?«

»Popcorn, Weingummi, Speiseeis und Nachos. Mit Käsedip oder Salsa«, zählte einer der Zwerge an seinen Stummelfingern auf. »Ach so, und Heuschrecken, wenn du die magst.«

Ich schloss die Augen. Ich hasste sie, alle miteinander, die ganze hirnrissige, verrohte Bande. Im Vergleich dazu schien es fast verlockend, von normalen Verbrechern entführt zu werden, die nicht völlig durchgeknallt waren, die Lösegeld forderten oder zumindest ein moralisches Ziel verfolgten. Politische Gefangene freipressen zum Beispiel.

»Was wollt ihr von mir?«, fragte ich.

»Gar nichts, geht alles aufs Haus«, sagte der Zwerg. »Wir kriegen das Zeug hier gratis. Steht alles im Tarifvertrag.«

Ich bäumte mich in den Fesseln auf. »Ihr seid wahnsinnig!«, schrie ich. »Vollkommen wahnsinnig! Lasst mich frei, ich muss zu Kim, sie braucht meine Hilfe!«

»Ein paar Tage musst du dich gedulden«, sagte der Domowoj. »Und anschließend steht es dir frei zu gehen, wohin du willst. Auch wenn ich an deiner Stelle lieber noch etwas bleiben würde. Der Bhael ist nämlich bei weitem nicht so ein charmanter Gastgeber wie ich.«

Ich musste mich zwingen, höflich zu sein. Je mehr ich herumschrie, desto schärfer würden sie auf mich aufpassen. Und wenn ich erst mal frei war, konnte ich ja immer noch den Koteletthammer holen und hier ein Blutbad anrichten.

»Könnt ihr mich nicht gleich gehen lassen? Ehrlich, ich hänge das nicht so hoch. Wir sind doch Freunde, Alter. Jeder dreht mal durch und …«, ich rang nach Worten, »…und entführt mal jemanden. Das kommt vor. Ist doch kein Problem.«

»Tut mir leid, lieber Sebastian«, sagte der Domowoj ungerührt. »Aber wir müssen warten, bis das Verfahren gegen das Mädchen durch ist.«

»Welches Verfahren? Von welchem Verfahren redest du?« Ich zerrte mit aller Kraft an meinen Fesseln, das Klebeband riss an meiner Haut. Der linke Arm war fast draußen, und dann würde ich sie fertigmachen, alle zusammen. »Was werden sie ihr antun?«, schrie ich. »Und wie kannst du das zulassen? Ich dachte, du mochtest sie.«

»Sie schicken sie vermutlich in die Verbannung«, sagte Pjotr.

»In die Verbannung mit ihr, genau!«, rief ein Zwerg übermütig. »Wenn es um die Girls geht, versteht der Chef keinen Spaß!«

Noch ein kleines Stück, dann hatte ich eine Hand frei.

Pjotr brachte ihn mit einer Handbewegung zum Schweigen. »Wenn sie erst mal weg ist, darfst du deiner Wege ziehen. Du wirst sie nirgends finden. Kein Hominide kann die Orte der Verbannung aufspüren.«

Meine Linke verkeilte sich im Klebeband und fing an zu pochen. Der alte Rollladenschmerz meldete sich wieder. »Aber warum …?«

Der Domowoj biss einer Heuschrecke den Kopf ab. Und endlich verstand ich.

»Du willst sie für dich«, sagte ich.

»Natürlich, lieber Sebastian«, sagte der Domowoj. »Auch ich entscheide mich, wenn man mir die Wahl lässt, stets für das Mädchen. Und wenn wir uns später über den Weg laufen, wird sie keine Ahnung haben, dass ich mehr bin als ein attraktiver Mann, der ihr ganz zufällig begegnet.«

»Du hast dich bei mir einquartiert, um an Kim heranzukommen!« Ich kochte innerlich. Wie hatte ich so dumm sein können, dem Domowoj seine ganzen Märchengeschichten abzukaufen? »Wie ein Schmarotzer hast du bei mir gelebt! Mein Essen gegessen! Unter meinem Dach geschlafen! Und dabei von vornherein geplant, an meine Freundin ranzukommen. Du bist das mieseste Kameradenschwein, das man sich vorstellen kann! Das alles war nichts als Lüge und Betrug …«

»Du irrst dich schon wieder, lieber Sebastian«, sagte der Domowoj. »Ich brauchte ein domowojtaugliches

Zuhause und habe es bei dir gefunden. Es war schön in deiner Spüle, wie ich dir ebenfalls schon ausführlich dargelegt habe.«

»Warum dann Kim? Warum … meine Freundin?«

»Nun, mir gefiel ihr Foto auf deinem Nachttisch. Und die Geschichten, die du über sie erzählt hattest.«

»Was für Geschichten meinst du?«

»Den Sex natürlich.« Er rubbelte mit seinen langen Fingern über die plüschige Tapete.

»Sex? Aber das habe ich nur erfunden! Komplett erfunden!«

»Ich weiß. Die besten Geschichten sind nur ausgedacht.« Der Domowoj zog eine winzige Taschenuhr hervor. »Ich glaube, ich muss mich auf den Weg machen. Ich werde mich noch ein bisschen ausruhen. Morgen früh werde ich als Zeuge zu eurem Verfahren gehört und wollte da nicht völlig verpennt aufkreuzen. Kim soll ja keinen falschen Eindruck von mir bekommen. Schade, dass du nicht dabei sein kannst.«

»Warte!«, rief ich. »Du meinst, die würden mich anhören? Ich könnte da aussagen, und die würden Kim gehen lassen?«

»Da wäre ich mir nicht so sicher.« Der Domowoj lehnte im Türrahmen und kratzte sich lässig unter der Achsel. »Normalerweise werden Menschen wie du nicht angehört, sondern man manipuliert ihre Erinnerungen und schickt sie wieder zurück in ihr altes Leben. Aber was kümmert dich das? Du sitzt ohnehin hier fest.« Pjotr zuckte mit den Schultern. »Wenn der Kopf ab ist, weint man nicht um die Haare, sagt man in Russland.«

Er zog mein Handy aus meiner Hosentasche, überprüfte den Akku und steckte es weg. »Damit du nicht auf dumme Gedanken kommst«, tadelte er. Dann wandte er sich zum Gehen.

»Du warst es!«, rief ich ihm hinterher. »Du hast den Behörden erzählt, dass ich mit Kim geschlafen habe, oder?«

»Natürlich nicht«, sagte Pjotr. »Ich habe geschrieben. Wichtige Behördensachen würde ich immer schriftlich erledigen. Besonders wenn du es mit der GEZ zu tun hast. Der Kundenservice ist schrecklich.« Er lüpfte einen imaginären Hut und deutete eine Verbeugung an. »Tut mir leid für das Ungemach«, sagte er. »Aber du wirst es überstehen. Und es ist immer noch besser, als dich dem Bhael zu überlassen. Man ist ja kein Unmensch. Wir sehen uns dann in unserer Wohnung, wenn alles vorbei ist.«

»Ihr fühlt euch jetzt so richtig cool«, schnauzte ich die Zwerge an. »Ist toll, einen Gefangenen zu haben, an dem man sein mieses Leben abreagieren kann.«

»Kann nicht meckern«, sagte einer der Zwerge. Er hatte sich eine neue Tüte Heuschrecken geholt.

»So mies finde ich mein Leben gar nicht«, sagte sein Kollege. »Seit wir mit den Moralaposteln der Lichten Seite nur noch gelegentlich zu tun haben, ist es richtig lukrativ geworden.«

»Geld? Wollt ihr Geld? Ich kann euch Geld besorgen, eine Menge Geld«, sagte ich. »Das wird sich so richtig lohnen. Machen wir es so: Ihr lasst mich rasch mal raus, und dann könnt ihr euch die Kohle nachher bei mir zu Hause abholen. Muss nur kurz zum Automaten.«

Der Heuschreckenzwerg blätterte in meinem Portemonnaie herum. »Seine EC-Karte hat er dabei«, stellte er fest. »Vielleicht machen wir einen kleinen Ausflug zur Bank.«

Die Tür zum Vorführraum flog auf. Der Domowoj platzte herein, völlig außer Atem. »Sebastian ist übrigens arm wie eine russische Kirchenmaus. Ihr hättet mal die Wohnung sehen sollen, nicht mal eine anständige Stereoanlage«, sagte der Domowoj. Er huschte ins Zimmer. »Lasst euch nicht stören, hab nur was vergessen.«

Er wühlte in dem zerknautschten Rucksack in der Ecke und fischte etwas Weißes, Feingeripptes heraus. Ein paar dunkelbraune Flecken waren auf dem ausgeleierten Stoff zu sehen.

Pjotr hielt die Feinrippunterhose gegen das Licht.

»Nicht doch, Chef!« Der Heuschreckenzwerg verzog das Gesicht. »Das ist echt eklig.«

»Das ist unfassbar«, sagte ich, angewidert von der plumpen Zurschaustellung von Gier und Rücksichtslosigkeit des Domowojs. »Die gehört mir. Hab ich bezahlt.«

»Das ist Magie«, sagte der Domowoj und schwenkte die Unterhose in der Luft. »Du hast sie bezahlt und verloren, ich habe sie mit viel Mühe wiedergefunden. Auch dafür, Sebastian, danke ich dir herzlich. Kim wird begeistert sein. So viel Liebe zu ihr in einer einzigen Unterhose …«

»Das ist mein Liebeszauber!«, rief ich.

Pjotr roch an dem schmutzigen Stoff. »Genau. Darum wird er gut funktionieren.« Mit spitzen Fingern zupfte er unter meinem T-Shirt herum, kriegte die Goldkette zu fassen, zog mein Glücksbringeramulett aus dem Halsausschnitt. »Das hätte ich fast vergessen. Das brauchst du hoffentlich nicht mehr.«

Er stopfte es sich vorne in den Hosenbund.

»Dafür wirst du bezahlen, Domowoj«, sagte ich. »Auch dafür.«

Die Klebebänder um meine Unterarme schienen immer enger zu werden, das Blut pochte in meinen Fäusten.

Pjotr klopfte mir zum Abschied kameradschaftlich auf die Schulter. »Es war mir ein Vergnügen, mit dir Geschäfte zu machen. Dann will ich mal nicht länger stören. Wo wart ihr stehengeblieben?«

»Bestechung«, sagten die beiden Zwerge wie aus einem Mund. Sie lachten.

Nachdem Pjotr verschwunden war, bot ich ihnen eine Viertelstunde lang Bargeld an, Wohnrecht in meiner Wohnung (»Die ist schon besetzt«, höhnten sie. »Da hast du nichts mehr anzubieten.«), Telekom-Aktien meines Vaters und meine immerwährende Freundschaft und Dankbarkeit. Aber da schien kein Bedarf zu bestehen.

»Von dem ganzen Gequatsche kriege ich echt Hunger«, sagte der Heuschreckenzwerg nach einer Weile. »Pommes mit Mayo, hast du vorhin gesagt?«

Der andere nickte. »Ich komme schon alleine mit ihm klar. Der macht sich ja gleich vor Angst in die Hose.«

»Nicht vor Angst«, gab ich zu. »Sondern weil ich muss, ihr Arschlöcher.«

Die Zwerge feixten.

Alles, was Kim in diesen kostbaren Minuten angetan wurde, würde ich diesen charakterlosen Opportunisten heimzahlen, doppelt, dutzendfach.

Der Heuschreckenzwerg griff in mein Portemonnaie und holte einen Zwanziger raus. »Auch was, Schätz? Vielleicht eine Cola?«, fragte er aus der offenen Tür heraus, die in einen unbeleuchteten, mit Teppich ausgeschlagenen Gang führte.

Stumm schüttelte ich den Kopf. Der Heuschreckenzwerg verschwand auf leisen Sohlen.

Mein verbliebener Wächter und ich starrten uns hasserfüllt an. »Jetzt, wo keiner guckt, kann ich dir eigentlich auch ein paar Manieren beibringen«, knurrte der Zwerg.

Er zog seine Lederjacke aus. Sein ärmelloses Shirt gab den Blick auf eine wulstige, narbenübersäte Oberarmmuskulatur frei.

Ich riss an meinem linken Arm, die Angst verlieh mir Kraft, das Klebeband zurrte sich zu einer scheuernden, klebrigen Wurst zusammen, die sich langsam dehnte.

»Du darfst gerne schreien«, sagte er. »Das verleiht der Situation die nötige Würze.«

»Ha!«, schrie ich, als ich meine Hand freibekam. Ich schwang die Faust in der Luft. »Komm her, Zwerg!«

Er kam tatsächlich. Packte meinen befreiten Ellenbogen mit einem eisenharten Judogriff, bog ihn nach hinten. Mit der Mittelfingerspitze erwischte ich eines seiner Nasenlöcher, grub mich in die weiche, popelnasse Tiefe – bis Blut kam.

Seine Schmerzenschreie beflügelten mich. Aus der Körperdrehung heraus gelang es mir, die andere Hand zu drehen, zu beugen, aus der Fessel zu ziehen. Meine Füße tobten in den dicken Lagen Klebeband.

Der Zwerg stand hinter meiner Stuhllehne und würgte mich wie ein mordlustiger Frisör. Blind boxte ich nach hinten, erwischte ihn im Gesicht, gummiartig und zäh vibrierte es unter meinen Hieben.

Die Zimmertür wurde geöffnet. Mein Kontrahent und ich ließen für einen Moment die Deckung sinken, um die neue Situation einzuschätzen.

Der Heuschreckenzwerg war wieder da, schneller als erwartet. Aber er hatte keine Pommes dabei. Unbeholfen wie eine eingerostete Marionette stolperte er rückwärts ins Zimmer, setzte mechanisch einen Fuß hinter den anderen.

»Sschätz!«, lispelte eine Stimme aus der Dunkelheit des Korridors. »Schätz, bist du hier?«

Aus den Augenwinkeln sah ich eine Attacke des Würgezwerges voraus, zielte mit dem Daumennagel nach seinem Ohr. »Hier!«, rief ich. »Auf dem Stuhl!«

Die Deckenbeleuchtung erlosch brutzelnd.

Einzig die Vorführmaschine in der Zimmermitte spendete noch einen Rest an Licht, ein graublaues, stroboskopartiges Leuchten.

Irgendwer kam dort durch die Tür, eine verschwommene, hagere Gestalt. Bleiche Fingerspitzen lugten aus einem bodenlangen dunklen Mantel. »Schätz«, knurrte der Mann.

Es roch nach Hundefutter.

Dann implodierte die Lampe des Vorführgerätes und ließ uns in vollkommener Dunkelheit zurück.

Die Angstschreie der Zwerge wurden durch das präzise Klappern und Rotieren der Filmspule unterlegt, ein unbeteiligter Rhythmus unter der Melodie der Gewalt.

Irgendwann schrie niemand mehr.

»Wir hatten noch eine Rechnung offen, Herr Schätz«, sagte eine heisere Stimme an meinem Ohr. »Wegen der Sache im Starmaxx.« Eine kühle Hand riss die Klebestreifen an meinen Beinen fort wie Krepppapier.

»Theodor?«, fragte ich, »Teddy, sind Sie das?«

»Kommen Sie«, sagte Theodor. »Ich bin sicher, jeden Moment wimmelt es hier nur so von Zwergen.«

Wie konnte es nur so weit kommen?

Man ahnt nichts Böses, lebt so vor sich hin und schlägt sich irgendwie durch, man benimmt sich korrekt und führt ein unbescholtenes Leben.

Und plötzlich befindet man sich mitten in der Nacht im Staff-only-Bereich des Stadtkinos und wickelt zwei bewusstlose Zwerge in eine Löschdecke.

»Ich würde nicht zu fest wickeln.« Teddy schob sich eine Ray-Ban-Sonnenbrille über seine hungrigen Krokodilaugen. »Sonst ersticken sie, und das führt am Ende nur zu einer Menge Papierkram. Die Hypnose ist ohnehin schlecht für die Atmung. Da riskiert man besser nichts.«

Ich betrachtete einen verknickten Bartzipfel, der aus dem Paket herausschaute. Einwickeln ja, überlegte ich, aber umbringen – lieber nicht. Auch wenn die Zwerge Arschlöcher waren.

»Wie haben Sie mich gefunden, Theodor?«, fragte ich. Mein Herz raste und meine Fingerspitzen waren klitschnass.

Teddy massierte mir die Schulter. »Sagen wir doch Du, einverstanden? Jetzt, wo wir uns gegenseitig gerettet haben?«

Ich nickte. »Wie hast du mich gefunden?«

»Ein Verwandter in deiner Straße. Sah dich mit einem Domowoj in ein Taxi einsteigen. Ein paar Anrufe in der Taxizentrale, Fahrziel Starmaxx, den Rest hast du gesehen.«

»Der … Kioskbesitzer, richtig?« *Wenn du mal Hilfe brauchst, dann komm einfach vorbei*, hatte er gesagt.

»Du hast viele Freunde, Sebastian«, sagte Teddy. »Die Dunkle Seite mag dich.«

Immer wieder löste sich das Kabel, mit dem ich das Zwerg-Löschdecken-Paket verschnürt hatte. Von drinnen roch es nach abgestandenem Zigarettenrauch und Popcorn. »Und wo hast du so gut Hypnotisieren gelernt, Teddy?«

»Wir Vampire sind ein findiges Völkchen«, sagte Teddy. »Wir berechnen ständig Dinge im Voraus. Wie wahrscheinlich ist es, dass der einfühlsame Herr Schätz von subversiven Kräften entführt wird? Kann man ein fahrendes Taxi stoppen, wenn man einen Kasten Fanta auf die Windschutzscheibe wirft? Solche Sachen eben. Und Hypnotisieren ist Vampirspezialität.« Seine rot geränderten Augen rollten in ihren Höhlen herum. Ein unappetitlicher Anblick.

»Vampire, ja?«, murmelte ich.

Teddy hob eine Augenbraue. »Ich dachte, mit dem Thema sind wir durch.«

Beinahe hätte ich Teddy gebeten, mir seine Vampirexistenz zu beweisen, ein monströses Kunststück zu vollbringen, das mir bewies, dass er mehr war als ein Mensch. Aber ich konnte mich nicht dazu durchringen. Ein positives Ergebnis hätte mich nur noch weiter fertiggemacht. Und die Zeit drängte.

Ich schleifte die Zwerge hinter einen Vorhang und ließ sie zwischen abmontierten, kaugummiverklebten Kinosesseln mit aufgeschlitzten Polstern liegen.

Sie rührten sich nicht. So war es also, wenn man einem Vampir in die Hände geriet. Ich erinnerte mich noch gut an Teddys brutalen Überfall. Damals hatte es einen Grund gegeben, warum er mich nicht getötet hatte. Es war besser, dieses Mal eventuelle Missverständnisse so früh wie möglich aus dem Weg zu räumen.

»Da wäre noch etwas«, sagte ich. »Dieses Amulett ... Letztes Mal hast du mich für einen Wächter gehalten.«

Teddy sah auf. Der Blick eines Raubtiers. Er knabberte an der Lippe und schwieg.

»Ich habe das Amulett zufällig in die Finger gekriegt«, gestand ich. »Ich bin gar kein Wächter oder so was.«

Teddy zuckte mit den Achseln und setzte ein schiefes, scharfzahniges Grinsen auf. Die Sache schien ihn nicht zu stören, er schien mich als alten Kumpel zu betrachten. Seltsam, aber mir ging es genauso, die instinktive Angst in Teddys Gegenwart war verschwunden.

»Hast dich nicht schlecht geschlagen als Wächter. Habe ich dir direkt abgenommen.«

»Was ist das … ein Wächter?« Wächter, das hörte sich unbehaglich an. So wie ein Nachtwächter – eine einsame, traurige Gestalt, die mutterseelenallein durch die verschlafenen Straßen streifte und sich mit Verbrechern und streunenden Wölfen herumschlug.

»Unsere Lebensversicherung, Sebastian«, sagte Teddy. »Unsere Anwälte, unsere Freunde. Die Leute, die einen zusammenflicken, wenn es sonst niemand tut. Harte Männer und Frauen beim MAD.«

»MAD?« Neonrote Rettungswesten? Handgreifliche Sanitäter?

»Eine Tarnung«, sagte Teddy. »Der Orden existiert seit Jahrhunderten und hütet die Dunkle Seite.«

Die Dunkle Seite?

»Du meinst so monsterdunkel?« Glaub ihm nicht, Schätz, sagte ich mir, hör dir die Sache an, lächle, stimm ihm zu, sag danke und dann weg von hier.

»Leute wie mich«, sagte Teddy. »Die traditionell gewisse Probleme mit der Koexistenz mit den Menschen haben. Sozial unerwünschte Ernährungsgewohnheiten zum Beispiel.«

Das war elegant formuliert.

»Was ist mit der GEZ?«

Teddys käsiges Gesicht verhärtete sich. »Über die rede ich nicht so gerne. Ungute Erfahrungen. Schlechte Erinnerungen.«

»Die mischen sich in fremde Sachen ein«, sagte ich. »Stecken ihre Nase in Angelegenheiten, die sie nichts angehen.«

»Sie sind der Gegenspieler des MAD. Betrachten sich ebenfalls als Wächterorden. Aber eben in einer anderen Angelegenheit. Die Sache des Lichts, sagen sie, heißt, die Menschen vor solchen wie uns zu schützen. Die Gattungen voneinander zu trennen.«

»Ich dachte, die kümmern sich um Rundfunkgebühren«, sagte ich.

»Machen sie auch«, sagte Teddy. »Radio, neuartige Rundfunkempfänger und so weiter. Aber ihre Hauptaufgabe ist es, unsere Existenz vor den Menschen geheim zu halten. Licht und Dunkel sind keine Feinde, musst du wissen. Sie arbeiten in manchen Punkten zusammen. Die Lichte Seite stellt sich zwischen uns und die Menschen, sie manipulieren die Menschenwelt, sie führen Gedächtnislöschungen durch, sie hüten die Grenzen. Sie sorgen dafür, dass Anthropomorphe sich nicht mit Menschen einlassen. Sind gut in bürokratischen Sachen. Wenn du mal Sorgen mit einem menschlichen Vermieter hast, geh zur GEZ, die boxen dich raus.«

Manipulation, Gedächtnislöschung, Paarungsverbot: Die GEZ war für sämtliche meiner Probleme verantwortlich, die Kopfschmerzen mal ausgenommen. »Nette Leute«, sagte ich.

»Manchmal ist es notwendig«, sagte Teddy. »Seit 1805 verpflichten sich Licht und Dunkel zu Neutralität. Der Dunkle Orden gewährt jedem Anthropomorphen Obdach und Heilung, der Lichte Orden schirmt jeden Anthropomorphen vor den Menschen ab. Uneinig sind sie sich lediglich über das Kleingedruckte. Zum Beispiel darüber, wie viele Menschen ein Vampir pro Jahr erlegen darf.«

»Klingt kompliziert«, sagte ich. *Erlegen – so wie ich erlegt werden sollte.* Mein Mund fühlte sich rau und trocken an.

»Ist es nicht.« Teddy hob seine ungewaschenen Hände wie Waagschalen in die Luft. »Das Licht und das Dunkel. Die Isolation und die Koexistenz. Bürokratie und Chaos. Ein Radler für jeden oder Schnaps für alle. Ist ganz einfach.«

»Und was ist mit denen da?« Ich wies auf die eingewickelten Zwerge. »Für wen arbeiten die?«

»Für niemanden.« Teddy spuckte aus, ein hellrosa Speichelfleck mit einigen Blutgerinnseln blieb an der Wand hängen. »Suchen sich überall das Beste aus. Wechseln die Seiten, wie's ihnen gerade passt. Von denen hält man sich am besten fern. Verkaufen dich für eine Handvoll Popcorn.«

Eine Etage über uns war Fußgetrampel zu hören.

»Die sind Kim auf der Spur«, brachte ich hervor. »Wollen sie und mich auseinanderbringen. Die wollen sie abschieben, ausweisen, wegmachen. Verbannung und so. Irgendwelche Behörden, GEZ-Zwerge, die machen kurzen Prozess mit ihr. Ich muss zu ihr, schnell!«

Ich packte Teddy an den mageren Oberarmen. Unsere Gesichter berührten sich beinahe. Seine Bartstoppeln glänzten fettig.

»Hilf mir, Mann.« Zum zweiten Mal innerhalb eines Tages bat ich jemanden um Hilfe, von dessen obszönen Ernährungsgewohnheiten ich nichts wissen wollte. »Man hat mich verarscht, der Domowoj hat mich aufs Kreuz gelegt, und jetzt wollen die Kim ausweisen. Weil wir … Sex hatten, angeblich. Du musst mich dahin bringen, wo sie ihr den Prozess machen wollen.«

»Du willst dich wirklich ausliefern? Um sie zu retten? Ein Mädchen des Lichts?«

»Ich werde denen die Wahrheit erzählen. Und Kim wird hierbleiben können, und alles wird wieder, wie es mal …« Mir versagte die Stimme.

»Du bist unschuldig, Schätz«, flüsterte Teddy. »Ihr beide hattet keinen Sex.« Sein Hundefutteratem verströmte die Aura ungeahnter, dunkler Kräfte. Genau das, was wir jetzt brauchten.

»Das hast du wieder vorausberechnet, richtig?«

»Nee, Sebastian, dieses Mal nicht. Auch wenn ich nicht viel vom Auralesen verstehe. Aber das kann man nicht übersehen. Du bist unschuldig.«

Ohne Vorwarnung presste er mir die Hand auf den Mund. Der stechende Geruch von Desinfektionsmittel haftete an ihr. »Still jetzt!«, zischte Teddy und zog mich in eine Nische. Nach einem Moment vollkommener Stille entspannte er sich. »Etwas hat das Gebäude betreten. Und es ist uns nicht freundlich gesinnt. Wir beeilen uns besser!«

»Etwas?«

»Keine Ahnung, was es ist«, keuchte Teddy. »Aber es ist nichts, dem wir über den Weg laufen sollten. Lass uns abhauen. Schnell!«

In rasendem Tempo zog mich Teddy durch endlose, schlecht beleuchtete Korridore tief in den Innereien des Starmaxx. Wände und Böden waren mit abgewetzter Auslegeware bezogen. Niemand war zu sehen. Und bis auf einige dumpfe Geräuschfetzen aus den Kinosälen über unseren Köpfen war es still.

Immer wieder hielt Teddy inne, lauschte und atmete in hechelnden Stößen ein und aus.

»Was die Zwerge wohl mit dem echten Filmvorführer angestellt haben?«, überlegte ich laut.

Teddy sah mich verständnislos an. »Filmvorführer?«

»Der Typ, der die Rollen wechselt. Was die wohl mit ihm gemacht haben?«

»Filmrollen werden ausschließlich von Zwergen gewechselt«, sagte Teddy streng. »Das weiß bei uns jedes Kind. Wer sonst würde sich freiwillig stundenlang in engen unbeleuchteten Räumen aufhalten? Die haben ein echtes Monopol. Kaum auszudenken, was passiert, wenn die mal streiken. Ein Glück, dass Zwerge Kino lieben. *Kino ist das Größte!* Schon mal gehört?«

Teddy hielt vor einer verwitterten Feuerschutztür. Der Schriftzug EXIT war beinahe bis zur Unkenntlichkeit verblichen. Nur das X in der Mitte hatte jemand mit blutroter Farbe nachgezogen.

Ächzend stemmte sich Teddy gegen die Tür und stieß sie auf. Kalte Nachtluft wehte uns entgegen. Er zog mich nach draußen. Knarrend fiel die Tür hinter uns ins Schloss.

Wir befanden uns auf dem Entsorgungshof des Starmaxx: leere Getränkekisten, Altpapiercontainer, Restmüllberge. Im Schein einer Straßenlaterne glitzerten schmutzige Regenpfützen. Irgendwo in der Dunkelheit miaute eine heisere Katze. Der Hof hatte eine schmale Zufahrt, hinter der ich die Lichter des Stadtverkehrs vorbeihuschen sah.

Teddy zuckte zusammen. Er schloss die Augen und schien auf etwas zu lauschen, das sich meiner Wahrnehmung entzog. »Sie haben herausgefunden, dass du geflohen bist«, flüsterte er. »Sie suchen dich. Und sie sind uns schon ziemlich nahe gekommen.«

Wortlos wies Teddy nach oben zum Dach des Gebäudes. An der Mauerkante hob sich eine gedrungene Gestalt gegen den nachtblauen Himmel ab. »Lauf weg«, flüsterte Teddy. »Flieh! Ich lenke ihn ab.«

»Aber wohin soll ich gehen? Lass mich nicht allein, Teddy!«

»Erst mal weg von hier!«, zischte Teddy. »Wir treffen uns in zehn Minuten an der Straßenbahnhaltestelle. Bleib in den Schatten!«

Dann verschwand er vor meinen Augen, zack! Einen Moment noch sah ich einen kleinen ledrigen Schatten, der sich in der Gasse nach oben schraubte.

Ich rannte geduckt so schnell ich konnte, stolperte über einen abgerissenen Mülleimer, der scheppernd in der Dunkelheit verschwand. Eine gescheckte Katze wurde aufgescheucht und sprang mir fauchend entgegen.

Als ich die Hauptstraße erreichte, sah ich mich um. Weit und breit war niemand zu sehen, nur ein paar nächtliche Spaziergänger im Schein der Straßenlaternen und Reklametafeln. Keine Spur von Zwergen, Vampiren oder anderen Verdächtigen.

15

Der Bhael

Ich hockte mit angezogenen Beinen im Wartehäuschen der Straßenbahnhaltestelle Steintor und versuchte, mit dem BILD-Werbeplakat hinter meinem Rücken zu verschmelzen. Darauf bedankte sich Sido in blutroten Großbuchstaben artig *für die Titt'n* und hielt seine Metallmaske so unbeteiligt in die Kamera wie Indiana Jones den außerirdischen Kristallschädel.

Stürmischer Regen peitschte die schäumenden Pfützen die Straße entlang. Zwischen den blassen Kugeln aus Halogenlicht unter den Straßenlaternen herrschte blickdichte Finsternis. Von irgendwo waren schnelle Schritte zu hören. Folgte man mir, suchte man mich? Hingen mir die zerlumpten Zwerge an den Fersen – und wo war der Bhael?

Was war der Bhael?

Und was geschah mit Kim? Wo war sie?

Die wenigen Spaziergänger, die mir an jedem anderen Abend belanglos vorgekommen waren, schienen Geheimnisse vor mir zu verbergen. Was war mit dem abgerissenen Kerl im Eingangsbereich der U-Bahn, der mich über den Rand seiner prallgefüllten Einkaufstüte anstarrte, als würde er mich kennen? Gehörte der auch zu *denen*?

Und was war los mit dem unnatürlich hochgewachsenen Gothic-Pärchen, das Hand in Hand und mit klirrenden Ketten am Körper auf der unbeleuchteten Seite der Straße entlangspazierte? Waren sie auch, Sie wissen schon, *Oger* oder so ähnlich? Waren Oger nicht normalerweise grün und von DreamWorks und lebten in einem Sumpf?

Alles, was ich sah, hatte sich verändert. Hinter der Oberfläche schien eine zweite Schicht zu liegen, fremdartig und bedrohlich, und endlich konnte ich sie fühlen.

Ich sah auf die Uhr. Sieben Minuten waren seit meiner Flucht vergangen, und von Teddy war nichts zu hören oder zu sehen.

Das einzige Geräusch war das gedämpfte Plärren eines arabischen Radiosenders aus einem Imbiss gegenüber der Haltestelle. Ich zog die Beine unter den Körper. Es wurde wirklich kalt, und die nächste Bahn in Richtung Zentrum fuhr erst in zwanzig Minuten – die letzte für heute Nacht. Hier sitzen zu bleiben kam einer schriftlichen Einladung gleich, mich aufzuspüren und zu verschleppen.

Ich hätte auch weglaufen können, irgendwohin. Aber dann waren meine Chancen, Teddy wiederzufinden, eher gering, und ohne Beistand würde ich diese grauenhafte Nacht vielleicht nicht überstehen.

Ich wählte Kims Nummer von einem Münztelefon. Doch ihr Handy war ausgeschaltet. Und ihr Festnetz *ab*geschaltet: »Diese Nummer ist nicht vergeben.«

Irgendwas war mit ihr passiert, man hatte sich ihrer bemächtigt, sie entführt, irgendwas Furchtbares getan. Und mir würde vielleicht das Gleiche zustoßen.

Ein Donnerschlag am Himmel warf mich von meinem Sitz. Ich rutschte mit den Knien in eine Pfütze, kauerte mich zusammen. Sido schaute unmotiviert über meinen Kopf hinweg in die Dunkelheit. »Schätz«, schienen seine Augen hinter den Sonnenbrillengläsern zu sagen, »du machst ein bisschen viel Wind um die Sache. Müsstest dich mal sehen, Alter, deine Hose sieht echt scheiße aus, voll in der Pfütze drin. Reiß dich zusammen, krieg deinen Arsch hoch, und tret den ganzen Wichsern in die Eier. Sei mal bisschen aggro, trau dich ruhig.«

»Du hast gut reden«, sagte ich zu Sido. »Du hast immer noch deine fiese Maske, damit kommt dir keiner krumm.«

Sido antwortete nicht.

Schätz, dachte ich, jetzt ist es so weit. Du kauerst nachts in Haltestellenhäuschen und unterhältst dich mit den Werbepostern. Du musst raus aus der Pfütze, schleunigst unter ganz normale Menschen, sonst drehst du völlig durch.

Ein LKW donnerte die Straße entlang und spie verschlammtes Regenwasser über den Bürgersteig. An einer roten Ampel hielt er, höchstens fünf Meter von mir entfernt. Das ist deine Chance, Schätz, dachte ich, raus aus der Deckung! Ich sprang aus meinem Versteck, hievte mich über die Haltestellenabsperrung und rannte geduckt auf den arabischen Schnellimbiss zu, zum Licht, zu den Menschen.

Ich war der einzige Kunde.

Schweißüberströmt und schlammbespritzt trat ich ein, richtete meine Klamotten und versuchte, ein möglichst entspanntes Gesicht aufzusetzen. Ich benötigte einen Unterschlupf und konnte es nicht gebrauchen, wenn mich der Verkäufer vor die Tür setzte.

»Falafel-Schawarma halb-halb«, bestellte ich.

Die Zähne des Schawarma-Manns schimmerten in betörendem Weiß, das in eigenartigem Kontrast zu seinen feuchten, schwarzen Augen stand. Er starrte mir auf die Stirn. Vermutlich sah er mir an, dass ich ein Ungläubiger war und mich keinen Deut darum scherte, ob mir Lamm, Schwein oder irgendein anderes unreines Gezücht in meine Rolle gewickelt wurde, so lange sie warm, fettig und scharf gewürzt war.

Aber das spielte keine Rolle. Er war ein Mitmensch, er hatte ein Dach über dem Kopf, er war mein Freund.

»Wir schließen jetzt«, säuselte der Araber und klapperte bedrohlich mit der Salatzange. »Gibt kein Schawarma mehr heute.«

Ich zeigte auf zwei verlorene graubraune Falafel, die in einem Bett aus welkem Ziersalat auf den Ladenschluss warteten. »Die sehen doch super aus, die nehme ich dann.«

Zweimal schnappte die Zange in chirurgischer Präzision zu, dann lagen die Kichererbsen-Frikadellen vor mir auf einem Stück Alufolie. »Kann ich nicht mehr warmmachen, musst du so essen. Zaziki?«

Ich heuchelte Appetit. »Mhh, das wäre super.« Immer wieder hielt ich durch die Ritzen zwischen den Plakaten Ausschau nach einem Verfolger. Die Nacht drängte sich feucht und stürmisch ans Fenster, Schlaglichter und Schatten huschten von draußen über die vergilbten Plakate.

Kurz war hektisches Flügelschlagen zu hören. Ein Vogel, dachte ich, ein Vogel oder ein Flugsäuger.

»Ich mache jetzt zu«, sagte der Falafel-Mann. »Musst du draußen essen.«

Draußen, ein hässliches Wort.

»Macht mir wirklich nichts aus, wenn Sie den Salat schon mal wegpacken und durchwischen. Die Bahn kommt sowieso in fünf Minuten.«

Die Antwort des Schawarma-Mannes bestand aus einem unangenehmen Kratzen der Salatzange auf dem Kunstmarmor des Tresens. »Draußen.«

Ich zuckte zusammen. »Schon gut«, murmelte ich. »Ich hau ja ab, ist klar.« Sicher wollte der Typ einfach nur entspannt die abgesäbelten Schawarma-Reste für den nächsten hungrigen Kunden morgen früh in Alufolie einpacken.

Ich griff nach der Türklinke – und erstarrte. Zwischen den verblichenen Plakaten auf der Fensterscheibe blieben nur wenige Ritzen, durch die ich auf die Straße sehen konnte.

Zwei Typen drückten sich direkt in den Hauseingang der Gaststätte: Gestalten in langen Mänteln. Schirmmützen warfen tiefe Schatten auf ihre Gesichter. Ich erhaschte einen Blick auf leichenblasse Haut, von violetten Pusteln übersät. Fettiges Haar, Augenbrauen wie Drahtbürsten.

Durch die Tür drangen einige Gesprächsfetzen.

»Du hast ihn entkommen lassen!«, röchelte einer der beiden. Seine Stimme klang dumpf und heiser, als hätte man ihm den Hals aufgeschnitten, mit feuchter Holzwolle ausgestopft und notdürftig wieder zugenäht. »Eben war er noch da, und jetzt ist er verschwunden. Weil du unbedingt *unauffällig* sein wolltest, um ihn *nicht zu verschrecken*! Deine Ahnen lachen sich scheckig, wenn sie das hören.«

»Habe ich nicht gleich gesagt, wir brauchen die Hunde? Sicherheitshalber?«, gurgelte sein Gegenüber. »Aber du wolltest dich unbedingt auf deine Supernase verlassen!«

»Lass mich mit den verfluchten Hunden in Ruhe! *Wir* haben die besseren Nasen! Dieser ganze neumodische Kram wird uns noch Kopf und Kragen kosten.« Der Mann gestikulierte wild. Als er seine Schirmmütze tiefer in die Stirn zog, sah ich seine dürren, dicht behaarten Finger mit spitz zulaufenden, erdverkrusteten Nägeln.

Das waren Hände, die einem nachts, in den hässlichsten aller Träume, über den Kehlkopf strichen. Hände, die rohes Fleisch in scharfzahnige Münder stopften. Hände, denen der Geruch von alten, mottenzerfressenen Laken anhaftete.

Eine Welle aus Angst und Übelkeit überkam mich ohne Vorwarnung. Ich würgte ein paar Fetzen Falafel hoch, hustete und kaute und schluckte den sauren Kichererbsenbrei mühsam wieder hinunter. Irgendwas an diesen Typen löste nackte Panik in mir aus. Unwillkürlich wich ich ein paar Schritte zurück. Als hätte mein Körper etwas verstanden, das noch nicht richtig in meinen Geist vorgedrungen war: dass Flucht die einzige Möglichkeit war.

»Also, ich rieche nichts mehr«, sagte der Kerl mit der Röchelstimme. »Die Spur verliert sich hier irgendwo.«

»Ich rieche auch nichts. Bis auf das Scheiß-Schawarma! Man müsste den Typen kaltmachen, der das brät. Der ganze Knoblauchgestank macht mich völlig fertig.«

Ein kurzer, peinlicher Moment der Stille entstand, nur unterbrochen durch das Dudeln des arabischen Radiosenders. Dann brachen die beiden Männer vor der Tür in lautes, kehliges Gelächter aus, als wäre das ein vortrefflicher Witz gewesen. Ihre Zähne funkelten wie zerbrochenes Glas.

»Holen wir uns um die Ecke noch 'ne Curry-Pommes? Mir ist jetzt total nach was Fleischigem. Und ich sterbe vor Durst.«

»Bei der ganzen Hetzjagd vergeht einem ja der Appetit«, sagte der Hundefreund. »Gehen wir lieber nochmal runter zum Kino. Da war seine Spur noch frisch. Und nachher speisen wir ganz in Ruhe.«

Was wohl geschah, wenn diese Kerle mich in die Finger kriegten? Mein Unbewusstes produzierte in dichter Folge hässliche Bilder: eine Hand an meiner Kehle, Kim regungslos auf dem Küchenboden ihrer Wohnung, Grabesgeruch, Stille.

Ich atmete stoßweise durch die Nase, bis die beiden Männer weg waren, bis sich ihr Schnaufen und Grunzen entfernte. Als ich mich umdrehte, stand der Schawarma-Typ direkt hinter mir. »Was wollen Sie immer mit der verdammten Salatzange?«, zischte ich.

»Wir schließen jetzt«, sagte der Araber mit sanfter Stimme. Noch immer bohrte sich sein Blick fest auf die Stelle zwischen meinen Augen. »Du solltest jetzt unbedingt gehen. Sofort.«

Ich holte tief Luft. Zehn- oder fünfzehnmal ballte ich die Fäuste, bis das Zittern aus meinen Fingern endlich verschwand. Dann trat ich hinaus auf die menschenleere Straße.

Hier draußen waren Psychopathen unterwegs. Sie wussten von mir, sie suchten mich, sie hatten vermutlich meine Adresse, und die von Kim auch.

Ich musste weg von hier, egal wohin, erst mal weg. Und dann brauchte ich einen Plan, einen todsicheren Plan, wie ich meinen Kopf aus der Schlinge zog, und den von Kim gleich mit.

In der Ferne schaukelte endlich die Straßenbahn heran. Das war meine Chance. Ich sprang über die Straße, warf mich über das Absperrgitter der Haltestelle und presste mich wieder in das Wartehäuschen. Fünf unendliche Sekunden lang wagte ich nicht, mich zu rühren oder auch nur zu atmen.

Endlich hielt die Bahn direkt vor meiner Nase. Zischend senkten sich mir die Stufen zum Einsteigen entgegen. Meine Fingerspitzen kribbelten, ich schnappte nach Luft. Wenn ich jetzt einfach abhaute – was würde dann aus Teddy werden? Egal, die nächste Bahn kam erst in vier Stunden.

Ohne Teddys Unterstützung in dieser Frage wäre mir die Entscheidung vielleicht noch ein bisschen schwerer gefallen. Aber als ich ihn so sah, wie er mit rudernden Armen auf mich zurannte, das Shirt wehte zerrissen an seinem mageren Leib, Blut lief ihm über die Stirn, überlegte ich nicht lange und sprang in die Bahn.

»Der Bhael!«, brüllte Teddy. »Der Bhael! Warum hast du mir nicht gesagt, dass er hinter dir her ist? Steig ein, verflucht nochmal. Er kann jeden Moment hier sein!«

Ich packte Teddy an seinem knochigen Handgelenk und zog ihn hoch in den Waggon. Er wog fast nichts.

Die flackernde Straßenlaterne an der Haltestelle brummte, knisterte und erlosch.

Teddys Arme und sein Gesicht waren mit unzähligen Schnitten und Kratzern übersät, aus denen rostfarbenes Blut sickerte. »Der Bhael!«, flüsterte er. »Er ist hier.«

Dann brach er zusammen.

Irgendwo dort draußen fauchte ein Tier.

Ich fuhr herum und starrte aus der Waggontür in die Nacht. Aber da war niemand, kein Mensch, kein Untier. Eine Laterne nach der anderen gab den Geist auf. Zwischen den geparkten Autos hinter dem Wartehäuschen krochen die Schatten zusammen und verdichteten sich zu einer samtigen, körperhaften Dunkelheit.

Ein gelbes Augenpaar starrte mir von dort entgegen.

Zischend schlossen sich die Waggontüren. Das Ding dort draußen setzte sich in Bewegung, bahnte sich rasend schnell seinen Weg durch die Finsternis – direkt auf mich zu.

Die Bahn fuhr an, etwas prallte gegen die Scheibe. Schwarzes Fell. Eine gelbe Iris. Zähne.

Zähne.

Der Blick des Bhael traf mich tief in der Seele und rührte an verschütteten Schichten meines urzeitlichen Überlebensinstinkts, weckte das reflexüberflutete, scheue Reptilienhirn, löste alle Impulse für eine kopflose Flucht ins Ungewisse, Auge in Auge mit dem Jäger: Die gelben Augen des Bhael verkündeten mein nahendes Ende.

Ich klammerte mich an einer Haltestange fest und schrie, wie man nur dann schreien kann, wenn man ins Angesicht des Todes sieht.

Der Bhael war kein Mensch.

Er war ein Bündel aus samtigem Fell und scharfen Krallen, deutlich größer als eine Hauskatze, er war leise, wild und tödlich.

Auch wenn ich seinem Blick nur für einen Sekundenbruchteil begegnet war, ehe sich die Waggontüren schlossen und die Straßenbahn anfuhr, hatte ich die Boshaftigheit gespürt, die in diesen gelben Augen lauerte. Der Bhael schien mich zu hassen, abgrundtief, er hasste mich, ohne mich je zuvor gesehen zu haben. Dennoch schien er genau auf mich gewartet zu haben. Auf Sebastian Schätz.

Die Straßenbahn holperte und klingelte durch die leeren, nächtlichen Straßen von Hannover. Draußen war nichts zu sehen, hin und wieder ein Auto, kaum

Fußgänger, kein Bhael. Würden wir das Vieh abhängen können? Wie sollte das gehen? Die Straßenbahn war ja kaum zu verfehlen. Er brauchte nur den Schienen zu folgen. Und ich saß im Waggon fest. Andererseits: Die Notbremse ziehen und in die Nacht rausspringen klang auch nicht gerade nach einer verführerischen Idee.

Teddy lag immer noch zusammengekrümmt auf dem Boden der Straßenbahn und regte sich nicht. Seine Augen waren geschlossen, ein schwaches Kräuseln ging über seine Lippen.

Es war still.

Er sah im trüben Licht der Innenbeleuchtung lebendiger aus, als ich ihn je zuvor gesehen hatte. Aus den unzähligen Schnitten und Kratzern in seinem Gesicht rann immer noch das Blut, und sammelte sich in einer rotbraunen Lache um seinen Kopf.

Teddy atmete nicht.

Das hieß, er musste tot sein, dachte ich, wer nicht atmet, kann ja nicht anders als tot sein. Ich hatte ihn verloren, irgendetwas hatte ihn umgebracht.

Aber da war noch diese andere Möglichkeit. Das Wort mit V. *So einen unfähigen Vampir gibt es nicht zweimal,* hatte Teddy gesagt.

Und wenn er Recht hatte? Konnte ein Vampir überhaupt verbluten? Oder ersticken? Darüber macht man sich ja normalerweise gar keine Gedanken.

»Teddy?« Ich rüttelte ihn an seiner knochigen Schulter. Blut sickerte durch den Stoff meiner Sneakers. »Hey, Theodor! Wach auf, Mann!«

Er reagierte nicht. Als würde er sehr tief schlafen. Ohne zu atmen.

Ich schob ein Augenlid hoch. Es fühlte sich kalt und elastisch an. Teddys Pupille war stecknadelgroß und ruhte in einer farblosen Iris. Ob er mich sehen konnte?

Blauviolett traten Teddys Adern an den Schläfen und am Hals hervor. Dann sah ich seine Zunge. Sie drängte sich zwischen den aufgesprungenen Lippen nach draußen, schuppig und dunkelrot, beinahe schwarz. Sie zitterte und fuhr tastend hin und her. Kurz öffnete Teddy den Mund und klappte ihn wieder zu.

Ich erhaschte einen schauerhaften Blick auf sein gefälteltes, blutleeres Zahnfleisch, in dem mehr Zähne saßen, als ein Mensch besitzen sollte.

Aber Teddy war kein Mensch. So war es.

Und das machte mich plötzlich traurig, unendlich traurig. Ich ließ die Hände sinken, schloss die Augen und gestattete mir einen langen, kostbaren Moment der Ruhe. Jetzt war der Zeitpunkt, mich endgültig von dem zu verabschieden, was ich früher gekannt und gewusst und gehofft hatte.

Der Oger war ein Oger.

Der Domowoj war ein Domowoj, was immer das bedeutete.

Die Zwerge waren genau das. Zwerge.

Und Teddy … Theodor … war noch weniger Mensch als sie alle zusammen, als alles, was ich zuvor gesehen hatte. Das hier konnte ich nicht länger verdrängen, nein, es wäre sogar regelrecht gefährlich, zu leugnen, was er war. Weil er in großer Gefahr schwebte, in die er sich ganz allein meinetwegen gebracht hatte. Ich musste ihm als das helfen, was er war.

Als Vampir.

Vampire brauchten Blut, nicht wahr? Sie brauchten Blut, oder sie starben.

Ich atmete tief durch. Ein und aus. Und noch einmal. Sie brauchten Blut, oder sie starben.

Als ich die Augen öffnete, war Teddy weg, spurlos verschwunden. Wo er gelegen hatte, war nur eine Blutlache zu sehen, halb geronnen, dunkelklumpig, eingetrocknet, und über allem der Raubtiergeruch von tödlicher Gefahr.

16

Sometimes I feel very sad

»Teddy?«, rief ich. »Hey, Ted! Wo bist du hin? Du brauchst Hilfe, Mann! Nicht abhauen!«

Noch ehe ich aufspringen konnte, um meinen Freund suchen zu gehen, traf mich ein stahlharter Schlag auf den Hinterkopf, schleuderte mich zur Seite und warf mich gegen einen an eine Sitzreihe festgeschraubten Feuerlöscher. Alles drohte, schwarz und leise zu werden. Wozu bitte, überlegte ich, während meine Sinne sich in das Hier und Jetzt zurücktasteten, wozu bitte schraubte man Feuerlöscher in der Bahn an den Sitzen fest? Wenn es brannte, mussten sie schnell zur Hand sein …

Als ich die Augen wieder öffnete, sah ich Teddy.

Der Vampir ragte über mir auf wie die fleischgewordene Apokalypse. In seinen Augen brannten der Hunger und die Vorfreude auf rohe Gewalt. Ich sah kein Wiedererkennen darin. Theodor betrachtete mich, wie ein Sammler einen seltenen Schmetterling ansehen würde, ehe er ihn aufspießte. Sein Augenweiß hatte die Farbe von antiker, rissiger Emaille.

Die Schnitte auf Gesicht und Armen ließen Theodor wie das verstümmelte Opfer eines Triebtäters aussehen. Er schmatzte. Rosafarbene Spucke rann aus seinem Haifischgebiss.

Vampire brauchten Blut, oder sie starben.

»Teddy!«, rief ich. »Ich bin es. Schätz! Beruhige dich doch! Alles ist gut, wirklich. Alles ist gut.«

»Ssschätzz«, zischte der Vampir. Seine Zunge schien auf ein unanatomisches Maß angeschwollen zu sein. Er machte einen wackeligen Schritt in meine Richtung und schlurfte durch die Pfütze seines eigenen Blutes.

Ich rappelte mich hoch. Mein Kopf dröhnte immer noch, und die Welt begann, sich linksherum zu drehen. »Ich weiß, du bist hungrig, Mann! Aber das hier ist das falsche Opfer!«

Hilfe!, rief meine innere Stimme. Hilfe! Noch ein paar Momente und ich würde anfangen, panisch zu schreien und um mich zu schlagen. Und dann würde Teddy den letzten Rest an Beherrschung verlieren und jeden Tropfen Leben aus mir herauslutschen und mich liegen lassen wie eine leergesaugte Capri-Sonne.

Es reichte nicht, dass es ein vorsintflutlicher Dämon auf mich abgesehen hatte. Nein, ein Vampir musste auch noch her.

Teddy schob den Kopf nach vorne, was ihn noch gefährlicher wirken ließ. »Ssschätzzzz …« Er legte den Kopf auf die Seite und beäugte mich, als sei ihm ein interessanter Gedanke gekommen, für den es sich lohnte, den anstehenden Mord noch einen unbedeutenden Augenblick aufzuschieben.

Ich bin dein Freund, versuchte ich zu stammeln, aber die Angst lähmte meine Zunge und ließ die Worte in meinem Mund zerschmelzen. Schwer, sich aus so einer Situation herauszureden, ohne Konsonanten zu benutzen. »I-i–ei-Eu«, wimmerte ich.

Teddy hatte mich schon einmal verschont. Es war also möglich, zu ihm durchzudringen. Verflucht, was hatte ich auf der Kinotoilette angestellt, um ihn zu beruhigen?

Siedendheiß fiel es mir ein. Das Amulett! Als er das gesehen hatte, war er gleich runtergekommen. Meine letzte Hoffnung. Meine Rettung. Meine allerletzte Chance.

Pjotr hatte es, fiel mir schlagartig ein. Er hatte es sich wiedergeholt, es sich unter seinen tadellos gepflegten Nagel gerissen. Auch dafür würde er büßen.

Teddy näherte sich Schritt für Schritt. Er wankte, als würde er jeden Moment zusammenklappen. Aber ich wusste inzwischen, wie erbarmungslos schnell er sein konnte, wenn es drauf ankam. Im Kampf gegen ihn hatte ich keine Chance. Ich hatte ja nicht mal gepfefferten Vogelsand dabei. Nein, so war das hier nicht zu gewinnen.

Ich ließ zu, dass seine käsigen Hände mich bei den Schultern fassten. »Teddy«, sagte ich. »Bitte nicht. Bitte, nicht.«

Seine Reaktion bestand aus einem unappetitlichen Geräusch, als er sich den rosigen Speichelschaum von den Lippen schlürfte.

»B-i-t-t-e.« Teddys geschwollener Mund sprach das Wort so vorsichtig aus, als hätte er Angst, sich dabei die Lippen zu zerfetzen. Täuschte ich mich, oder waren seine Pupillen etwas weiter geworden? Die Adern auf seiner Stirn pochten unverändert heftig. Aber lag da nicht ein schwacher Anflug von Wiedererkennen in Teddys irrem Blick? »Bit-te.«

Die Straßenbahn hielt, die Türen gingen auf. Aber niemand stieg zu. Ich überschlug meine Chancen, unbeschadet zur Tür zu gelangen und aus einer Flucht durch die nächtlichen Straßen als Gewinner hervorzugehen. Ohne einen Holzpflock und einen schweren Hammer ein lächerliches Unterfangen, und auch mit Anti-Vampir-Ausrüstung und einem Bhael-Survival-Kit war es wahrscheinlich alles andere als ein Spaziergang.

»Wir sind auf einer Seite«, sagte ich. »Ich weiß zwar nicht, welche das ist, aber das ist jetzt egal.«

»Bit-te«, wiederholte Teddy. »Bit-te … Blut.«

Blut. Teddy wollte Blut, er brauchte es. Vielleicht musste er sonst sterben. Ich würde zwar überleben, nur um dann dem Bhael alleine gegenübertreten zu müssen, wo immer er jetzt auch sein mochte. Was auch immer er mit mir vorhatte.

Teddy war ein Freund, er hatte mich gerettet, mehrfach. Jetzt konnte ich ihm helfen.

Der Kloß in meinem Hals schmeckte nach Kichererbsen und Zaziki. Ich würgte ihn hinunter. »Sei vorsichtig«, flüsterte ich. »Ich vertraue dir.«

Kim, dachte ich, wenn das hier das Ende ist, meine Gedanken sind bei dir. Ich versuchte, mir ihr Gesicht vor Augen zu rufen, ihren zärtlichen, wasserhellen Blick. Doch alles, was ich sah, war ihr lebloser Körper auf ihrem Küchenfußboden.

Dann kam der Vampir über mich.

Meine Eltern mochten keine Comics.

Die waren was für Leute, die nicht richtig lesen und schreiben konnten, für Kinder, die sich ihr Essen nach der Schule in der Mikrowelle selbst warmmachen mussten.

Stattdessen gab es Märchen. Deutsche Märchen und russische Märchen, Tausend-und-eine-Nacht-Märchen, chinesische und indische Märchen, blutrünstige Märchen von Grimm, Bechstein, Andersen.

Nach den Märchen kamen die Sagen dran. Die griechischen fand ich eigentlich ganz in Ordnung. Am besten war die Trojageschichte, Achilles und das Pferd und so weiter. Und natürlich Odysseus, selbstverständlich vollbärtig.

Die Folge, wo Odysseus und seine Männer in Seenot gerieten, fand ich am besten. Zwischen den tödlichen Felsklippen von Skylla und Charybdis zermalmt zu werden oder unerschrocken mittendurch zu segeln wie ein echter Seemann, so was sprach mich an.

Und dann diese Sirenen. Keine Ahnung, ob das Vogelmenschen waren oder Meerjungfrauen oder andere Monster. In meiner Vorstellung jedenfalls sind es wunderschöne Frauen, die oben ohne aus dem Meer auftauchen und die Männer an Bord vollsingen, bis die Schiffe kentern. Odysseus befiehlt seinen Jungs, sich die Ohren mit Wachs zu verschließen. Aber er selbst ist ein richtig harter Hund. Also befiehlt er seinen Leuten, ihn mit offenen Ohren an das Steuerrad zu fesseln, und lenkt dann sein Schiff durch diesen Sturm der Verführung, durch die finstere Nacht.

Dieses Bild kam mir in den Sinn.

Ein endloses dunkles Meer, Schaum tanzt auf den Wellenkämmen. Ein unerschrockener Mann, allein mit sich und gefesselt und voller Leidenschaft.

Und über allem liegt die Musik.

Ich hörte einen heiseren Gesang, als der Vampir von mir trank.

Da war eine Männerstimme, direkt an meinem linken Ohr.

Sie klang wund und müde, wie jemand, der sich stundenlang auf dem Truppenübungsplatz heiser geschrien hatte und jetzt versuchte, mich sanft in den Schlaf zu singen. Eine Sprache, die ich nicht kannte und die mir doch so vertraut vorkam, als hätte ich sie früher einmal verstanden.

War ich wach? Träumte ich das alles? Berührten meine Füße noch die schaukelnden Planken von Odysseus' Schiff oder schon wieder den blutverschmierten Boden der Straßenbahn? Fuhren wir, oder waren wir angekommen? War ich überhaupt noch am Leben?

Auf keine dieser Fragen wusste ich eine Antwort. Aber nichts davon spielte eine Rolle.

In Romanen wird der Biss eines Vampirs häufig mit größter Lust verbunden dargestellt, mit höchster sexueller Erregung, verbunden mit süßem Schmerz. Frauen fangen an zu weinen, Männer kriegen einen Ständer und so weiter. Das ganze schwülstige Programm.

Das alles stimmt nicht.

Der Biss eines Vampirs geht unendlich viel weiter über alles Irdische hinaus. Ich behaupte, an den jenseitigen Orten, an die einen der Biss eines Vampirs trägt, existiert so etwas wie Sex oder Angst oder Schmerz nicht mehr. Diese erdgebundenen Dinge liegen dann weit hinter einem. Ich fuhr auf meinem nussschalengroßen Schiff über einen namenlosen Ozean aus Blut. Der unmittelbare, heisere Gesang zerrte an meinen Sinnen. In der Ferne dräuten die gebirgsgroßen Felsen von Skylla und Charybdis vor einem lichtlosen Himmel, und ich steuerte mein Schiff auf die schmale Durchfahrt zwischen ihnen zu, wo der Ozean schwieg. Wo es weiterging.

So musste sich der Tod anfühlen.

Weiterfahren ins Nichts.

»Geht es dir gut?«, fragte Teddy, als es vorbei war.

Ich wusste es nicht.

Mein Hals pochte. Die Musik klang mir immer noch in den Ohren, die heisere Männerstimme verstummte einfach nicht, sang einfach immer weiter. Meine Kehle fühlte sich wund und rissig an.

Aber ich lebte.

Teddy musste mich auf einen der Plastiksitze gehievt haben. Wir fuhren immer noch durch die Nacht. Es war dunkel in der Straßenbahn, die Neonröhren brannten auf halber Stärke. Alle Geräusche klangen gedämpft, als hielte mir jemand die Ohren zu.

Da war eine Sache, die mich bedrückte. Ich zitterte und fühlte mich wahnsinnig unterzuckert und hungrig. »Werde ich jetzt ein Vampir?« War das schon der erste Anflug der Verwandlung in einen Blutsauger?

Teddy brach abrupt in lautes Lachen aus. Sein Rachen sah rot und faserig aus, wie rohes Fleisch. Mein entsetzter Blick ließ Teddy verstummen. Er klappte den Mund wieder zu.

»Nein«, sagte er. »Auf keinen Fall. So leicht ist es nicht.«

»Leicht«, murmelte ich, »ist was anderes.«

Theodor sah gut aus. Zufrieden, lebendig, wohlgenährt. Ich wurde kein Vampir – das Problem konnte ich schon mal abhaken. Der Bhael hatte bisher nichts von sich hören lassen, und der gut gelaunte Unsterbliche mir gegenüber war offensichtlich in wesentlich besserer Verfassung, um mich zu beschützen, als vor der Blutspendeaktion. Die Situation hatte sich stabilisiert.

»Wir müssen zu Kim, sofort«, sagte ich. »Alles andere ist egal, hörst du? Wir müssen hier raus und dann zu Kim und sie beschützen.«

Teddy hob mahnend den Zeigefinger. »Erst mal müssen wir den Bhael abhängen, verstanden?«

»Klar«, sagte ich, »dann hängen wir den meinet wegen vorher ab. Aber dann müssen wir zu Kim.« Mein Kopf fühlte sich noch immer etwas blutleer an. »Ich hör da übrigens immer noch so was singen. Geht das irgendwann wieder weg?«

Teddy wies mit dem Kinn auf einen Punkt hinter mir. »Dreh dich mal um.«

Ich schrie auf, als ich meinen geschundenen Hals zu bewegen versuchte. »Mein Gott«, stöhnte ich, »was hast du nur mit mir gemacht?« Schließlich gelang es mir, mich umzudrehen.

Drei Reihen hinter mir hockte ein Penner auf einem Doppelsitz. Er hatte die Beine unter den Körper gezogen und stierte mich über den Rand seiner prallgefüllten Einkaufstüte an.

»*Sometimes I feel very sad*«, sang er mit heiserer Stimme und glotzte mich dabei an. »*Sometimes I feel very sad.*«

»Hat er uns zugesehen?«, flüsterte ich. »Bei ... du weißt schon.« Irgendwie eine peinliche Vorstellung, dachte ich, von einem Penner dabei beobachtet zu werden, wie ein Vampir intim mit einem rummacht.

»*Sometimes I feel very sad*«, sang der Penner, der Refrain hatte eine Endlosschleife.

»Er gehört zu uns«, sagte Teddy. »Der hat schon häufiger zugesehen.«

»*I – guess, I just – wasn't made – for these times.*«

»Ist der Song eigentlich von den Beatles?«, fragte Teddy. »Oder sind das die Beach Boys?« Er summte leise die Melodie mit.

»Mir egal, von wem der ist«, motzte ich ihn an. »Jetzt ist Ruhe hier! Und du da hinten hörst jetzt endlich mit dem Scheißgesinge auf!«, rief ich zu dem Penner hinüber. »Das macht mich wahnsinnig.« Aber meine Autorität beeindruckte ihn gar nicht.

»Entspann dich«, sagte Teddy, »ich muss dich jetzt ein wenig hypnotisieren.«

»Hypnotisieren?«

Teddy nickte. »Daran ist nichts Schlimmes. Und du brauchst keine Angst zu haben. Ich bin zwar nicht satt aber der schlimmste Hunger ist vorüber. Ich … kann mich beherrschen. Du bist bei mir sicher, versprochen. Wenn du mir vertraust.«

Ich erinnerte mich an den entrückten Gesichtsausdruck der miesen Kinozwerge. Sie hatten ausgeschaut, als träumten sie sehr angenehme Sachen. Vielleicht von Zwerginnen. Aber mir war nicht nach Zwerginnen, mir war nach Kim.

»Geht nicht«, sagte ich. »Wenn die Bahn hält, steige ich aus. Es gibt da ein Mädchen, das ich retten muss.« Wie gut das klang, dachte ich, es gab da jemanden, der von mir gerettet werden musste, das ging glatt von der Zunge.

»Nein«, sagte Teddy. »Du musst *dich* retten, Sebastian.«

Entschlossen schüttelte ich den Kopf. Frischer Schorf an meinem Hals riss von der kraftvollen Bewegung auf, heißes Blut sickerte mir über den Kragen. »Ich steige aus. Punkt.«

»Du steigst aus?« Teddys Fingernägel hinterließ tiefe Kratzspuren auf dem Kunststoffsitz neben ihm. »Du steigst einfach so aus? Wir sind auf der Flucht, wir riskieren unser Leben, und du willst einfach zur Tür rausspazieren?«

»Wegen Kim«, sagte ich entschlossen.

»Dann will ich dir was sagen mit deiner Kim«, sagte Teddy mit gedämpfter, heiserer Stimme. »Sie gehört zu den anderen, verstehst du? Sie ist auf der Lichten Seite, klar?«

»Nein«, gestand ich. »Ist mir auch egal. Licht, Dunkel, egal. Ich steige aus.«

»Du bleibt hier drin!«, donnerte Teddy. Der Penner hinter mir unterbrach seinen Gesang für einen feuchten röchelnden Hustenanfall. »Diese Frau, für die du hier Kopf und Kragen riskierst, wusste genau, dass du keiner von uns bist, sie wusste, dass sie dich und auch sich selbst in Riesenschwierigkeiten bringt. Du weißt ja gar nichts über unsere Welt.«

»Jetzt schon«, sagte ich. »Und da können die nichts dran machen.«

»Oh, und ob sie das können«, sagte Teddy. »Warum, glaubst du, setzen sie den Bhael auf dich an? Dessen einzige Aufgabe darin besteht, Menschen zu verfolgen, sie an jedem verdammten Ort auf der Welt aufspüren. Der die mobile Eingreiftruppe der Wächterorganisation direkt zu dir führt.« Er schlug eine tiefe Beule in eine der Haltestangen. »Warum helfe ich dir überhaupt? Du willst dir nicht helfen lassen! Du willst in dein Verderben rennen!«

»Klar will ich mir helfen lassen«, sagte ich. »Aber Kim …«

»Nein, nicht *Kim*!«, rief Teddy. »Sie stellen Kim vor Gericht, weil sie dich in die ganze Sache reingezogen hat. Sie werden sie bestrafen, und dann werden sie dich schnappen und in deinem Gedächtnis herumwühlen, bis du dich an nichts mehr erinnern kannst. Sie werden in deine Wohnung kommen und jede Spur von unserer Existenz vernichten. Sie werden dafür sorgen, dass du das alles für nicht mehr als einen schlechten Traum hältst, in dem ein paar Monster herumspuken.«

»Nein«, keuchte ich. »Das können sie nicht.«

Das durften sie nicht. Der Gedanke, dass jemand Kim aus meinem Gedächtnis löschen konnte, war so fremd, griff so sehr in meine körperliche Integrität ein, als würde mich jemand nachts im Schlaf betäuben, um mir eine Niere herauszuoperieren oder ein Auge oder eine Gehirnhälfte.

»Und ob sie das können«, sagte Teddy. »So arbeitet die Lichte Seite. Sie trennen die Gattungen voneinander. Um jeden Preis.«

»Aber Kim …«, wandte ich hilflos ein.

»Kim wird hinterher für dich nicht mehr existieren«, sagte Teddy. »Willst du das?«

Ich versuchte den Kopf zu schütteln. Doch der Schmerz im wunden Fleisch lähmte jede Bewegung.

»Warum hilfst du mir, Teddy?«, flüsterte ich.

»Die Dunkle Seite mag dich, Schätz«, wiederholte Teddy. »Du gehörst zu uns. Keine Ahnung, warum, aber ich fühle es. Als ich dich damals mit dem Amulett gesehen habe, wusste ich es sofort. Du bist ein Mensch, der von uns weiß, darum jagen sie dich. Aber trotzdem bist du ein Teil der Dunklen Seite. Darum helfe ich dir.«

»Was kann ich tun?«, fragte ich. »Wenn es stimmt, was du sagst … wenn der Bhael …«

»… dir bereits auf der Spur ist, dann gibt es kaum eine Hoffnung«, sagte Teddy. »Er liest deine Gedanken, weißt du? Darum kann er dich verfolgen. Er hört, was du denkst.«

Ich versuchte, jeden Gedanken aus meinem Kopf zu verbannen. Aber es ging nicht. Gelbe Augen in der

Dunkelheit, Zwerge auf meiner Couch, Amulette auf rettungssanitäterrotem Untergrund. Kim auf dem Küchenfußboden.

»Hilf mir, Teddy«, sagte ich.

»Das tue ich, Sebastian. Ich werde dich jetzt hypnotisieren. Werde den Strom deiner Gedanken eindämmen, sie verlangsamen, sie mit meinen überdecken. Und wenn wir Glück haben, verliert der Bhael dann deine Fährte. Meinst du, du schaffst das?«

Ich versuchte zu nicken.

Teddy schob sich auf der Sitzkante nach vorn, bis sein Gesicht nur noch eine Armlänge von mir entfernt war. Ich sah, wie er sich hinter den geschlossenen Lippen die Zähne sauberleckte. Dann lächelte er. »Bereit?«

»Ich wache wieder auf, versprochen?«

Statt einer Antwort traf mich Theodors Blick, hammerhart und berauschend wie der erste, tiefe Zug aus einer Wasserpfeife. »Ich merke schon was«, murmelte ich. »Tut schon fast nicht mehr weh am Hals.«

Alle Ängste verflogen.

So also hatten sich die korrupten Zwerge gefühlt, als Teddy sie erwischt hatte. Gesund und wohlig mit bleischweren Gliedern, von allen irdischen Zwängen befreit. In eine Löschdecke gewickelt zu werden, wäre jetzt eigentlich ganz bequem gewesen.

Ich lehnte mich in meinen Sitz zurück, Teddy beugte sich immer weiter über mich, sein Blick saugte sich an mir fest.

Irgendwo miaute eine Katze.

Es war kein Zufall, dass uns der Bhael in diesem Moment der Hilflosigkeit erwischte. Er ist gerissen, der Bhael, und er hat Geduld.

Meine Zunge gehorchte mir nicht mehr. Maximal entspannt und schmerzfrei beobachtete ich, wie Teddys Gesichtsausdruck ohne Vorwarnung von Zufriedenheit zu nackter Panik umschlug. Wie er aufsprang, strauchelte, meinen Namen rief. Durch das Fenster in die späte Nacht starrte, in Erwartung irgendeines namenlosen Schreckens, der uns verfolgte.

»Aufwachen, Sebastian!«, schrie Teddy und rüttelte mich am Arm. »Der Bhael … er ist hier!«

Ich gähnte. Eine wohltuende Ruhe perlte durch meinen Körper.

Teddys Gestalt verzog sich plötzlich, kräuselte sich und fiel in sich zusammen wie ein Papierflieger, den man ins Feuer wirft. Wo er eben noch gestanden hatte, schoss jetzt eine winzige Fledermaus durch die Luft und flog panisch gegen die Fensterscheiben. Interessant. So also verwandelten sich Vampire. Ob er noch andere Tiere draufhatte? Einen Wolf zum Beispiel oder so ein richtig fieses Obermonster, wie im Dracula-Film von Coppola? Hätte ich gerne mal gesehen.

Die Fledermaus wurde von einer unsichtbaren Gewalt hin und her geworfen wie eine Lottokugel in der Lostrommel, prallte gegen die Fensterscheiben, taumelte und fing sich wieder. Sie schlug Haken um die Haltestangen des Waggons, wand sich in halsbrecherischen Manövern am Boden, während jemand – oder *etwas* – ihr gefährlich zusetzte.

Den Angreifer konnte ich nicht erkennen. Hin und wieder huschte ein haariger Schatten durch mein Gesichtsfeld. Leises Fauchen drang durch den akustischen Nebel, den die Hypnose um mich gewoben hatte.

Lange würde Teddy die Auseinandersetzung mit dem unsichtbaren Feind nicht mehr durchhalten, der ihn mit brutaler Präzision durch den Waggon trieb. Schade, dachte ich. Das Spiel war eigentlich recht unterhaltsam anzusehen. Um den weiteren Kampfverlauf zu verfolgen, hätte ich aufstehen müssen. Aber hierzu reichten meine Kräfte nicht aus. Ich entspannte mich und überließ mich der lähmenden Ruhe, die mich auf meinen Sitz fesselte. Die Schmerzen am Hals waren verschwunden.

Ich konnte nicht klagen – ich fühlte mich eigentlich ziemlich wohl.

Ein Schrei durchschnitt die Stille, ein einziger, dünner Schrei eines kleinen Lebewesens, kaum hörbar für menschliche Ohren. Er brach ab –

Ich schreckte hoch. Die Schmerzen kehrten schlagartig zurück.

Die Wirklichkeit verdichtete sich wieder. Es roch nach verbrannten Kabeln, nach Abgasen, nach Blut. Ich sprang auf.

Theodor war etwas zugestoßen. Ich fühlte es.

Der Bhael war hier, ganz in meiner Nähe.

»Teddy!«, rief ich, stolperte in Panik den Gang entlang, suchte Halt bei den speckigen Griffstangen. »Theodor!«

Der Penner hockte immer noch zwischen seinen Plastiktüten. Aber er sang nicht mehr. Seine Augen waren nach unten verdreht, Schaum sickerte ihm aus dem Mund.

Ansonsten war der Waggon leer. Hier und dort sah ich verschmierte kleine Blutflecken an den Scheiben und an der Decke. Als hätte jemand einen Tennisball in rote Farbe getaucht und dann durch den Waggon geworfen. Keine Fledermaus war zu sehen, kein Mensch, kein Vampir.

Ich wusste, wer Teddy angegriffen hatte – und ich wusste auch, wer das nächste Opfer sein würde.

Aus den Augenwinkeln nahm ich eine Bewegung wahr. Kühler Nachtwind zog durch ein gekipptes Fenster in den Waggon. Und dort draußen, im Lichtschein einer Leuchtreklame, sah ich einen zitternden, geflügelten Schatten, der auf das Licht zujagte, eine Fledermaus mit zerrissenen Flügeln.

Im selben Moment hörte ich ein helles Fauchen – im Straßenbahnwaggon. In den Neonröhren brummte es, dann ging eine nach der anderen aus. Die Dunkelheit warf sich mir in großen Sprüngen entgegen. Ein säuerlicher Geruch stieg mir in die Nase.

Der Bhael.

Dort war er, dicht an den Boden gepresst, bebend und sprungbereit, ein muskulöses Bündel aus Fell und Zähnen. Er war etwas größer als eine Katze, dachte ich, eher wie eine kleine Bulldogge.

Der Bhael zischte, ein feuchter, schleimiger Tierlaut, den keine Katze zustande gekriegt hätte.

Ich zögerte keine Sekunde, riss am Nothebel einer Tür. Kühle Nachtluft zog an mir vorbei. Die Vorstellung, mit dem Bhael-Ding in der Straßenbahn zu bleiben, ließ mein Herz rasen. Flieh, Schätz, hämmerte es durch meinen Schädel. Flieh!

Ich sprang aus dem Waggon aufs Pflaster und landete schief auf dem linken Bein, Schmerz schoss durch mein verdrehtes Knie, ich stürzte zur Seite, überschlug mich, begrub meinen rechten Arm unter mir.

Die Fledermaus zog einen Halbkreis durch den Nachthimmel. »Teddy!«, rief ich schwach. »Ich bin hier unten!« Ich rappelte mich auf.

Das Tier warf sich mir mit matten Flügelschlägen entgegen. Ob sie überhaupt noch Kraft genug hatte, sich zurückzuverwandeln? Wer sollte mich führen, wenn ich Teddy nicht hatte?

Die Fledermaus setzte zum Sinkflug an. Ich erkannte faserige Risse in ihren Schwingen. Sie blutete, nur noch wenige Armlängen von mir entfernt, hielt direkt auf mich zu. Gleich hatte ich sie, würde sie beschützen können, mitnehmen – fort von hier.

Doch dazu kam es nicht. Wieder fauchte es, dieses Mal ganz in der Nähe. Viel zu nah.

Die Fensterscheibe des Waggons in meinem Rücken zerbarst und warf einen Vorhang aus winzigen Glassplittern über mich. Und dann sah ich den Bhael. Er sprang direkt über mich hinweg, sein Fell schimmerte silbrig schwarz wie frischer Kohlenstaub.

Der Bhael warf sich in hohem Bogen der Fledermaus entgegen.

Sie prallten aufeinander, der Bhael fauchte und knurrte, die Fledermaus schrie und flatterte mit ihren zerrissenen Flügeln. Er packte sie aus der Luft, ineinander verknäult schlugen sie zu Boden. Ich glaubte, das Brechen von Knochen zu hören, das Reißen von Haut.

Gemeinsam purzelten sie in den Schatten einer Toreinfahrt, ein zuckendes Durcheinander aus Flügelschlagen, Fell und kehligem Knurren.

Die Straßenbahn kam nach einigen Metern zum Stehen, der Fahrer lehnte sich zum Fenster raus und rief mir irgendwas zu.

Ich antwortete nicht.

Dann war es still.

Totenstill.

Mein Pulli klebte mir feucht auf der Brust. Unruhig tastete ich über die warme Stelle links an meiner Kehle. Hielt mir die Finger vor das Gesicht. Rot und nass. Blut.

Das war mein Blut, dachte ich, der Saft des Lebens, das war der Tropfen, der das Fass zum Überlaufen brachte. In meinem Kopf wurde ein großer, roter Schalter umgelegt, die Notstromaggregate sprangen an. Ohne, dass ich darüber nachdenken oder etwas dagegen tun konnte, setzte sich mein Körper in Bewegung, programmiert auf die einzige Reaktion, die ein Lebewesen im Angesicht des tödlichen, fleischfressenden Jägers zeigen kann:

Kopflose, instinktive Flucht.

Es war mir in diesem Moment egal, was mit Teddy geschehen würde, ob ich ihm helfen konnte oder nicht. Das Einzige, was zählte, war die Flucht.

Ich stürzte über die Straßenbahnschienen, kletterte an der gegenüberliegenden Seite aus dem Gleisbett, ignorierte den Straßenverkehr. So fühlt sich das an,

Schätz, dachte ich, wenn man verwirrt mitten über eine Kreuzung läuft und die Autos links und rechts um einen herumfahren. Man hat gar keine Angst, überfahren zu werden.

Menschen. Ich musste unter Menschen. Menschen hatten Telefone, sie riefen Taxis und Polizisten und Krankenwagen.

Ich rannte auf das einzige Haus zu, das zu dieser Uhrzeit noch beleuchtet war, hinter dessen hohen, schmalen Fenstern sich Menschen bewegten, dort würde, dort *musste* man mir helfen. Eine beruhigende, einladende Stille lag über dem Grundstück, es strahlte Sicherheit aus, Geborgenheit, Frieden.

Ich schob das geschwungene schmiedeeiserne Tor auf, quetschte mich durch die Öffnung, schlug mich kopfüber in ein tadellos gepflegtes Gebüsch, Holunder, dachte ich, oder Vogelbeeren.

Ein Zweig stach durch meine Jeans, bohrte sich durch meine Boxershorts, riss mir die Haut auf, ich wühlte mich an ihm vorbei zu Boden.

Dann rührte ich mich nicht mehr.

17

Gesellschaft zur Erhaltung und Zusammenarbeit der Gattungen

Nicht denken, Schätz, dachte ich angestrengt, sonst kriegt dich der Bhael.

Es gibt ja diesen Witz: Versuchen Sie mal, eine Minute nicht an einen rosa Elefanten zu denken. Soll angeblich ganz schwer sein. Fand ich gar nicht. Mir gingen ganz andere Sachen im Kopf herum, während ich im Blumenbeet lag und mich tot stellte.

Zum Beispiel ein gelbäugiges, reißzahniges Monster in der Finsternis, daran dachte ich, und ein Vampir, der aus meiner pulsierenden Halswunde trank und mich wie ein Kind durch den Straßenbahnwaggon trug, ein Amulett unter meinem Bett, ich dachte an das Lachen des Domowoj, als er mich gefesselt zwei Sadisten überlassen hatte, an Kims leblosen Körper, bleich und verdreht auf dem Fußboden. Ich versuchte, angestrengt an einen rosa Elefanten zu denken, aber die blutigen Bilder kehrten in einer nicht enden wollenden, rotstichigen Diaschau in meine Gedanken zurück.

Schritte näherten sich meinem Versteck.

Langsame, schlurfende Schritte, Füße, die durch das Kiesbett der Auffahrt gezogen wurden.

Ich erstarrte. Jemand war hier, ganz in meiner Nähe. Sollte ich mich melden, um Hilfe rufen? Oder war auch das nur eine Falle des Bhaels, ein Streich, der meinem schwerbeschädigten Nervenkostüm den entscheidenden Todesstoß versetzen sollte?

Jemand atmete schwer und kehlig, schnaufte, blieb stehen, schlurfte weiter in meine Richtung.

»Hermann«, röchelte es, »Hermann, bist du das?«

Eine fahle, magere Hand teilte die Zweige, hinter denen ich verborgen lag. Ich stellte mich weiter tot, verankerte meinen Blick starr im Nirgendwo, im verhangenen Nachthimmel. Wenn das der Bhael war, dachte ich, oder einer seiner Schergen, dann sollten sie mich ruhig für verstorben halten.

»Hermann«, röchelte es wieder. »Komm da raus. Ich habe dir gesagt, um sechs musst du zu Hause sein.«

Unscharf erkannte ich eine ausgezehrte, gekrümmte Gestalt. Fleckige Haut hing in ausgeleierten Falten von ihrem knochigen Schädel.

Eine Frau, erkannte ich, eindeutig: Sie trug Perlenohrringe.

Aber diese Frau sah aus, als weilte sie seit Jahren nicht mehr unter den Lebenden. Mit jedem zittrigen Atemzug saugte sie ihre ausgeleierten Lippen nach innen und sabberte sie danach wieder aus.

Ich versuchte, die wesentlichen Koordinaten meiner Situation zu überblicken. Ein riesiges, zugewachsenes Grundstück. Ein dunkles Anwesen mit schmalen Fenstern, hinter denen gekrümmte Gestalten in flackerndem Halblicht langsam herumschlichen. Ein Uhu saß auf einem Türmchen, das seitlich an den Hauptbau gesetzt war, betrachtete mich und kommentierte meine Misere mit seinem hohen, surrenden Ruf.

Die Alte streckte ihre verwitterten Finger nach mir aus. »Hermann«, wimmerte sie und zuckelte noch näher, beugte sich zu mir herab. Ich konnte schon ihren fauligen Atem riechen.

Gleich hatte sie mich.

Ein ominöses viktorianisches Anwesen mit schweren Toren, halb verweste, orientierungslose Körper, die idiotisch auf dem Hof herumirrten – ich war vom Regen in die Traufe gekommen. Wenn es Vampire gab (und allmählich sollte ich dieser Tatsache ins Auge sehen), dann war das hier nur der nächste folgerichtige Schritt.

»Untote«, flüsterte ich, erhob mich vorsichtig aus dem Gestrüpp und versuchte, das Ästchen aus meiner Unterhose zu ziehen. Ich war direkt in ein Anwesen voller Untoter geraten.

»Ich habe dich!«, schrie die Alte und schnipste irgendwas Weiches in meine Richtung, vermutlich ein abgefaultes Fingerglied. Es traf mich klebrig an der

Wange. »Ich habe dich!«, jubilierte sie schrill. Girlanden aus Spucke flogen aus ihrem offenen, zahnlosen Mund in alle Richtungen.

Noch ehe ich meine Flucht durch die Nacht fortsetzen konnte, wurde der Hof in taghelles, bläuliches Flutlicht getaucht.

»Frau Rosenkötter!«, rief eine junge männliche Stimme. »Frau Rosenkötter, sind Sie schon wieder draußen?«

Der Kopf der Alten ruckte herum wie ein Wolf, der den Angstschweiß eines erschöpften Hasen wittert. »Hermann?«, ächzte sie.

Mit unsicheren, spastischen Schritten ließ sie von mir ab und bewegte sich zurück in den Hof.

Ein junger Mann in der weißen Kleidung eines Altenpflegers stand im Licht des Scheinwerfers und drohte mit dem Finger. »Na, Sie haben uns ja einen Schrecken eingejagt«, rügte er, fing Frau Rosenkötter ein und führte sie zum Haus zurück. »Es ist ja längst Schlafenszeit. Wo waren Sie denn wieder unterwegs?«

»Da war ein junger Mann im Gebüsch«, schmatzte Frau Rosenkötter. »Vielleicht war das mein Hermann? Der muss ins Bett.«

»Erst mal müssen Sie ins Bett, Frau Rosenkötter«, sagte der Pfleger. »Und morgen schauen wir dann mal gemeinsam nach, wer da so alles im Gebüsch sitzt, ja?«

»Lag«, sagte die Alte. »Da lag einer. Wie tot. Und wenn es doch der Hermann ist?«

»Dann wird er da morgen immer noch liegen!«, sagte der Pfleger mit kaum unterdrückter Ungeduld in der Stimme.

Ich sprang auf und kämpfte mir den Weg aus dem Gebüsch frei. In meiner Unterhose steckten immer noch ein paar kleine Zweige, trockenes Laub zerrieb sich bei jedem Schritt zwischen meinen Innenschenkeln.

»He, Sie!«, rief ich mit gedämpfter Stimme und setzte dem ungleichen Pärchen nach. »Sie sind hier doch Pfleger, oder?«

Der junge Mann drehte sich in der Eingangstür um. Er war auf keinen Fall älter als ich, wahrscheinlich der Zivi oder der Hilfsnachtwächter.

»Ich bin Therapeut«, sagte er würdevoll. »Guten Abend. Wie sind Sie hier reingekommen?«

»Ich müsste mal telefonieren«, raunte ich ihm zu. Hier in der hellbeleuchteten Tür lange stehen zu bleiben, konnte mich Kopf und Kragen kosten. »Darf ich mal rein, ins Haus? Ist wirklich dringend.«

»Besuchszeit ist morgen von elf bis zwölf«, sagte der Pfleger. Er schlug die Tür zu. Nur den blitzschnellen Fingern von Frau Rosenkötter war es zu verdanken, dass er mich nicht aussperrte.

Ihre Nervenspitzen mussten schon vor Jahren den Dienst quittiert haben, dachte ich, als ich sah, mit welcher Wucht die schwere Tür auf die zerbrechlichen Gelenke niederging. Aber die Alte schmatzte nur. »Das ist der Junge!«, sagte sie. »Der lag im Gebüsch.«

»Ich müsste wirklich mal telefonieren«, sagte ich.

»Er muss um sechs zu Hause sein«, unterstützte mich die Alte.

»Sie werden sofort die Hände von meiner Patientin nehmen«, sagte der Pfleger.

»Ich streichle sie«, fuhr ich ihn an und schubberte demonstrativ über den knotigen Handrücken der Seniorin. »Sehen Sie nicht, dass wir hier gerade einen zwischenmenschlichen Moment haben?«

»Schön, dass du endlich wieder da bist, mein Junge«, irrlichterte die Oma.

»Sehen Sie, sie erkennt mich wieder«, zischte ich dem Pfleger zu. »Noch schöner wäre es, wenn ich jetzt mal das verschissene Telefon benutzen dürfte. Sehen Sie, ich blute! Wenn Sie mich nicht reinlassen, zeige ich Sie an.«

Ich reckte dem Pfleger meinen aufgerissenen Hals entgegen. Er wich vor mir zurück und starrte auf die offene Wunde.

»Blut!«, kreischte der Pfleger. Er klang nicht beunruhigt. Eher begeistert.

Der Scheinwerfer im Vorgarten erlosch. Ich nutzte die Gelegenheit und drückte mich durch die Vordertür ins Altenheim, ehe das Schloss hinter mir zweimal klickte.

Die diensthabende Oberschwester des Heims war eine rundliche, nach Lebkuchen riechende Dame unbestimmbaren Alters. Auf dem Kopf trug sie eine wahrscheinlich abnehmbare Turmfrisur in steingrau, vielleicht auch mausgrau.

»Sie müssen telefonieren, sagen Sie?«

Ich drückte mich noch tiefer in den parfümierten Plüsch des riesigen, mauvefarbenen Ohrenbackensessels in ihrem überheizten Büro, während die Oberschwester um mich herumschlich.

»Ich bin verletzt«, sagte ich. »Können Sie mir vielleicht einen Krankenwagen rufen?«

»Können wir das, Marcel?«, fragte die Schwester und kicherte.

»Es gibt so einiges, was wir können, Schwester Anni«, sagte der Pfleger, der mit verschränkten Armen in der Tür lehnte. »Wir können auch die Polizei rufen.«

»Meinetwegen auch die Polizei«, sagte ich. »Egal. Ich brauche Hilfe, das sehen Sie doch.«

Schwester Anni zupfte ein blütenweißes Kleenex aus einem Porzellantaschentuchspender und fuhr mir damit zärtlich über den Hals.

»Die Polizei will er sehen«, sagte sie. »Was sagst du dazu, Marcel? Da haben wir einen Einbrecher, der freiwillig die Polizei sehen will.«

Ihre Hand kroch auf meine Schulter und blieb da.

»Ich bin kein Einbrecher«, sagte ich. Die Entrüstung verlieh mir Kraft. Allerdings nicht genug, um die samtige, zentnerschwere Hand von Schwester Anni von meiner Schulter zu stemmen.

»Lass uns allein, Marcel.«

Der Pfleger huschte zur Tür hinaus. Das Schloss klickte zweimal.

Schwester Anni ließ sich mir gegenüber auf die Tischkante gleiten. Sie lächelte. »Du bist uns also zugeflogen«, sagte sie.

»Kann man so sagen.« Ich zwang mich zu einem Lächeln. Frauen dieses Jahrgangs konnte man mit ein bisschen alter Schule problemlos um den Finger wickeln. »Was haben Sie denn da im Terrarium?«, fragte ich. »Hamster?«

»Spinnen«, sagte Schwester Anni. »Magst du Spinnen?«

Spinnen.

Nein, mochte ich nicht. Seit meinem Rendezvous mit Thunder war die Abneigung noch gewachsen. »Kann ich jetzt nicht so sagen.«

Schwester Anni zog einen feisten Fuß aus ihren Schwesternlatschen und ließ ihn mein Hosenbein hochwandern. »Ich weiß, warum du hier bist«, hauchte sie. »Ich weiß, warum du dich versteckst. Du bist auf der Flucht, nicht wahr?«

Ich schluckte und würgte an einem gummiartigen Spuckekloß herum. »Auf der Flucht? Weiß ich jetzt gar nicht, was Sie da meinen.«

»Sie sind hinter dir her. Das weiß ich aus dem Radio.« Sie wies mit ihrer pummeligen Hand auf ein antikes, holzgeschnitztes Radio auf einer Anrichte. »Am frühen Abend haben sie es durchgegeben. Die Beschreibung stimmt, ein hübscher junger Mann, knapp einsachtzig groß, brünett, hominid.«

»Das bin ich nicht«, log ich. »Ich bin einseinundachtzig.«

Hominid.

»Mir brauchst du nichts vorzumachen«, hauchte Schwester Anni. Ihr Atem war merkwürdig kühl auf meiner Haut, kribbelte und kratzte wie ein Schwarm Insekten.

Im Terrarium hinter meinem Rücken kratzte es auch.

»Ruhig, meine Lieblinge«, sagte Schwester Anni. »Gleich kriegt ihr was.«

Aus der Schreibtischschublade nahm sie eine geöffnete Dose Hundefutter, entfernte die Klarsichtfolie und strich sie an der Tischkante glatt.

»Sweets for my sweet«, zwitscherte sie. Dann fütterte sie die Spinnen.

Ich sah nicht hin, hörte hinter mir das Schmatzen und Knistern der Tiere, das Scharren ihrer großen, pelzigen Beine.

»Sie sind wie sie«, sagte ich, noch immer mit geschlossenen Augen. »Sie sind ein Vampir, richtig?«

Barfuß schlich Schwester Anni um mich herum. »Das hast du gut erraten, mein Täubchen. Woher wusstest du das?«

»Das Hundefutter«, sagte ich.

Im Vorbeigehen streifte mich der Saum von Annis Schwesternkittel. »Aber nein, mein Junge«, sagte sie. »Wie kommst du denn auf den Unsinn.«

»Alle Vampire essen Hundefutter«, sagte ich. Hatte ich jemals etwas Blödsinnigeres von mir gegeben?

Schwester Anni kicherte. »Nur die Männchen«, flüsterte sie. »Die können davon leben.«

»Und die … Weibchen?«

Es gibt nicht viel, was man als Vampir fürchten muss, hatte Teddy mir auf der Kinotoilette gestanden, *außer den Blick in den Spiegel. Und weibliche Vampire. Fressen die Männchen nach dem Sex. Wie die Spinnentiere.*

»Wir Weibchen sind viel anspruchsvoller«, schnurrte Schwester Anni. »Aber du brauchst dir keine Sorgen zu machen. Du bist ein Freund unserer Spezies, das sehe ich dir an. Hast einen Bruder freiwillig von dir trinken lassen, nicht wahr?«

»Woher wissen Sie das?«

»Die Wunde. Sie schließt sich bereits. Wenn er dich hätte töten wollen, könntest du nicht mehr laufen.« Schwester Anni leckte sich über die Lippen. Ihre Zunge sah fest und trocken aus, wie ein schorfiger Finger. »Der Biss eines männlichen Vampirs kann einen Menschen innerhalb von Sekunden töten.«

Ich tastete nach meinem Hals. Tatsächlich, der Schmerz war fast verschwunden. Hier hatten sich die Zähne hineingebohrt.

»Und der eines weiblichen Vampirs?«, rutschte es mir raus. Ich hätte die Frage nicht stellen sollen, schoss es mir durch den Kopf. Die Antwort würde mich ohnehin nicht beruhigen.

Anni presste die Zungenspitze zwischen ihren aschgrauen Zähnen hervor. Ein festes, glitzerndes Stück Knochen schob sich aus der Spitze, ein Dorn, ein schlanker Zahn. Ein Stachel.

»Bei uns Weibchen passiert etwas ganz Schönes. Wir müssen ja die Art erhalten, meinst du nicht?«

Ich sprang auf und brachte den Stuhl zwischen mich und die unförmige Frau, die von Minute zu Minute dicker und träger zu werden schien.

»Sie werden mir nichts tun!«, fuhr ich sie an. »Ich habe Freunde, die wissen, dass ich hier bin.«

»Aber du Dummerchen«, sagte Anni. »Du bist ein Freund meiner Art, sagte ich das nicht bereits? Setz dich wieder hin, und *entspann* dich, hier wird dir niemand etwas tun, ich *verspreche* es.«

Es ist nicht so leicht, den Versprechungen eines Vampirs zu widerstehen.

Anni war ungefähr seit einer Viertelstunde draußen.

Ich hockte mit angewinkelten Knien auf dem Ohrenbackensessel, versuchte *nicht* in Richtung der Terrarien zu schauen, deren Insassen sicher grässliche Esswerkzeuge aus den Köpfen wuchsen, ich versuchte *nicht* daran zu denken, was alles Furchtbares mit Kim passieren konnte, während ich hier untätig rumhockte und wartete und mich *entspannte*.

Aber was hätte ich tun sollen außer zu warten? Dort draußen lauerte der Bhael, hier konnte er nicht rein, wenn ich Schwester Anni Glauben schenken durfte, und sie war dabei, mir eine anständige Eskorte zu organisieren, wie sie mir wortreich versprochen hatte, ein paar patente Beschützer, die mich sicher nach Hause geleiten würden.

Das Fenster führte hinaus auf ein Schrägdach, auf das der Regen prasselte.

Eine Katze huschte draußen vorbei.

Anni wirkte sehr zufrieden, als sie wieder reinkam, erfrischt und rosig, als hätte sie vor dem Haus eine Runde Schnee geschippt. Aber er lag kein Schnee.

»Sie sind gleich da«, sagte sie und leckte sich die Lippen. »Entspann dich.«

Ihre Stimme machte mich unruhig. Der Bann, der mich minutenlang auf dem Sessel gehalten hatte, brach. Hier wurde ein Spiel gespielt, das nicht zu meinen Gunsten lief.

Ich sprang auf, schüttelte die Lähmung aus meinen müden Gliedern.

Mit ganzer Kraft drängelte ich mich an Schwester Anni vorbei ins Treppenhaus.

Aber es war zu spät. Ihre weiche Hand schloss sich um meinen Ellenbogen, drehte mir den Arm nach hinten. »Du wirst schön hierbleiben«, sagte sie.

Marcel, der Therapeut, hatte vor der Tür gewartet und schnappte sich meinen anderen Arm. So zerrten sie mich die große, teppichbezogene Treppe hinunter. Zwanzig greise Zuschauer nickten mit den Köpfen, als ich vorbeigeschleppt wurde.

»Rufen Sie die Polizei!«, schrie ich. »Das hier ist eine Entführung!«

»Bis die Polizei da ist, wirst du gar nicht mehr wissen, warum du sie überhaupt gerufen hast«, sagte Anni und versetzte mir einen fiesen Hieb ins Rückgrat. »Die GEZ hat da so ihre Methoden.«

Ich sackte zusammen, und Marcel, der Therapeut, fasste mich im Rettungssanitätergriff und schleifte mich in die Küche.

Das reicht jetzt, dachte ich, jetzt ist es genug. Jetzt war eine Grenze überschritten. Bis hier hatte ich noch einigermaßen mitgemacht, hatte die Beteiligten noch irgendwie verstehen können. (Pjotr wollte an Kim ran, okay, musste er mich eben aus dem Weg räumen, schlimm genug, aber wenigstens nachvollziehbar. Die GEZ wollte sich in meine Angelegenheiten mischen, war eben ihr Job, da musste man ja aufdringlich werden.)

Aber jetzt war Schluss.

Für diese Eskalation gab es keinen Grund, und ich würde sie nicht einfach so hinnehmen. Es gab keinen Anlass, mich so grob zu behandeln.

Ein knochiger Schulterstoß schleuderte mich in die Mitte des Raumes.

»Hier ist er«, sagte Marcel, der Therapeut.

Die Küche war eine Katastrophe. Verkratzte IKEA-Einbauware, von der mehrere Schichten alter Anstrich blätterte, mindestens zwanzig Terrarien, in denen es klackerte und knusperte. Hieroglyphen im Sand und Hundefutter auf dem Boden.

Ich hatte erwartet, von einem Einsatzkommando der GEZ in Polyesteruniform, komplett mit Vollbart und Klemmbrett, empfangen zu werden. Aber Fehlanzeige.

An der Spüle stand eine junge, blonde Frau. Sie trug eine weite Hose, Turnschuhe, eine Kapuzenjacke. Mit dem Rücken zu mir goss sie sich einen Tee auf. Zu ihren Füßen saß der Bhael und klopfte mit seinem Schweif, dick und schwer wie eine Eichsfelder Hartwurst, den Takt des Verrats und der Verschwörung auf den Boden.

»Hallo, Sebastian«, sagte die Frau und drehte sich um.

Sie sah aus wie Kim.

Ein schmales, beinahe dreieckiges Gesicht mit fast durchscheinend milchiger Haut. Geschwungene Augen, deren Lagunenblau so hell schimmerte, als wäre es mit CGI nachträglich ins Bild montiert worden.

Sie sah aus wie Kim.

Aber sie war nicht Kim. Zum Beispiel waren ihre Haare nicht braun gefärbt, sondern hell wie sonnengebleichtes Stroh. In leichten Wellen fielen sie ihr über die Kapuzenjacke, kleine Zöpfchen waren hineingeflochten.

»Du bist nicht Kim«, sagte ich. Was sollte ich auch sagen? Die Zeit für herzliche Begrüßungen war vorbei.

»Nein«, sagte sie. »Ich bin eine Schwester.«

Sie sagte nicht *ihre* Schwester, was vielleicht ein Punkt gewesen wäre, an dem wir im Gespräch hätten anknüpfen können. Sie sagte *eine* Schwester, so wie man *ein* Nachbar sagt oder *ein* Arbeitskollege.

»Hier ist er«, keifte Schwester Anni überflüssigerweise.

»Das sieht sie«, sagte ich. »Das muss man ihr nicht auch noch aufs Brot schmieren.«

Seitlich an der Jacke der *einen* Schwester hing ein kleiner Anstecker aus abgewetztem Metall. GEZ stand darauf.

»Ich bin von der Gesellschaft zur Erhaltung und Zusammenarbeit der Gattungen«, sagte die Frau. »Ich darf doch du sagen, oder? Ich bin Charlett, ja?«

Wahrscheinlich hieß sie Charlotte, überlegte ich, und nannte sich einfach englisch Charlett, so wie Charlotte Roche, klang cooler, so wie sich Mike Mike nannte und nicht Mikhail.

»Was kann ich für dich tun, Charlett?«, fragte ich. »Ich sage es ganz ehrlich, meine Stimmung ist nicht die Beste.«

Der Bhael hielt in seinen Schwanzbewegungen inne und betrachtete mich, als sollte ich ihn füttern oder auf den Arm nehmen oder so.

»Du weißt, warum ich hier bin«, sagte Charlett traurig. »Ist keine angenehme Sache.«

»Wenn es keine angenehme Sache ist«, sagte ich, mein Blick huschte durch die Küche, dort stand ein Messerblock, das Fenster ging zum Erdgeschoss raus, »dann bringen wir sie doch am besten hinter uns. So ganz ohne falsche Freundlichkeiten.«

»Wenn du Ärger machst, ich stehe gleich hinter dir«, säuselte Marcel, der Therapeut, an meiner Schulter. Er würde sein Fett noch abkriegen, nahm ich mir vor, zu der Oma war er scheißfreundlich gewesen, aber hier zeigte er sein wahres Gesicht.

»Du bist zu weit in unsere Welt eingedrungen, Sebastian«, sagte Charlett und fummelte irgendetwas Kleines, Pieksiges aus ihrer Gürteltasche, eine Spritze vielleicht, hoffentlich wollte sie mich damit nicht stechen, »und das können wir leider nicht zulassen. Du musst uns vergessen.«

»Ich bin nirgendwo eingedrungen«, sagte ich. Ein fades Wortspiel, passend zur Situation. »Wenn jemand … eingedrungen ist, dann war das eure Welt. Bei mir. Ich konnte da nichts zu.«

»Das spielt keine Rolle«, zischte Schwester Anni. »Gleich ist es so weit. Gleich wirst du alles vergessen.«

Ich fuhr zu ihr herum. »Ich weiß gar nicht, warum du dich hier einmischst. Du bist ein Vampir, klar? Darauf hatte ich vertraut, da kannst du mich nicht einfach so ausliefern.«

»Es ist kompliziert, mein Junge«, sagte Schwester Anni und fuhr sich mit ihrem knochenfarbenen Zungendorn über die Oberlippe.

»Anni hat eine Menge Verträge unterschrieben, um das Altenheim behalten zu dürfen«, sagte Charlett.

»Ich hatte keine andere Wahl«, sagte Schwester Anni. »Sonst hätten sie mir alles weggenommen. Und ich muss doch von irgendwas leben.«

Ich zuckte mit den Schultern. »Will ich alles gar nicht hören. Kommen wir zum Geschäftlichen, ich bin sicher, wir werden uns irgendwie einig.«

»Es tut mir leid«, sagte Charlett in bekümmertem Tonfall. Ihre demonstrative Betroffenheit machte mich rasend. »Du hast uns leider nichts anzubieten.«

»Ihr werdet euch wundern«, sagte ich. »Diese ganzen Sachen, Vampire und so weiter, mit den korrekten Adressen, das habe ich alles aufgeschrieben, total ausführlich. Der Umschlag liegt bei einem Freund, und wenn ich ihn in zwei Stunden nicht angerufen habe, geht der Umschlag raus an die Presse.«

Die Geschichte hörte sich gut an, überlegte ich, beinahe so gut, dass ich sie selbst glaubte.

Charlett schüttelte den Kopf. »Du sagst nicht die Wahrheit, Sebastian.« Sie wies auf den Bhael, der wieder mit seiner Klopferei angefangen hatte und mir ins Gesicht starrte. Seine Augen leuchteten gelb und trübe wie alte Fünfundzwanzigwattbirnen kurz vor dem Durchbrennen. Es war, als strichen seine instinkthaften Katzengedanken um meine Beine, meinen Körper entlang, als glitten sie durch meinen Mund und meine Ohren mitten in mein Hirn.

Der Bhael las meine Gedanken.

Pochend meldete sich die alte Stelle wieder, links hinter der Schläfe. Klar, dachte ich, ich hatte ja noch nicht genug Probleme, mir las eine Katze die Gedanken, jetzt musste noch rasch eine Migräne her.

»Das geht jetzt mal gar nicht«, sagte ich, »in anderer Leute Gedanken herumzulesen. Das mache ich öffentlich, das hat ein Nachspiel …«

»Es tut mir leid, Sebastian«, sagte Charlett, »aber jetzt ist Schluss.«

Ich sah Charlett auf mich zugleiten, blitzschnell wie ein großer, menschenähnlicher Fisch in einem trüben See, viel zu schnell, um mich gegen sie zu wehren. Ihre Schönheit schien von ihr fortgespült zu werden, sie wurde von einer unsichtbaren Strömung in der Luft fortgezerrt und entblößte ein blasses, hohlwangiges Gesicht mit viel zu großen, wässrigen Augen.

Diese Augen hatte keine Ähnlichkeit mit denen von Kim. Die daumennagelgroßen Pupillen schienen sich direkt in meinem Hirn festzusaugen, weiteten sich und wurden wieder enger, pulsierten, drückten und zogen an mir.

Kim, dachte ich, *ich werde dich nicht vergessen. Und wenn sie sonst alles wegmachen aus meinem Kopf, ich werde unsere Liebe nicht vergessen.*

Irgendwo miaute eine Katze.

Sie miaute in meinen Gedanken.

»Nein«, keuchte ich, tastete blind um mich, denn ich sah nichts mehr, die therapeutischen Hände von Marcel packten mich brutal an den Schultern und hielten mich fest.

»Doch, Sebastian«, blubberte Charletts Stimme in meinem Kopf. »Gib einfach auf. Lass es los.«

Charlett glitschte in meinem Kopf herum, rein und wieder raus, es zappelte und zuckte in meinem Gehirn, als hätte sie da ein Nest von jungen Schlangen freigelassen, die gleich mit ihrer Mahlzeit anfangen würden.

»Du kriegst meine Gedanken nicht, du Schlampe«, presste ich mühsam heraus.

Der Schmerz in meiner Schläfe, mein treuer Begleiter seit mehreren Wochen, steigerte sich zu einem vollautomatischen Dauerfeuer, das meine Nervenenden zum Tanzen brachte, das durch meinen Kopf wütete und alles umnietete, was ihm in die Quere kam. Der Schmerz schoss durch meine Stirnhöhlen, jagte durch meine Augäpfel, jagte nach draußen, raus aus meinem Körper.

Das Surren der Neonröhren über unseren Köpfen veränderte sich, wurde breiter und heller. In einem Funkenregen platzte eine nach der anderen. Meine Sicht wurde plötzlich viel klarer. Die Glastür des Backofens knackte, bekam breite, schimmernde Risse.

Der Kopfschmerz unter meiner Schädeldecke war leuchtend blau, er pulsierte, strömte Wärme aus, er floss aus meinem Kopf heraus und schwebte glimmend durch den Raum. Kernschmelze, dachte ich, gleich platzt mir der Kopf.

Das blaue Licht berührte Charlett ganz sanft an der Stirn.

Plötzlich ließ sie von mir ab, taumelte zurück, ihr Gesicht wurde wieder schärfer und menschlicher, verletzlicher, entsetzlich blass. Auf ihrer linken Schläfe zeichneten sich violette Adern ab, sie krümmte sich, presste die Hände an den Kopf, atmete geräuschvoll aus.

Dann fiel sie um. Als hätte ihr jemand das Rückenmark ganz weit oben mit einer festen, scharfen Gartenschere durchgeknipst.

Alles, was ich sah, war von einem bläulichen Schimmer überzogen. Lichtpunkte tanzten durch die Überreste der Neonröhren. 02:31 blinkte eine Digitaluhr über der Mikrowelle, die Ziffern brannten ein violettes Nachbild auf meine Netzhaut.

Ich taumelte zur Seite, riss mich aus Marcels nur noch unmotivierter Umklammerung, wich dem regungslosen Körper des GEZ-Mädchens aus und trat dem Bhael auf den Schwanz. Er miaute anklagend, sprang zur Seite. Aber er griff mich nicht an.

Niemand griff mich an.

Der Bhael schaute aus seinen klugen, hellen Augen zu mir auf. Die Bösartigkeit war aus seinem Blick gewichen. So als ginge es schon irgendwie in Ordnung, dass ich Charlett ausgeschaltet hatte.

»Was hast du mit ihr gemacht?«, lispelte Schwester Anni. Ihr Gesicht begann, sich zu verändern, wurde breiter und teigiger. Pusteln drängten sich aus ihrem Haaransatz. Zwischen ihren Lippen drohte der bleiche Dorn, mit dem sie für den Fortbestand der Gattung sorgte. »Was ist mit ihr passiert?«

»Weiß ich nicht«, murmelte ich, und das stimmte. »Der ist wohl eine Sicherung durchgebrannt.«

Die Migräne hing in meinem linken Gesichtsfeld wie eine halb ausgebrannte Leuchtreklame, verschnörkelte Lichtzeichen in einer Sprache, die ich nicht verstand. Der Schmerz löste sich tropfenförmig in meinem Bewusstsein auf und machte mich träge und wütend.

»Du hast die Inspektorin getötet, wie hast du das gemacht?«, kreischte Schwester Anni.

»Quatsch«, sagte ich. »Die ist nicht tot. Guck, die atmet noch.«

»Aber du hast sie ausgeschaltet! Wie hast du das gemacht?«

Der Bhael schlich um mich herum, den Schweif hoch aufgerichtet, die Augen klug und wach und vorsichtig auf mich gerichtet.

»Ist mir egal. Ich muss jetzt weg. Klar? Hab noch was zu tun.«

»Das ist ein Verbrechen, weißt du das? Eine GEZ-Inspektorin anzugreifen. Aber du hast Glück. Sie werden dich niemals dafür zur Rechenschaft ziehen. Denn niemand wird dich finden können.«

Schwester Anni schob sich mir in den Weg. Ihre Haut warf hässliche, für einen Dermatologen sicher hochinteressante, für den Laien eher ekelerregende Bläschen. »Ich werde dich hierbehalten«, zischte sie. »Du wirst mir einen guten Brutkörper abgeben, nicht wahr, Marcel?«

Marcel, der Therapeut, lachte hinter mir sein dümmliches, sehr leichtsinniges Lachen.

Charlett, noch immer verkrümmt auf dem schmutzigen Küchenboden, stöhnte und tastete unsicher in ihrem Gesicht herum.

Schwester Anni legte ihre samtige, zentnerschwere Hand auf meine Schulter. Beziehungsweise: Sie versuchte es. Ich habe ja bereits darauf hingewiesen, dass bei mir eine Grenze empfindlich überschritten worden war, meine kostbare Geduld war zur Neige gegangen.

Vorbei.

Ich duckte mich unter Annis träger Bewegung hindurch. Links von mir stand ein Terrarium, Vogelsand, Spinnensand, dachte ich, was machte das für einen Unterschied. Ich haute den Deckel runter, griff hinein, ein paar Spinnen klackerten und zuckten und hüpften herum, ich schloss die Faust um eine Handvoll Sand und ein paar knochige Krümel, wahrscheinlich Spinnenkacke, egal.

Spinnensand war besser als nichts.

Ich schleuderte ihn Anni in ihre entzündeten Augen, schnappte den Terrariumdeckel und zog ihr damit ordentlich eins über. Sie duckte sich zur Seite weg, ich haute nochmal mit voller Kraft drauf, sie presste ihre schwammigen Fäuste aufs Gesicht und schrie und schrie. Was ich mit ihren Augen getan hätte und so weiter.

Auf meinem Handrücken hockte eine fette Spinne, klammerte sich mit ihren salzstangendicken Beinen fest. Sie hatte das Gewicht einer Dose Bier.

Ich sah die Spinne an, Marcel sah die Spinne an, wen die Spinne ansah, war schwer zu sagen. Aber sie biss mich nicht.

»Will mal sehen, wie du das hier therapierst, Marcel«, sagte ich und schleuderte ihm das Tier ins Gesicht. Vielleicht sprang sie auch, vielleicht machte sie mit, das war schwierig zu beurteilen, und man sollte die Hilfsbereitschaft von Spinnen auch nicht überschätzen.

»Du kannst abhauen«, sagte ich zum Bhael. »Echt jetzt.«

Der Bhael kräuselte seinen Schweif und lief mir nach, folgte mir über die Straßenbahnschienen. Er gab sich nicht einmal Mühe, mich unauffällig zu beschatten. Er lief mir einfach nach, trippelte mit seinen fröhlichen kleinen Katzenschritten vier, fünf Meter hinter mir her.

Aber ich hatte Besseres zu tun, als mich um eine alte, böse Katze zu kümmern. Ich musste zu Kim, ich rannte, die Nachtluft kratzte im Hals, der Regen brannte in den Augen und in meiner schorfigen Halswunde.

»Komm mir nicht zu nahe, oder bei dir brutzelt auch was durch wie bei der GEZ-Charlett, klar?«

Der Bhael ließ nicht erkennen, ob er meine Drohung ernst nahm, sondern trottete mir durch die Nacht hinterher. Ich wusste ja nicht einmal selbst, ob ich das wiederholen konnte. Wahrscheinlich nicht. Was immer eben geschehen war, gehörte in die Abteilung: Kenne ich nicht, brauche ich nicht, möchte ich nichts mehr von hören.

Egal, warum die Frau umgekippt war.

Egal, ob Anni immer noch mit tränenden Spinnensandaugen am Boden lag und flennte, sie könne nichts dafür, man habe sie gezwungen und so weiter.

Egal, ob Marcel den Spinnenbiss überlebt hatte, was züchteten die auch so viele Monsterviecher im Altersheim, vielleicht bissen Spinnen ja nicht, sondern stachen, so wie Schwester Anni, was wusste ich schon.

Die entscheidenden Fragen waren die:

Wie ging es Kim? Wo war sie? Was hatte man mit ihr vor?

Ich würde sie finden.

Noch in dieser Nacht würde ich ihr sagen, dass ich sie liebte. Und dass sich niemand mehr zwischen uns stellen würde. Und dass ich keine Angst mehr hatte, vor niemandem.

Allein der Gedanke, keine Angst mehr zu haben, machte mir Angst. Aber daran würde ich arbeiten.

»Ich hab jetzt was zu tun«, rief ich dem Bhael zu, »du kannst mir gerne weiter hinterherrennen, aber ich warne dich. Noch so eine Aktion, und nächstes Mal ist es dein Kopf, der am Boden liegt.« Ich zeigte ihm zur Bekräftigung das bhaeltaugliche, handlange Küchenmesser, das ich aus Annis Messerblock mitgenommen hatte.

Der Bhael schnurrte zutraulich.

Ich würde keine schnurrende Katze ermorden können, das wusste ich jetzt schon, ich konnte zutrauliche kleine Tiere gut leiden. Bereits jetzt begann ich, den hinterhältigen Kater ins Herz zu schließen. Meine Schwäche ärgerte mich.

»Ich hatte gedacht, die schicken mir einen richtigen Killer hinterher, aber am Ende ist es doch nur so eine Schmarotzerkatze, die andere die Drecksarbeit erledigen lässt«, lästerte ich. Wenn ich ihn schon nicht loswurde, konnte ich ihn wenigstens beleidigen, das half ein bisschen gegen die bohrenden, hämmernden Kopfschmerzen.

Als würde jemand nacheinander seinen ganzen Werkzeugkasten an meiner Schläfe ausprobieren.

Wegen dieser Scheißkatze hatte ich Teddy im Stich gelassen, der blöd genug war, sich ausgerechnet in eine Fledermaus zu verwandeln. Ob der Bhael ihn aufgefressen hatte? Ich mochte nicht weiter darüber nachdenken. Vielleicht war Teddy ja entkommen, immerhin war der Jäger auf mich angesetzt gewesen.

Nein. Ich hatte das Ende des Vampirs gesehen, da war ich sicher. Ich hatte seine zerfetzten Flügel im Maul dieses Scheißbhaels gesehen. Es hatte keinen Sinn, noch länger daran zu denken.

Der Bhael verfolgte mich die komplette Goethestraße hinunter, wartete neben mir an der vielbefahrenen Kreuzung, spazierte mir immer einen Steinwurf entfernt hinterher. Ich näherte mich dem Steintorviertel. Hierhin hatten mich meine ersten Dates mit Kim geführt. Man hätte meinen können, ein Kreis hätte sich geschlossen. Aber ich schiss auf den Kreis und jede höhere Bedeutung, die diese Angelegenheit haben mochte. Jetzt ging es nicht um mich.

Ich ließ die Steintorclubs und Puffs und Dönerbuden rechts liegen, bog ab in Richtung Altstadt, rannte durch die leeren Straßen, bis vor Kims Haus.

In ihrer Wohnung brannte kein Licht. »Kim!«, rief ich nach oben. Dort hinter dem Fenster hatte sie gestanden und geraucht. Wann war das gewesen – heute?

Die Haustür war angelehnt. Im Treppenhaus roch es nach frischem Kaffee. Ich rief Kims Namen in die Dunkelheit. Aber niemand antwortete.

Ein Bild ging mir durch den Kopf. Kims lebloser Körper auf dem Küchenfußbo…

»Nein«, sagte ich laut. »Der Scheiß hat jetzt ein Ende. Keine Paranoia mehr.«

Ich ignorierte den Bhael, der sich hinter mir durch die zufallende Treppenhaustür drängte, ging hoch, klingelte zweimal und trat Kims Wohnungstür ein.

Auf dem schimmernden Schwarzweißlinoleum des Küchenfußbodens lag ein lebloser Körper.

18

Home is where your heart is

Ich hatte erst einmal eine Tote gesehen.

Damals war ich zehn.

Die Tante meines Freundes Benny hatte ein Haus außerhalb der Siedlung, man musste ein paarmal am Waldrand links und rechts abbiegen, ehe man es fand. Es gab dort Moorlöcher und eine stillgelegte Klärgrube zum Skateboardfahren und ein Umspannwerk, an dessen Zaun man sein Fahrrad nicht anschließen durfte, weil es hinterher angeblich elektrisch geladen war und man starb, wenn man es anfasste.

Bennys Tante lebte allein, und sie starb allein. Wenigstens hat das die Polizei später gesagt. Als Bennys Tante die Tür nicht öffnete, gingen wir um das Haus herum, guckten durch die Scheiben. Ich ging als Erster, Benny kam hinterher.

Ich sah sie zuerst. Sie saß vor dem Fernseher und guckte aus ihren starren, kleinen Augen auf die Mattscheibe. Ihre rechte Hand lag auf der Sessellehne, die linke war heruntergeruscht, hing vom Sofa herab wie ein hautfarbener, knittriger Schal.

Man sah sofort, dass etwas nicht in Ordnung war. Fliegen saßen auf ihrem Kopf, sie zwinkerte nicht, im Fernsehen lief Sport. Es hatte keinen Sinn, an die Scheibe zu klopfen, genauso wenig wie es Sinn gehabt hatte, an der Tür zu klingeln.

Aber Benny kapierte das nicht. Er klopfte und klopfte und haute immer wieder mit der flachen Hand auf die Scheibe, schrie mich an, ich solle irgendwas machen, während ich die Tote anstarrte und das komplizierte Muster aus Fliegen auf ihrer Stirn. So wie die Mohnkörner auf den Brötchen, dachte ich, niemand macht sich darüber Gedanken, wer diese ganzen komplizierten Muster erfand, das nahm man einfach so hin.

Irgendwann schlug Benny dann die Scheibe mit einem Stein ein und hatte, als auch ihm klar war, dass seine Tante tot war, Angst, man könnte ihn für den Mörder halten.

Die Polizei hat später gesagt, Bennys Tante war schon drei Tage tot, als wir sie fanden. Für mich spielte der genaue Todeszeitpunkt keine Rolle. Sie saß ja auf dem Sofa und hat ferngesehen, ob man sie einen Tag früher oder später gefunden hätte, wäre kein Unterschied gewesen.

Die verdrehte Gestalt auf ihrem Küchenboden saß nicht vor dem Fernseher, sie lag auch nicht im Bett, wie Frau Dr. Kiesewetter im Bett gelegen hatte, als der Domowoj über sie herfiel. Sie lag in einer verwüsteten Wohnung, zwischen aufgerissenen Schubladen, zwischen auf dem Boden verteilten Cornflakes und verstreuten Äpfeln.

Hier lief kein Fernseher, auch kein Radio, sondern es war so still, als wäre niemand zu Hause. Hier war die Zeit nicht setehengeblieben wie in der unberührten Wohnung von Bennys Tante. Sondern sie hatte sich fortbewegt in eine lichtlose Zukunft, aus der es kein Zurück mehr gab. Meine Hand lag auf dem Lichtschalter.

Das war das Ende, das spürte ich.

Die ganze Nacht, die ganze verdammte Geschichte lief auf den Moment zu, an dem ich durch diese Küchentür treten musste und Kim fand. Ausgestreckt, ein schattiger, länglicher Menschenhaufen vor dem Geschirrspüler, eine gesichtslose, krumme Menschenpuppe.

Irgendwas lief mir über die Wangen. Mein Hals war eng und krampfig und sauer, wie wenn man sich gerade übergeben hat, in dem kurzen stillen Moment, ehe einen der nächste Brechschwall überfällt.

Noch immer lag meine Hand auf dem Lichtschalter. Aber ich legte ihn nicht um. Zu sehr fürchtete ich mich vor dem, was ich sehen würde.

War ihr Hals aufgerissen wie meiner?

Oder lag sie luftleer und erdrosselt auf dem Linoleum?

Würde ich je das Bild vergessen können, das ich gleich sehen würde?

Langsam rutschten meine Finger vom feuchten Kunststoff des Lichtschalters nach unten, fanden kurz Halt an der Raufasertapete und glitten dann ab ins Leere.

Konnte ich einfach wieder gehen, die GEZ anrufen und bitten, sie mögen wohl doch mal rasch mein Gedächtnis löschen?

Was war mit Fingerabdrücken? Da machte man sich ja kaum Gedanken drüber. Was, bitte, war mit meinem gebrochenen Herzen?

Der Bhael löste das Problem auf Katzenart.

Er schlich in die Küche, Cornflakeskrümel knisterten leise, während er mit seinen vorsichtigen Katzenpfoten an ihnen vorüberstrich.

Dann erreichte er den Menschenhaufen, rieb sich daran, hin und her, die Schwanzspitze vornehm nach oben gespreizt, als wollte er sie nicht schmutzig machen.

»Nein«, ächzte ich. Wäre der Bhael ein Hund gewesen, hätte er vielleicht noch dagegenpinkeln wollen, hätte den seelenlosen Kim-Körper dort mit seinem ungewaschenen Tierleib geschändet. »Komm da weg«, rief ich. »Komm da *weg*, du Scheißkatze!«

Ich sprang nach vorn, um den Kater zu fangen, ihn für sein lästerliches Verhalten zu bestrafen, trat dabei eine Milchtüte aus dem Weg, der Bhael miaute anklagend, die Cornflakes unter meinen Schuhen knisterten wie trockenes Laub.

Die graue, verkrümmte Silhouette auf dem Boden bewegte sich im schwachen Licht der Straßenlaternen vor dem Fenster.

»Ist doch nur 'ne Katze«, murmelte sie mit einer schlaftrunkenen, männlichen Stimme, »lass doch mal die Katze, die tut doch nichts. Die tut doch keinem was.«

Ich schrie aus Leibeskräften, dann schrie auch der Mann auf dem Küchenboden, der Bhael maunzte und miaute, sprang auf die Herdplatte und warf ein paar Gläser hinunter. Schließlich knipste ich das Licht an, starrte auf den verpennten, verstrubbelten Typen, der sich mühevoll aus einem Bundeswehrschlafsack pellte.

Er hatte auffallende Ähnlichkeit mit Dave Grohl, als er noch jünger war und Kurt Cobain noch nicht tot.

Das war nicht Kim.

Wenn das nicht Kim war, schlussfolgerte ich, dann war sie nicht tot, vielleicht ging es ihr gut, vielleicht war sie *irgendwo anders*!

Niemals war ich so froh gewesen, einen Fremden in der Küche zu finden. Und niemals war ich so wütend darüber gewesen.

Ich richtete meine Messerspitze auf Dave Grohl. »Du«, sagte ich, meine Stimme bebte. »Du hast hier nichts zu suchen. Du bist in Kims Wohnung. Wo ist sie?«

Der Mann am Boden sah das Messer und verzog das hässliche Gesicht zu einem schiefen, hilflosen Grinsen, er zeigte mir seinen Überbiss, als würden wir gleich dicke Freunde werden.

»Wo?«, schrie ich und fuchtelte mit dem Messer rum.

Dave versuchte die Hände zu heben, blieb mit der Linken in einer Schlaufe seines Schlafsacks hängen, versuchte sich zu entheddern, aber es gelang ihm nicht. »D-d-d …«, sagte er.

Der Bhael fing wieder mit der Schwanzklopferei an. Wenn ich nicht mit dem Schlafsacktypen beschäftigt gewesen wäre, hätte ich ihn mir geschnappt und seinen Schwanz direkt am Ansatz abgesäbelt, dann wäre für immer Schluss damit gewesen.

»Du hast hier nichts zu suchen«, zischte ich wieder. »Wo ist Kim? Sag es jetzt, eine zweite Chance gibt es nicht.«

Der Typ versuchte, mir stammelnd und stotternd irgendwas zu erklären, was mit der Erhaltung und Zusammenarbeit der Gattungen zu tun hatte, aber ich stoppte seinen überflüssigen Redeschwall, indem ich das Messer auf sein mutmaßliches Herz unter dem Tarnfleckschlafsackstoff richtete.

»Ein Wort«, flüsterte ich. »Antworte nur ein einziges Wort, Schluss mit der Stotterei, ein einziges Wort, klar? Oder du bist tot.«

Es sollte einigermaßen klar gewesen sein, dass das eher markige, geflügelte Worte waren, dass ich der Letzte war, der Leichen in fremden Küchen hinterließ.

Aber der Typ pinkelte vor Angst in seinen Schlafsack und sagte: »Ge-gericht.«

»Sie ist bei Gericht?«

Er nickte und pinkelte weiter.

»Was *bitte* machst du in ihrer Wohnung?«, fragte ich. Auch das *Bitte* war geflügelt, denn ich war hier eindeutig nicht derjenige, der um etwas bitten musste.

»Na-nachhut«, sagte der Typ, nickte und deutete an, er bräuchte für die Antwort noch ein zweites oder drittes Wort. Ich gewährte es ihm mit einem lässigen Wink mit dem Messer.

»I-ich bin die Na-na«, sagte er.

»Die Nachhut, wolltest du sagen.«

Er nickte. Das Pinkeln hatte aufgehört. Das konnte der nachher hübsch alles wieder aufwischen. Oh, nahm ich mir vor, er würde wischen, er würde das ganze Durcheinander wieder wegmachen, picobello würde das aussehen.

»Ich warte auf Sebastian Schä-schä«, sagte er. »Tz.«

»Auf den wartest du, ja? Und wenn er kommt, was machst du dann?«

»Meldung«, sagte der Dave-Grohl-Typ stramm, dieses Mal ohne zu stottern. Er straffte sich, nahm im Schlafsack Haltung an.

»Der soll hier vorbeikommen, ja?«, fragte ich lauernd. »Weil er wohl seine Freundin sucht, ist ja klar, die ist ja in Gefahr, ne? Da kommt der hier vorbei, wo auch sonst, und für alle Fälle lassen die gleich einen Inspektor in der Wohnung, richtig?«

Dave schüttelte den Kopf. »Bi-bin kein Inspektor«, sagte er. »N-nur der Praktikant.«

Sie hatten einen Praktikanten dagelassen, um mich zu fangen. Das hielt die GEZ also von mir. Nicht dass ich mit einem schwerbewaffneten zwergischen Rollkommando glücklicher gewesen wäre. Aber es kränkte mich dennoch. Sie würden mehr brauchen als einen Praktikanten und eine alte Katze, um Sebastian Schätz zu fangen.

»Wie alt bist du?«

»Neunzehn«, sagte Dave, der Praktikant.

»Dann hör mir mal zu, neunzehnjähriger GEZ-Praktikant, der wahrscheinlich noch mieser bezahlt wird als ich«, sagte ich, ließ mich in die Hocke sinken und machte mit der Messerspitze einen schönen langen Schnitt in den verpissten Schlafsack. Das synthetische Innenfutter quoll hervor wie Gedärm aus dem aufgeschlitzten Bauch einer Muppetshowpuppe.

Dave bekam einen Schluckauf. Aus dem Mund roch er pappig, wahrscheinlich hatte er schon eine Weile gepennt.

»Maul halten!«, schrie ich ihn an.

Plötzlich kam es mir vor, als wäre *ich* das Monster, als gehörte ich zu denen, die in Hauseingängen lauerten oder in Spülen schliefen, zu den ausgestoßenen, schattenumwobenen Gestalten des Halblichts. Dann war das eben so, dachte ich, es wurde auch höchste Zeit, dass jemand mal Respekt vor mir hatte.

Der Bhael fing unbeeindruckt von meinem Auftritt an, ein paar herumliegende Cornflakes aufzufressen.

»Bi-bitte tun Sie mir nichts, Herr Schätz«, sagte Dave. »Ich bin wirklich nur der Praktikant, und ich brauche den Jo-job.«

»Dann wirst du mir schön alles erzählen, was du weißt, Dave, und wenn ich du wäre, würde ich nichts auslassen«, sagte ich, zog mir einen Hocker ran und spießte einen aufgeweichten Cornflake mit der Messerspitze auf.

»Der Scheißpraktikant weiß nichts!«, schrie ich Kims verwaistes Sofa an. »Was soll er auch wissen, als Praktikant? Verdammte Scheiße!«

Wer machte auch so einen Job, wie kam man da eigentlich ran? War er von Natur aus ein Schnüffler, ein Denunziant, ein Kameradenschwein? Wühlte er gerne bei anderen Leuten im Müll herum? Ich würde ihn noch härter bestrafen, wenn ich einen klaren Gedanken gefasst hatte.

Ich hockte auf Kims Sofa und starrte auf die gerahmten Unterwasseraufnahmen an der Wand.

Sie hatten Kim entführt, wahrscheinlich mit Gewalt aus der Wohnung geholt. Alle Schränke waren aufgerissen worden, der Papierkram, den sie so ordentlich geführt hatte, lag verstreut und auseinandergezupft auf dem Esstisch.

Ich ließ Schwester Annis Messer wie eine Kompassnadel auf dem Couchtisch kreisen. Der Scheißpraktikant wusste nichts, ich hörte sein Scheuern und Wischen aus der Küche. »Keine Pause!«, schrie ich. »Ich kontrolliere das, du Arsch!«

Zwanzig Euro hatte er dabeigehabt und ein Handy, nutzlose Ausrüstung im Kampf gegen einen unsichtbaren Gegner, der sich im Schutze der Nacht aus dem Staub gemacht hatte.

Ich rief bei der GEZ-Hotline an und beschimpfte und bedrohte die Bandansage, ich wählte bei meinen Eltern in Diepholz durch, ließ es zweimal klingeln und legte auf. Bei meiner Mutter, korrigierte ich mich. Die neue Nummer meines Vaters kannte ich nicht einmal.

Es gab keine Hilfe für mich.

Irgendjemand wusste sicherlich, wohin sie Kim gebracht hatten. Teddy schied aus, der Bhael hatte ihn gefressen, und die Katze selbst machte nichts anderes, als auf der Fensterbank zu hocken, an Kims Farn zu knabbern und mich gelegentlich anzustarren.

»Du bist flink, Katze«, sagte ich, »eine Spur zu flink für mich. Aber deine Zeit wird kommen, glaub mir. Wenn du es am wenigsten erwartest.«

Der Bhael schaute interessiert zu mir herüber. Seltsam, der äonenalte Tötungswunsch war aus seinen gelben Augen verschwunden. Seit der Sache mit Charlett und Schwester Anni schien er nichts mehr gegen mich zu haben.

Vielleicht hatte er ja seinen Auftrag erfüllt, als er die Inspektorin zu mir geführt hatte? Oder es tat ihm leid wegen Teddy?

Der Bhael scharrte im Blumenkübel herum. Die Plastik-Zierschleife an der Orchidee nebenan zuckte und flatterte in seine Richtung, riss sich von der Pflanze los und pappte am Fell des Bhaels fest. So was hatte ich schon mal gesehen. Es erinnerte mich an den Physikunterricht. Gummi und Katzenfell. Der Bhael konnte sich statisch aufladen, wenn er wollte, toller Trick. »Aber das nützt dir auch nichts!«, schrie ich ihn an.

Ich hatte das schon mal gesehen, überlegte ich, Gummi und Katzenfell.

Plastiktüten und Zigarettenfolien. Eine beklebte, verrottete Kiosktür. *Wenn du mal Hilfe brauchst,* hatte der Kioskbesitzer gesagt, *dann komm einfach vorbei.*

»Du ärgerst dich bestimmt, Katze«, rief ich dem Bhael zu, während ich zum Hauptbahnhof sprintete. Der

Himmel schimmerte bereits in der Ankündigung einer dezembergrauen Morgendämmerung. »Du ärgerst dich, weil du mir geholfen hast, weil du mir den Trick mit der Plastikfolie gezeigt hast, hm? Das war wohl von dir nicht eingeplant. Du solltest mir einfach hinterherrennen, bis das nächste GEZ-Einsatzteam mir die Bude eintritt und mich aus meinem Versteck zerrt. Aber das kannst du vergessen, Katze.«

Wenn sich der Bhael ärgerte, ließ er sich nichts davon anmerken, er hatte ein verdammt gutes Pokerface, er wackelte höchstens mal mit dem Schnurrhaar.

Als ich den Bahnhof erreichte, blieb der Bhael stehen. Er hockte sich an den Bordsteinrand nahe der Eisenbahnunterführung, klopfte erwartungsvoll mit dem Schwanz auf den Boden und schaute mich aus seinen bhaelgelben Augen an.

»Was jetzt«, fuhr ich ihn an. »Entweder du verfolgst mich, oder du haust ab. Aber jetzt da sitzen bleiben, das ist scheiße.«

Wenn er mir so lange hinterhergerannt war, hatte das sicher einen Grund. Warum rührte er sich nicht?

Noch einmal klopfte sein Schwanz auf den Boden.

»Wenn du mir einen Gefallen tun willst, dann hörst du mit der Scheißklopferei auf, ja?«

Der Bhaelschwanz zuckte einmal, dann blieb er still.

»Ich gehe jetzt in den Bahnhof und nehme die Straßenbahn nach Hause, klar? Du kannst hier gerne sitzen bleiben, mir scheißegal. Aber erzähl hinterher nicht rum, du hättest dir besondere Mühe gegeben.«

Ich ließ den Bhael da, wo er war, schob mir das Messer seitlich in den Hosenbund und marschierte stramm auf den Seiteneingang des Bahnhofs zu. Die Glasschiebetür öffnete sich rumpelnd.

Ehe ich hindurchtrat, drehte ich mich noch einmal um, hielt nach der Katze Ausschau. Vielleicht war das ein Fehler, vielleicht ging ich dem Bhael schon wieder in eine seiner undurchschaubaren Psychofallen.

»Was ist jetzt?«, rief ich ihm zu.

Er maunzte, putzte sich mit einer Pfote hinter dem Ohr und sah mich erwartungsvoll an.

»Dann komm halt mit«, rief ich entnervt, »mir ist das egal. Aber wenn du nochmal Ärger machst, ist es aus mit dir, klar?«

Der Bhael machte einen vorsichtigen Schritt auf die Straße, ohne nach links und rechts zu gucken.

Vielleicht wollte der Bhael wirklich nur mal gestreichelt werden, habe ich mir später überlegt. Vielleicht fehlte ihm was in seiner Existenz als Jäger und Vollstrecker. Vielleicht wollte er mal ein bisschen mehr Katze sein und etwas weniger Untier.

Der Bhael tänzelte über die Straße, sein Schwanz wiegte sich bei jedem Schritt hin und her. Der bernsteinfarbene Blick des Tieres hatte sich fest in den meinen gebohrt.

Wir müssen das Geräusch des heranrasenden Taxis im selben Moment gehört haben. Gleichzeitig wendeten wir die Köpfe und sahen den aufgeblendeten Scheinwerfern entgegen, die sich in waghalsigem Tempo näherten.

Ich rührte mich nicht, und der Bhael rührte sich nicht. Regungslos blieb er mitten auf der Straße stehen und starrte dem Auto entgegen wie das Kaninchen der Schlange. Über den Grund, warum er nicht einfach zur Seite gesprungen und abgehauen ist, habe ich lange nachgedacht.

Hatte er vielleicht sein Dasein als ewiger Spielverderber satt? Das wäre sicher eine Möglichkeit. Vielleicht war es ihm in seiner äonenlangen Lebensdauer auch ein wenig langweilig geworden. Vermutlich hatte er aber einen anderen Grund, auf der Straße hocken zu bleiben: einen unverständlichen, instinktüberfluteten Katzengrund, als er genauso wie Millionen überfahrener Katzen vor und nach ihm auf dem Mittelstreifen stehen blieb, bis ihn das Auto erwischte. Welchen Sinn hat es schon, darüber nachzudenken?

So sind Katzen nun mal. Sie haben verfluchte Schwierigkeiten mit dem Großstadtverkehr. Besonders, wenn sie einige tausend Jahre alt sind.

Das Taxi erwischte den Bhael in voller Fahrt.

Es ließ ihn zurück wie einen alten, plattgefahrenen Pulli, gab Gas und raste um eine Kurve.

Innerhalb von Sekunden war ich bei ihm, starrte auf seinen zuckenden schwarzen Katzenkörper.

Der Bhael starb.

Ich meinte es in seinen Bernsteinaugen zu sehen, deren Blick suchend umherirrte, bis er den meinen fand und sich daran festhielt. Der schwitzige Katzenkörper des Bhael zuckte. Langsam ging ich in die Hocke und legte meine Finger an seine Stirn. Sein Fell war kalt und nass.

»Scheiße«, sagte ich.

Der Bhael sagte nichts.

Keine Ahnung warum, aber plötzlich hatte ich das Bedürfnis, dem Tier wenigstens einen würdigen Tod zu ermöglichen. Also hob ich es auf und bettete seinen Kopf in meine Ellenbeuge.

Eigentlich hätte ich jetzt loslaufen sollen, zur Straßenbahn, nach Hause. Aber die sterbende Katze machte es mir schwer.

»Jetzt hast du es geschafft«, sagte ich, »jetzt verpasse ich meine Bahn.«

Was machte man am frühen Morgen ungeduscht mit einer toten Katze am Hauptbahnhof? Weglegen? Zum Deutsche-Bahn-Infostand bringen? Dann besser vergraben. In Ermangelung einer Schaufel vielleicht unter etwas Laub verstecken. Oder in einer Apotheke abgeben?

Der Bhael nieste.

Jetzt mach mich nicht schwach, dachte ich. Da arbeitet man an einer vernünftigen, angemessenen Trauerreaktion für ein Wesen, das einem vor wenigen Stunden noch das Gesicht zerkratzen und einen vom Angesicht der Erde tilgen wollte, kompromisslos, Sie wissen schon. Und jetzt niest es einem feucht auf die Hand. Es fehlte noch, dass es mich biss.

Der Bhael begann zu schnurren und presste sich noch enger an mich. Sein geschundener Leib bebte. Jeder seiner gehetzten Atemzüge klang schief und kaputt, wie eine angeknackste Fahrradpumpe. Ob ihm vielleicht doch ein Tierarzt helfen konnte? Denn auch wenn er hochintelligent, uralt und böse war, blieb er immer noch ein verletztes Tier. Äußerlich zumindest.

Ich bettete meinen Jäger in ein vertrocknetes Blumenbeet neben einem Fahrradständer, zog meinen Pullover aus und schlang meinen Jäger darin ein. Das sollte ihn ein bisschen warmhalten. Gegen den Wind legte ich eine alte Zeitung halb drüber.

So früh hatte allerdings kein Tierarzt auf. Bis zur tierärztlichen Hochschule war es weit, und ich hatte nicht viel Zeit.

Jede Minute konnte Kim weiter von mir entfernen, wenn es stimmte, was sie gesagt hatten: dass man sie fortschicken würde.

Es musste doch irgendwen geben, den ich anrufen konnte. Ich ließ mich auf die Bordsteinkante sinken und blätterte meine Brieftasche nach einer brauchbaren Adresse durch. Der ADAC schied aus, außerdem hatte ich seit der kostenlosen Probemitgliedschaft nach dem Führerschein keine Beiträge bezahlt. Die DAK half uns auch nicht.

MAD, stand in geprägter Schrift auf einer Visitenkarte. Fester Karton in meinen vollgebluteten Fingern. Medizinischer Außendienst. Alle Kassen. *Wir sind immer da,* hatte mein türkischer Retter Gökmen gesagt. *Und wir sind gut.*

Ich zögerte.

Mit dem MAD hatte der ganze Ärger angefangen. Ich wollte da nicht anrufen. Keine Sanitäter mehr, hatte ich mir geschworen.

Der Bhael schnurrte und begann, meine aufgeschürfte Hand abzulecken. Seine Zunge war winzig, hellrosa und kratzte auf der wunden Haut. Wie in der Whiskas-Werbung.

Whiskas-Katzen starben nicht, sondern tollten gut gebürstet neben leckeren Katzenfutterdosen herum. Die ließ man nicht verrecken.

»Du hast es eigentlich nicht verdient«, erklärte ich dem Bhael, »weil du eine böse Katze bist, die Unheil über die Welt bringt.«

Er schnurrte, als wollte er sagen, Unheil, das war gestern, heute will ich nur noch eine liebe Kuschelkatze sein.

Kurz entschlossen warf ich mein letztes 20-Cent-Stück in das Münztelefon am Nebeneingang des Bahnhofs und wählte die Nummer des MAD. Es kam mir vor, als passte es nicht in diese Geschichte, dass ich jetzt freiwillig bei den Typen anrief, mit denen der Ärger begonnen hatte.

»Medizinischer Außendienst«, sagte eine ausgeschlafene Frauenstimme. »Guten Morgen.«

»Ich heiße Sebastian Schätz, guten Morgen«, sagte ich. »Vielleicht kennen Sie mich noch. Ist ein paar Wochen her, da haben Sie meine Hand aus dem Rollladenkasten befreit. Vor einer Viertelstunde wurde vor meinen Augen ein Tier überfahren. Der Bhael. Kennen Sie vielleicht auch.«

Der Sound im Telefon hatte sich geändert, während ich sprach. Meine Stimme klang plötzlich viel leiser und hallte nach. Hatten die den Lautsprecher angestellt?

»Können Sie mich gut hören?«, rief ich. »Der Bhael liegt hier neben mir und blutet ziemlich«, schob ich nach. »Vor dem Bahnhof, ein bisschen links, im Gebüsch. Hat die Größe einer Katze.« Das war diesen MAD-Leuten ja wichtig.

Die Stimme meiner Gesprächspartnerin klang dumpf und gepresst, als würde man ihr den Hörer gegen das Gesicht drücken. »Bewegen Sie sich nicht vom Fleck, Herr Schätz. Ein Einsatzteam ist bereits auf dem Weg zu Ihnen und dem Tier. Bleiben Sie am Apparat, bis …«

Es klickte.

Besser so, dachte ich. Für 20 Cent war das eine ausreichende Menge Gespräch, da konnte ich mich nicht beschweren. Und es war ja alles Wichtige gesagt.

Ich tätschelte dem Bhael zum Abschied die feuchte, blutige Katzenstirn.

»Das war's, Kumpel«, sagte ich. »Ich geh jetzt meine Freundin retten. Schätze, du hast versagt.«

Der Bhael maunzte, als hätte er eine Stange guter Katzenargumente parat, die sein Scheitern erklärten. Aber die sollte er dann ruhig mal seinen Vorgesetzten erzählen.

Vor meinem Haus stand ein Müllwagen schräg auf dem Bordstein. Der Regen hatte Staub und Dreck von ihm heruntergewaschen, das orangefarbene Metall schimmerte beinahe wie neu im Licht der Straßenlaterne. Weit und breit war kein Müllmann zu sehen.

Ich starrte auf den Hauseingang der Nummer 26. Sollte ich hoch in meine Wohnung gehen und mich umziehen? Oder würde dort auch ein Mitarbeiter der Gesellschaft zur Erhaltung und Zusammenarbeit der Gattungen auf mich warten?

Besser, ich blieb in Deckung.

Die Rollläden des Kiosks an der Ecke waren heruntergelassen, dahinter brannte funzeliges Licht. Ich baute mich vor der angeschimmelten Durchreiche auf und hob die Hand, um zu klopfen.

Plötzlich wurde die Haustür von Nummer 26 aufgerissen.

»Die nächste Tour gehst du vorne, klar?«, sagte eine herbe Männerstimme von drinnen.

Der Tonfall kam mir bekannt vor.

»Ich bin bei der Oma schon vorne gegangen, Mann, war die schwer, dabei sah sie so mager aus«, antwortete ein anderer Mann aus der Tiefe des Treppenhauses. »Jetzt halt das Scheißbett gerade, Frank. Ich kann so echt nicht arbeiten. Wenn ich mir deinetwegen die Finger klemme, kannst du auf dem Trittbrett nach Hause fahren.«

Ein schlaksiger Müllmann balancierte rückwärts aus dem Hauseingang, schleppte das Vorderende eines Bettes heraus, Schritt für Schritt in Richtung des Müllwagens. Er kam mir irgendwie bekannt vor. Diesen unruhigen, fleckenhaften Bart, diese schattigen Augen unter der neonorangefarbenen Kappe hatte ich schon einmal gesehen.

Frank, der Müllmann.

Es war ein altmodisches, schmales Bett, höchstens achtzig Zentimeter breit. Die Matratze hing noch drin, mitten drauf ein großer brauner Fleck, der ungefähr die Form von Indien hatte, mit Zipfel nach Süden.

Auch am hinteren Ende des Bettes lief ein Müllmann. Sein Gesicht war vor Anstrengung angelaufen wie eine unreife Aubergine. Eher eine Pflaume, korrigierte ich mich.

Die Uhr über dem Kioskeingang zeigte 6:48 Uhr an. Auf der ganzen Straße stand kein einziges Möbelstück, das auf Sperrmüll hindeutete.

Müllabfuhr ging anders.

Und diese beiden Typen waren mir gestern schon nicht ganz geheuer gewesen.

Ich wich rückwärts zum Kiosk zurück, ohne die beiden aus den Augen zu lassen.

Was immer die beiden in meinem Haus zu suchen hatten, es hatte nichts Gutes zu bedeuten. Ich war weit gerannt in dieser Nacht, meine Beine fühlten sich heiß und ausgezehrt an. Und ich hatte keinen Müllwagen. Besser, ich ließ es nicht auf eine Verfolgungsjagd ankommen.

Die Matratze löste sich noch ein Stück weiter aus dem Bettrahmen. Ein geblümtes Omanachthemd baumelte unter ihr hervor.

Aus der offenen Fahrertür des Müllwagens kam eine verrauschte Funkdurchsage. Ich glaubte, undeutlich meinen Namen zu hören.

»Jetzt sagen die schon wieder was durch.« Frank, dem Müllmann, war das Ende der Matratze vor das Gesicht gerutscht, er sah mich nicht. »Wenn jetzt der Scheiß-MAD wieder dazwischenfunkt, können die die Wohnung selbst zu Ende evakuieren.«

»Ich hab dir vorhin gesagt, stell das Funkgerät aus«, sagte der andere, den Blick fest auf die nassen Pflastersteine unter ihm gerichtet. »Am Ende kommt dieser Schätz nach Hause und hört noch seinen eigenen Namen über Funk.«

Sie lachten. »Schätz ist ein ziemlicher Trottel, nach allem, was ich gehört habe. Aber so saublöd, hier aufzukreuzen, wird er wohl nicht sein. Wäre mal gespannt, was er zu seiner Wohnung sagt, wenn er sie sieht. Stell mal kurz ab, ich muss mir grade mal die Nase putzen. Liegt an diesem Omageruch, davon krieg ich Allergie.«

Der Wind wehte eine Spur von Kölnisch Wasser und Körperpuder zu mir herüber, dazu eine dezente Mangonote.

Mein Blick wanderte an der Häuserfront nach oben. In meiner Wohnung war es dunkel. Eine Etage drüber brannte Licht. Aber mein Gefühl sagte mir, dass es Frau Dr. Kiesewetter nicht selbst eingeschaltet hatte.

Ich schlich weiter nach hinten, ein loser Pflasterstein knirschte unter meinem Fuß. Meine tastende Hand berührte die Kiosktür. Ich klopfte zart, aber dringlich. »Aufmachen«, flüsterte ich.

»Wie sieht er eigentlich aus, dieser Schätz? Haben wir irgendwo ein Foto oder so?«, fragte Frank. Ich hatte noch nie einen sympathischen Frank kennengelernt, überlegte ich, vielleicht lag es ja an der Erziehung, vielleicht waren Eltern, die ihre Kinder Frank nannten, irgendwie schlechte Menschen.

»Die haben vorhin eins durchgeschickt. Sieht irgendwie aus wie Alanis Morissette mit kurzen Haaren.

Kam mir verdammt bekannt vor, die Fresse, den habe ich schon mal gesehen. Aber den werden wir wohl nicht mehr zu Gesicht kriegen. Zwei Neutralisierungsteams sind ihm hinterher. Und der Bhael. Der wird nicht weit gekommen sein.«

Ich klopfte noch einmal, dieses Mal kräftiger. Hinter der Tür war gedämpftes, ungesundes Gelächter zu hören.

»Machen wir dem Schätz seine Wohnung gleich hinterher?«

Frank schnäuzte sich in das Titelblatt einer *Freizeit-Revue*, die unter der Matratze hervorgesegelt war.

»Kommt drauf an«, sagte sein Kollege. »Wenn er neutralisiert ist, reicht das kleine Programm, sagt der Chef. Wenn er tot ist – wollen wir es nicht hoffen«, er lachte dreckig, »wenn er tot ist, machen wir in zwei Wochen die Kompletträumung, so steht es zumindest im Auftrag.«

Wenn er tot ist.

Kompletträumung.

Die meinten mich. Die sprachen über meinen Tod so beiläufig wie über ihre Lieblingsroute bei der Entsorgung von Wertstoffmüll.

»Ich hasse diesen Schätz jetzt schon«, sagte Frank. »Wenn ich dem seine Wohnung cleane und er lebt noch, tunke ich dem seine Zahnbürste ins Klo, das hat er davon, der Arsch.«

»Das hat Bertram vom investigativen Dienst schon gemacht, als sie ihn in seiner Wohnung verhört haben, hat hinterher noch voll draufgepisst. Da musst du dir was Besseres einfallen lassen.«

Ein pelziger Geschmack breitete sich in meinem Mund aus, während ich langsam den Knauf der Kiosktür drehte.

Die beiden Müllmänner hievten das Bett wieder hoch, dieses Mal auf der anderen Seite. Sie brauchten jetzt nur noch den Kopf zu drehen und hatten mich direkt im Blick.

Die Kiosktür hinter mir schwang unter leichtem Druck lautlos auf. Sanftes Licht fiel über meine Schulter auf den Bordstein.

Es war still. Jetzt nur noch leise über die Schwelle schleichen, dachte ich und versuchte, meine Zähne nicht mit der Zunge zu berühren, jetzt nur noch leise über die Schwelle, dann die Tür zu, und die Sache war ausgestanden. Ganz sanft, ganz vorsichtig, da brauchte man keine große Sache draus machen. *Ich kann mich lautlos bewegen*, redete ich mir ein, *ich kann unbemerkt durch die Stadt schleichen wie ein Schatten, wie ein Phantom*.

»Uno!«, brüllte eine feuchte, unangenehme Stimme hinter mir im Kiosk und stieß einen heiseren Siegesschrei aus. »Ich hab euch gesagt, im Scheiß-Uno mach ich euch fertig! Der ganze Schnaps zerfrisst euch das Hirn!«

Ich fuhr herum. Im Kiosk hockten, dicht gedrängt und mit zusammengeschobenen Köpfen, fünf heruntergekommene Männer und eine Fledermaus und starrten auf ein fleckiges Kartenspiel.

Als ich mich wieder umdrehte, hatten die Müllmänner das Bett abgesetzt. Sie starrten mir aus zusammengekniffenen Augen ins Gesicht.

Der Mann mit dem Pflaumengesicht zog seine Handschuhe aus und ließ sie mit spitzen Fingern auf das blutbefleckte Bett von Frau Kiesewetter fallen.

»Alanis Morissette«, presste er hervor. »Was für ein Zufall.«

19

Never mess with a Domowoj

Meine Hände rutschten von dem öligen Riegel ab, mit dem man die Kiosktür von innen verschließen konnte.

»Die sind hinter mir her«, keuchte ich zu der fröhlichen Kartenrunde hinüber, »die wollen mich umbringen und meine Wohnung ausräumen.«

Die verwahrlosten Männer hoben kaum den Blick vom Kartentisch. Nur der Kioskbesitzer schnellte von seinem Hocker hoch und war nach zwei großen Schritten durch den knöchelhohen Müll bei mir, schob den eingerosteten Riegel vor. Bräunliche Hautfetzen blieben am verkratzten Metall hängen. »Schätz«, grunzte er. »Du bist zurückgekommen. Kluger Junge.«

»Ich brauche Hilfe«, flüsterte ich. »Sie müssen mich verstecken!«

Jemand hämmerte von außen an die Ladentheke. »Aufmachen!«, rief eine resolute Müllmannstimme. Das musste der andere sein, schlussfolgerte ich, Frank machte so was nicht, der war eher hintenrum. »Sofort aufmachen!«

»Er ist also zurückgekehrt«, sagte ein Unospieler in einem langen schwarzen Ledermantel und holte rasselnd Luft. Es sah aus, als wollte er zu einem feierlichen Monolog ansetzen. Ich winkte ab. Es war keine Zeit für große Reden, jetzt musste schnell gehandelt werden! »Sie kommen von der Müllabfuhr«, berichtete ich im Flüsterton. »Die wollen mir an den Kragen. Neutralisieren und so weiter.«

Der Kioskbesitzer warf mir einen prüfenden Blick zu. Sein linkes Augenlid zuckte, als wollte es in die Dunkelheit davonflattern. Er kratzte daran und roch nachdenklich an seinem Finger.

»Aufmachen!«, kam es wieder von draußen, dieses Mal noch entschlossener. Die Fledermaus flatterte hoch in das Spirituosenregal und versteckte sich hinter einer Flasche Tequila.

Der Kioskmann griff mich bei den Schultern, schob mich auf seinen Platz am Kartentisch und warf mir ohne zu zögern zwei Hände voll Müll über den Kopf und zerzauste meine regennassen Haare. Ein Snickerspapier blieb an meiner Backe kleben, Chipskrümel rieselten mir in den Kragen. Hoffentlich waren es Chipskrümel. »Halt einfach den Mund, klar?«, sagte er. »Ich mach das schon.«

Ein Tritt ging von außen auf die wackelige Tür nieder. »Sofort aufmachen!«

»Wir treten die Tür ein!«, rief Frank. Jetzt machte er mit, jetzt traute er sich, dachte ich.

»Komme schon«, krächzte der Kioskmann.

»Kopf unten lassen«, raunte mir einer der fahlen Mitspieler zu und schob mir einen durchweichten Pappteller rüber, auf dem eine wabbelige, graue Masse lag, eine Kreuzung aus alter Knete und Wackelpeter. Er schnippte eine Plastikgabel hinterher. »Und iss was.«

Von meinem klapprigen Hocker aus konnte ich die Tür im Rücken nicht sehen. Ich zog den Kopf zwischen die Schultern und versuchte vorsichtig, mir eine gammelige Spirale aus Apfelschale aus den Haaren zu schütteln.

Der Riegel wurde zurückgeschoben, die Kiosktür geöffnet.

»Was ist?«, knurrte der Kioskmann.

»Oh.« Der Müllmann klang überrascht. »Du bist es. Jean-Baptiste, richtig? Ich kenn dich aus der Kartei. Wusste gar nicht, dass ihr auch in Kleefeld ein Büro habt.«

»Jetzt weißt du es, kannste mal sehen«, knurrte der Kioskbesitzer. »Wir spielen Karten. Hatte grade ein gutes Blatt. Was willst du? Kiosk hat erst um acht wieder auf. Geh zu Rasim an den Kantplatz.«

»Da ist gerade ein Mann bei euch rein. Der wohnt hier um die Ecke«, sagte Frank. »Schätz heißt der, Seraphim Schätz.«

Warum merkte ich mir seinen verdammten Namen? Frank, das Wort ging mir nicht mehr aus dem Kopf, Frank, und er nannte mich *Seraphim*?

»Sebastian«, sagte sein Kollege. »Sebastian Schätz.«

»Siehst du hier einen Schätz?«, fragte Jean-Baptiste, der Kioskbesitzer. »Hier sind nur meine Jungs. Immer dieselben, seit zwölf Jahren. Wir gehen nicht raus und lassen auch keinen rein.«

»Bis auf Mehmet mit den Lieferungen«, röhrte einer meiner Mitspieler, ein aufgeblähter Mann mit zerklüftetem Gesicht und einem fleckigen Ghostbusters-T-Shirt. »Wenn der Schnaps allegeht, ist hier Land unter.«

Ich ließ den Kopf hängen, blickte stumm auf den Kartentisch. Die Unokarten sahen aus, als hätte man mit ihnen ein Blutbad aufgewischt. Es roch nach Lösungsmittel und fauligen Eiern.

»Nur die übliche Mannschaft hier drin«, sagte der Kioskbesitzer.

Die Unospieler stimmten wie zur Bekräftigung ein heiseres, gedankenloses Stöhnen an. Einer sabberte auf die Tischkante. Mit ihrer gräulichen Hautfarbe, den starren, leblosen Augen und ihren schmatzenden Mündern sahen sie aus, als könnten sie jederzeit bei *Dawn of the Dead* mitspielen. Es fehlte nur noch die Axt im Kopf.

»Nimm etwas Gehirn«, flüsterte mein Nebenmann, der Typ im bodenlangen Ledermantel. Eine Sonnenbrille verdeckte seine Augen. Er drückte mir die Plastikgabel in die Hand. »Und stöhn lauter.«

»Ööoh«, stöhnte ich unmotiviert.

Ich spürte die Blicke der Müllmänner im Rücken. Meine Finger umschlossen das brüchige Plastik der Einweggabel, die sicher schon einige Jahre in Gebrauch war. Ich tunkte sie in die blassgraue, glibberige Masse auf dem Teller, die Gabel glitt widerstandslos hinein. Einige weißliche Klumpen stiegen an die Oberfläche und blieben an den Zinken hängen.

»Du bleibst draußen, Frank«, sagte die Müllmannstimme, »und behältst die Straße im Blick. Nicht dass dieser Schätz uns verarscht und hier irgendwo zum Fenster rauskriecht.«

Schwere Stiefelschritte erschütterten den Boden, der Unrat knisterte und raschelte. Der Mülltyp kam rein.

»Ich sag's ungern, aber hier müsste übrigens mal tüchtig entsorgt werden«, sagte der Eindringling. Der Feind war im Laden, er näherte sich mir. Ich saß in der Falle, es gab kein Entkommen.

Der Kioskbesitzer grunzte unappetitlich. Jean-Baptiste war irgendwie ein schöner Name, überlegte ich.

Eine durch unzählige schwere Mülltonnen gestählte Hand legte sich mir auf die Schulter.

»Vorsichtig«, sagte der Kioskbesitzer, »der ist infektiös. Hat bis 1979 im Oststadtkrankenhaus gelebt, Schmutzwäscheabteilung, den würde ich nicht anfassen, wenn ich du wäre. Uns macht es ja nichts aus, wie du weißt.«

Ich führte die Gabel mit dem Zeug zum Mund, ohne den Blick zu heben. Im Kindergarten hatte ich doch so gerne Knete gegessen, schärfte ich mir ein, das war nichts als alte, sämige, fädenziehende Knete, in der ein paar Blutgefäße schwammen, filigrane bordeauxrote Ästchen.

Ein misstrauisches Müllmanngesicht beugte sich mir über die Schulter, bog mein Kinn zu sich hin.

»Das Gesicht kommt mir bekannt vor. Der sieht aus wie Alanis Morissette, findet ihr nicht?« Der Müllmann lachte.

»Wääööh«, brachte ich hervor. Jetzt musste ich ihn täuschen, für Rache war später noch Zeit. »Hirn«, sagte ich. »Hi–rh–nnn. Lecker Hirn.«

Der Kioskbesitzer blinzelte mir aufmunternd zu. Unter seinem linken Augenlid kroch irgendetwas hervor und flatterte herum. Ein schwarzer Schmetterling vielleicht, oder eine Motte.

Meine Hand mit der Gabel zitterte meinen Lippen entgegen. Ich versuchte, dem Müllmann nicht in die Augen zu sehen, sondern schielte weiter gierig auf die Gabel.

»Ich finde trotzdem, der sieht aus wie Alanis«, sagte der Müllmann. »Wie dieser Schätz, meine ich. Im Auto haben wir ein Foto von ihm.«

»Mach dich nicht über Willy lustig«, sagte der Kioskbesitzer. »Guck mal, wie der aussieht, der fällt bald auseinander, da macht man keine Witze drüber.«

»Was steht denn da auf seiner Stirn?«, fragte der Müllmann. Er kniff die Augen zusammen und hielt meinen Kopf auf optimale Weitsichtigendistanz. »Ist das englisch?«

»Äh, ja«, stellte Jean-Baptiste fest. »Der schreibt sich da manchmal was auf. Das Hirn, weißt du? Schon ziemlich zerfressen.«

»Er säuft zu wenig«, sagte ein Mitspieler.

Ich versuchte, meinen verdrehten Blick zur Decke zu wenden, weit weg von dem kühlen Gelee, das bereits meine Lippen berührte. Schon der Anblick verursachte mir Schlundkrämpfe. Aber meine Hand bewegte sich weiter, von der Furcht vor Entdeckung getrieben, näher zum Mund, eine salzige Gelatine aus Angst und Ekel rutschte über meine Zunge, schlug an meinen gelähmten Gaumen.

Ich würde mich erbrechen, das erkannte ich, ich würde jeden Moment anfangen zu brechen und für lange Zeit nicht mehr aufhören.

»Ich geh mal zum Auto«, sagte der Müllmann, »und hole das Foto. Mir gefällt die Sache nicht.«

»Wie du meinst«, sagte der Kioskbesitzer. Im Vorbeigehen streifte er mein Kinn mit dem Ellenbogen, mein Mund schloss sich, fettiger, kalter Brei stieg mir die Nase hoch. Er schmeckte nach flüssigem, scharfem Fisch, nach dem Gehirn eines Fischs, redete ich mir ein, das galt in manchen Ländern als Delikatesse.

»Ich mache solange mal zu, nicht dass dieser Schätz hier noch reinkommt«, sagte Jean-Baptiste.

Was für Fische hatten wohl Gehirne, die einen Teller füllten?

Der Müllmann stiefelte davon, die Kiosktür knallte hinter ihm zu, ich erbrach mich flüssig und leise in eine alte McDonald's-Tüte, die Fledermaus flatterte aus dem Schnapsregal zurück auf den Kartentisch.

»Das schöne Gehirn«, sagte der Ghostbusters-Mann.

»Ich … muss raus hier, ich brauche frische Luft«, würgte ich hervor. »Habt ihr einen Hinterausgang? Schnell, bitte!«

Jean-Baptiste hielt mir eine vergilbte Papiertüte mit Haribos hin. »Hier, iss das erst mal, dann geht's dir besser.«

Ich fischte eine verschrumpelte Weingummikirsche hervor, sie klebte hartnäckig an der Tüte fest, längliche Papierfetzen hingen schließlich an der losgerissenen Süßigkeit. »Ist das frisch?«, fragte ich. »Da klebt was dran.«

»Das ist Bunte Tüte«, klärte mich der Kioskbesitzer auf. »Das muss so sein. Bist wohl kein Stadtkind.«

Ich schlang die Kirsche runter, sie überdeckte in lebensmittelchemischer Frische den Geschmack von Hirn und Galle und meiner Zahnbürste, die zugegebenermaßen nach dem Besuch der Zwerge etwas komisch geschmeckt hatte, überlegte ich, und dabei hatte ich damals gedacht, es läge an der hochkonzentrierten ukrainischen Bleichungszahncreme, die der Domowoj besorgt hatte.

»Ich muss los, muss sofort weg, meine Freundin ist in Gefahr«, brachte ich hervor. Aus dem Hosenbund zog ich mein Messer. Getrocknetes Blut klebte an der Klinge, mein Blut. Ich ließ es zu Boden fallen. Gewalt half mir nicht mehr, das spürte ich. »Komme ich hier irgendwo anders raus?«

»Nö«, sagte Jean-Baptiste. »Gibt nur den einen Ausgang. Musst wohl hierbleiben.«

Die Fledermaus auf dem Tisch zuckte mit den Flügeln und machte ein quietschiges Fledermausgeräusch.

»Du hältst dich da raus«, sagte Jean-Baptiste.

»Ihr müsst mich hier rausschmuggeln, zum Gericht, wo auch immer das ist«, beschwor ich den Kioskbesitzer. »Ich muss Kim retten, meine Kim. Und zwar jetzt! Die stellen die vor Gericht, klar? Die schieben sie ab! Ihr müsst mir helfen.«

»Helfen?«, sagte der Mann mit dem Ghostbusters-Shirt und naschte mit den Fingern von meinem Hirnteller. »Wir helfen keinem.«

»Tut mir leid, Sebastian Schätz«, sagte Jean-Baptiste, »was du vorhast, ist Irrsinn. Da machen wir nicht mit.«

Die Fledermaus fiepte und piepte und reckte die Flügel, als wollte sie sich selbst in der Luft zerreißen. Sie sah alt und mitgenommen aus, ein mageres, aschegraues Tier mit einem milchweißen Streifen auf dem Rücken. Gott, waren Fledermäuse hässlich im Gesicht, schoss es mir durch den Kopf.

»Ist mir egal, ob das Irrsinn ist«, sagte ich grimmig, die verwahrlosten Komiker hier drinnen unterschätzten wohl meine Entschlossenheit! »Ich liebe diese Frau, und ich werde sie da rausholen. Und ihr wisst, wo sie ist, oder? Also packt aus.«

Keiner sagte etwas.

»Sie gehört zur Lichten Seite, Sebastian«, sagte Jean-Baptiste. »Und du bist … na ja, nicht mal einer von uns. Du bist ein Mensch. So was hat es noch nie gegeben. Du hast bei der Frau nichts verloren, pardon.«

»Mir egal«, bekräftigte ich. »Wo ist Kim, verdammt, mir läuft die Zeit davon, und ihr quatscht nur rum. Wo ist Kim? Ich weiß, dass ihr es wisst! Ich werde hier nicht rumsitzen, während man meine Freundin verschleppt. Ich gehe da sonst raus und lasse mich festnehmen«, bluffte ich.

Wieder fiepte die Fledermaus. Sie wedelte ein paar Unokarten vom Tisch, die im Altpapier versanken. Seltsam, meine Angst vor Fledermäusen war verschwunden. Sie konnte flattern, so viel sie wollte, es machte mir nichts aus. Die hier würde keine Tollwut übertragen, da war ich mir sicher.

»Du hältst den Mund«, sagte der Kioskbesitzer zu dem kleinen, aufgebrachten Flugsäuger. Dann wandte er sich wieder mir zu. »Wenn du vor das Tribunal trittst, werden sie dafür sorgen, dass du Kim vergisst. Du wirst zurückkehren in dein ganz normales Menschenleben, als wäre nie was geschehen. Im besten Fall.«

Nicht an den schlimmsten Fall denken, sagte ich mir, nicht an die Komplettträumung meiner Wohnung. Verzweiflung und Hoffnungslosigkeit suchten einen Weg in mein verliebtes Herz.

Kim vergessen, das war ein seltsamer Gedanke. Als könnte man mich zwingen zu vergessen, wie man schlief oder atmete.

Vielleicht würde diese Geschichte kein Happy End haben. Vielleicht würde ich nächste Woche wieder bei Mister Xu stehen und ahnungslos Wasserhühner verkaufen und nichts über Vampire wissen, über Domowoje, über das alles. Wer weiß, wie viele Menschen es gab, denen das passiert war, die einmal einen grauenhaften Einblick in die wirkliche Welt bekommen hatten und anschließend alles wieder vergessen mussten, wie einen Alptraum, der bei Tageslicht zerfällt.

Vielleicht würde ich nie wieder ein Wort mit Kim sprechen und sie nie wiedersehen. Nie wieder an sie denken.

Aber darum ging es jetzt nicht. Es ging nicht allein um mich, sondern um eine Frau, die ich liebte und die mich liebte.

»Egal«, sagte ich. »Dann vergesse ich sie, im schlimmsten Fall. Aber ich werde dort vorsprechen und beweisen, dass Kim nichts Unrechtes getan hat. Und sie werden sie freilassen.«

»Schön«, sagte Jean-Baptiste. »Und dann?«

»Weiß ich nicht genau«, sagte ich. »Aber was ich weiß, ist, dass sie mich auch liebt. Sie wird sich an mich erinnern, sie wird mich finden. Und ich werde mich wieder in sie verlieben. So. Fertig.«

Ein Hauch von Leben huschte über die blutleeren Gesichter der Unospieler. Jean-Baptiste atmete schwer aus. »Sie ist eine Lichte, Sebastian. Sie hat sich dafür entschieden, auf der Seite derer zu stehen, die uns von den Menschen fernhalten wollen.«

»Ist egal«, sagte ich. »Ist mir ganz egal. Ich vertraue ihr. Sie liebt mich. Das ist stärker als jede Neutralisierung. Wir gehören zusammen, egal ob Licht oder Dunkelheit.«

Jean-Baptiste nickte nachdenklich. »Hört ihn euch an«, sagte er, »so spricht ein Mann, der wahrhaftig liebt.«

»Er *ist* der Auserwählte«, sagte der Mann im schwarzen Ledermantel triumphierend und tupfte sich mit einem benutzten Taschentuch unter der Sonnenbrille herum.

»Hör nicht auf ihn«, sagte Jean-Baptiste. »Er hatte zur Jahrtausendwende einen kleinen Unfall mit dem Starkstromkasten. Seitdem glaubt er, wir befinden uns in der Matrix.«

Die Fledermaus quietschte erneut, hell und herzerweichend.

»Jetzt helft ihm halt«, sagte Jean-Baptiste. »Er kriegt es alleine doch nicht mehr hin.«

Einer seiner Dauergäste schnappte grob nach einem Fledermausflügel und zog das Tier zu sich herüber. Es zappelte ein wenig in seinem Griff, aber er ließ sich nicht davon irritieren, reichte es an seinen Nebenmann weiter. Zusammen zerrten sie an den Flügeln, rissen aus ganzer Kraft daran. Die Fledermaus quietschte und zappelte kläglich.

»Nein!«, schrie ich. »Ihr bringt sie um!«

»Ihn«, sagte der Mann mit dem Ghostbusters-T-Shirt. »Wenn, dann bringen sie *ihn* um. Aber keine Angst, der kann einiges ab.«

Die Fledermaus dehnte sich, als wäre sie aus grauem, brüchigen Gummi, ihre zarten Schultern entfernten sich immer weiter voneinander. Die Schreie wurden schriller, tiefer, erdiger. Schließlich riss sich das Tier aus dem Griff der Trinker und rutschte wie tot vom Tisch.

Unten im Müll raschelte es.

Einer ihrer Peiniger wedelte mit seiner tabakfleckigen Hand herum. »Er hat mich gebissen, er hat mich durch das Hemd gebissen! Voll in den Arm!«, beklagte er sich. »Alleine schafft er es nicht, und wenn man ihm hilft, passiert so was. Der Arsch.«

Unter dem Tisch war das Stöhnen eines alten Mannes zu hören, das zittrige, weinerliche Luftholen eines Greises.

»Das liegt am Wintersmog«, ächzte er. »Früher ging das irgendwie einfacher, die Flügel auseinander, und schon lief die Verwandlung wie von selbst.«

»Stell dich nicht so an, du alter Sack«, rief der *Matrix*-Fan. »Ich habe dir gesagt, du sollst trainieren. Der Auserwählte sitzt hier am Tisch, da kannst du dir ein bisschen mehr Mühe geben.«

»Ich bin nicht der Auserwählte«, sagte ich.

»Wissen wir«, raunte mir Jean-Baptiste zu. »Aber verdirb ihm nicht die Freude.«

Ein alter Mann rappelte sich hoch, ausgemergelt, nackt und ungewaschen. Seine Augen blickten in verschiedene Richtungen, unter anderem in meine. »Ach, Sebaastian«, seufzte er mit unverkennbar holländischem Akzent. In seinem verschrumpelten Mund erkannte ich zwei Reißzähne und einen Fetzen Karohemd. »Das ist alles so herrlich aufregend! Ich dachte schon, ich kriege die Metamorphose gar nicht mehr hin.«

»Wunderbar«, sagte ich. »Alles ganz wunderbar. Ich muss jetzt los und mein Gedächtnis oder meine Freundin verlieren. Wenn mir freundlicherweise jemand die Adresse des Gerichts geben würde?«

»Aber, aber, lieber Sebastian«, sagte Jean-Baptiste (seit Pjotr entwickelte ich eine Abneigung gegen diese Anrede), »du denkst doch nicht, dass wir dich alleine losziehen lassen. Wir bringen dich, ist doch gar kein Problem.«

»Eben habt ihr gesagt, ihr helft mir nicht«, sagte ich.

»Du bist der Auserwählte!«, rief der Kamerad mit der Sonnenbrille eifrig.

»Maul halten«, sagte Jean-Baptiste. »Wir wollten nur sichergehen, dass du wirklich entschlossen bist und dass du weißt, worauf du dich einlässt.«

»Dass du bereit bist, das alles hier zu vergessen«, sagte der greise Vampir und klatschte begeistert in die Hände. Er klang ein bisschen wie Rudi Carrell in seinen späten, ganz späten Jahren. »Zurück in die Dunkelheit zu gehen.«

»Dass du bereit bist, die Grenzen zwischen Licht und Dunkel zu überwinden, nur wegen der Liebe«, sagte der Mann im Ghostbusters-Shirt und rieb sich mit seinen hirnverschmierten Händen die Augenwinkel. Seine Wangen waren gerötet, vielleicht war es Erregung, vielleicht auch Schmutz oder Blut.

Der nackte Vampir wühlte im Müll herum, bis er eine verdreckte, kleine Unterhose fand. Er stieg hinein. »Ich wusste, du würdest dich richtig entscheiden«, sagte er.

Warum kam er mir nur so vertraut vor?

»Schafft er das mit der Rückverwandlung?«, fragte ich meinen Nebenmann. »Oder müssen wir da auch mit anfassen?«

»Mach dir keine Sorgen, Junge, das kommt ganz von allein. Der hält es nur noch ’ne halbe Stunde in Menschengestalt aus. Hoffen wir, dass die Verwandlung nicht wieder auf dem Moped einsetzt.«

So ist das, dachte ich, wenn man in einem gekaperten Müllwagen durch den Morgen fährt. So ist das, wenn man Chipskrümel unter dem Shirt hat und sich keine Mühe mehr macht, sie rauszupulen. Wenn die eigene Haut nach Schweiß und gammeligen Apfelschalen und verschüttetem Gehirn riecht, salzig und stechend süß, und es keinen stört.

So ist das, wenn man mit fünf Untoten durch die Straßen rast, die seit Jahren kein direktes Sonnenlicht mehr gesehen haben und die neue, veränderte Welt um sich herum misstrauisch beäugen.

»War hier nicht früher eine Hochstraße?«, fragte der Kioskbesitzer am Aegidientorplatz.

»Die Welt ist im Wandel.« Der *Matrix*-Fan trug seinen Lederkragen hochgeklappt und betrachtete die neue Umgebung geringschätzig. »Die Maschinen machen alles kaputt.«

»Übrigens, der Bhael wurde überfahren«, sagte ich zerknirscht. »Ich habe den MAD angerufen. War vielleicht ein Fehler. Die können den Bhael sicher nicht so gut leiden, wo er doch für die Gegenseite arbeitet, oder?«

Jean-Baptiste versuchte, mir die Schulter zu tätscheln, ohne den Blick von der Straße zu nehmen. Er schien seit Jahren kein Auto mehr gefahren zu sein. »Passt schon«, sagte er. »Der MAD hilft jedem. Steht alles im Neutralitätsvertrag.«

»Außerdem hat der Bhael auch schon mal für uns gearbeitet. Hat echt eine gute Nase, das Vieh, findet wirklich jeden!«, krächzte der *Matrix*-Fan neben mir. »Aber dann haben die bei der GEZ so ein Spezialfutter erfunden, seitdem kriegt man die Scheißkatze einfach nicht mehr gebucht.«

Der holländische Vampir fuhr auf einem klapprigen Moped neben uns her, sein ausgedünntes Haar wehte wie ein seidiger Schleier um seinen Kopf.

Der schnurrende Motor des Müllwagens verdeckte das wütende Klopfen der geknebelten Müllmänner hinten im Laderaum. Zu siebt war es kein Problem gewesen, sie in den Laden zu locken und zu überwältigen. Langsam wachten sie auf, ich hörte Franks gedämpfte Stimme hinten zwischen den Müllsäcken. Jean-Baptiste musste an der Ampel aufs Standgas drücken, um sie zu übertönen.

Die Straßen belebten sich, es wurde Tag. Geschäftsleute in Dreiteilern schenkten unserem Wagen mit seinen nicht ganz vorzeigbaren Insassen keinen Blick. Kinder mit Schulranzen stiegen in Busse. Arabische Händler räumten ihre Gemüsestände raus auf die staubigen Bürgersteige.

Ich war müde. Das Licht hatte sich verändert, mein Körper tat sich schwer damit, es einer Tageszeit zuzuordnen. So musste es sich anfühlen, wenn die Sonne einfach nicht untergeht, wenn der Tag länger und länger wird. So wie in einem Traum, aus dem man einfach nicht mehr aufwacht. Ein Traum aus Kopfschmerzen und Übelkeit, schmerzhaftem Pochen in der aufgeschürften Hand, Hunger und Durst.

Dieser Traum endete vielleicht in meinem Bett, überlegte ich, vielleicht würde mich die Gesellschaft zur Erhaltung und Zusammenarbeit der Gattungen überwältigen, mir meine Erinnerungen nehmen und mich morgen früh in meinem Bett aufwachen lassen, als wäre nichts geschehen, verkatert und unwissend.

»Wie lange brauchen wir noch?«, fragte ich in die Runde. »Ich meine, werden wir pünktlich da sein, um überhaupt noch irgendwas bewirken zu können?«

»In der Verwaltung fängt vor acht Uhr niemand an zu arbeiten«, sagte Jean-Baptiste. »Die Zwerge schlafen gerne mal etwas länger, nach allem, was man so hört. Und das bedeutet …« Er blickte auf die Uhr am Armaturenbrett, deren Minutenzeiger bei jedem Pflasterstein hin und her zitterte, als würde er jeden Moment abfallen. »Das bedeutet, wir haben noch mindestens siebenundzwanzig Minuten, bis dein Prozess anfängt.«

Ich atmete einmal tief ein und wieder aus.

Der Wagen hielt schließlich mit quietschenden Bremsen in einer verlassenen Straße mitten im Milieu: Die Anzeigen der Rotlichtetablissements in der Nachbarschaft waren erloschen. Ein paar Zuhälter saßen besoffen auf dem Bordstein und blickten an uns vorbei. Eine Nutte schlief zu ihren Füßen.

»Wir sind da, Sebastian«, sagte Jean-Baptiste. »Das ist die Adresse.«

»Willkommen in der wirklichen Welt, Neo«, sagte der *Matrix*-Fan.

»Danke«, sagte ich, ohne zu wissen, warum.

Der Vampir klopfte von außen an das Beifahrerfenster. »Komm raus, mein Freund, wir bringen dich zur Tür. Was steht da eigentlich auf deiner Stirn? Das ist ja ganz verwischt.«

Ich tastete über Nase und Haaransatz. Was hatten eigentlich ständig alle mit meiner Stirn?

»Sieht aus wie mit Edding geschrieben.« Der Kioskbesitzer rieb mit einer spuckefeuchten Fingerspitze über meinen Augenbrauen herum. Ich fühlte, wie seine Hautschichten sich lösten. Vielleicht waren es auch meine Hautschichten. »Geht schlecht ab«, sagte er.

Wann hatte ich zuletzt in den Spiegel gesehen? Vorgestern? Ich beugte mich zum Außenspiegel und starrte hinein.

Plötzlich verstand ich, warum ich der Blickkontrolle der Müllmänner standgehalten hatte. Ich sah aus wie ein anderer Mensch. Wenn ich überhaupt im engeren Sinne als Mensch durchging. Die letzten vierundzwanzig Stunden hatten sich mir in die Haut gegraben, die Müdigkeit zog mein Gesicht nach unten und verlieh ihm eine beinahe künstliche Farbe. Schweiß und Staub waren zu einer mattglänzenden Schicht eingedickt, die Stirn und Wangen überzog. Mein linkes Auge war leicht geschwollen, die Adern an der Schläfe traten hervor und pochten im Rhythmus meiner unermüdlichen Kopfschmerzen.

Verwischte Buchstaben standen in Spiegelschrift auf meiner Stirn. Zweizeilig, umgeben von papiertrockenen Gewebefetzen. Mit dem Handrücken rieb ich daran. Die Haut rötete sich, das war alles.

»*Never mess …*«, entzifferte Jean-Baptiste mit zusammengekniffenen Augen. »*Never mess with a Domowoj.*«

Zum Reitstall, lautete der vielversprechende Name des Unterhaltungslokals, zu dessen Eingang man mich führte. Trockene, rissige Hände lagen auf meinen Schultern, verdorrte Kehlen sprachen mir Worte des Trostes und der Ermutigung zu. Meine Stirn brannte vom Frostschutzmittel, mit dem wir die Eddingspuren zu einem verwaschenen graublauen Fleck verrieben hatten. Nur das Wort *Domowoj* zeigte hartnäckige Resistenz.

In Gedanken ging ich blutige Wortspiele durch, die ich Pjotr mit einer Zirkelspitze auf die Stirn oder an andere empfindliche Orte schreiben würde, wenn ich ihn in die Finger kriegte.

»Ab hier musst du alleine weitergehen«, sagte Jean-Baptiste, als wir den Eingang erreichten. »Vor den Hochrichtern kann dir niemand mehr helfen, mein Freund.«

»Außer dir selbst«, zischte mir der Vampir ins Ohr. »Niemand außer dir selbst.«

Er drückte mir einen klimpernden Beutel in die Hand, auf den komische goldene Zeichen gestickt waren. »Eine kleine Unterstützung von uns. Weil du damals Teddy so gut aufgemuntert hast, der war ja tierisch depressiv vorher. Das wirst du gebrauchen können auf deinem Weg.«

»Teddy …«, murmelte ich.

»Was ist mit ihm?«, fragte der Vampir. »Ihr habt euch aus den Augen verloren, was?«

»Ja«, sagte ich. Die Wahrheit kam mir einfach nicht über die Lippen. Teddy im Maul des Bhaels. Eine böse, satte Katze, die sich putzte.

Ich mochte Fledermäuse, stellte ich fest.

»Wusste ich doch«, sagte der Vampir und klopfte mir kameradschaftlich auf die Schulter. »Ist schwer, mit ihm Schritt zu halten, oder? Er ist einer unserer Besten.«

Ich wich seinem Blick aus.

Der Beutel war ziemlich schwer, bestimmt zwei Kilo. Fühlte sich an, als wäre er mit Münzen gefüllt. »Was ist das? Gold oder was?«

Die Müdigkeit legte systematisch ein Hirnareal nach dem anderen lahm. Die Wirklichkeit würde bald im Nirgendwo eines endlosen Schlafbedürfnisses versinken.

»Da sind nichts als gute alte Euros drin«, sagte Jean-Baptiste. »Mit Gold kannste dir hier gar nix kaufen, glaube ich.«

»Du packst das, Sebastian«, sagte der Zombie mit dem Ghostbusters-Shirt, legte mir seine hirnverseuchte Pranke in den Nacken und schob mich auf den Hauseingang zu.

»Was wird mich da drinnen erwarten?«, fragte ich, während man mich zum Eingang führte.

»Lass dich überraschen«, sagte der holländische Vampir.

Die Doppeltür des Reitstalls öffnete sich wie von selbst. Ich schritt hindurch. Der Beutel in meinen Händen schien Zentner zu wiegen.

Lautlos fielen die Türflügel hinter mir ins Schloss. Im schummerigen Licht konnte ich kaum die Hand vor Augen erkennen.

Alles still.

Ich war allein.

20

Eine Lektion von Lemmy Kilmister

Vielleicht kennen sich ja einige von Ihnen mit Hardrock aus. Ist ja nicht jedermanns Sache. Für alle anderen habe ich ein paar ausgewählte Fakten zusammengestellt. Fangen wir mit Motörhead an.

Warum mit Ö?, werden sich die neu Hinzugekommenen jetzt fragen. Sind das nicht Amerikaner? Haben die überhaupt eine Ö-Taste am Computer? Mötley Crüe, Blue Öyster Cult, Motörhead? Was soll das, das ist eine Verrenkung für den englischsprachigen Mund. Klingt sehr deutsch. Unter uns gesagt: Das soll es auch. Möglichst böse sollte es klingen, habe ich mal gelesen, düster, hart und gemein. »Weil es gemeiner aussieht. Deutscher«, sagt Lemmy Kilmister, der Leadsänger von Motörhead. Er soll dabei ein netter und überaus kluger Mensch sein. Vor einiger Zeit haben sie in der *Süddeut-*

schen ein Interview mit ihm gebracht, das mir echt zu denken gegeben hat.

Acht von zehn Leuten, hat Lemmy da gesagt, acht von zehn Leuten sind Idioten. Und das an einem guten Tag. An einem schlechten Tag sind es neun von zehn. Besonders schlimm ist es dann, wenn man selbst darunter ist.

Ich tastete mich durch das gedämpfte, purpurfarbene Licht des Reitstalls, das durch die verhangenen Fenster fiel und die Schemen von Tischen und Stühlen unscharf nachzeichnete. Die Luft schmeckte nach Latexkondomen, Putzmittel und schwerem, blumigem Parfüm.

Hier in diesem Puff wurde Kim gefangen gehalten, ich spürte es, ich konnte ihre Gegenwart fühlen. Was für eine Demütigung, was für eine unfassbare Zumutung, meine Kim in einem Bordell! Ich würde dem ein Ende bereiten.

»Hey!«, schrie ich in die Dunkelheit. »Licht an! So geht das nicht, das ist eine öffentliche Einrichtung, da muss man auch was sehen können.«

Die Antwort bestand aus einer feuchten Hustenkaskade einen Meter von mir entfernt, dem heiseren Ausröcheln von mindestens einer Tasse Auswurf.

»Gesundheit«, sagte ich, als es vorbei war. Ich tastete mich an der Wand entlang und suchte blind nach einem Lichtschalter. Aber da war nichts. »Kann mal wer Licht anmachen?«

Wenige Schritte vor meiner Nase flammte ein Feuerzeug auf. Jemand steckte sich mit zittrigen Fingern eine Zigarette an. Im schwachen Feuerschein erkannte ich das Gesicht einer alten, sehr alten Frau, das vor mir in der Dunkelheit zu schweben schien. Sie inhalierte, blies den Rauch genussvoll durch die Nasenlöcher und hustete mir eine Wolke aus Zigarettenrauch entgegen.

»Was willst denn, ein Mädchen?«, röchelte sie. Ihre Stimme klang überhaupt nicht gesund. Kehlkopfkrebs, dachte ich, vom Rauchen und vom Saufen. Wahrscheinlich auch vom Huren. Ein Lungenflügel war sicher auch schon draußen, der andere pfiff aus dem letzten Loch.

»Ein Mädchen. Kann man so sagen«, erwiderte ich. »Und zwar sofort.«

»Da bist jetzt zu spät dran«, sagte die Alte. »Oder zu früh. Wie's dir lieber ist. Die Mädchen haben grad frei.«

»Glauben Sie, ich bin hier wegen der Nutten?«, schrie ich sie an. »Sehe ich so aus? Sehe ich aus wie einer, der das nötig hat?«

»Ja, fesch bist fei nicht grad«, entgegnete die Alte und maß mich mit einem misstrauischen Blick.

»Ich suche meine Freundin«, sagte ich. »Und zwar sofort. Einssiebzig groß, braune Haare.«

»Blaue Augen?«, fragte die Alte.

»Ja!«, rief ich. »Genau die!«

»Die kenn ich nicht«, sagte sie. »Willst vielleicht was trinken? Einen Sekt vielleicht, oder einen Champagner?«

»Ich will nichts trinken«, schrie ich. »Ich will zu Kim, und sie ist hier, und wenn Sie mir nicht sofort sagen, wo sie ist, passiert irgendwas, keine Ahnung was, aber es wird Ihnen nicht gefallen!«

Die Oma bewegte sich zielsicher durch die Dunkelheit, knipste einen Lichtschalter an. Ein paar spinnwebenverhangene Neonröhren flackerten auf, einige blieben an, andere erloschen wieder.

Der Puff sah von innen noch heruntergekommener aus als von außen. Vergilbte Pornoposter mit schnauzbärtigen Männern und dauergewellten Frauen hingen an den Wänden, vor denen einige Bänke aufeinandergestapelt waren. Die zerschrammten Tischchen waren mit Glasrändern übersät. In einer Ecke stand ein Sofa, auf dem dunklen Stoff ein Sternenhimmel aus verdächtigen bleichen Flecken.

Wer hier zum Bumsen herkam, dachte ich, musste noch verzweifelter sein als ich. Allein die Vorstellung, dass Kim in diesen besudelten Räumen gefangen gehalten wurde, reichte für einen Tobsuchtsanfall.

»Wer bist jetzt du gleich wieder?« Die Alte starrte mich misstrauisch an und saugte an ihrer Prothese. Sie trottete langsam zurück zu einem Putzeimer in der Zimmermitte und stützte sich auf einen Wischmop. Ohne die Zigarette aus dem Mund zu nehmen, aschte sie in den Eimer ab. Das Weiß ihrer Augen hatte die Farbe einer braungerauchten Gardine. »Einer von der Sitte?«, fragte sie.

»Vielleicht«, drohte ich.

Die Alte schüttelte den Kopf. »Nein, das glaub ich nicht. Die von der Polizei schrein nicht so herum.«

»Das ist mir scheißegal!«, brüllte ich. Sollte sie ruhig Angst vor mir kriegen, die verlumpte Scheißoma, wenn nicht gleich was passierte, hatte sie die längste Zeit hier geputzt. »Hören Sie mal, gute Frau, ich bin nicht die ganze Nacht rumgerannt, nur um hier lange Reden zu schwingen. Mein Name ist Sebastian Schätz, und meine Geduld ist am Ende.«

»Sebastian Schätz?« Die Alte hob den tropfenden Wischmop aus dem Eimer und hielt ihn mit zwei Händen quer in der Luft, brackiges Wasser tropfte auf den Boden. Sie erinnerte mich an einen vergreisten, altägyptischen Tempelwächter: der stechende Blick, die Waffe waagerecht vor der Brust, das Kinn kampflustig nach vorn gereckt. »Der bist du nicht. Der läuft nimmer frei herum.«

»O doch, Oma«, sagte ich. »Der läuft hier gleich die Wände hoch.« Die Schonzeit für alte Frauen war bei mir schon lange vorbei.

Wir standen uns dicht gegenüber. Ich packte den Besenstiel und zog die Alte noch ein wenig näher heran. Ihr Geruch erinnerte mich an geblümte Unterhosen, die nicht mehr gut waren.

»Du bist der Schätz?«, zischte die Oma. »Du? Der Flüchtige? Der, den alle suchen?« Ihre dritten Zähne klapperten beim Sprechen, als hätten sie selbst eine Menge zu erzählen.

Ich nickte. »Kim ist hier. Spuck aus, wo sie steckt.«

»Die halbe *Gesellschaft* ist hinter dir her, und du spazierst hier einfach so rein?«

»Sieht ganz so aus«, sagte ich.

»Schön deppert«, sagte die Alte. »Da kann ich dir auch nimmer helfen. Ich würd dich ja wegschicken, hab ein Herz für die Menschen, aber wost schon extra herkommen bist … Die Verhandlung ist oben. Meinetwegen kannst durch. Ich putz hier nur und schau, dass keine Freier dazwischenplatzen. Jetzt lass halt den Besen los!«

Die Oma drehte den Besenstiel mit einem fiesen Trick aus meinen Fingern. Wischmopwasser mit Stückchen spritzte mir ins Gesicht. »Ich muss hier noch fertig saubermachen«, sagte sie. Sie wies mit dem Kinn auf eine Tür an der Rückseite des Zimmers. *Zu den Girls* stand handgeschrieben daran. »Dritte Tür rechts und dann die Treppen nauf. Vorher anklopfen. Wennst unbedingt da rein musst. Kann bös für dich ausgehn. Sag ich dir mal so als Dunkle.«

»Ich bin schon vorsichtig«, knurrte ich.

»Und dass du dir fei bloß keine zu großen Hoffnungen machst«, krächzte die Alte hinter mir her, als ich mit entschlossenen Schritten der Verhandlung entgegenstiefelte. »Gegens Schicksal kannst ohnehin nichts ausrichtn.«

Der Gang, der *zu den Girls* führte, war rundum mit rotem Plüsch ausgeschlagen. Ich sank beim Gehen einige Finger tief in das weiche Material ein, jeder Schritt schien anstrengender zu sein als der vorige. Als wollte man mir jedes verfügbare Hindernis in den Weg legen. Als wären meine Knie nach der durchwachten Nacht, nach den ganzen irrsinnigen Strapazen, noch nicht weich genug.

Der Flur musste schnurgerade durch das ganze Gebäude führen, so lang war er. Links und rechts gingen Türen ab, an denen verknickte Pappschilder befestigt waren: *Chantalle, Michele, Aurellie.*

Ein Bordell für französische Legastheniker, dachte ich, und ich mittendrin! Ich zählte die dritte Tür von rechts (*Babett's Showrooms*) ab und öffnete sie.

Das Zimmer dahinter war eng und stickig und roch nach Mottenpulver. Aus einem Haufen aus Satindecken ragte ein feinbestrumpftes, üppiges Bein. Es zuckte unregelmäßig vor sich hin.

Wer auch immer hier schlief, ich wollte ihn nicht wecken.

»Kim«, hauchte ich. »Wenn du hier irgendwo bist, komm raus, ich rette dich.«

Das Bein hörte auf zu zucken.

»Französisch ohne Gummi fünfundvierzig«, sprach es rauchig unter der Satindecke, »normal und mit Gummi sechzig, Sonderbehandlungen gibt es im Keller, aber davon rate ich dir ab.«

»Vielen Dank«, sagte ich höflich und zog mich zurück, »ich überleg's mir.«

»Überleg's dir nicht zu lange«, sagte die Strumpfbeinbesitzerin, »wenn meine Schicht rum ist, ist nur noch Stella da, und die beißt gerne mal zu.«

Ich nahm drei weitere plüschige Rückzugsräume in Augenschein, ohne auf weiteres Personal zu treffen. Nachts mochte dies alles bloß schmuddelig wirken, bei Tageslicht war es abstoßend. Die Schuhe würde ich wegwerfen, nahm ich mir vor, wer wusste schon, wessen Körperflüssigkeiten in Symbiose mit dem Flusenteppich lebten.

Schließlich fand ich eine klapprige Wendeltreppe nach oben hinter einer Feuerschutztür, an die ein Karozettel geklebt war: *Verhandlung Tröger 8:00 Uhr.*

Kim – sie war hier! Es wurde verhandelt, und zwar erst seit sieben Minuten. Ich war noch nicht zu spät!

Die Hoffnung verlieh mir neue Kräfte. Mit langen Schritten sprang ich die durchgerosteten Stufen hinauf, sie ächzten bedenklich unter meinen Füßen.

Die Treppe endete ein Stockwerk höher mitten in einer muffigen kleinen Halle, deren Fensterfront mit blinkenden Lettern geschmückt war: *Video-Now, Naughty naughty, Just for real Mens*. Dahinter leuchtete der helle Morgen. Ich war in der englischen Abteilung angekommen, die Rechtschreibung wurde nicht besser.

»Kim!«, schrie ich. »Ich bin hier, halte durch!«

Die Abdrücke ungewaschener Hände schimmerten auf dem Fensterglas. Einige speckige Ledersessel standen herum, zwischen ihnen Beistelltische voller Erotika mit Titeln in kyrillischer Schrift. Auf einem Kassentischchen rauchte eine vergessene Zigarette im Aschenbecher vor sich hin, daneben lag ein zerfledderter Dan Brown.

Weit und breit war niemand zu sehen.

»Kim!«, schrie ich und trat vor Verzweiflung einen Hocker um. Er kippte lautlos auf ein Sofa.

Die Breitseite des Zimmers wurde von telefonzellengroßen Kabinen eingenommen. Einige Türen standen offen. Dahinter waren Einzelsitze und an die Wand geschraubte Kleenexspender zu sehen.

Rubbelkabinen.

Da kannte ich mich aus.

Als ich siebzehn war, gab es unter dem Hauptbahnhof Hannover einen Sexshop ab 18 mit angeschlossenen Videokabinen. Das Internet war nur über den Familiencomputer im Arbeitszimmer verfügbar, das Beste im Fernsehen waren die nächtlichen Ruf-mich-an-Werbungen und die halberotische Filmreihe in den ZDF-Sommernächten. Ich musste hartnäckig und erfindungsreich sein, um an nackte, bewegte Bilder zu kommen.

Ich war ziemlich hartnäckig, fand ich, und an Erfindungsreichtum mangelte es mir auch nicht. Trotzdem hatte ich damals nur sehr theoretische Kenntnis über die Vorgänge bei der geschlechtlichen Fortpflanzung – nichts, was über die statischen Bilder in der Bravo hinausging.

Video, das wäre es, beschloss ich damals. Da sah man in Echtzeit, wie die Dinge zu laufen hatten. Wenn man das draufhatte, was die Leute auf dem Bildschirm machten, konnte im Ernstfall gar nichts mehr schiefgehen.

Immer wieder tigerte ich nachmittags vor dem Sexshop auf und ab und beobachtete die Klientel, die dort ein und aus ging: Gesetzte, hochseriöse Anzugtypen, ordentliche Familienväter mit Bauchansatz und Playmobil für den Nachwuchs in der Kaufhoftüte. Keine offensichtlichen Drogendealer, Menschenhändler, Schmutzfinger. Hier war ich sicher, hier konnte ich mein Glück versuchen.

In einem unbeobachteten Moment schlüpfte ich zur Tür hinein und verschwand schnell hinter den dunkelgrauen Stellwänden im Eingangsbereich, die Kunden wie mir ausreichenden Schutz vor feindlicher Sichtung gewährten.

Eigentlich hätte ich beim Anblick der gut sortierten Pornokollektion gleich wieder gehen sollen. So viele Sorten Gemüse, ging mir damals durch den Kopf, so viele Sorten, mit denen man Sex machen konnte. Und ich wusste nicht mal, wie es ohne Gemüse ging.

Die Rubbelkabinen waren funktionell eingerichtet: Ein Bürostuhl, am Boden festgeschraubt, Papierspender und ein Monitor. Ich warf fünf Euro ein, hockte mich auf die Stuhlkante und versuchte erwartungsfroh, das heftige Zappeln und Klatschen aus den Nachbarkabinen zu ignorieren.

Gleich würde es losgehen, versuchte ich mir einzuheizen, gleich gab es endlich die Details. Sex, hochauflösend, in Farbe und Nahaufnahme, würde gleich kein Geheimnis mehr sein. Endlich lief die Videomaschine an.

Danach wird meine Erinnerung ein wenig unscharf. Ich weiß noch, dass ich aus Versehen eine Art Videosuchlauf eingeschaltet hatte, der ununterbrochen und wahllos die Szenen wechselte. Gerne hätte ich auf den Knöpfen herumgedrückt. Aber es sah aus, als hätte die an dem Tag schon jemand angefasst, mit dem ich keine Körpersäfte austauschen wollte.

Das war nicht der ersehnte Hochglanzporno, aus dem ich alles lernen konnte, was man als junger Mann wissen musste. Technische Hilfe vom Kundenbetreuer des Pornogeschäfts schied aus, außerdem hatte ich nur Geld für zehn Minuten, da wollte ich mir nichts entgehen lassen. Vielleicht kam ja das Beste zum Schluss.

Das Material war größtenteils unansprechend. Gleich- und gegengeschlechtliche Details in Nahaufnahme lösten sich im Sekundentakt ab. Auf dem Monitor wurde gewackelt, getropft und gespritzt, bis mir schwindelig wurde. Das schlecht synchronisierte Stöhnen aus dem Lautsprecher wurde durch die stumpfen, erheblich lebensechteren Geräusche meines Nebenmannes übertönt. Hinter der Trennwand klang es, als würde jemand, der an einem chronischen Schmerzleiden litt, mit der Hand einen kleinen nassen Teppich ausklopfen.

Das alles war irgendwie nicht so mein Ding. Abscheu ließ mich vom sündigen Bürostuhl aufstehen, stehend und mit Sicherheitsabstand zum Interieur guckte ich zu Ende.

Aber es gab etwas, das mich noch mehr ekelte als die abgegriffenen Armaturen, die miesen Filmclips oder der heisere Atem aus dem Nebenabteil: Ich selbst, Sebastian Schätz. Ich war selbst hierhergekommen, ich hatte mich selbst angestellt, eingereiht und bezahlt. Und jetzt war ich zu geizig zum Abhauen.

Endlich fasste ich mir ein Herz und floh gesenkten Hauptes, um nie wieder an diesen Ort zurückzukehren.

So fing das bei mir mit der körperlichen Liebe an. Kein guter Start, da sind wir uns sicher einig.

Ich habe ihn nie wirklich verwunden.

Von den versifften Einzelsitzen hier im Reitstall würde ich mich schön fernhalten. Nichts anfassen, nicht einmal in die Nähe der Papierspender kommen.

Ich schritt den Raum ab, hielt Abstand zu den Kabinen und lauschte auf ein Geräusch, konzentrierte mich auf Kims Stimme. Aber da war nichts.

Dezentes Mangoaroma lag in der Luft. Der Geruch schmerzte. »Kim«, flüsterte ich. »Wenn du schon weg bist, wenn sie dich weggebracht haben, werde ich dich auch dort finden. Ich gehe bis ans Ende der …«

»Achtung!«, plärrte eine befehlsgewohnte Stimme aus Richtung der Kabinen. Ich fuhr herum. Drinnen waren keine Monitore angebracht, das hier war nicht für Video-Unterhaltung gebaut.

Sondern für Live-Action.

Herabschnurrende Fensterklappen gaben den Blick auf den dahinterliegenden Raum frei. Eine klassische Peepshow: Purpurfarbenes Licht, plüschige Tapeten – und dazu ein hagerer Mann im Talar, eine gepuderte Perücke auf dem Kopf, den Blick in eine Akte vertieft.

Ich sprang in die Kabine, stieg mit Händen und Füßen über den Entspannungssessel und presste mein Gesicht an die fettige Scheibe.

Sie waren hier. Das sah nach einer Verhandlung aus.

Ich war noch nicht zu spät!

Der runde Raum hinter der Scheibe hatte früher sicher einmal fleischlichen Zwecken gedient. In seiner Mitte führte eine Striptease-Stange von der Decke herab und mündete zentral auf einer Drehplattform, die über und über mit staubigen Aktenstapeln vollgestellt war. Ein schwerer Richtertisch war zwischen ihnen aufgebaut, daneben zwei kleinere Pulte.

Die wenigen freien Wandflächen, die nicht von überbordenden Bücherregalen, angepinnten Zeitungsartikeln und Nahaufnahmen von Privatpersonen verdeckt wurden, zeigten abgewetzten burgunderfarbenen Samt.

Der Richter saß in einem hochlehnigen Stuhl an seinem Tisch und kratzte sich mit einem Kugelschreiber am Kopf. Sein falsches Haarteil war den Perücken englischer Lordrichter nachempfunden.

»Achtung!«, rief jemand, den ich von meinem Platz aus nicht sehen konnte.

Kleine, halbverspiegelte Fenster ringsherum an den Wänden waren für Voyeure wie mich gedacht. Hinter ihnen erkannte ich die Silhouetten zahlreicher Köpfe.

»Hey!«, schrie ich und trommelte an das Glas. »Halt! Aufhören! Hier!«

Die Geräusche aus dem Showroom wurden über einen knarzenden Lautsprecher auf Bauchhöhe in mein Abteil übertragen. Aber offensichtlich gab es keine Gegenübertragung. Niemand hörte mich.

Ein Zwerg im knapp geschnittenen, dunklen Anzug sprang auf die Plattform. Er knallte die Hacken zusammen. »Herr Richter«, bellte er, »Achtung, Herr Richter, wir wären gleich so weit.«

Der Richter riss sich dem Aktenstudium los. »Ist es schon acht?«, fragte er träge.

»Elf nach«, rief der Zwerg. »Ich lasse die Vertreter der Anklage in den Raum, wenn es recht ist.«

Eine Nebentür in der Gerichtskammer öffnete sich. Ein wandelnder Aktenstapel trat ein, hinter dem nur mit Mühe der Kopf eines Zwerges zu erkennen war, der seine Last mühsam auf das Podest balancierte und auf einem Pult ablegte.

Chef.

Dicht bewachsene, feiste Backen, stechende Augen unter stahlgrauen Brauen. Das unbarmherzige Gesetz auf Beinen.

»Wo bleiben denn die Abgesandten der Dunklen Seite schon wieder?«, fragte der Richter.

»Unpünktlich, wie immer.« Chef spitzte einen Bleistift an und prüfte ihn mit der Fingerspitze. »Es ist eine schriftliche Einladung rausgegangen, wenn mich nicht alles täuscht.«

»Haben wir irgendwelche Zeugen?«, fragte der Richter lustlos, ohne von seinen Papieren aufzublicken.

»Ist anscheinend ein Indizienfall«, sagte der Gerichtsdiener. »Es gab bloß einen Hominiden als Augenzeugen.«

»Ich nehme an, er erinnert sich inzwischen an nichts«, murmelte der Richter. »Wie immer.«

»Davon ist auszugehen. Ein mobiles Einsatzteam sollte ihn inzwischen aufgesucht haben.«

»Was soll die Quatscherei? Wir haben diesen Schätz komplett observiert und protokolliert, habe ich hier alles vorliegen!«, rief Chef und haute auf seinen Aktenstapel. Er zog eine Taschenuhr an einer für einen Zwerg lächerlich langen Kette hervor. »Es ist dreizehn Minuten nach. Wir sollten längst angefangen haben.«

»Der Hominide wird durch einen Domowoj vertreten«, sagte der Gerichtsdiener. »Er scheint bestens im Bilde zu sein, hat nach eigenen Angaben den Hominiden engmaschig überwacht und ihn in seinem Apartment wohnen lassen.«

»Na dann«, seufzte der Richter. »Rein mit der Angeklagten, würde ich sagen. Und setzt mir den Domowoj nicht zu nah ans Pult. Ich hasse Knoblauch.«

»Nein!«, schrie ich. »Nicht anfangen!«

Niemand reagierte.

Der Gerichtsdiener stapfte grimmig zur Tür raus. Als er wieder reinkam, zog er einen tropfenden, randvollen Wassereimer hinter sich her. »Vorsicht, Landbann!«, rief er.

Hinter ihm ging Kim.

Seit unserer letzten Begegnung im Treppenhaus war meine Sehnsucht nach ihr von Minute zu Minute gewachsen. Aber nichts hatte mich auf den Augenblick vorbereitet, in dem wir uns wiedersehen sollten.

Das war nicht meine Kim.

Nichts war mehr von dem Mädchen geblieben, das mich vor anderthalb Monaten aus dem Schwimmbad gefischt hatte. Ihr Gesicht hatte sich nicht geändert, die großen, tiefgründigen Augen, die geschwungene schmale Nase, alles sah ganz vertraut aus.

Was ihr fehlte, war die Lebenskraft. Sie sah unendlich müde aus, ausgetrocknet wie eine Blume, die man mit einem endgültigen Schnitt vom Wurzelwerk abgetrennt hatte und die nun fernab jeder Vase verdorrte.

Kims Blick war stumm nach unten gerichtet, sie setzte ihre nackten Füße genau in die Wasserspur, die der Gerichtsdiener vor ihr auf dem Boden zog.

Sie hatten sie gefoltert, schoss es mir durch den Kopf, sie hatten ihr etwas angetan, ihr etwas gespritzt, in ihren Gedanken herumgespielt, sie waren dabei, die Kim zu vernichten, die ich kannte und die ich liebte.

»Nein!«, schrie ich.

Ich hätte alles getan, um ihr dieses Schicksal zu ersparen. Ich hätte Charlett in meinem Gedächtnis herumwühlen lassen, ich hätte mir den blindwütig kratzenden Bhael ins Gesicht werfen lassen, Schwester Anni konnte mich haben, egal.

Aber das konnte ich mir nicht mit ansehen.

»Kim!« Ich warf mich gegen die Scheibe, schrie immer wieder ihren Namen. Doch sie bemerkte mich nicht, sie schien ihre Umgebung kaum wahrzunehmen und blinzelte unter spröden, geröteten Augenlidern in das helle Licht.

Ich musste einen Eingang suchen, jetzt, sofort. Aber es gelang mir nicht, den Blick von der Szenerie loszureißen.

Hinter Kim tänzelte Pjotr in den Raum.

Er trug seinen hellen Leinenanzug und einen Strohhut mit breitem Band. Eine kleine, dunkelrote Rose hing an seinem Revers. Mit einem dynamischen Hüpfer überwand er die Wasserflecken.

»Herr Hochrichter«, säuselte er und verbeugte sich tief, »ich werde die Rechte von Herrn Schätz, der sich bedauerlicherweise aus dem Staub gemacht hat, in dieser Angelegenheit vertreten. Durch ausgiebige Studien bin ich mit der Materie wohlvertraut. Wie Sie den Akten entnehmen können, habe ich zwischen 1905 und 1917 als Sachverständiger des Lokalbüros Kiew gearbeitet.«

»Genehmigt«, brummte der Richter. »Setzen Sie sich ganz nach außen, ja?«

Dieses Monster, dieser Psychopath zuckte nicht einmal mit der Wimper, während er mein Leben zerstörte! Ich musste dringend einen Weg in die Kammer finden, und dann würde ich reinen Tisch machen und diesem Betrüger ein für alle Mal das Handwerk legen.

»Herr Schätz?«, fragte eine Stimme in meinem Rücken. »Sie hier?«

Ich brauchte einen Moment, um meinen Blick von der Szene zu lösen. Die Bilder brannten sich in dem Teil meines Gehirns fest, der für kompromisslose, blutrünstige Racheaktionen zuständig war und der bis zu diesem Tag nicht benutzt worden war.

Hinter mir stand ein Zwerg mit schmutzigem Bart im schmal geschnittenen Anzug eines Gerichtsdieners. Unter dem Arm hatte er eine Akte und ein zerfleddertes Taschenbuch geklemmt.

Irgendwoher kannte ich ihn.

Er schenkte mir ein joviales Lächeln. »Tag auch, Herr Schätz«, sagte er. »Ich kenne Sie vom Fahndungsfoto, nur falls Sie sich wundern. Wo drückt der Schuh?«

Hatte ich den schon mal gesehen? Diese Zwerge glichen sich alle wie ein Ei dem anderen, nur dass Eier keine Vollbärte hatten, hinter denen sie sich verstecken konnten.

»Ich muss da rein«, fuhr ich ihn an. Meine Stimme klang wund und gebrochen, als hätte ich geweint. Das Blut pochte in meinen Fäusten, synchron zum hämmernden, niemals versiegenden Kopfschmerz in der linken Schläfe. Ein Knöchel war aufgeschlagen und brannte.

»Na, das ist ja wohl gar kein Problem«, sagte der Zwerg. »Da helfe ich doch gerne, dafür bin ich ja da.«

»Wir kennen uns doch irgendwoher …«, überlegte ich laut. Aus dem Starmaxx vielleicht?

»Das spielt jetzt keine Rolle«, sagte der Zwerg. »Wenn Sie mir bitte folgen würden.«

Ich zögerte. Und wenn ich die Scheibe mit einem Hocker einschmiss? Und wenn ich den Zwerg als Geisel nahm?

»Vertrauen Sie mir«, sagte der Zwerg und schenkte mir ein Lächeln. Ihm fehlte oben ein Vorderzahn. »Ich werde Sie für die Zeugenvernehmung vorbereiten. Wenn Sie jetzt so freundlich wären und mir unauffällig folgen würden? Es muss ja nicht jeder mitbekommen, dass Sie hier sind.«

Der Typ wusste anscheinend genau, was zu tun war. Und er war kein Stück überrascht, mich zu sehen. Wie das wohl kam?

»Sie haben gewusst, dass ich hierherkommen würde, oder?«, sagte ich.

»Sie sind leicht zu durchschauen, Schätz«, sagte der Zwerg. »Sie entscheiden sich immer für das Mädchen.«

Wahrscheinlich hätte ich an dieser Stelle misstrauisch werden sollen. Wurde ich aber nicht. Ich brauchte dafür etwa dreißig Sekunden zu lang, kostbare Zeit, die ausreichte, mich aus der Wichskabine in einen unbeleuchteten Gang zu führen, mir von hinten den Mund zuzuhalten, einen Baumwollsack über den Kopf zu stülpen und mir ordentlich eins über die Rübe zu ziehen.

Sie haben vermutlich mitgezählt. Wenn man mich mitrechnet, sind es mindestens neun Idioten an einem Tag – und Teddy. Aber so wie es aussah, war der tot. Laut Lemmy Kilmister ist das echt die mieseste Quote, die man erreichen kann.

21

Anthropomorph

Die enge Gefängniszelle hatte bestimmt schon vielen experimentierfreudigen Männern Vergnügen bereitet. Aber mir stand nicht der Sinn nach hüfthohen Latexböcken und Handschellen, die an Gummischläuchen aus der unverputzten Wand hingen. Die Gitterstäbe waren aus eiskaltem Stahl und gaben keinen Millimeter nach, als ich mich dagegenwarf. Noch immer konnte ich den muffigen Sack riechen, den man mir anlässlich der Entführung übergezogen hatte. Der Zwerg hatte ihn mir abgenommen, nachdem er mich, von der Knüppelattacke benommen wie ich war, in der Zelle freigelassen hatte. Jetzt saß der niederträchtige Kerl draußen, stopfte sich ein Pfeifchen und vertiefte sich in seinen Dan Brown.

»Du bist aus dem Starmaxx«, sagte ich. »Du hast mich schon mal gefangen gehalten, und ich bin euch entwischt. Auch hier werde ich rauskommen, und dann bist du dran, klar?«

Der Prozess lief, meine Zeit verrann, jede Minute war kostbar.

»Du bist ein ziemlicher Idiot«, stellte er fest. »Sich zweimal fangen zu lassen, ist schon eine reife Leistung.«

»Man wird klüger mit der Zeit.«

Er zuckte mit den Achseln.

»Du arbeitest für den Domowoj«, sagte ich. »Du hast dich hier eingeschlichen, um ihm den Rücken freizuhalten, richtig?«

Der Zwerg spuckte durch seine Zahnlücke in meine Richtung. Ein Speichelfaden blieb zwischen den Gitterstäben hängen. »Halt einfach dein Maul. Du wirst dich in ein paar Stunden nicht einmal mehr an sie erinnern«, sagte er. »Mein Chef wollte dir eine Chance geben. Wir hätten im Starmaxx gut auf dich aufgepasst. Aber du musstest ja unbedingt abhauen.«

Wir starrten uns tief in die Augen. Jetzt ging es um Psychologie. Wenn ich hier schon nicht mit Gewalt rauskam, dann mit der scharfen Waffe meines Verstandes.

»Du bist doch bestimmt käuflich, oder?«, sagte ich.

»Schon.« Der Kopf des Zwerges verschwand in einer Wolke aus Pfeifenrauch. »Aber was kannst du mir schon anbieten?«

»Geld«, sagte ich, zog den goldbestickten Beutel aus der Jacke und ließ ihn klimpern. »'ne ganze Menge Geld.«

Der Zwerg starrte gierig auf den Beutel.

»Na, komm«, sagte ich. »Kaufste dir nachher was Schönes.«

Mit steifen Schritten näherte sich der Zwerg den Gitterstäben. Ich öffnete den Beutel und hielt ihn meinem Bewacher entgegen, ein bisschen zu hoch vielleicht, er sollte sich mal schön strecken, der Scheißzwerg.

Seine Nase zuckte einige Male hin und her, als wollte er erst in den Beutel hineinschnuppern, den Duft des Reichtums in sich aufnehmen. Er stellte sich auf die Zehenspitzen, seine Hand tastete nach dem Geldbeutel.

Ich packte zu.

Jetzt hatte ich nur eine einzige Chance.

Wenn der Bart angeklebt war, hatte ich verloren.

Psychologie, dachte ich, ist ein scharfes Schwert.

Der Bart war echt, das fühlte ich sofort. Er war vollgesogen mit Schweiß, wahrscheinlich Zwergenspucke und den Resten verschiedener Speisen und Getränke. Er kratzte und klebte und war wunderbar griffig.

Ich zog den Zwerg bis zum Anschlag an das Gitter meiner Zelle. Tief gruben sich die Stangen in sein aufgedunsenes Gesicht. Blanker Hass und eine Schnapsfahne schlugen mir entgegen.

»Sebastian Schätz ist arm und dumm«, sagte ich, »oh, ja! Und verdammt verzweifelt! Gib mir die Schlüssel, Zwerg!«

Mein Wächter wimmerte, er hielt die Stangen meines Käfigs umklammert, seine Augen füllten sich mit Tränen. Seine Versuche zu sprechen waren unverständlich und vor allem überflüssig.

»Die Schlüssel!«, brüllte ich. »Oder ich reiß dir dein Kinn kaputt!« Der herbe Ruck am schmutzig grauen

Haarbüschel wäre vermutlich nicht mehr nötig gewesen. Aber er tat mir irgendwie gut.

Der Zwerg warf mir einen Schlüsselbund entgegen, der klirrend in einer unbeleuchteten Ecke meiner Zelle landete. Wie sollte ich den in die Finger kriegen, ohne meinen Zwerg von der Leine zu lassen? Der gerissene Wicht würde mir entwischen und den ganzen Laden zusammenbrüllen.

»Du glaubst wohl, du hast mich ausgetrickst!«

Der Zwerg nickte vorsichtig. Sah ich da etwa Stolz in seinen Augen?

»Warst du mal bei den Pfadfindern?«, fragte ich.

Der Zwerg schüttelte verunsichert den Kopf.

»Oder auf der Segelschule? Gibt's so was überhaupt bei euch Zwergen?«

Wir teilten einen langen Augenblick des Schweigens. Sollte der Zwerg mich ruhig für wahnsinnig halten, umso besser.

»Segelschule? Spuck's aus!«

Kopfschütteln.

»Dann wünsche ich dir viel Spaß hiermit«, sagte ich.

Ich machte den Zwergenbart mit einem doppelten Palstek am Gitter fest und setzte noch einen anderthalbfachen Rundtörn mit zwei halben Schlägen obendrauf. Dann zog ich das Paket ordentlich fest. Der Segelschein für Binnengewässer hatte sich ausgezahlt, so viel war klar. Es war nicht alles schlecht gewesen im Otterzentrum.

»Wenn du schreist«, schloss ich, »schubse ich dich um. Und dein Gesicht ist im Eimer.«

Genüsslich fischte ich den Schlüsselbund des schweigenden Zwergs aus den Schatten meiner Zelle, schloss auf und hielt inne.

Der Zwerg weinte leise vor sich hin.

Vermutlich würde er hart bestraft werden. Rausgeworfen, und zwar ohne Abfindung. Vielleicht hatte er Familie, dachte ich betrübt, und immerhin war auch er nur das ausführende Organ einer höheren Macht. Er machte nichts weiter als seinen Job.

Ich wog den Geldbeutel in der Hand und überlegte. Ein wenig Kleingeld konnte ich doch entbehren.

Die Tür zum moderigen Flur, durch den man mich geschleift hatte, flog plötzlich auf. Ein Zwerg im schwarzen Lederdress voller Reißverschlüsse sprang mir entgegen, wahrscheinlich durch Gedankenübertragung oder eine versteckte Kamera herbeigerufen, aggressiv und wahrscheinlich kampferfahren, zu allem bereit.

»Ha!«, brüllte er. »Erwischt!«

Meine Faust schloss sich fest um den Geldbeutel. Kurzentschlossen haute ich meinem Gegner geschätzte achtzig Euro Kleingeld über den Schädel.

Der wild gewordene Zwerg fiel um wie ein Sack Kartoffeln.

»Arm und dumm«, stellte ich fest, »verzweifelt und bewaffnet. Und absolut nicht mehr kompromissbereit.«

Dann machte ich mich auf, um dieser Farce endgültig ein Ende zu setzen.

Ich fegte den GEZ-Ordnungsbeamten zur Seite. »Sie dürfen hier nicht rein! Zutritt nur für Gerichtsdiener und Zeugen!«, schrie er. Seine Fistelstimme schrillte in meinen Ohren. »Das ist eine geschlossene Verhandlung!«

»Ab jetzt verhandle ich mit!«, erwiderte ich. »Außerdem bin ich Zeuge, du Vollidiot.«

Ich sprengte die Tür zur Peepshow-Gerichtskabine mit einem Fußtritt und trat ein.

Kim saß nicht weiter als einen Schritt von mir entfernt zusammengesunken auf einem Hocker. Sie schreckte hoch, ihr Blick traf den meinen.

Endlich.

Ihre ungefilterte Präsenz stoppte mich in vollem Lauf, ließ mich zurücktaumeln. Das Blut schoss mir in den Kopf, in meiner linken Schläfe zerrte und klopfte es, ich atmete tief aus und rang nach Luft. Die Liebe wütete durch meinen Körper und warf alles durcheinander.

Bis eben hatte ich mich zu einer geschliffenen Verteidigungsrede in der Lage gefühlt, zu einem rhetorischen Juwel. Aber jetzt war alles weg, mein Kopf war leergefegt. Silbrig glitzerten die Wassertröpfchen auf Kims nackten Füßen.

»Sebastian!« Ihre Stimme klang nicht erfreut – sondern vorwurfsvoll. Das verzweifelte Timbre wurde vermutlich durch die Schmerzen verursacht, die sie ihr zugefügt hatten.

Sie sprang auf, wich einen Schritt vor mir zurück. Der unbenetzte Boden unter ihren Füßen zischte, sie sackte in die Knie und schrie auf.

Ich stürzte auf Kim zu, umfing sie mit den Armen, half ihr auf. Der Duft ihrer Haare, das vertraute, so vermisste Aroma ihres Körpers, ließen meine Augen tränen.

»Ich bin hier«, flüsterte ich. »Ich bin hier, um …«

Aber sie wand sich in meinem Griff. Was zur Hölle war los mit ihr, was hatten die mit Kim gemacht?

»Herr Schätz!«, donnerte Chef. »Immer wieder Sie!«

»Ist das der Hominide?«, fragte der Richter etwas pikiert. »Ich dachte, der wäre längst neutralisiert. Sie müssen mir so was vorher sagen. Sie müssen mir so was zuspielen.«

Der Richter beäugte mich über den Rand seiner Lesebrille. Er hatte schlanke, spitz zulaufende Ohren, deren filigrane Ausläufer sanft vibrierten.

»Ich bin Sebastian Schätz«, sagte ich. »Und ich bin …«

»Jawohl, er ist es!«, unterbrach mich Chef. »Höchstselbst, ich erkenne ihn wieder. Dieselbe schnodderige Art wie bei der ersten Anhörung. Einfach kein Respekt, der Mann. Sie werden sofort die Angeklagte loslassen!« Er sprang von seinem aktenüberschütteten Pult auf, setzte sich wieder hin und klatschte sich mit beiden Händen auf die Wangen, als erwartete er, aus einem bizarren Traum aufzuwachen.

Mit dem Gefühl war er nicht allein.

Kim löste sich aus meiner Umarmung. »Was machst du hier?« Sie blickte mir nicht in die Augen, verschloss sich vor mir, sie wirkte tief gekränkt, als hätte ich mich über den halbblinden Kilian im Robben-Team lustig gemacht.

»Ich rette dich«, erwiderte ich.

»Stopp!«, schrie Chef. »Keine Absprachen mit der Angeklagten! Herr Verteidiger, kümmern Sie sich um Ihren Mandanten.«

Pjotr erhob sich von seinem Hocker am Rand der Drehplattform und trat mit einem strahlenden Domowojlächeln auf mich zu. »Sebastian!«, rief er. »Jetzt lass uns doch vernünftig miteinander reden! Leider bist du nicht ganz pünktlich, aber das macht gar nichts. Ich habe dem Herrn Richter deine Position schon ausreichend dargelegt. Die Kuh ist vom Eis, wie man hier in Deutschland sagt.«

»Welche Scheißkuh meinst du, Mann? Was glaubst du eigentlich, wer du bist? Was glaubt ihr alle eigentlich, wer ihr seid?«

Die Spiegelfolie, die man von innen an die Voyeurfenster geklebt hatte, war an vielen Stellen zerkratzt und abgewetzt. Dahinter erkannte ich die Umrisse zahlreicher Gesichter. Immer wieder summten Sichtschutze nach oben und nahmen den Zuschauern die Sicht, bis Kleingeld nachgeworfen wurde.

Ich war nicht allein. Sie würden hören, was ich zu sagen hatte. »Also, die Sache ist so«, begann ich.

»Eigentlich möchte ich das jetzt nicht nochmal von vorne aufrollen«, näselte der Hochrichter. Puder aus seiner Perücke war auf seinem Gesicht verschmiert. »Ich hab gleich Fußpflege, und da kriegt man kurzfristig so schlecht noch einen Ausweichtermin.«

»Richtig so!«, rief Chef. »Herr Schätz, Sie müssen schon ein bisschen pünktlich sein, wenn Sie unbedingt vor Gericht erscheinen möchten. Wir hatten Ihnen ja eine ganz bequeme Lösung angeboten, eine kleine Gedächtnismodifikation, und Sie wären aus allem raus gewesen. Aber jetzt hier so reinzuplatzen, das gehört sich nicht.«

»*Das* gehört sich nicht? Mir ein ganzes Einsatzkommando inklusive Spürhund auf den Hals zu hetzen, das gehört sich aber?«

»Jawohl. Das war nur zu Ihrem Besten. Ich für meinen Teil klappe jetzt meine Akte zu. So!« Demonstrativ klappte Chef seine Unterlagen zu und legte sie auf dem Stapel vor seinen Füßen ab.

»Ich will Ihnen mal sagen, was sich nicht gehört«, brauste ich auf. Mein Zeigefinger stach durch die Luft, ich trat Schritt für Schritt auf den Domowoj zu und versuchte, ihn wieder hinauf auf die Drehplattform zu scheuchen. Aber er wich mir aus. »Was dieser Mann hier getan hat, das gehört sich nicht. Er hat mich entführen lassen, hat mich übers Ohr gehauen. Hat Scheiße über mich rumerzählt. Ich werde allem widersprechen, was dieser Mann gesagt hat!«

»Armer Sebastian!« Pjotr schlug die Hände über dem Kopf zusammen. »Du bist ja ganz verwirrt. Ich bin es doch, dein Freund und Anwalt Pjotr! Du musst dich jetzt einfach wieder beruhigen. Atme tief und regelmäßig durch.«

Ich wehrte seine Umarmungsattacke ab. Er roch nach Sekt. »Bleib mir bloß vom Leib«, sagte ich und wog meinen Münzsack in der Hand. »Sonst setzt es was.«

»Aber Sebastian«, sagte der Domowoj. »Ich habe doch schon alles erreicht, was du dir gewünscht hast. Du bist freigesprochen, ganz klar und eindeutig freigesprochen! Ist das nicht wunderbar? Man wird dir nichts tun.«

»Abgesehen von einem kleinen mentalen Eingriff«, warf Chef ein. »Aber der tut ja nicht weh.«

Ich trat einen Aktenstapel um. »Es reicht!«, brüllte ich. »Alle Mann die Schnauze halten!«

Pjotr warf Kim einen bekümmerten Blick zu und zuckte mit den Achseln, als wollte er sagen: So ist der Schätz nun mal, undankbar, ein verrohtes Schwein, dagegen kann sogar ich nichts ausrichten, gottlob sind nicht alle Männer so.

Der Richter klopfte mit einem Stift gegen sein Wasserglas. »Bitte mäßigen Sie sich, Herr Schätz, Sie sind frei und können gehen, wohin Sie wollen«, sagte er. »Das haben Sie Ihrem Sekundanten zu verdanken.«

Mein Blick huschte hinüber zu Pjotr, der wieder auf seinem Zeugenstuhl Platz genommen hatte. »Was ist mit Kim?«, fragte ich. »Was passiert mit ihr?«

»Das geht Sie nichts an«, sagte der Hochrichter und erhob sich würdevoll. »Wenn wir das dann geklärt hätten, würde ich gerne meinen Termin wahrnehmen.«

»Nein«, sagte ich. »Werden Sie nicht. Was ist mit Kim? Ich bestehe auf eine Antwort, ich werde nicht eher gehen, bis Sie mir das beantwortet haben.«

Der Domowoj legte mir den Arm um die Schultern. »Das erzähle ich dir gleich ganz in Ruhe, wenn wir wieder in unserer Wohnung sind. Dann koche ich uns einen Kaffee, und wir zwei reden ganz in Ruhe …«

»Warum lassen Sie Kim nicht einfach gehen?«, unterbrach ich ihn.

»Weil du ein Vollidiot bist!«, rief Kim. Sie sprang auf. »Ein egoistischer Riesenarsch und ein Vollidiot!«

Sie funkelte mich an, anscheinend bereit, jeden Moment auf mich loszustürzen, um mich zu ohrfeigen.

Schlagartig wurde es still in der Kammer. Nur das hektische Nachwerfen von Münzen war zu hören. Alle Sichtfenster waren jetzt offen.

»Ich bin hier, um dich zu retten, schon mal daran gedacht?«, fragte ich vorsichtig. »Weiß wirklich nicht, was ich jetzt schon wieder falsch gemacht habe.«

Frauen waren kompliziert. Vielleicht hatte Mike Recht, vielleicht sollte man sie allesamt morgens vor dem Frühstück rausschmeißen.

»Ach, Frau Tröger«, sagte der Domowoj, »das hatten wir doch schon. Lassen Sie uns nicht wieder damit anfangen. Ich habe die Position von Herrn Schätz einwandfrei und wasserdicht dargestellt. Das bisschen Exil geht doch schnell wieder vorbei.« Er versuchte, Kim verschwörerisch zuzublinzeln. Aber sie ging nicht darauf ein.

»Zehn Jahre!«, rief Kim. Die ganze Zeit hatte ich gehofft, sie würde mich endlich ansehen, aber jetzt traf mich ihr verzweifelter Blick unvorbereitet. »Zehn Jahre, Sebastian! Zehn Jahre Verbannung!«, rief sie. »Wofür? Dafür, dass wir uns ein bisschen geküsst haben? Warum erzählst du Geschichten über uns rum, die nicht stimmen? Hatte ich dich nicht gebeten, das mit uns für dich zu behalten?«

»Da hören Sie es, Herr Richter«, rief Chef. »Sie versucht immer noch, die Sache zu vertuschen.«

Mir stieg das Blut ins Gesicht. Kim hatte Recht: Ich hatte Geschichten rumerzählt. Warum nur hatte ich behauptet, mit Kim geschlafen zu haben?

Ich wusste es nicht, es war einfach so passiert.

»Frau Tröger, jetzt machen Sie mal halblang!«, der Hochrichter hob die Stimme. »Sie haben nachgewiesenermaßen Ihre gattungsgebundenen Begabungen als Nymphe dafür genutzt, den Hominiden Sebastian Schätz zu verführen, und damit gegen die Gattungsorientierte Verhaltensrichtline B, im Einzelnen die Abschnitte zwei, sieben und neunundzwanzig verstoßen. Im Übrigen liegt in einer ganz ähnlich gearteten Sache eine Vorstrafe gegen Sie vor. Wie war gleich der Name, Herr Ankläger?«

»Mikhail Chomutynnik!«, rief Chef wie aus der Pistole geschossen. Er kramte in seinen Unterlagen nach einer Akte. »Hat stundenlang gegen die Gedächtnismodifikation angekämpft, ein harter Brocken. Wir konnten zwar nur eine Teillöschung erreichen, aber immerhin. Vielleicht hatte er doch einen Schuss Anthropomorphenblut in den Adern.«

Mikhail Chomutynnik?

Mike?

Gedächtnismodifikation?

Scheiße. Mike hatte Kim wirklich geliebt. *Aber das war nur eine Täuschung,* hatte er gesagt, *ist geplatzt wie eine Seifenblase.* Und hier war auch der Grund: Sie hatten ihn manipuliert! Dasselbe Schicksal, das auch mir drohte!

Der Richter erhob sich. Er überragte Chef sicher um zwei Haupteslängen. »Herr Schätz hatte, wie er im Verfahren durch seinen Anwalt glaubhaft mitteilen ließ, keinerlei Mittel gehabt, sich gegen Ihre machtvollen Befähigungen zu wehren und ist deswegen in intimen Kontakt mit Ihnen, Frau Tröger, getreten, was wiederum zu …«

»Halt!«, schrie ich. Ich würde mir nicht in meinem Gedächtnis herumpfuschen lassen. »Der Unsinn hat jetzt ein Ende. Aus, vorbei, Sendeschluss!«

Ich sprang schwungvoll mitten auf die Plattform. Chefs Aktenstapel, innerhalb der letzten Minuten mühevoll aufgetürmt, geriet ins Rutschen und zog eine lange Bahn von Anklageformularen bis vor meine Füße.

Der Domowoj ließ sich auf den Rand der Plattform sinken und vergrub den Kopf in den Händen. »Schätz«, stöhnte er, »du ruinierst deinen Ruf.«

Das Auf- und Niederfahren der Sichtschutze vor den Guckfenstern, durchbrochen vom Klimpern des Kleingeldes, ließ einen melodischen Takt erkennen.

»Sie werden mir jetzt genau zuhören«, rief ich. »Das ist ein abgekartetes Spiel! Alles Lügen und Intrigen!«

»Jetzt geht das alles wieder von vorne los«, seufzte der Richter.

»Die Fußpflege können Sie vergessen, glaube ich«, sagte Chef.

»Ich habe«, donnerte ich, »niemals mit Frau Tröger geschlafen! Gott, ich habe sie nicht einmal nackt gesehen, auch wenn ich mich dafür ordentlich ins Zeug gelegt habe. Und es ist eine Frechheit, ich wiederhole, eine bodenlose Frechheit, wie Sie Ihre Nasen in meine intimen Angelegenheiten stecken!«

»Herr Schätz, es liegen mehrere schriftliche Zeugenaussagen gegen Sie vor«, plärrte Chef, »die klar besagen, dass …«

»Unsinn!«, protestierte ich. »Verrat! Niemand anders als dieser lumpige Domowoj hat sie geschrieben. Aus reiner Lüsternheit! Weil er selbst mit Frau Tröger anbandeln möchte! Sie können mit mir machen, was Sie wollen, aber zuvor werden Sie diese Frau gehen lassen!«

Pjotr sprang auf. »Jetzt kann ich dir auch nicht mehr helfen«, erklärte er. Man hatte ihn schwer beleidigt, ließ er erkennen, er schien tief enttäuscht von mir. »Wer mit Dreck wirft, braucht sich nicht zu wundern, wenn ihm keiner mehr glaubt. Ich bekenne: Ja, ich habe den Behörden schriftlich Bericht erstattet. Aber nur, weil ich meinte, man treibe mit Herrn Schätz ein unlauteres Spiel, man verwickle ihn in Sachen, die er nicht mehr unter Kontrolle hat. Alles nur zu seinem Besten!«

Kim schnaubte empört. »Als wenn ich hätte wissen können, dass Sebastian kein Anthrop…«

»Ru-he!«, schrie der Richter.

Einen Augenblick lang herrschte gefährliches Schweigen. Pjotr und ich starrten einander grimmig an.

»Bewahren Sie Ruhe, Herr Schätz!«, rief der Richter.

»Gib auf, Sebastian«, knurrte der Domowoj.

»Nichts da!« Ich ließ meinen Münzbeutel in der Luft kreisen. »Du bist ein mieser Betrüger, und du wirst hier die Hosen runterlassen. Sie alle werden die Hosen runterlassen!«, schrie ich. »Alle miteinander! Und wissen Sie was? Ich fange gleich damit an!«

Demonstrativ legte ich die Finger auf meine Gürtelschnalle. Chef schlug sich die Hand vor den Mund. Der Richter hob die Augenbrauen.

»Sie wollen anderen Leuten unter die Bettdecke gucken?«, fuhr ich fort. »Sie sind neugierig, ja? Dann will ich Ihnen eins sagen: Bitte, Sie kriegen, was Sie wollen!«

Es wurde still. Eine einzelne Sichtschutzscheibe surrte nach oben und versperrte jemandem den Ausblick. »Hat hier jemand noch Kleingeld?«, drang eine gedämpfte Stimme durch die geöffnete Tür.

»Ich hatte noch niemals in meinem Leben Sex«, sagte ich in in das allgemeine Schweigen hinein.

Kim entfuhr ein zärtlicher Laut. »Sebastian«, flüsterte sie.

Mein Kopf reagierte mit einem Crescendo unerbittlich bohrender Schmerzen. Schwindel erfasste mich. Wenn es um Liebe ging, dachte ich, wenn es um Sex ging oder darum, endlich das zu tun, was ich tun wollte, reagierte mein Körper mit Schmerzen. So, als wehrte er sich gegen irgendwas.

»Und wissen Sie was?«, fuhr ich fort. »Das ist mir scheißegal! Ich mühe mich seit Jahren ab, ich reiße mir den Arsch auf, ich kaufe Blumen, ziehe das ganze Programm durch, und alles völlig für gar nichts. Für gar nichts! Und jetzt muss ich mir auch noch dumme Fragen gefallen lassen. Aber bitte, reden wir doch offen! Haben Sie Sex?« Ich drohte dem Richter mit meiner Münzkeule. »Oder Sie, Chef? Hatte hier überhaupt irgendjemand in letzter Zeit Sex?«

Allenthalben wurde geschwiegen.

»Und selbst wenn, egal! Geschenkt! Machen Sie doch, was Sie wollen. Vögeln Sie, mit wem Sie wollen, es ist mir gleich. Hier sind alle dermaßen auf Sex fixiert, es ist zum Kotzen!«

»Sebastian.« Kims Stimme klang weich und liebevoll. »Sebastian!« Die Wasserpfütze zu ihren Füßen war zu einem tellergroßen Fleck zusammengetrocknet, Kim stand inzwischen auf Zehenspitzen, niemand goss nach.

»Sebastian!«

Aber ich ließ mich nicht von meinem Thema abbringen. Ich war in Rage, Kim brauchte jetzt nicht die ahnungslose Unschuld vom Lande spielen. Sie kannte sich in diesem Milieu aus, sie war mindestens genauso schuldig wie ich.

»Jetzt komm mir nicht mit deinem *Sebastian*!«, fuhr ich sie an. »Du möchtest jetzt auf die versöhnliche Schiene umschwenken? Ja? Da will ich dir mal kurz eine Rückmeldung geben: Das kannst du vergessen! Du hast mich wochenlang scharfgemacht und hingehalten, du hast dir den Hof machen lassen, Blumen und Komplimente, der ganze kitschige Scheiß! Wie oft habe ich dich ins Kino eingeladen? Und dabei hast du die ganze Zeit gewusst, dass bei uns nichts laufen würde, dass wir niemals ein …«, meine Stimme brach, »ein richtiges Paar werden würden.«

Denn so war es. Kim musste Bescheid gewusst haben und hatte nichts gesagt. Und ich war ihr hinterhergelaufen wie ein Hündchen.

Kim stand regungslos da, stocksteif, ihr braungetöntes Haar fiel ihr in die Stirn.

»Du hast gesagt, ich bin der Richtige!«, schrie ich sie an.

Kims nackter Körper auf den Laken in ihrem Schlafzimmer. Millionen Nadelstiche unter meiner Kopfhaut. Der Schwindel wurde stärker, mein Körper fand Halt an einem Aktenregal.

»Ich dachte …«, sagte sie schließlich.

»Nein«, unterbrach ich sie. »Du hast dir überhaupt nichts gedacht.«

Die Tür zum Verhandlungsraum öffnete sich.

»Ich wollt nur kurz mal durchwischen.« Das heisere Mütterchen aus dem Erdgeschoss schob ihren Putzwagen vor sich her. »Lassts euch nicht stören.« Sie schwang ihren Mop um die Drehplattform herum und hinterließ eine feuchte Spur auf dem Boden.

»Ich hatte immer gehofft«, sagte Kim, »ich habe die Hoffnung nie aufgegeben, dass du … in der Gattungskartei stand unter deiner Adresse, dass du … so wie ich bist … ein Anthropomorph … Als ich dich aus dem Wasser gefischt habe, hatte ich sofort dieses Gefühl, dass wir uns ähnlich sind. Ich habe bei den Behörden angerufen, und die meinten, unter deinem Namen sei ein Anthropomorph registriert. Sonst hätte ich dir nie solche Hoffnungen gemacht, niemals!«

»Rufen Sie diese Nummer an«, raunte der Richter und steckte dem Gerichtsdiener eine Visitenkarte zu, »und fragen Sie, ob es kommende Woche noch einen Fußpflegetermin gibt. Das hier dauert noch.«

Tränen standen in Kims Augen. »Wir haben nie drüber geredet, weil ich dachte, du willst nicht darüber reden. Als ich dein Amulett gesehen habe, wusste ich, dass wir zusammen sein dürfen. Woher solltest du das sonst haben? Das bekommen nur Anthropomorphe. Ich dachte, wir sind von einer Art, ich dachte, du wolltest nicht über dein Anderssein sprechen, noch nicht. Ich dachte, du bist so … wie ich.«

»Nein, Kim«, sagte ich kühl. »Ich bin ganz normal.«

Ganz langsam ließ sie sich auf ihren Sitz zurückgleiten.

Chef ließ seine grauen, strengen Zwergenaugen auf mir ruhen, als hätte ich mich jetzt eines unfassbaren moralischen Verbrechens schuldig gemacht, das in keinem ihrer sinnlosen Gesetzestexte verzeichnet war. Der Richter betrachtete prüfend seine Fingernägel.

Pjotr war in der Hocke zusammengesunken und flüsterte unverständliche Wörter in einer osteuropäischen Sprache. Vielleicht betete er.

»Sie haben also noch keinen sexuellen Erstkontakt gehabt«, stellte der Richter fest.

»Herrschaften«, sagte die Alte und stieß ihren Mop kraftvoll in den Eimer zurück, »der Bursche ist so jungfräulich wie eine anatolische Braut.«

Alle starrten mich an, als würde auf meiner Stirn das Ausmaß meiner fehlenden sexuellen Erfahrung in einer anschaulichen Grafik eingeblendet werden. Ich fuhr mir mit der Hand über das Wort *Domowoj*. Das musste ja nicht jeder sehen.

Es wurde getuschelt, gemurmelt und genickt.

»Da haben Sie's«, sagte ich. »Bitte, überführt. Im Bett ist nichts passiert, noch nie. Jungfrau. Dann kann ich jetzt gehen? Lassen Sie mich in Ruhe? Darf Frau Tröger zurück in ihre Wohnung? Sind alle zufrieden?«

Chef blätterte fieberhaft in seinen Listen und Mappen herum. »Schätzchen, Schätze, Schätz, hier steht's: Sebastian Schätz, unregistrierter Anthropomorph, Kleestraße 26, erster Stock links. Der Eintrag wurde in der digitalen Datenbank von einem mobilen Einsatzteam des MAD gelöscht, vor genau: neunzehn Tagen, was auch immer die sich dabei gedacht haben. Aber ich habe hier einen alten Ausdruck, der glasklar besagt …« Chef hielt ein zerknittertes Blatt in die Höhe. Aber niemand beachtete ihn.

Die Augen waren auf mich gerichtet. Der Hochrichter, Pjotr, Chef, Kim und unzählige anonyme Zuschauer, die hinter den verspiegelten Scheiben Kleingeld herumreichten.

»Wenn ihr noch ein paar Münzen braucht, ist das kein Problem«, sagte ich und warf den bestickten Beutel, meine letzte verbliebene Waffe, zur offenen Tür hinaus. »Teilt es euch gerecht auf.«

»Der Bursche hat ein Problem«, sagte die Alte, während sie um mich herumwischte. »Und ihr müssts ihm zeigen, wos langgeht.«

Kims Augen schimmerten. Gleich würde sie anfangen zu weinen. Und der Kloß in meinem Hals wurde immer dicker und schmerzhafter. Das Zaziki schmeckte immer noch etwas durch.

»Herr Schätz.« Der Richter stemmte sich aus seinem Sitz empor und humpelte an den Rand der Plattform. »Wir haben ernsthaften Grund zu der Annahme, dass Sie die Verpuppung noch nicht durchlaufen haben.«

»Was diese ganze Gerichtsverhandlung sowohl überflüssig macht«, ergänzte Chef, »wie auch historisch einzigartig. Phänomenal.« Er tupfte sich die Augen. Brummbär huschte ins Zimmer und reichte seinem Vorgesetzten ein Taschentuch.

»Wird ein zukünftiger Anthropomorph geboren, registrieren dies unsere Behörden in unseren Datenbanken«, sagte der Richter. »Üblicherweise treten wir erst in Kontakt, wenn die Verpuppung zum Anthropomorphen durchlaufen ist. In der Regel an der Schwelle zum Erwachsenenalter.«

Verpuppung zum Anthropomorphen.

Völlig ausgeschlossen. Das ging nicht. Nein. Das war Quatsch. An den Haaren herbeigezogen. Vollkommener Unfug.

»Äh«, sagte ich. »Okay, mag ja alles sein, ihr kennt euch da aus. Aber hier liegt ein Fehler vor, ich bin ganz normal. Meine Eltern sind normal. Ich komme aus einer ganz normalen Familie. Wenn Sie das Wort *normal* entschuldigen würden.«

»Ihre Familie kann ich nachschlagen, das ist gar kein Problem«, sagte Chef und ließ sich von Brummbär mehrere schwere Aktenordner reichen. »Hier haben wir es, kleinen Moment bitte, aha! Schwarz auf weiß. Gerhard Schätz, Jahrgang 1948, registrierter Anthropomorph mittlerer Intelligenz, männlich. Zuletzt vor acht Jahren mit übergeordneten Registrierungsbehörden in Kontakt, bis 1997 wohnhaft in Hannover.«

Onkel Gerhard.

Der war nicht normal, scheiße, nein. Der war anders. Zum Beispiel sah er das letzte Mal, als ich ihn gesehen hatte, immer noch so aus wie auf den Fotos aus den frühen Siebzigern, was wir auf eine Reihe von

Schönheitsoperationen und seine etwas insektenlastigen Ernährungsgewohnheiten zurückgeführt hatten.

Er war der Übeltäter, mit ihm stimmte tatsächlich etwas nicht. Eine unerklärliche Leichtigkeit flutete plötzlich durch meinen Körper.

»Sobald ein Anthropomorph die Schwelle zum Erwachsenenalter überschreitet, gerät er in eine Phase, die wir die Verpuppung nennen«, sagte der Hochrichter.

»Eine Phase der Veränderung«, sagte Pjotr. Er lockerte seine Krawatte, setzte sich und zog geräuschvoll die Nase hoch. Das schien ihm wirklich nahezugehen.

»Das Erwachen«, sagte Kim. Sie lächelte.

Die Putzfrau strich mir mit ihren knochentrockenen Fingern über das Gesicht. »Das Werden«, krächzte sie.

»Und wir müssen annehmen, dass Ihnen diese Phase noch bevorsteht«, sagte der Hochrichter. »Herzlichen Glückwunsch, Herr Schätz.«

22

Herzlichen Glückwunsch

Herzlichen Glückwunsch.

Jetzt war es offiziell. Ich hatte den Verstand verloren. Oder – eine verlockende Alternative! – ich war eine Art Missgeburt. Oder schlimmstenfalls beides. Das passte alles nicht zusammen. Das konnte irgendwie nicht sein.

»Sie scheinen mir ein anständiger junger Mann zu sein«, sagte der Richter. Seinen geplatzten Fußpflegetermin schien er mir verziehen zu haben. »Auf den Schreck brauchen Sie wahrscheinlich erst mal einen Schnaps.«

Kim blinzelte immer wieder aus strahlenden Augen zu mir herüber, ein Hauch Lebenskraft schien in ihren geschwächten Körper zurückgekehrt zu sein. Immerhin: Mein Zorn auf sie verflog. Irgendwie kaufte ich ihr ab, dass sie es ehrlich meinte, dass sie nach ihren eigenen Gesetzen richtig gehandelt hatte. Dass sie so vorsichtig mit uns beiden gewesen war, weil sie Angst hatte, gegen die Gesetze zu verstoßen. Ich erinnerte mich an den Ausdruck tiefster Erleichterung in ihren Augen, als sie im Kino das Amulett an meinem Hals gesehen hatte.

Ich gab mir Mühe, mein Gesicht zu einem matten Lächeln zu sortieren. Aber meine Kraft ging zu Ende. Lange würde ich mich nicht mehr auf den Beinen halten können, dieser Irrsinn brachte mich noch um. Und ich brauchte eine Handvoll Aspirin oder eine Schädeloperation zum Entfernen des pochenden, zuckenden Gewebes meiner Schläfe. Jeder Pulsschlag spülte Schmerz durch meinen Körper, ein Krampf ging durch meinen Darm, mein Magen zog sich zusammen.

»Könnte mich vielleicht jemand nach Hause fahren?«, murmelte ich. »Mir geht's irgendwie nicht so. Hat mich doch alles etwas mitgenommen.«

Brummbär verteilte Gläser, und Schlafmütze schenkte Schnäpse aus einer dickbauchigen Flasche aus.

»Sie wollen doch nicht schon gehen! Auf den Schreck erst mal ein Gläschen. Und runter damit!«, rief Chef. »Suchen Sie eigentlich einen Job, Herr Schätz? Ihre Rede vorhin hat mich sehr beeindruckt. Für solche Leute wie Sie haben wir bei der GEZ immer etwas übrig. Wach, entschlossen, durchsetzungsfähig. Was haben Sie bislang gearbeitet?«

»Asiashop«, stöhnte ich. »Wasserhühner verkaufen und so.«

Ein Spannerfenster nach dem anderen schloss sich. Die Zuschauer hatten wohl genug gesehen. Ich konnte es ihnen nicht verdenken.

»Die Gedächtnismodifikation ist dann wohl überflüssig, Herr Schätz«, sagte der Richter. Seit er den Fußpflegetermin abgesagt hatte, schien er wesentlich entspannter. »Wäre auch schade gewesen. In Einzelfällen gab es schon bleibende Merkfähigkeitsstörungen bei Versuchsteilnehmern.«

»Und ein leichtes Schielen kann zurückbleiben«, sagte Chef.

Kim nahm meine Hand. »Ich hätte dich gesucht, überall«, flüsterte sie. »Und ich hätte dich auch gefunden. Ich hätte dich nicht vergessen, egal, wohin sie mich geschickt hätten. Was ist mit deinem Auge, das ist ja ganz gerötet?«

Ich tastete über das linke Augenlid. Es war klebrig und tränennass. Mir lief die Nase, meine Atemwege brannten. Gerne hätte ich etwas gesagt, aber vom Klang meiner eigenen Stimme wurde mir schlecht.

»Die Anklage nehmen Sie uns wohl nicht übel, Frau Tröger?«, fragte der Richter. »Angesichts der völlig neuen Sachlage werde ich selbstverständlich das Urteil kassieren. Bielefeld kann Ihnen jetzt nicht mehr gefährlich werden.«

»Wo haben Sie eigentlich Ihren Voydyanoy gelassen, Frau Tröger?«, fragte Chef. »Meines Wissens hatten Sie beide doch sogar zusammengewohnt.«

»Der studiert«, sagte Kim trocken. »In Amerika, Oregon. War ihm wohl zu niederschlagsarm in Deutschland.«

»So geht sie dahin, die Liebe«, sinnierte Chef. Er knuffte mich mit dem Ellenbogen in die Seite. »Da haben Sie wohl die Finger drin, Herr Schätz. Aber wem kann man das verdenken, bei so einer charmanten Frau. Wenn Sie mögen, Herr Schätz, kann ich Ihnen gleich an Ort und Stelle ein interessantes Angebot machen«, Chef tätschelte mich am Arm und drückte mir einige Papiere in die Hand. »So sieht so ein Vertrag bei uns aus, schauen Sie mal rein, vielleicht ist das was für Sie. Wir könnten uns da was vorstellen, jetzt, wo Ihre Verpuppung ja bald bevorsteht.«

Brummbär und Schlafmütze nickten eilfertig.

»Nein«, murmelte ich. Nein zum Arbeitsvertrag, Nein zu Chefs kurzen Wurstfingern auf meinem Arm und Nein zur verdammten Verpuppung.

»Wir haben für neugierige, aufgeschlossene Leute wie Sie sehr gute Stellen im Außendienst«, fuhr Chef fort. »Das Gehalt ist übrigens herausragend. Weihnachtsgeld und Sondergratifikationen. Frau Tröger kann davon ein Liedchen singen. Sie hat auch eine Weile bei uns gearbeitet, bis … na ja, bis die Sache mit diesem hartnäckigen Herrn Chomutynnik dazwischenkam.« Er klopfte Kim aufmunternd auf die Schulter. »Wir werden Sie gleich aus dieser Pfütze rausholen, Frau Tröger. Ihnen wird vom vielen Wasser an den Füßen sicher schon ganz schön kalt sein.«

»Ich bin eine Nymphe«, sagte Kim.

»Egal, nehmen Sie«, sagte Chef und legte ihr seine kurze Polyesterjacke um die Schultern. »Nehmen Sie, ist gut gemeint. Meine Mitarbeiter sagen den Technikern Bescheid, dann wird der Landbann aufgehoben.«

Er schickte Brummbär mit einer Kopfbewegung aus dem Zimmer. »Bis zum Ende des Verfahrens haben wir dafür gesorgt, dass Frau Tröger keinen trockenen Boden mehr betreten kann«, erklärte er mir im Plauderton. »Zur Verminderung der Fluchtgefahr.«

»Großartig«, stöhnte ich.

Mein Gehirn befand sich in Auflösung, es war deutlich zu spüren, links hinter dem Auge kochte es schon, es warf Blasen, die Vernichtung dehnte sich gierig aus.

Wie gerne hätte ich auch Chef an seinem lächerlichen Bart irgendwo festgebunden und ihm richtig in den Arsch getreten. Wie gerne hätte ich dieser ganzen Versammlung mitgeteilt, auf welch unfassbar schamlose Weise sie sich in unser Leben gemischt hatten – und wie lächerlich ihre Versuche waren, den Schaden mit ein paar klebrigen Händedrücken, einem obskuren Jobangebot und einer Runde Schnaps wiedergutzumachen.

Doch selbst wenn ich noch ansatzweise die Kraft für eine Abrechnung gehabt hätte – die Zeit reichte nicht aus.

Ein schwerer Schlag erschütterte die Tür der Gerichtskammer.

»Es ist offen«, sagte der Hochrichter, der sich schon halb aus seiner Robe geschält hatte und jetzt mit seiner Perücke kämpfte. Bei jedem Wort wurde eine kleine graue Puderwolke aufgeweht. »Aber die Sitzung ist schon beendet.«

Die Tür wurde beinahe aus den Angeln gerissen. Helles Tageslicht umfloss eine riesenhafte Gestalt, deren breite Brust sich unter der Sanitäterjacke schnell hob und senkte. Sie hob die Hand – und wies direkt auf mich.

»Niemand verlässt den Raum!« Die volltönende Stimme des Mannes füllte das Zimmer mühelos. Der türkische Akzent kam mir sehr bekannt vor: Gökmen, der Retter meiner linken Hand. »Dieser Mann steht unter dem Schutz des MAD! Wir verbitten uns jede Gedächtnismanipulationen bei Sebastian Schätz, wir werden jeden Eingriff in die Privatsphäre dieses Mannes mit Verweis auf wesentliche Verstöße gegen die Zivilprozessordnung anfechten. Es liegt der dringende Verdacht vor, dass Schätz die Verpuppung noch bevorst…«

»Wissen wir schon«, nölte Chef. »Schönen Dank auch.«

»Starker Beitrag«, sagte Brummbär. Er steckte die Schnapsflasche weg.

»Komm mir nicht so, Kumpel!« Gökmen trat ins Zimmer, purpurfarbenes Licht fiel auf seine Züge. Auf seiner Brust ruhte ein mir vertrautes kupfergoldenes Amulett. »Was heißt hier wissen wir schon? Das haben wir erst vor zwanzig Minuten herausgefunden! Schätz hat in Gegenwart von mindestens drei Zeugen anthropomorphe Fähigkeiten gezeigt.«

»Alle Achtung, Herr Schätz«, sagte der Richter. »Unverpuppt ist das eine Leistung!«

Hinter Gökmen drängte sich eine Frau mit roten Haaren ins Zimmer, die Sanitäterin, deren Name mir aber entfallen war. »Der MAD wird eine Ordnungsklage einreichen, wenn Schätz nur ein Haar gekrümmt wird. Unser Orden fühlt sich für das körperliche Wohl jedes zukünftigen Anthropomorphen verantwortlich.«

Das hörte sich zur Abwechslung mal gut an. Körperliches Wohl, daran konnte ich mich dunkel erinnern. »Wie geht es dem Bhael?«, brachte ich mühsam heraus. »Ist er durchgekommen? Ich hoffe, er ist nicht zu schwer verletzt.«

Ein angsterfülltes Raunen ging durch die Menge.

In diesem Moment klingelte ein Telefon.

Kim nestelte ein flaches Handy aus der Hosentasche. »Ach je, das ist der Andi«, verriet sie nach einem Blick auf das Display.

Einen Augenblick lang schien sie sich nicht entscheiden zu können, was sie mit dem Telefon machen sollte, ob sie rangehen sollte oder den Andi wegdrücken. Nicht, dass er in Amerika zu weinen anfing, wenn sie nicht antwortete.

Meine Geduld war am Ende. Mit letzter Kraft riss ich es ihr aus der Hand und schleuderte es zu Boden.

So, das hatte er davon, er musste mich ja provozieren.

»Hallo, Kim?«, fragte eine gedämpfte Männerstimme gut hörbar aus dem Telefon. Die Freisprecheinrichtung war angegangen, toll. »Hallo, alles klar?«

Ich ließ meinen Absatz auf das empfindliche Gerät niedergehen. Er hatte es nicht besser verdient, der Scheißandi, was rief er hier auch an, der hatte sich nicht bei Kim zu melden, nicht nach dieser Nacht. Er war der Tropfen, der das ganze verdammte Fass zum Überlaufen brachte. »Ruf nie wieder an, du Arschloch!«, brüllte ich und versetzte dem Telefon einen Tritt. »Das ist *meine* Freundin, ich liebe sie, da kannst du gar nichts dran machen, da hast du nicht anzurufen!«, tobte ich.

Das Handy blieb stumm. Ich taumelte gegen die Drehplattform. »Für das Ding bräuchte ich eigentlich meinen Kotelettthammer«, murmelte ich, brach über einem Aktenstapel zusammen, kam ins Rutschen und wurde unter einem Dutzend staubiger Ordner begraben.

»Kim, bist du das? Was ist das für ein Krach, ich hör dich gar nicht richtig!«, rief der Andi klar und deutlich hörbar, gar nicht weit von meinem Ohr entfernt. »Ich wollte dir nur sagen, dass ich nach Hause komme. Hatte das Gefühl, dir geht's nicht gut. Du kannst dich ja mal melden.«

Andi legte auf, das Telefon verstummte.

Ich sagte Nein zum Andi.

Ich sagte Nein dazu, dass er wahrscheinlich sehr bald im Flugzeug saß und hierherkam.

Ich sagte Nein zur Verpuppung, Nein zu Chef, Brummbär und Schlafmütze, ich sagte Nein zum ganzen *Reitstall*. Nein zu Kopfschmerzen, Nein zu Übelkeit, Nein zu Übermüdung und Nein zu niemals endender sexueller Enthaltsamkeit.

Es reichte einfach.

»Nein«, jammerte ich und wiegte meinen entkräfteten Körper unter den Prozessakten hin und her, »nein, nein, nein.«

»Schätz!«, rief Chef. »Jetzt stellen Sie sich nicht so an. Sie zerknittern den Arbeitsvertrag.«

»Arbeitsvertrag?« Gökmen griff sich an die Stirn. »Ihr habt diesem armen Kerl keinen Arbeitsvertrag vorgelegt, oder? Das kann einfach nicht wahr sein.«

»Er ist ein talentierter junger Mann«, schnappte Chef. »Da muss der MAD schon etwas früher aufstehen, um ihn sich zu sichern.«

»Nein«, stöhnte ich. »Jetzt ist Schluss.« Ich kam einfach nicht mehr mit.

Gökmen packte mich am Arm, zerrte mich in die Höhe, ich taumelte auf ein Regal zu und hielt mich an mehreren Jahrgängen von Akten fest, Anklagen gegen vermutlich unschuldige Menschen wie mich.

»Wenn du willst, bringen wir dich nach Hause«, sagte Gökmen. »Du musst mit den Bürokraten nicht rumhängen. Sorry übrigens, dass wir dich aus der Kartei gelöscht haben, weißt schon, vor drei Wochen. War wohl etwas voreilig.«

Kim starrte auf ihr Handy. Das Display war zersplittert. »Tut mir leid«, sagte sie. »Dass ich ihn nicht weggedrückt habe, meine ich.«

»Was hat das alles zu bedeuten?« Der Hochrichter zog sein zerknittertes Sweatshirt glatt, das er unter der Robe getragen hatte: breite Schweißflecken unter den Achseln, Yale University. Er setzte sich seine Perücke wieder auf und richtete sie notdürftig. »Was hat der MAD um diese Zeit hier zu suchen? Wir haben Sie eine Stunde früher erwartet.«

»Wir wären gerne früher gekommen«, sagte Gökmen und drohte Chef mit einem verknitterten, verdreckten Briefumschlag. »Aber der liebe Bertram vom investigativen Dienst muss sich wohl bei der Adresse vertan haben. *Medizinische Akademie Dresden*, hm?«, las er ab.

»Ich kann mir wirklich nicht alles merken«, sagte Chef.

»Sebastian geht's nicht so gut, glaube ich«, sagte Kim. Sie legte mir die Fingerkuppen an die Stirn. »Du hast Fieber, glaube ich.«

»Du kannst mit uns kommen«, sagte die Sanitäterin. »Ihr könnt beide mitkommen. Ihr solltet euch wenigstens mal durchchecken lassen.«

»Herr Schätz war soeben dabei, mit mir die Bewerbungsunterlagen für die GEZ durchzugehen«, schnauzte Chef sie an. »Er ist ein engagierter junger Mann, der nicht auf irgendwelche obskuren Behandlungen angewiesen ist.«

»Herr Schätz bleibt hier«, sagte Brummbär.

»Ich bleibe bei Kim«, erklärte ich. In meinem Bauch grummelte es. Vermutlich kroch gleich etwas heraus. Ein blutüberströmtes Alien, das unter großem Hallo aus meinem Bauch platzte. Wäre wahrscheinlich schmerzhaft, aber alles in allem nicht wirklich überraschend.

»Vielleicht sollten wir nach Hause gehen, lieber Sebastian«, sagte der Domowoj. »Ich bin wirklich müde, und du siehst auch nicht mehr ganz frisch aus.«

Er war ein Optimist, das musste man ihm lassen.

Kims Finger berührten die meinen.

Ich hatte vor einigen Minuten nach Amerika hinübergeschrien, dass ich Kim liebte. Aber sie hatte bislang nichts dazu gesagt.

»Und überhaupt«, sagte Chef, »Herr Schätz hat noch nicht mal seine Verpuppung durchlaufen. Es steht ihm völlig frei, sich auszusuchen, auf welcher Seite er mitarbeiten will.«

»Sebastian hat seine Entscheidung längst getroffen.« Die Sanitäterin mit dem flammend roten Haar schenkte mir einen langen, nachdenklichen Blick. »Er hat einen Oger bei sich aufgenommen. Und einen Domowoj. Freiwillig. Er steht unserer Seite erheblich näher.«

»Das hätte jeder getan«, murmelte ich. Ich fühlte mich immer elender. In meinem Bauch blubberte es wie vor einem gewaltigen Durchfall.

Schlafmütze räusperte sich. »Chef, ich habe gehört, er hat einen Vampir von sich trinken lassen«, sagte er mit seiner hellen, heiseren Jungsstimme. »Freiwillig.« Hatte Schlafmütze in meiner Gegenwart bislang überhaupt schon ein Wort gesagt?

Der Richter verzog angewidert das Gesicht. »Vollkommen unglaubwürdig. Herr Schätz würde niemals so eine Dummheit …«

»Er war ein Freund«, unterbrach ich ihn. »Teddy war ein Freund, und er war schwer verletzt. Er hätte sterben können. Jeder hätte das getan!«

Ungläubige Blicke ruhten auf mir.

»Und der Bursche hat den Bhael besiegt«, sagte die Putzfrau. »Des erzählen sich die Leut.«

Ich zuckte mit dem Achseln. »Zufall, totaler Zufall.«

»War es auch Zufall, dass du den verletzten Bhael in deinen Pulli gewickelt hast?«, fragte Gökmen mit dröhnender Stimme. »Dass du den MAD gerufen hast, um deinen Jäger zu retten?«

»Man kann so 'ne kleine Katze ja nicht einfach krepieren lassen«, nuschelte ich. Ich verstand wirklich nicht, warum mich alle so anstarrten.

»Ist das alles wahr, Herr Schätz?«, fragte der Hochrichter. »Haben Sie wirklich in dieser Weise in das Gleichgewicht von Licht und Dunkel eingegriffen?«

»Nein«, sagte ich. »Ich hab in gar nichts eingegriffen. Ich hab meinen Freunden geholfen. Und einer Katze. Jeder hätte das getan.«

Der Richter schüttelte den Kopf. Chef und Brummbär rückten enger zusammen und flüsterten miteinander. Alle Spannerfenster waren wieder geöffnet. Vermutlich auf meine Kosten.

»Sie können hier nicht einfach unverpuppt auftauchen und alles durcheinanderbringen, Herr Schätz«, sagte der Richter. »Sie müssen sich schon entscheiden, was Sie wollen.«

»Ich habe es ja gleich gesagt. Der hat eine schnodderige Art, der Mann, überhaupt keinen Respekt vor den Autoritäten.« Chef hatte einen hochroten Kopf und griff sich immer wieder in den Bart.

»Ich glaube nicht, dass ich mich hier für irgendwas entscheiden muss«, sagte ich.

»Sie wollen doch mit Frau Tröger zusammen sein, haben Sie gesagt«, lockte Chef. »Mit Lizenz. Das ist alles möglich, das ist überhaupt kein Problem. Sie müssen bloß einverstanden sein.«

Ich ließ den Blick wandern. Kim schaute mich wieder mit ihren nymphenhaft verträumten Augen an. Noch immer perlten einige Wassertropfen von ihren Füßen. Sollten sie doch.

Ich hatte ihr gesagt, dass ich sie liebte, und sie schwieg. Vielleicht war es nicht der richtige Augenblick, ich gebe es zu, aber man schwieg doch nicht so einfach? Ich hatte genug von diesem Rumgeschweige, von den Andeutungen und Halbheiten, von der ganzen Heimlichtuerei.

Chef, Brummbär und Schlafmütze hielten die Arme vor der Brust verschränkt und ließen ihre zwergenhafte Entschlossenheit auf mich wirken. Der Richter schaute auf die Armbanduhr.

»Wir können Ihnen alles bieten, was Sie sich wünschen, Herr Schätz«, sagte Chef. »Da ist später bestimmt auch ein Studienplatz für Sie drin. Wir wissen, dass Sie eine lange Wartezeit haben. Was wollten Sie gleich studieren, irgendwas mit Medien? Da können wir ganz sicher was für Sie deichseln.«

Ich schloss die Augen.

Ich sah eine untergehende Sonne, üppig bewachsene Weinberge und in der Ferne den Strand. Ein Wagen mit offenem Verdeck. Ich saß am Steuer. Der Fahrtwind blies mir ins Gesicht.

Es war eine Reise ohne Wiederkehr.

Der Beifahrersitz war leer bis auf eine Flasche Wasser.

»Ich werde mich nicht für irgendjemanden entscheiden«, sagte ich. Der Hochrichter zog scharf die Luft ein. »Brauche ich nicht.« Kolikartige Schmerzspitzen in meinem Bauch nahmen mir den Atem. Ein Rauschen legte sich über meine Ohren.

Der Domowoj lachte meckernd.

Und er lachte zu Recht. Es war zum Lachen. Alles war vollkommen sinnlos gewesen. Ich hatte umsonst gelitten und gehofft. Ich hatte nichts anderes erreicht als das: noch abhängiger zu sein, noch mehr unter Druck gesetzt zu werden, mich noch unentschlossener zu fühlen als vorher.

Ich wartete sehnlicher auf ein klares Wort von Kim als je zuvor. Dass sie mit der Geheimniskrämerei aufhörte und mit mir über die Liebe sprach. Dass sie die Nummer vom Andi aus dem Handy löschte. Und dass sie endlich aufhörte, es allen recht machen zu wollen.

Aber das war noch nicht alles.

Ich wartete darauf, dass ich endlich einen klaren Gedanken fassen konnte, bei dem es um mich ging. Nicht um Kim, nicht um irgendwelche Jobs oder Studiengänge, nicht darum, mit wem sich meine Eltern gegenseitig betrogen oder was sie von mir erwarteten.

»Ich brauche gerade niemanden von euch«, sagte ich. »Echt jetzt. Und ich werde mich jetzt bestimmt nicht entscheiden.«

»Überlegen Sie sich das gut, Herr Schätz.« Die Stimme von Chef drang aus sehr weiter Ferne zu mir. Hatte man plötzlich die Drehplattform eingeschaltet? Die Wände krümmten sich so komisch. Alles war weit weg, als hätte ich einen dieser Trips geschluckt, von denen Mike so schwärmte, als sei nichts hiervon wahr oder zumindest nicht wahrer als ein ganz gewöhnlicher Alptraum, der im Puff endet.

»Ich brauche ganz einfach mal meine Ruhe«, murmelte ich. »Lasst mich alle mal zufrieden, okay?«

»Ich auch?«, flüsterte Kim.

»Weiß ich nicht«, sagte ich. Für heute hatte ich von der Retterei genug. »Ich muss erst mal ausschlafen, dann können wir …«

Mein Bauch zwickte noch einmal, dann brach eine Sturmflut aus Schmerzen in meine Brust und in meinen Kopf ein.

Leblos wie eine Wachsfigur stürzte ich zu Boden.

Kim schrie auf, ich entglitt ihren Händen, sie rief

meinen Namen, trommelte mit den Fäusten auf meine Brust.

Ich spürte, wie sich Gestalten um mich scharten. Hob man mich auf? Trug man mich weg? Unscharf hörte ich das Ticken und Piepen von Elektronik. Starb ich? War ich im Krankenhaus? Hatte man eklige Geräte an mich drangemacht?

»Die Verpuppung setzt ein«, sagte Gökmens verrauschte Stimme, dicht an meinem Ohr.

Die Geräusche verloren ihren Sinn.

Alles wurde schwarz.

23

Das Zeichen der Wächter

Ich erwachte so ausgeruht, als hätte ich nie etwas anderes getan, als zu schlafen. Sanftes Licht beleuchtete das geräumige, weiß gestrichene Zimmer, das Bett aus krankenhausgrauem Kunststoff, in das man mich gelegt hatte. Das letzte Mal hatte ich vor unendlich langer Zeit so gut geschlafen, das musste noch in Diepholz in der Wohnung meiner Eltern gewesen sein. Nach dem Pfadfinderlager.

Stille.

Ich war im Krankenhaus. Mein Kopf schmerzte, eher so linksseitig. Hatte ich was drauf gekriegt? Hatte ich einen Unfall gehabt? Was war geschehen?

Ich erinnerte mich an eine Taxifahrt durch die Nacht. Pjotr, dieser Domodings, dieser russische Zauberkünstler, hatte mich mitgenommen, wir hatten wegen irgendetwas abhauen müssen, jemand war hinter uns her. Und dann war die Windschutzscheibe geborsten, das Fahrzeug war ins Schleudern geraten. Kurz bevor mir die Sinne schwanden, war eine Gestalt auf mich zugetreten, hatte mit dem Finger auf mich gezeigt. Wer war das gewesen?

»Pjotr?«, fragte ich ins leere Zimmer hinein. Meine Stimme klang sanft, zufrieden, beinahe glücklich in meinen Ohren.

»Schhhh«, sagte eine weibliche Stimme an meinem Kopfende. Eine Frau mit rotem Haar trat von hinten in mein Sichtfeld. Sie trug eine blaue Schwesternuniform, ein Stethoskop hing ihr um den Hals. Ihr Gesicht kannte ich nicht. Aber sie hieß Kathleen, das wusste ich irgendwoher.

Ein dicker Türke im Sanitäterdress stand neben Kathleen. Kannte ich auch irgendwoher. »Hey«, sagte er. »Gut geschlafen?«

»Gökmen«, murmelte ich schwach. Mein Gedächtnis fühlte sich an, als hätte man es in kleine Puzzlestücke zerlegt, die man mir nach und nach und in völlig beliebiger Reihenfolge zuwarf.

Beide trugen hübsche Anhänger, kupferfarben, nicht besonders groß. Die passten irgendwie nicht hierher.

»Habe ich nicht auch so einen?«, fragte ich und wies mit zittrigen Fingern auf das Schmuckstück auf Kathleens Brust. »Von Oma?«

Kathleen lächelte. »Sag du es mir.«

Ich kannte die Frau doch, jetzt fiel es mir ein. Die war bei mir in der Wohnung gewesen! Wegen irgendeiner Sache mit meiner linken Hand.

»Natürlich habe ich so ein Dings«, sagte ich. »Sie haben mir so einen dagelassen, als Glücksbringer oder so. Ich habe es einfach behalten, sorry, ich dachte, das geht in Ordnung. Und könnte mir vielleicht einer sagen, warum ich im Krankenhaus bin? Ist mir was passiert?«

Kim.

Das hatte etwas mit Kim zu tun. Sie war nicht hier. Vielleicht hatten wir beide einen Unfall gehabt. Mein Atem wurde schwerer, ich setzte mich auf. Schwindel presste mich zurück auf das Kopfkissen.

»Meine Freundin«, stöhnte ich. »Geht es ihr gut, ist alles okay?«

»Ist alles gut«, sagte Kathleen. »Mach dir um sie keine Sorgen.«

»Und das hier«, fuhr Gökmen fort und schnipste gegen sein kupfernes Abzeichen, »das tragen die Wächter. Das sind wir. Vom MAD.«

Wächter. Das hörte sich bedeutend an. Wen sie wohl bewachten? Mich vielleicht? Das Schöne und Gute in der Welt? Wahrscheinlich lag die Wahrheit irgendwo dazwischen.

»Auf was passt ihr so auf? Außer auf mich …«

»Auf die Geschöpfe der Nacht«, sagte Kathleen. »Vampire, Ghule, Oger, auf den Bhael.«

»Vor allem auf die ohne Krankenversicherung«, sagte Gökmen. »Die haben echt einen schlechten Stand im Gesundheitssystem. Einer muss sich ja drum kümmern.« Er zuckte mit den Achseln. »Ist 'ne politische Sache, weißt du?«

»Bin ich jetzt eigentlich krank? Das sieht hier nämlich echt aus wie ein Krankenhaus.« Ich zupfte an meinem Nachthemd. Hinten offen. Das war mein

Schicksal, dachte ich, in wichtigen Momenten keine Unterwäsche anzuhaben.

»Du bist in Sicherheit«, sagte Kathleen. »In unserem Institut. Wir arbeiten hier. Und wir haben hier unsere … Patienten.«

»Aber ich bin nicht … tot, ja?«

»Nein«, sagte Kathleen. »Es ist anders.«

Die beiden sahen sich betreten an.

Nicht tot, ja? Ich bin untot, schoss es mir durch den Kopf, na toll, und keiner sagte es mir. »Ihr könnt ruhig ehrlich sein. Ich krieg das schon hin, kein Problem. Bin hart im Nehmen.« Es war natürlich ein Riesenproblem, aber solange die beiden so mitleidig guckten, war nicht viel aus ihnen herauszukriegen.

»Du hast die Verpuppung hinter dir«, sagte Gökmen. »Darum fühlst du dich komisch. Das geht allen so.«

Verpuppung. Das Wort huschte durch meinen Geist, leuchtete auf und verblasste. Ich hatte die genaue Bedeutung einmal gekannt, aber ich kriegte sie nicht zu fassen. Das Werden, hatte jemand dazu gesagt.

»Verpuppt also. Hm. Sagt mir nichts. Ist das was Schlimmes?«

»Das wird sich zeigen«, sagte Gökmen. »Wir wissen es nicht, ehrlich gesagt. Noch nicht. Bei jedem wirkt sich die Verpuppung anders aus. Du wirst es merken, wenn es so weit ist.«

Ich richtete mich auf. Mein Hals schmerzte auf der linken Seite, als hätte mich dort was gebissen, aber das Gefühl war eigenartig fremd und entfernt. Als könnte ich es mit einem Gedanken einfach abschalten.

»Da war ein Vampir«, sagte ich. »Teddy.«

Gökmen verschränkte die Arme vor der Brust und betrachtete mich prüfend. »Kann sein«, sagte er.

»Er ist tot«, sagte ich. »Der Bhael hat ihn gefressen. Meinetwegen. Es ist meine Schuld, dass er tot ist.«

Meine Augen fingen an zu jucken, ich zwinkerte das Gefühl weg.

»Nö«, sagte Gökmen.

Ich sah auf. »Wie, nö?«

»Er liegt nebenan«, sagte Gökmen. »Zwei Zimmer weiter.«

»Er lebt?«, entfuhr es mir. »Er hat den Bhael überlebt?«

»Der Bhael ist eine Katze«, sagte der Gökmen. »Eine Katze mit einer guten Nase. Denkst du, ein Vampir lässt sich von einer Katze erledigen? Ich möchte mal wissen, wer dir so einen Unsinn erzählt hat.«

»Der Domowoj«, sagte ich.

Kathleen schien das nicht zu überraschen. »Domowoje sind verdammt abergläubisch«, sagte sie. »Und allergisch gegen Katzenhaare und Hausstaub. Ist vielleicht eine Erklärung.«

»Hausstaub«, murmelte ich. »Ich hätte es wissen müssen.«

»Erst mal solltest du schlafen«, sagte Gökmen und klopfte mir sanft auf die Schulter. »Alles Weitere klärt sich später ganz von allein.«

»Wieso habt ihr mir ein Amulett in der Wohnung gelassen?«

Gökmen wandte sich in der Tür um. »Deine Erinnerung ist ziemlich angeknackst. Aber das gibt sich wie gesagt. Ich weiß nichts von einem Amulett.« Er grinste zu Kathleen hinüber. Schätz, schien er zu sagen, ist ein lustiger, durchgedrehter Vogel.

Doch sie erwiderte sein Lächeln nicht. »Ein Amulett?«, fragt sie. »So eins?«

Ich nickte. »Ihr könnt es gerne wiederhaben. Das Problem ist nur, ich hab's nicht mehr. Hat mir einer geklaut. Aber das macht meine Haftpflicht, glaube ich.«

Das konnte meine eigenartig gute Laune nicht trüben. Ich war sowieso nicht der Typ, der sich mit Schmuck vollhängte.

Kathleen schüttelte den Kopf. »Wenn du eins bekommen hast, wenn man dir eins gebracht hat, dann kann das eigentlich nur eins bedeuten: Ein neuer Wächter wurde ernannt.«

Gökmen starrte auf den Linoleumfußboden. »Quatsch nicht rum«, brummte er. »Schon so früh?«

»Ihr meint jetzt aber nicht mich?«, fragte ich.

»Wissen wir nicht«, sagte Gökmen.

»Wenn ein Wächter ernannt wird«, sagte Kathleen, »bedeutet das eins: Ein alter Wächter wird abberufen – oder stirbt.«

Gerne hätte ich den beiden mitgeteilt, dass sie sich keine Sorgen machen brauchten, dass ich nicht vorhatte, ihnen irgendwie in die Quere zu kommen. Aber mein Gefühl sagte mir, dass sie mir nicht glauben würden.

»Wie hast du es gekriegt?«, fragte Gökmen. »Sag schon, wer hat es dir gegeben?«

»Weiß ich nicht!«

»War es eine Fledermaus?«, rief er. »Spuck's aus, hast du es von einer Fledermaus bekommen?«

»Nee«, sagte ich. »Wüsste ich jetzt nicht.«

»Fledermäuse«, sagte Kathleen, »sind die Boten aus dem Mutterhaus in Antwerpen.«

»Wie um Himmels willen sollte mir eine Fledermaus ein Amu…« Ich verstummte.

Eine Fledermaus.

Die ganze Sache hatte mit einer Fledermaus angefangen, daran erinnerte ich mich glasklar. Mit einer pelzig grauen Fledermaus in meiner Wohnung, in der Dunkelheit über meinem Bett. Es hatte metallisch geklimpert, als sie hereinkam. Und plötzlich wusste ich, was sie bei mir verloren hatte, aus welchem Grund sie zu mir gekommen war. Es war die Art von höherem Wissen, das einem einfach zufiel, ohne eine genauere Begründung, aber von unerschütterlicher Wahrheit.

»Ja«, sagte ich. »Eine Fledermaus hat es gebracht.«

Als die beiden gegangen waren, wortkarg und mit nachdenklichen Gesichtern, lag ich lange wach. So müde ich auch war, die Ereignisse ließen mich nicht schlafen.

Es gab ein paar letzte, alles entscheidende Fragen.

Was war mit Kim? Wo war sie? Hatte man sie nicht zu mir durchgelassen oder war sie nicht gekommen?

War der Andi zurückgekehrt?

Was wurde aus unserer Liebe?

Seit dieser Verpuppungssache hatten sich meine Gefühle geändert. Zuvor war es wie in einem Rausch gewesen. Kim hatte jeden meiner Gedanken begleitet, sie war das Bild, das ich sah, ehe ich einschlief, das jeden meiner Träume überstrahlte, sie war das Licht in der ganzen Dunkelheit gewesen.

Etwas hatte sich zwischen Kim und mir verändert.

In meinem Inneren war etwas anders geworden. Die Dunkelheit war jetzt ein Teil von mir, und mit jedem Atemzug konnte ich sie deutlicher fühlen.

Was die Verpuppung wohl zu bedeuten hatte? Wenn das eine Krankheit war, dann hatte ich sie wohl hinter mir. Gesünder als heute hatte ich mich noch nie gefühlt. Zähneputzen wäre schön gewesen. Ich hatte bestimmt Mundgeruch. Seltsamerweise lag eine Idee Knoblauch auf meiner Zunge, zusammen mit dem Geschmack von muffiger Baumwolle.

Ich erwachte von einem sanften Geräusch draußen an der Fensterscheibe. Im Zimmer war es inzwischen drückend heiß, die Heizung musste angesprungen sein und hatte der Luft alle Feuchtigkeit entzogen.

Ich schwang die Füße aus dem Bett. Da draußen war etwas.

Mit einer Hand hielt ich das Nachthemd zusammen und schlich zum Fenster. Draußen schimmerte die nächtliche Silhouette der Großstadt. Sie war wunderschön. In unzähligen Schichten lagen Farben, Formen und Bewegungen ineinander, hoben und senkten sich, zerflossen und fügten sich wieder zusammen.

Nichts sah vertraut aus. Alles war neu. So etwas hatte ich nie zuvor gesehen.

Draußen auf dem Fenstersims hockte der Bhael und rieb den Kopf an der Scheibe. Er blickte aus seinen unergründlichen bhaelfarbenen Augen zu mir herein.

Waren sie nicht früher einmal gelb gewesen? Jetzt funkelten sie in Unfarben, für die ich keine Worte hatte.

»Hey, Katze«, sagte ich und trat ans Fenster.

Ich spürte keine Angst, als ich ihn sah, nicht einmal Wut über das, was wir zusammen erlebt hatten. Er war eine seltsame, alte Katze, die nur ihren Job gemacht hatte und dabei von einem Taxi plattgefahren worden war.

Der Bhael antwortete nicht, er blinzelte nicht mal. Nur sein Schweif tänzelte hypnotisch auf und ab. Er konnte mich gut leiden, das spürte ich.

Die Dunkle Seite mag dich, Schätz, hatte Teddy gesagt. Ich mochte sie auch, merkte ich. Ich konnte gut mit Vampiren. Der Geruch von Untoten machte mir nicht viel aus. Und der Bhael sah eigentlich ganz knuffelig aus.

Das Fenster ließ sich ohne Probleme öffnen. Ich fuhr dem Bhael mit den Fingern durch das seidige Fell, er schnurrte.

»Sieht nach Waffenstillstand aus, Kumpel«, sagte ich. »Was meinst du, kommen wir miteinander aus?«

Der Bhael rieb den Kopf an meiner Hand. Ein gutes Zeichen, fand ich.

»Glaubst du das? Ein Wächter ist gestorben, irgendwo dort draußen. Und ich soll sein Nachfolger werden. Kannst du dir das vorstellen?«

Der Bhael blinzelte und begann, sanft an meiner Handfläche zu lecken. Er wusste Bescheid. Er fühlte, was ich fühlte: Die Nacht in ihrer unnachahmlichen, bezaubernden Vielfalt, die nur darauf wartete, von mir entdeckt zu werden.

Die Stadt sah anders aus als in jeder Nacht zuvor. Und doch schien mir jedes kleinste Detail vertraut zu sein. Jedes einzelne Licht der ungezählten Wohnungen, jeder Baumwipfel. Der Fernsehturm, angestrahlt und von innen erleuchtet, hob sich in seiner vollkommenen magentafarbenen Schönheit dem Himmel entgegen.

Alles hatte sich verändert. Hinter der alltäglichen Oberfläche lag eine zweite Schicht, fremdartig und schön und endlich konnte ich sie sehen.

Ich ließ den Bhael herein, er schlüpfte durch den Fensterspalt und humpelte einmal um mich herum. Dann strich er mir um die Beine und schnurrte. Ich atmete den Geruch der Nacht.

Dann sah ich sie.

Kim saß unten auf einer Parkbank am Fuße eines knorrigen Baumes direkt vor meinem Fenster. Sie blickte zu mir hinauf. Ihr Gesicht leuchtete in der Dunkelheit, ihre Schönheit trat rein und kristallklar aus den Schatten hervor. Niemals zuvor waren mir ihre Augen so groß und wasserhell vorgekommen. Ihre Haare waren vom Wind zerzaust, hingen regennass über ihren durchweichten Mantel.

Sie lächelte nicht, sprach kein Wort, sondern sah mich still und geduldig an. Neben ihr auf der Parkbank lag ihr angegriffenes Handy, das Licht brach sich in den feinen Rissen auf dem Display, daneben mein Kotelett-hammer.

»Kommst du jetzt, oder was?«, rief sie zu mir hinauf. »Ich kann auch alleine draufhauen. Aber die vom MAD meinten vorgestern, du wachst bald auf, da habe ich einfach hier gewartet.«

Einige Sekunden lang blickten wir uns an.

»Was ist mit dem Robben-Team?«, fragte ich. »Und wer macht den Hantelkurs?«

Kim zuckte mit den Achseln. »Egal.«

Sie fasste ihr Haar zu einem dunklen, regennassen Zopf und wrang ihn neben der Parkbank aus. Wenn ich vergessen hätte, wie sie aussah, wenn man mein Gedächtnis gelöscht und jede Erinnerung an Kim herausgedampft hätte, selbst wenn ich Kim nie zuvor gesehen hätte – in diesem Moment hätte ich mich erneut in sie verliebt. Es war nicht ihr Geruch, erkannte ich. Es war auch nicht die Aussicht auf unfassbaren Sex oder die Art, wie sie mir mit den Fingernägeln über den Hals fuhr. Das war alles schön, das gehörte zu den guten Dingen in meinem Leben. Aber es zählte unter dem Strich nicht.

Was zählte, war die Tatsache, dass Kim hier auf mich wartete, egal, wer ich war, egal, was ich war. Dass sie dafür zwei Tage im Regen saß. Na gut, sie war eine Nymphe, sie stand auf Wasser, aber trotzdem.

Was noch mehr zählte, war die Tatsache, dass ich diese ganzen Strapazen, die ewige Hetzjagd durch die Nacht, jederzeit wieder auf mich nehmen würde. Und dass ich einverstanden gewesen wäre, Kim nie wiederzusehen und jede Erinnerung an diese Frau zu verlieren, auf jedes Wohlgefühl zu verzichten, das mir ihre Nähe versprochen hatte, um Schaden von ihr abzuwenden, um zu verhindern, dass man ihr wehtat.

Ich schloss das Fenster und schlüpfte in ein Shirt und meine Lieblingsjeans, die frisch gewaschen am Fußende meines Krankenhausbettes lag. Aus der Hosentasche schaute ein goldenes Kettchen. Das Amulett – mein Amulett – war in einen zerknüllten Karozettel eingewickelt. *Entschuldige den Ärger,* stand in Pjotrs ungelenker Handschrift darauf. *Als kleine Wiedergutmachung habe ich deine Wohnung aufgeräumt. Anbei das Schmuckstück, das ich unachtsamerweise eingesteckt haben muss.*

Das Gefühl des *Besitzes,* der Zugehörigkeit, strömte warm durch meine Fingerkuppen, als ich das Schmuckstück berührte. Die gravierte Schlange in seiner Mitte schien in ihrem Bett aus gegossenem Metall zu erzittern.

Ich legte mir die Kette um den Hals. Die Scheibe auf meiner Brust wurde wärmer, ich fühlte seine Kraft durch das Shirt. Jede Faser meines Körpers fühlte sich lebendig. So, als wäre ich mein Leben lang nie wirklich wach gewesen, als hätte ich jahrelang dösend im Bett gelegen und würde jetzt zum ersten Mal aufstehen und den Wind auf der Haut spüren. Ich stellte mir vor, wie ich in einer neonroten Uniform eine Tür eintrat. Das war mal etwas anderes, überlegte ich, selbst mal was kaputtzutreten, anstatt immer nur dabei zuzusehen, wie Fremde das eigene Leben in Scherben legten.

Das würde schön werden mit dem Kotelettathammer, dachte ich, und alles andere auch.

Dann ging ich Kim entgegen. Es gab viel zu besprechen.

Der Bhael folgte mir.

Epilog

»Wir müssen dich übrigens noch körperlich untersuchen«, sagte Gökmen in nüchternem Tonfall. »Unter anderem rektal.«

Er, Kathleen und ein blasser, sehr stark behaarter Mann im Laborkittel saßen mir gegenüber, auf dem Tisch zwischen uns tickerte ein Tonbandgerät vor sich hin. Eine Schreibtischlampe war direkt auf mein Gesicht gerichtet und blendete mich.

Ich rutschte unruhig auf meinem Stuhl herum. »Untersuchen? Muss das sein? Mit meinem Hintern ist alles in Ordnung, Ehrenwort.«

»Kleiner Scherz«, sagte Gökmen, langte über den Tisch und haute auf meine angegriffene Schulter. »Das haben wir gestern schon gemacht, als du noch bewusstlos warst.«

Ich kniff unwillkürlich die Pobacken zusammen. Ein unangenehmes Fremdkörpergefühl breitete sich in meinem Schließmuskel aus. »Nicht im Ernst, oder?«

»Nein«, sagte Kathleen. »Den Witz macht er mit jedem, der hier neu anfangen soll. Lasst uns zum Dienstlichen kommen, Jungs. Kannst du Herz-Lungen-Wiederbelebung, Sebastian?«

»Nein, kann ich nicht«, sagte ich. »Könnt ihr das Licht mal ein bisschen von meinem Gesicht wegziehen?«

Gökmen drehte die Tischlampe ein wenig aus meinem Gesichtsfeld heraus.

»Intubieren und Leute beatmen, ohne gebissen zu werden, das kannst du aber?«, fragte er streng. Ich schüttelte den Kopf.

Sein Kollege im Laborkittel machte auf seinem Klemmbrett nach jeder meiner Antworten ein Kreuzchen.

»Aber einen Beatmungsbeutel hast du bestimmt schon mal in der Hand gehabt.«

»Nie«, gestand ich. »Wo auch?«

»Kannst du Krankenwagen fahren?«

»Weiß ich nicht. Mit ein bisschen Übung vielleicht.«

»Spritzen aufziehen? Hast du das nicht im Zivi gelernt?«

»Nein.«

»Kennst du dich mit wilden Tieren aus?«

Ich nickte. Endlich auf vertrautem Terrain. »Mit Ottern. Mit wilden Ottern.«

Gökmen hüstelte. »Wie groß?«

Jetzt fing das mit diesen Größenangaben wieder an. Ich deutete mit den Händen die Umrisse eines mittelgroßen Labradors an. »Mindestens«, sagte ich. »Und es waren Hunderte.«

»Otter sind doch so Ratten mit Schwimmhäuten, richtig?«, fragte Gökmen.

»Marder«, korrigierte ich. »Bloß mit Schwimmhäuten.«

»Prächtig«, sagte Gökmen, schnappte sich einen Stift, langte quer über den Tisch und setzte ein kräftiges Kreuzchen auf das Klemmbrett. »Schon mal Kampfsport gemacht?«

»Ich war ein Halbjahr im Kinderjudo und wurde mal von einem Vampir verprügelt. Wenn das zählt.«

»Nein«, sagte der Mann mit dem Klemmbrett und machte sein Kreuzchen.

»Ich habe mal eine Tür eingetreten«, gab ich zu bedenken. Vielleicht suchten die jemanden, der das gerne machte.

Gökmen und Kathleen warfen sich einen langen nachdenklichen Blick zu. »Außendienst scheint erst mal auszuscheiden, bis du alles Notwendige gelernt hast«, sagte Gökmen. »Aber wir tüten das jetzt ein, bevor du es dir anders überlegst, wir kriegen dich irgendwie unter.« Er schwieg lange und starrte auf seine schwieligen Handflächen. »Ich hab's«, rief er schließlich. »Kannst du Kaffee kochen? Pechschwarzen, zähflüssigen, starken Kaffee?«

»Wenn ihr mir sagt, wie viel Löffel pro Tasse reinkommen«, sagte ich. »Dann geht's wahrscheinlich.«

»Ich wusste doch, dass wir das gebacken kriegen!«, rief Gökmen und zerquetschte mir die Finger mit seiner Sanitäterpranke. »Willkommen im Verein, Schätz. Dein Praktikum beginnt nächsten Montag.«

Danke!

Der Weg ins Fledermausland wäre alleine nicht zu schaffen gewesen. Ich danke Euch in der Reihenfolge, in der Ihr den Weg des Buches gekreuzt habt:

Jan Warncke, dem Vater des Bhael, für seine unzähligen beflügelnden Gedanken und die Nähe zur Fledermauswelt dort draußen, die uns verbindet.

Der *Fledermaus*, die meinen Kollegen Bastian in seinem Schlafzimmer überfallen und so die ganze Sache ins Rollen gebracht hat.

Meinen *Eltern*, die mich so lange mit Büchern eingedeckt haben, bis ich selbst welche schreiben wollte.

Recka Bodsch und *Rafael Wilke* fürs Immer-Wieder-Fragen, wie die Geschichte weiter geht.

Meinen Agentinnen *Regina Seitz* und *Leonie Schöbel* für ihre wunderbar scharfsinnigen Ideen und die richtigen Portionen Zuspruch im richtigen Moment.

Kathrin Lange, Klaus N. Frick und *Bernhard Hennen* für weise Ratschläge und immer wieder aufmunterndes Schulterklopfen.

Dem Heyne-Lektorat, insbesondere *Sascha Mamczak* und *Sebastian Pirling*, für die sehr fledermausfreundliche Zusammenarbeit.

Meiner Lektorin *Claudia Alt* für die perfekte Wellenlänge und die klugen Anmerkungen am Rand, die aus »Fledermausland« ein besseres Buch gemacht haben.

Am Anfang und am Ende danke ich meiner Frau *Katharina*, die jedes Hoch und Tief mit mir geteilt hat und die immer und unermüdlich an meiner Seite war, wenn ich nicht weiter wusste. Ohne Dich wäre das alles nichts. Ich liebe Dich.

Oliver Dierssen